戰爭與和平

·第一部·

1869

Война и миръ

Leo Tolstoy

列夫·托爾斯泰——著 婁自良——譯

目錄

專文導讀

托爾斯泰的寫實藝術

台大外文系退休教授　歐茵西

高爾基曾言：「不認識托爾斯泰者，不可能認識俄羅斯。」托爾斯泰（一八二八—一九一〇）的魅力與影響不僅在俄國國內難有匹敵，在國外也十分驚人。百餘年來，他的作品廣譯為各國文字，銷售量累積達五億冊，小說和劇本一再被搬上銀幕，如《戰爭與和平》、《安娜．卡列尼娜》、《復活》等，莫不引人深思。

文學史家認為，托爾斯泰早期的《童年》、《少年》、《青年》（一八五二—一八五四）及《塞瓦斯托波爾故事》（一八五五—五六），已表現他的重要特質：傳記性的素材，強烈的道德觀；以「我」的口吻詳盡敘述親身經歷，同時展現理性的客觀，境界寬廣。此後的作品，如《暴風雪》、《一個地主的早晨》、《兩個驃騎兵》（一八五六）、《三死》、《家庭幸福》（一八五九），無論個人家庭的或歷史的故事，無論談農奴制度的改革、戰爭的愚昧或社會的墮落，作者內在發展始終與回憶緊緊相扣，高境界的倫理探索，予讀者深刻印象。五〇年代後期，托爾斯泰數度出國，帶回新的觀察和領悟，提供生活及寫作以豐富內容，並開始關心教育，相信推動包括農民子弟的普及教育，乃人道所在及俄羅斯前途所寄，於是發行雜誌、辦學校、發表多篇論文，揭開「托爾斯泰主義」序幕，表達對生命意義、人性尊嚴與道德的關懷，後人津津樂道，並紛起追隨。寫於一八六三年至一八六八年的巨著《戰爭與和平》，以法俄戰爭為經緯，人物數百，線索繁複，展現作者精微的觀察力和文字技巧，但重點不在傳統的歷史敘述和愛國主義，不神話自我犧牲、國家愛、彷徨、痛苦或俄羅斯人的英勇，而專注於每一個人的人性思維。因為，所謂偉大的形象，包括神、沙皇或社會，皆不若單一個人的真實、豐富和貼近生命。換句話說，當時還年輕的托爾斯泰已對「純藝術化寫作」持保留態度，反對「規畫」的藝術，鄙視所謂「趨勢」、「新潮」，及莫斯科與彼得堡上流社會的偽君子，認為他們抽象而虛假，不具備真正的人文精神。在托爾斯泰眼中，當時俄國文壇上大聲宣揚法國「為藝術而藝術」（L'art pour l'art）的知識分子不過是趕時髦的假文化人。他重視「真實」，認為作家不能只寫取悅讀者的作品，或虛幻的想像和描繪，而應不斷思考生活意義，掌握生命本質。所以，讀者不難在托爾斯泰的作品中，看到他對大自然及鄉間生活的偏愛，對勇敢「小人物」的同情，對事實「真相」的強調。

《家庭幸福》（一八五九）、《安娜．卡列尼娜》（一八七七）及《克魯采奏鳴曲》（一八九〇）皆以婚姻為主題，呈現托爾斯泰在此一課題上倫理觀的演進。托爾斯泰二十歲前後即與幾名女子有過親密來往，一八四七年甚至因性病住院，但他同時嚮往「潔淨」的男女關係，《家庭幸福》中的女性代表了這種理想和渴望。一八六二年，三十四歲的托爾斯泰和索菲亞（年方十八）結婚，兩人年齡、教育程度、人生經驗都相去甚遠，但婚後十五、六年間，感情融洽，索菲亞為丈夫謄寫文稿，生育十三名兒女，善於持家。托爾斯泰愈來愈投入社會與道德關懷後，雙方心靈卻逐漸疏遠，晚年幾近決裂。夫妻兩人真正的問題何在，外人終究只能揣測，但托爾斯泰確在作品中細膩塑造了理想的女性形象和愛情觀，而所有的美好典型都基礎於一項原則：內在的完善。托爾斯泰雖也擅寫美豔女色，他的理想女性卻多姿容平庸，包括《戰爭與和平》的瑪麗亞，《安娜．卡列尼娜》的多麗。吉娣於列文能擁有幸福，因為「他們全心全意為對方著想，以真愛克服衝突。」安娜也是一種「典型」，一種真實而普遍的女性典型：聰慧、善良、美麗，但境界不足，所以走上絕路。托爾斯泰並未寄予她特別的同情，在她臥軌自盡的剎那，讀者應非流淚，而是陷入沉思。

一八八〇年左右，托爾斯泰的教化色彩益趨濃厚，編寫了一系列「為人民」，而非「出自人民」的宗教故事，如傳教士般積極訓道，並努力過簡樸生活，甚至準備放棄財產，而與妻子發生齟齬。《魔鬼》（一八八九）、《克魯采奏鳴曲》（一八九〇）、《復活》（一八九八）、《活屍》（一九〇〇）等小說，都和純文學很有距離，偏向政治和人性的探討，這些思考是二十世紀初期托爾斯泰受到舉世矚目的重要原因。他在《教會與國家》（一八八二）、《黑暗的勢力》（一八八六）、《復活》及其他許許多多文章中，抨擊政治與宗教的組織和權威，認為權威導致腐敗，形成不公，產生人類世界的無數悲劇，如戰爭、階級、司法黑暗、愚昧……他的「理想國」以兄弟之愛為基礎，構架簡單的社團型態政治組織以道德規範行為，建立心靈至上的王國。托爾斯泰終其一生追尋上帝，相信祂的天空是開放的，上帝的王國人人可以分享，不屬於任何宗教、任何形式的教會，換句話說，沒有任何宗教有資格代表上帝。他抨擊教會的種種階級、規範和儀式，除了樹立權威，製造愚昧，無助於人類世界的和平。他說，人只要了解「愛」的真諦，能出自赤誠關懷旁人，便生活在上帝中，上帝也生活在他之中。

這些針對政治與宗教權威的文字挑戰，在十九世紀後半葉的俄國受到容忍，一方面在於當時俄國正處於開明的大改革時代（一八五五年至一八八一年亞歷山大二世在位、一八八一至一八九四年亞歷山大三世在位），另一方面托爾斯泰的國內外聲譽令政府不能不投鼠忌器，而且他反對暴力，與激進的革命分子並不相同。一九〇一年，俄羅斯東正教會終於宣布開除他的教籍，托爾斯泰則繼續積極在作品中宣揚「愛」的真理，深深影響他的同時代人，影響其他國家、其他地域的讀者，甚至一百多年後的我們。如果說，托爾斯泰也將繼續影響未來的讀者、未來的人類世界，料想亦並不為過。

專文導讀

《戰爭與和平》——人民英雄的史詩小說

宋雲森

縱橫世界文壇的傑出作家不少，但恐無人像俄國作家托爾斯泰（一八二八—一九一〇）享有如此崇高地位。尊稱「當代小說之王」的俄國旅美作家納博科夫（V. V. Nabokov，一八九九—一九七七）認為，論散文寫作，俄國第一非托爾斯泰莫屬。不少諾貝爾文學獎作家，如法國作家羅曼．羅蘭（Romain Rolland，一八六六—一九四四）、美國作家海明威（Ernest Hemingway，一八九九—一九六一）等，都曾表示自己以托爾斯泰為師。托爾斯泰的代表作是長篇小說《戰爭與和平》，這部人民英雄史詩問世至今已達一百五十年，但各國讀者對這部著作的熱愛未曾稍減。

《戰爭與和平》——現代的《伊里亞德》

羅曼．羅蘭極度讚賞《戰爭與和平》，稱其為「我們時代最浩瀚的史詩，是現代的《伊里亞德》」。《伊里亞德》是古希臘詩人荷馬的英雄史詩，對近代西方文學有巨大的影響。

托爾斯泰從不諱言，他寫作《戰爭與和平》，採用《伊里亞德》的筆法。其實，《戰爭與和平》已經超越《伊里亞德》範疇，也超越西方長篇小說的傳統。《伊里亞德》是詩歌，《戰爭與和平》卻是散文小說。因此，托爾斯泰在《戰爭與和平》中，創新體裁，將歷史、史詩與小說熔於一爐，成為現代寫實主義登峰造極之作。其間，作者並傳達自身對歷史、哲學、宗教、社會等方面的觀點。

《戰爭與和平》表面上描繪翻天覆地的大變局中俄羅斯人的命運，實際上反映托爾斯泰對人類共同問題的思索，其中包括人類的生與死、戰爭的殘酷及自私、人民的力量、歷史發展的軌跡等。當然，對部分文學批評家而言，傲視文壇並讓各國作家折服的，是身為小說家的托爾斯泰，而非哲學家的托爾斯泰。

托爾斯泰以六年多（一八六三—六九）完成這部巨著，洋洋灑灑達一百多萬字，刻畫人物達五百六十九人，其中包括君主和商人、將帥和小兵、貴族和農民、仕女和農婦等，男男女女、老老少少，無不栩栩如生地呈現在讀者眼前。

小說情節以一八一二年拿破崙率領大軍入侵俄國為主軸，但又上溯至一八〇五年戰雲密布的奧斯特利茨前線以及歌舞昇平的後方首都，下推至一八二〇年貴族知識分子的生活。這是一個大時代的故事，撼動俄國各個階層及角落，甚至席捲整個歐洲大陸，內容有史詩的波瀾壯闊、有情歌的溫柔細膩、有家族的恩怨糾葛、有哲理的人生探索以及有社會的盤根錯節。儘管有批評家抱怨，《戰爭與和平》篇幅過長，但托爾斯泰筆鋒靈巧，故事情節和歷史背景渾然交錯，安排得宜，讓人讀之有如行雲流水，並無違和之感。

本部小說氣勢宏偉，故事複雜，情節多線發展，以三次俄法重大戰爭為經，以四大家族（鮑爾康斯基、羅斯托夫、別祖霍夫、庫拉金）的命運及發展為緯。其間，前線和後方、戰爭與和平、生命探索和情愛糾葛、混亂的敗退和勝利的歡樂、社交舞會和野外遊獵、首都的燈紅酒綠以及田園的詩情畫意等，各種大異其趣的情景相互交錯，靈活轉換，有張有弛，富於變化，卻又脈絡分明，構成宏偉又嚴密的布局。

《戰爭與和平》——人民的思想

托爾斯泰曾表示，《戰爭與和平》中，他最關心的是「人民的思想」。小說強調，拿破崙侵略戰爭的虛偽及邪惡本質，而俄國人的反侵略戰爭深具全民性和正義性。這場戰爭的結局代表俄國人精神和道德的勝利。作者也認為，在國家危急存亡之際，決定勝敗關鍵的是全民意志，而非高高在上的拿破崙或俄國沙皇亞歷山大一世。因此，人民才是真正的英雄。

在申格拉伯恩和奧斯特利茨兩次重大戰役中，俄軍失利，主角之一的安德烈公爵深深見識到個人力量的渺小和民眾力量的偉大。因此，安德烈體悟對一般人強烈的愛和責任。小說中，俄法最後決戰體現了「全民戰爭」的理念。一八一二年，法軍入侵莫斯科時，固然彼得堡不少王公貴族仍醉生夢死、歌舞昇平，但多數俄國人紛紛投入這場聖戰。參與戰爭的不只是俄羅斯官兵，所有民眾不分上下，上有覺醒的貴族，下有升斗小民和農民，或者投入軍旅，或者參加游擊，或者自組民兵。另外，結合全民意志，有錢出錢、有力出力，俄國因而成為戰爭的最後勝利者。

兩位歷史人物——俄軍統帥庫圖佐夫和法軍總司令拿破崙，在這場人民戰爭中形成強烈對比。庫圖佐夫關懷下屬，善待百姓，深獲人民愛戴。他順應天時，體察民氣，或退或進皆順勢而為，最終帶領俄軍擊敗不可一世的拿破崙大軍。依托爾斯泰的描寫，庫圖佐夫的智慧固然是俄軍勝利的因素，但更重要的是他代表並執行了全民的意志。正如小說中所言：

> ……由於承認他具備這般感情，人們才不得不違背沙皇意志，以如此獨特的方式將一位失寵的老者選為戰爭統帥。

至於目空一切、顧盼自雄的拿破崙，在托爾斯泰筆下，則顯得欠缺自然和樸實，且自尊自大、矯揉做作。他經常想像自己要如何莊嚴偉大地被載入歷史，因此，時時刻刻不忘裝模作樣地演戲。小說中，法軍擊潰俄軍之後，拿破崙擺出一副偉大、神聖又寬容的姿態，等候莫斯科貴族代表團卑屈求見，並獻上城門鑰匙，結果期待的戲碼並未發生，拿破崙大失所望。托爾斯泰嘲笑他是「這齣戲劇黯然收場」。

托爾斯泰以「寬厚的背部」、「長滿毛髮的肥胖胸膛」、「保養得宜的身體」、「圓圓的肚腹」等修辭，刻畫拿破崙的外在體態，其實是暗諷這位法國統帥缺乏勞動生活、背離人民的內在心態。此外，拿破崙言必稱「寬厚」、「正義」、「仁愛」與「文明」，其實法軍進入莫斯科後，大肆劫掠、殘殺百姓、摧毀文物。拿破崙的虛偽和法軍的殘暴當然激發俄國人同仇敵愾之心，也注定拿破崙最後的敗亡。

「衛國戰爭」——生命的磨難，性靈的焠煉

一八〇四年十二月，拿破崙稱帝，開始征戰歐洲各地，為歐洲人民帶來苦難。其中，一八一二年法國六十萬大軍勢如破竹，占領莫斯科為最。俄羅斯帝國的命運危如累卵之際，俄國全民動員，焦土抗戰。《戰爭與和平》中，托爾斯泰多角度又生動地描繪俄國人這場浩劫。但作者也詳細刻畫小說中幾名主角在這場浩劫裡的身心煎熬和磨難，他們的性靈也因此焠煉並提升。

安德烈公爵英氣逼人，喜愛思考，鄙視貴族和官場的浮華及虛偽。他一心追求個人榮譽，希望在戰場上揚名立萬，建立功業。一八〇五年奧斯特利茨戰役中，俄軍大敗，他身負重傷跌落戰場。仰望聖潔、無垠的藍天，安德烈體悟宇宙的浩大和永恆，個人的功名利祿都微不足道。一八一二年俄法大戰，他再度受重傷。臨終前幾天，他深感自己並未虛度一生，因為他終於領悟到為人們、為博愛而生存的生命意義。

別祖霍夫伯爵的私生子皮埃爾，純潔真誠、樸實善良，雖然曾經迷惘，沈湎於燈紅酒綠，內心卻渴望道德純潔、精神豐富的生活。一八一二年，戰爭的砲響將他從荒唐生活的迷夢中驚醒。他企圖刺殺拿破崙，解救人民於水火，結果遭法軍俘虜。遭俘期間，他認識農人出身的農兵普拉東．卡拉塔耶夫。卡拉塔耶夫其貌不揚，言談瑣碎，卻充滿仁愛，他讓皮埃爾恢復對生命懷有喜悅和堅強。在皮埃爾眼中，他「一切屬於俄羅斯、善良和圓融的體現。」他從卡拉塔耶夫身上理解無為、心靈淨化以及非暴力的道理，從此致力於宣揚博愛精神。

羅曼．羅蘭最欣賞的女性，是托爾斯泰筆下的娜塔莎，她是俄羅斯女性美的化身。小說中，她剛出場時稚氣未脫，處處顯露少女的活潑和單純；在月明之夜，她抱膝吐露飛向夜空的渴望，展露她奔放的生命力和豐富的情感；雖然是貴族出身，身處簡陋的村野，在農民的三弦琴樂聲中，她快樂自在，表現出親近人民和俄羅斯土地的本質。

娜塔莎在成長過程，也面臨精神危機。她先和安德烈陷入熱戀，並立下婚約，卻在安德烈從軍出征之際，迷戀於花花公子阿納托利，招致安德烈解除婚約。娜塔莎因此傷心欲絕，陷入人生谷底。在莫斯科大撤退時，她要求家人卸下馬車上所有家具，讓位給傷員病患，顯示衛國戰爭的隆隆砲聲激發她內在美好的本質，從此轉變為成熟的女性。

《戰爭與和平》——托爾斯泰的最愛

托爾斯泰夫妻關係時冷時熱，風波不斷。他和小十六歲的索菲亞於一八六二年結婚。新婚燕爾之後幾年，夫妻恩愛，家庭幸福，是托爾斯泰躁動不安的一生中最安定、最快樂的歲月。此時，托爾斯泰也進入創作生涯的鼎盛時期。這時的索菲亞不但為托爾斯泰負責家中大小事務、管理產業，也是丈夫寫作的完美助手，並於每晚在夜深人靜中謄寫《戰爭與和平》手稿。托爾斯泰曠古絕今的巨作即在如此氛圍中誕生。

若說《戰爭與和平》是托爾斯泰嘔心瀝血之作，毫不為過。托爾斯泰開始動筆寫作《戰爭與和平》是一八六三年，總共耗時六年多，手稿達五千兩百〇二頁。期間，前後改寫八次才完稿，有些個別情節甚至重寫二十六次，光是小說開頭就有十五種版本。托爾斯泰以如此心血終於創作出這部氣勢磅礴的史詩，並奠定他在世界文壇大文豪的地位。

豈知，托爾斯泰的心境在七〇年代發生變化，尤其在完成他另一部長篇小說《安娜．卡列尼娜》（一八七三—七七）之後。他寫下著名的自傳《懺悔錄》（一八七九—八二），揭露自己大半生內心的掙扎和對生命意義的探索，並深刻懺悔早年荒唐的生活。同時，他對文學和藝術創作的觀點也發生不變。八〇年代以後，除了宗教色彩濃厚的長篇小說《復活》（一八八九—九九）外，他主要創作是內容簡單、具宗教性、教化人心的寓言故事或童話故事。他此時的藝術創作理念充分反映在《論藝術》（一八九七—九八）一書。在該著作中，從古至當時的偉大文學家，如但丁、莎士比亞、彌爾頓、歌德、易卜生等，偉大音樂家，如巴哈、貝多芬、布拉姆斯等，偉大畫家，如拉菲爾、米開朗基羅等，都遭托爾斯泰點名，稱他們的作品「粗俗、原始，且對我們而言毫無意義」，因為他們的作品是「非民眾的藝術，而是有錢階級的藝術」。當然，他也將《戰爭與和平》列入批判的行列。

但是，他真的會厭惡自己的心血《戰爭與和平》嗎？一九〇六年，在答覆日本小說家德富蘆花[1]的提問時，托爾斯泰表示，在他的作品中，他最喜愛的是《戰爭與和平》。

《戰爭與和平》最初的構想源於「十二月黨人」的故事。一八五六年，遭流放三十年的十二月黨人終於獲准返鄉，激起托爾斯泰寫作這批參與一八二五年十二月革命的知識青年的故事。他於一八六〇年底、一八六一年初動筆，卻中途放棄，因為這批青年自由主義思想形成必言衛國戰爭。後來，托爾斯泰認為，一八一二年對法戰爭的勝利和光榮又必須回溯到一八〇五年奧斯特利茨戰爭中俄國的挫敗與羞辱。於是，一延再延，托爾斯泰最終在婚後一年動筆。小說以一八〇五年奧斯特利茨戰爭展開，以一八二〇年、即十二月黨人起義前夕的俄國情勢結束，此時皮埃爾和娜塔莎已經結婚，娜塔莎在家相夫教子，皮埃爾在外宣導博愛精神，並參與十二月黨人的地下活動。故事暗示，皮埃爾將會成為日後起義的十二月黨人。七〇年代，托爾斯泰曾企圖寫作十二月黨人的故事，但隨著對藝術觀念的改變，十二月黨人的小說終究未能誕生。

托爾斯泰在十九世紀七〇年代末、八〇年代初，形成以基督教博愛和寬恕為核心的「托爾斯泰主義」。八〇年代一連串短篇故事充分體現「托爾斯泰主義」的精神。從此，如《戰爭與和平》這種可歌可泣的史詩巨作已不可得。不過，寓言故事如《人依靠什麼而活？》（一八八一）強調，有愛的地方就有上帝，人類是依靠博愛而生存，不禁讓人想到《戰爭與和平》中，經常思索人生目的的安德烈公爵；《傻子伊凡的故事》（一八八五）譴責戰爭，並宣揚對暴力的不抵抗主義以及對人類博愛的精神，讓人捕捉到卡拉塔耶夫和皮埃爾的影子。在托爾斯泰晚期的寓言故事中，延續了《戰爭與和平》中有關宗教和哲學的思索，可惜，這部分為一些文學評論家所詬病。

---

1 本名德富健次郎（一八六八—一九二七），日本小說家、散文家。其散文集《自然與人生》被喻為日本近代隨筆文學的經典。

總序

陳建華

數年前，我曾走訪亞斯納亞．波利亞納。在莊園的一個僻靜處，那溪水淙淙的扎卡斯谷地旁，有一塊異常簡樸的墓地。稍稍隆起的墓塚上綠草如茵，陽光透過扶疏的林木灑下一層金色的光輝。沒有墓碑，沒有十字架，與其相伴的是人們終年不斷獻上的鮮花，是緊緊護衛著它的幾株高大橡樹和莽莽蒼蒼的森林，還有那傳說中象徵人類幸福的神聖小綠棒[2]。那裡安息著偉大的俄國作家列夫．尼古拉耶維奇．托爾斯泰。

在十九世紀獨具魅力的俄羅斯文壇上，托爾斯泰無疑是最受後人尊敬和最傑出的代表。高爾基甚至認為，托爾斯泰「告訴我們（的）俄羅斯生活，幾乎不下於全部俄國文學」。[3]托爾斯泰文學成就主要在小說和戲劇兩種形式，其中尤以小說的創作量最多。托爾斯泰的小說創作，除帶有自傳色彩的三部曲《童年．少年．青年》外，長篇小說有《戰爭與和平》、《安娜．卡列尼娜》和《復活》等三部，具影響力的中，短篇小說亦有二十多篇。托爾斯泰的中短篇小說，不管是描寫戰爭生活的《塞瓦斯托波爾故事集》、反映地主和農民之間鴻溝的《一個地主的早晨》、表現貴族平民化追求失敗的《哥薩克》，或是晚年的爐

2 托爾斯泰五歲時，他的長兄曾告訴他，說他有一個能使所有人幸福的祕密，就寫在一根小綠棒上，並埋在大森林中的扎卡斯峽谷旁。托爾斯泰終生對「小綠棒」念茲在茲，而所謂「能帶給所有人幸福的祕密」，似乎就是作家畢生追求的真理。

3《俄國文學史》，馬克西姆．高爾基著，上海譯文出版社，一九七九年版，第五〇三頁。

火純青之作《伊凡．伊里奇之死》和《舞會之後》等，都自有其無可取代的思想力量和藝術魅力。不過，對於列夫．托爾斯泰來說，最能施展其才華的無疑是長篇小說此一文學形式。高爾基有個生動的比喻：「托爾斯泰倘使是一尾魚，他一定是在大洋裡游泳，絕不會游進內海。」[4]托爾斯泰本人也認為：「史詩的體裁對我是最合適的。」[5]他的大部分作品都有著一種內在的宏偉構想，特別是三部長篇巨著更是超群出眾，具有獨特的審美風貌。托爾斯泰長篇嶄新的藝術面貌是作家對生活的獨特認識和藝術概括的結晶。做為一個把自己的精神血肉深深融入作品的藝術家，托爾斯泰在他的長篇中強烈表現出人生追求和藝術探索統一的傾向。

許多作家和評論家對長篇小說這一文學體裁進行過種種理論闡述，其中不少具有科學價值。但是，長篇小說的相容性極高，要以一個固定不變的模式來界定並不合適。我們只能在比較中對長篇體裁有如下基本認識：與希臘史詩相比，史詩描寫的通常是重大歷史事件、理想化過的英雄，其風格一般顯得莊嚴和崇高，而長篇小說主要著眼於個人命運，「舉凡人的心靈與靈魂的祕密，人的命運，以及這命運和民族生活的一切關係，對長篇小說都是豐富的題材」[6]；與戲劇等文學形式相比，長篇小說具備的特點是史詩式地掌握個人生活，「它的容量、它的界限，是廣闊無邊的」，它的宏大結構「更適合於詩情地表現生活」。[7]因此，與長篇藝術關係最密切的大篇幅表現生活、宏大的結構以及塑造內涵豐厚的形象是這一體裁的三個基本審美特徵。

一

就長篇大篇幅表現生活這一體裁特徵而言，有一個明顯的發展過程。歐洲長篇小說源遠流長，其源頭可上溯至古希臘羅馬時期，《金驢記》[8]等作品已或多或少地具備了長篇體裁的某些特徵。文藝復興時期出現的《唐吉訶德》標誌著近代長篇小說的方向，並開始在生活的廣度與深度上揭示人的命運。經過古典主義時期的沉寂以後，長篇小說在啟蒙主義和浪漫主義時期再次蓬勃發展，菲爾丁[9]第一次明確地把長篇小說稱為「散文體的史詩」。十九世紀長篇天地中出現了群峰爭雄的新氣象，但一直到托爾斯泰，長篇小說才第一次顯示出大海般恢弘開闊的美。托爾斯泰的幾部長篇儘管在表現生活的篇幅上不盡相同，卻有著本質上相近的特徵。

4〈列夫·托爾斯泰〉，收錄於《文學寫照》，馬克西姆·高爾基著，人民文學出版社，一九七八年版，第十一頁。

5《列夫·托爾斯泰》，拉克申著，蘇聯《簡明文學百科全書》第七卷，莫斯科一九七二年版，第五五三頁。

6〈詩歌的分類和分科〉，別林斯基著，《別林斯基選集》第三卷，上海譯文出版社，一九八〇年版，第五十一頁。

7〈論俄國中篇小說和果戈理君的中篇小說〉，別林斯基著，《別林斯基選集》第一卷，上海譯文出版社，一九七九年版，第一五八頁。

8 編注：《金驢記》（*The Golden Asse*）為古羅馬作家阿普留斯（Lucius Apuleius，一二四？—一八九？）的作品，內容旨在諷刺羅馬帝國的生活。

9 編注：亨利·菲爾丁（Henry Fielding，一七〇七—一七五四），英國小說家，其最重要的作品為《湯姆·瓊斯》（Tom Jones，一七四九）。

首先，是史詩式的生活涵蓋面。托爾斯泰長篇中的生活畫面總是以囊括一個歷史時期的、巨大而完整的形態出現。在《戰爭與和平》中，作者的藝術筆觸伸向十九世紀俄國廣闊的生活領域，不僅再現整整一個歷史時代，而且為人物提供了廣闊的活動空間。例如我們在如此多樣的生活舞臺上看到了皮埃爾、貴族宮女舍列爾的沙龍、阿納托利同事的房間、別祖霍夫伯爵臨終的病榻旁、松林中的決鬥場、共濟會的臥室、波羅金諾戰役前線、火光熊熊的莫斯科、法軍的戰俘營、未來的「十二月黨人」的祕密團體……生活內涵的豐富使人物形象格外豐富了起來，而人物的廣泛活動也有力地拓寬了長篇表現生活的幅度。在《安娜·卡列尼娜》和《復活》中同樣如此，從彼得堡「大圈子裡還有小圈子」利欲熏心的上流社會到改革風波衝擊下的農村莊園；從昏官當道、草菅人命的法庭到西伯利亞風雪瀰漫的大路，主角便是在這般動盪的氛圍中進行探索，便是在這般宏大的空間演出一幕幕人間悲劇。柯羅連科[10]說得好：「一般的藝術家，如果能從紛繁的現象中找到一條光明的小徑就認為自己是幸福的」，「托爾斯泰的藝術領域，這不是小徑，不是林間小道，也不是一條大路。這是開闊的田野，深廣地伸展著，在我們面前顯得廣袤無垠。」[11]當然，駁雜的生活現象在托爾斯泰那裡並不是無節制地鋪陳和簡單地羅列，這裡有著作家嚴格的審美選擇。托爾斯泰曾經表示：「如果短視的批評家認為，我只是願意描寫我喜愛的東西……那他們就錯了，在我所寫的作品，差不多是所有作品中，指導我的是：為了表現，必須將彼此聯繫的思想搜集起來。」[12]托爾斯泰長篇的巨大容量，主要就是來自於作家藝術概括的力量。如盧卡契所說：「大概沒有另外一位現代作家，在他的作品中，『事物的整體』會像托爾斯泰的作品這樣豐富、這樣完整。」[13]對生活的大面積涵蓋和整體掌握，對個別現象與事物整體、個人命運以及周圍世界的內在聯繫的充分揭示，托爾斯泰長篇正是在這一點上首先給人不同於傳統長篇的深刻印象。

其次是探索型的男、女角色。托爾斯泰獨特的生活經歷、思想激變和人生追求，引發為他對生活的獨到觀察和發現。托爾斯泰筆下的探索型人物、農民和革命者形象等都是作家對長篇描寫對象的重要開拓。托爾斯泰長篇中主要的男女主角大多屬於探索型人物。當然，做為探索型人物，首先為人們注意的便是一些男性角色。在這些人物身上可以清晰看到作家的「自我」。托爾斯泰彷彿是用自身的切片在進行實驗標本，他與人物一起探索，一起進行深層次的自我分析。對於這些探索人物，如用「貴族地主」、「懺悔貴族」等一類名稱來界定，並不貼切。他們確實出身貴族並擁有田產，但是從作品中看，作家的著眼點並不僅僅在這些階級身分上，他更注重的是揭示人物身上勤於探索和富有實幹精神的進步知識分子的性格特徵。幾重因素的揉合構成了這些形象的某些共同氣質。正因為如此，他們才成為長篇發展中新的藝術形象。托爾斯泰把長篇的主要描寫對象放在這些人物身上，固然與他自身的人生探索有關，但同時也是他對藝術規律的尊重，因為作家比較熟悉這類人物，而且在這些文化修養較高、對時代潮流敏感的人物身上往往相對鮮明地反映出時代精神。緊張的人生探索和積極的社會活動力成了這一類形象不同於長篇中，其他描寫對象的兩個重要性格支撐點。如果我們把男性角色的探索視為是作家自身探索的藝術結晶的話，那

---

10 柯羅連科（Vladimir Galaktionovich *Korolenko*，一八五三—一九二一），俄國作家、社會運動家。作品以《盲音樂家》最具代表性。

11〈列夫．尼古拉耶維奇．托爾斯泰〉，柯羅連科著，《俄國作家批評家論列夫．托爾斯泰》，中國社會科學出版社，一九八二年版，第二〇三頁。

12〈致斯特拉霍夫〉（一八七六年四月廿三日），托爾斯泰著，《托爾斯泰全集》第六十二卷，莫斯科一九五三年版，第二六八至二六九頁。

13〈托爾斯泰和現實主義的發展〉，盧卡契（Lukács György，一八八五—一九七一）著，《盧卡契文學論文集》第二卷，中國社會科學出版社，一九八一年版，第三四〇頁。

麼在那些女性角色身上，我們可以發現更多作家透過表象揭示生活底蘊的洞察力。安娜、娜塔莎和卡秋莎——這些出身不同、個性各異的人物所顯示的深刻美學意義，在一定程度上和她們在曲折的生活道路上，執著地尋找人生真諦的行為相關。

第三，深沉的藝術思辨力量。托爾斯泰長篇的思辨力量在作家大量反映社會問題和窮源溯流地探究人生哲學上表現突出。當時，俄國迫切的社會問題無不反映在托爾斯泰的三部長篇中。《戰爭與和平》中，從對「四大家族」評價的準繩和對受人民力量感召的貴族新一代的描寫中，可以看到托爾斯泰對俄國貴族出路的擔心，對戰爭與和平、歷史人物的作用、農民和婦女的命運等問題的高度關注。這些問題相互烘托，使小說的題旨異常豐富。托爾斯泰的另兩部長篇同樣具有這樣的豐富內涵。對人生哲學異乎尋常的探索也是托爾斯泰長篇的重要部分。關於人生的意義和生與死的問題的探討在幾部長篇中頗為突出。例如列文曾為了「他是什麼人，他活著為了什麼」而苦惱、絕望，甚至「幾次想到自殺」。在書中，作家醒目地為一個章節加上標題：死亡。尼古拉兄長的死導致列文「對令人費解的、近在咫尺和不可避免的死亡的恐懼感」更加強烈，而同時「另一個同樣費解的奧祕又冒出來，呼籲人們要相親相愛，要活下去」，那就是生——吉娗的新生命的孕育。這種生與死的強烈對照正反映了列文（也是作家）在人生意義問題上的精神苦悶和矛盾心理。雖然作家最終得出的宗教結論與其宗教信仰相關，但是這一探索過程本身卻包含民主主義的思想內容。托爾斯泰無情地撕下醉生夢死的腐敗社會中一切假面具，雖然他對生活的熱愛客觀上使他的說教顯得蒼白無力，但當我們剔除了其中不合理的內涵之後，長篇中關於善與惡、罪與罰等問題的思考同樣能給我們多重哲理啟示。托爾斯泰強調：「唯一能夠傳達藝術內容的方法是詩意的形象。」[14]因此，儘管涅赫柳多夫等人是小說哲理內涵的主要負荷者，但他們依然是真實生動的藝術形象。正是這種與藝術形象交融的哲理思辨使托爾斯泰有力地開拓了長篇的思想容量，並為他的長篇帶來題旨豐富、意蘊深沉、具有較高的認識價值和審美價值的藝術特質。

二

人們經常將文學作品的結構比喻為建築學，那麼可以這麼說，形態最為複雜的長篇小說是要求最高的建築藝術。托爾斯泰在創作《安娜．卡列尼娜》時說過：「周密、反覆地考慮新作中各個人物可能發生的各種情況，考慮千百萬種可能的組合以便從中選擇百萬分之一的組合是非常困難的。」[15]確實，結構藝術對長篇小說家來說具有舉足輕重的意義，直接反映了作家駕馭題材的能力，並關係到作品的成敗得失以及風格特徵。

長篇小說在其發展過程中，結構形態是不斷變化的，它不存在任何刻板的規範或固定模式。傳統上，可分為兩種基本形態：開放型和封閉型。開放型長篇小說一般事件駁雜、人物眾多，情節的時間跨度大、空間領域廣。這些小說往往以主角的漫遊為情節線索，以人物所見所聞的串聯為結構骨架，事件鬆散冗

14〈威．馮．波倫茨的長篇小說《農民》的前言〉，托爾斯泰著，見《托爾斯泰全集》第卅四卷，莫斯科一九五三年版，第二七〇頁。

15 引自古謝夫所寫〈托爾斯泰是怎樣進行創作的〉，《俄國作家批評家論列夫．托爾斯泰》，中國社會科學出版社，一九八二年版，第四五一頁。

長，呈奇遇重疊式；封閉型長篇小說大多集中於一人一事，情節穿插不多，時間跨度較小。這些長篇情節緊湊，結構集中，但又常常失之於纖巧。從亞里斯多德的《詩學》中可以發現，近代長篇的這兩種形態與史詩和悲劇有關。「史詩的故事沒有時間限制，悲劇故事卻盡可能限於太陽運行一週時以內」；「戲劇裡穿插的情節很短，史詩裡可用穿插的情節增廣篇幅」；「悲劇能在較短的時間內達到模仿的目的」，「史詩的整一性較差」。因此，幅度寬、密度鬆的開放型長篇又稱「史詩體小說」，而幅度窄、密度緊的封閉型長篇則被稱為「戲劇式小說」。

托爾斯泰對長篇結構的開拓主要於作家在對生活整體宏觀認識的基礎上，創造了一種縱向開放和橫向拓寬的形態。在托爾斯泰的長篇中，縱橫兩者的關係表現為兩個不同面向的有機組合。首先是縱向的開放，即情節發展像生活本身那樣在時空上沒有極限。投身於「十二月黨人」活動的皮埃爾等人的未來固然是一部新打開的書，走向西伯利亞的卡秋莎的命運也像那大路在無限地延伸。其次是橫向的拓寬，即不是由一個人物，而是由主題凝聚的人物對照體來構成長篇的結構中心。從某種意義上說，後者是托爾斯泰長篇中更為重要的結構特色。這種對照體結構正是托爾斯泰「致力以求」並「感到驕傲」的結構獨到之處：「建築物的連接」不是靠情節和人物交往，而是靠「天衣無縫的」內在聯繫。

《戰爭與和平》圍繞著四大家族中主要成員的活動展開了多條情節線，但是這些情節線無不受制於一個結構中心，即由「人民思想」凝聚的安德烈和皮埃爾這一對照體的發展。小說中這兩個人物的探索從本質上來說是一致的，但是作者從一開始便強調，他們在性格和生活道路上的對照關係。人物的不同生活道路以鮮明的對照線貫穿全篇，同時對照線又出現四次疊合。小說開頭舍列爾客廳中兩位男主角的「亮相」，〈第二部．第二章〉中在鮑古恰羅沃和童山的重逢，〈第三部．第二章〉兩人同在波羅金諾前線，

〈尾聲〉中安德烈和皮埃爾在尼科連卡夢中的迭現……每一次疊合都是對照體雙方思想發展的重要階段。從這部小說的結構中，可以看到作者對長篇結構藝術規律的尊重。一是重視主題的凝聚作用。托爾斯泰多次表示：「藝術作品中最主要的是要有一個像焦點一樣能把所有的光聚集於這一點或者從這一點放射出去的東西。」[16]而主題正是托爾斯泰長篇中的聚光點。在其強烈光照下，對照體雙方以及所有人物和事件都按照各自的方式結合起來，形成有機的整體。二是重視結構布局。托爾斯泰認為，「一旦布局正確了，那麼所有不必要、累贅的東西自然而然會消失，一切都會以巨大的明晰度顯現出來。」[17]布局的關鍵在於以人物為結構中心，托爾斯泰的長篇在布局上的獨到表現，在以對照體做為「體系的太陽」，這就在作品縱向開放和橫向拓寬的同時，保持了結構的完整與明晰。因此，儘管《戰爭與和平》中，民族矛盾和國內矛盾此起彼伏，人物複雜眾多，事件駁雜紛呈，但其指向性都十分明確、清晰。「人民思想」主題的有力統轄和對照體結構中心的獨到安排，使大如歷史進程、民族存亡、戰爭風雲、制度變革，小至家族盛衰、鄉村習俗、節慶喜宴、個人悲歡，都納入一體的藝術結構之中，從而也才有小說既宏偉、開放，「每一部分具有獨立的興趣」[18]，又渾然一體、「形散而神不散」的藝術效果。

由對照體來構成結構中心的形態，同樣在托爾斯泰的另外兩部長篇中存在，雖然具體處理方式有所不同。《安娜・卡列尼娜》中，男、女主角的對照關係頗為獨特。安娜和列文之間既不形成矛盾衝突，也幾乎沒有實際交流。他們的對照是更為內在的。如在尋求理想生活時，安娜重感情，而列文重理智；安娜在

16 引自《藝術家托爾斯泰》，蘇聯科學院出版社，一九六一年版，第三一四頁。

17〈致費特〉（一八七八年九月五日），托爾斯泰著，《托爾斯泰全集》第六十二卷，莫斯科一九五三年版，第四四一頁。

18〈致斯特拉霍夫〉（一九七六年四月廿三日），托爾斯泰著，《托爾斯泰全集》第十三卷，莫斯科一九五三年版，第五十五頁。

追求中表現為「靈」與「肉」的尖銳衝突，而列文則主要是精神上的深刻矛盾；在家庭生活上，安娜在官僚、貴族社會的淵藪裡沉淪，並以悲劇告終，列文則在宗法制農村莊園中找到出路，得到幸福。作者正是以此為對照基礎，展開了人物的兩條逆向生活道路，並使之在「家庭思想」的凝聚下共同構成布局的主體。從外部形態看，這部作品如同一座雙子星大廈，其中任一棟都無法獨立存在，但同時又各自擁有一些互不重疊的側面，因此結構的開闊感、層次感和整體感都很強烈。《復活》結構中，人物也有對照關係。與一般愛情小說相較，這部小說中男女主角的愛情糾葛明顯淡化，卡秋莎和涅赫柳多夫主要以不同的性格以及走向「復活」的不同道路相互聯繫。作者使用更為簡捷的手法，不斷地在同一時間的橫向基礎上顯示對照的空間面，而這些空間面又包含各自豐富的生活內容。從嚴格意義上說，《復活》與傳統的單線發展結構已不盡相同。因此，儘管小說的情節較前兩部長篇簡單，但仍然達到辯證和廣闊反映生活的目的。

托爾斯泰在處理對照體結構形態時，特別注意連綴人物的紐帶作用。《戰爭與和平》中，娜塔莎的紐帶作用是明顯的，而《復活》中，情節的獨特安排使對照體的一方涅赫柳多夫同時起了紐帶作用。在《安娜·卡列尼娜》中擔負這一作用的是奧勃朗斯基。此人與社會上的「三教九流」有著廣泛的接觸，同時又和所有主要人物有著特殊關聯，如列文是他的至交，吉媞是他的小姨子，安娜和卡列寧是他的妹妹和妹夫，渥倫斯基則與他早有往來又曾是吉媞的意中人。奧勃朗斯基在小說結構中穿梭往來，時隱時現。他的活動不僅使兩個對照體之間的結構密度明顯增大，還提供了一個充分顯示對照效果的觀察點，整個多層次的布局也隨之出現了清晰的脈絡。

托爾斯泰對長篇結構藝術的開拓，是在傳統的史詩體小說和戲劇式小說的基礎上，創造出一種比較成熟的形態，簡言之，即結構上開放、拓寬與戲劇式集中的有機統一。托爾斯泰的這一開拓是作家對長篇結構藝術規律認識深化的表現，為進一步發揮長篇藝術系統的整體功能創造了有利條件。對此，佛斯特[19]有一段出色的評論：「音樂在其終極表達中為小說提供了一種美的形態……這種形態就是擴展……是擴展而不是完成，是大開大放而不是圓圓滿滿地結束。當交響樂奏完，而我們卻感到那些組成交響樂的音符曲調已經獲得解放，它們在整體的節奏中已找到各自的自由。小說能不能也這樣呢？《戰爭與和平》不是也曾經給我們這種感覺嗎？……當我們閱讀時，是否有宏偉合聲在我們後方緩緩響起？而當我們讀竟全書後，書中的林林總總——甚至連那些兵法目錄——不都在當下超越了自身，變成了更為廣大的存在？」確實，托爾斯泰長篇正是以其開放、力度和整體原則為小說的藝術結構、為生活的「宏偉音響」，提供了一種美的形態。

三

托爾斯泰開拓了長篇所表現出的生活容量和結構藝術，其本質上都是為了塑造審美價值更高的藝術形象。長篇小說具有在生活的廣度和深度上，塑造血肉豐滿的藝術形象的有利條件，在長篇發展史上，人物

19 編注：愛德華·摩根·佛斯特（Edward Morgan Forster，一八七九—一九七〇），英國小說家，著名小說包括《窗外有藍天》（A Room with a View，一九〇八）、《印度之旅》（A Passage to India，一九二四）等。下文所提評論，出自他所著《小說面面觀：現代小說寫作的藝術》（Aspects of the novel）。

形象從類型化到性格化的過程中，也有一條明顯的演變軌跡。托爾斯泰的成就在於，為長篇的人物畫廊增添不少個性更為鮮明、內涵更為豐厚的藝術形象，這些形象的出現成了長篇典型化藝術走向新階段的標誌。

任何一部藝術作品都不可避免地帶有作家主觀的印記，但是在不同作家身上，主體參與的程度是大相徑庭的。身為真誠的、感情色彩極濃的小說家，托爾斯泰常常成為自己長篇藝術世界的直接參與者。對於那些基本符合作家美學理想的形象，托爾斯泰常在生活真實的基礎上，以充滿詩情的美好色彩加以描繪，藉以增強形象的美感特徵。《戰爭與和平》中，娜塔莎就是作家詩意化之後的形象，托爾斯泰在具體描寫中傾注了熱烈的情感。例如，在緊張而富有生趣的快樂莊園圍獵之後，娜塔莎一行來到鄉村的「大叔」家做客。在這個新環境中，她覺得那麼輕鬆、快活。作家用歡快的筆調描寫了娜塔莎與大叔的民間對舞，讚揚「這個在法國女僑民的教養下長大的」伯爵小姐，卻懂得這種「不可模仿、無法鑽研的俄羅斯精神和動作」。由於作家對此一形象的性格美，以及人民和大自然接近的內在稟賦的詩意描寫顯得生氣勃勃，使人強烈感受到蓬勃的活力和生活的意義。托爾斯泰在安德烈、皮埃爾、卡秋莎等人物形象上也賦予了濃烈的詩情，並努力發掘他們的心靈美。對於那些不符合托爾斯泰審美理想的人物，主體的積極參與則使這些形象基本的審美特徵獲得更深刻的揭示。《安娜．卡列尼娜》中，卡列寧的形象正寄寓著作家鮮明的審美評價。讀者第一次見到的卡列寧形象雖然不乏安娜在特定心境中的直覺與感受，但作家的評價也溢於言表。而後，作家又不斷地將卡列寧道貌岸然的表象和這種表象後的內在實質加以強烈對照。在安娜的憤怒控訴中，我們也聽到作家的聲音。與某些作家相比，「托爾斯泰從來不是生活的冷靜觀察者，對人和物抱持漠然視之的旁觀態度」；同時，「做為藝術家，他具有保持非凡平衡的特點，而且幾乎總能為自己不安的觀察和熱情的探索找到藝術表現的、史詩般從容不迫的形式」[20]。托爾斯泰強調，作家在創作中，應當稍稍離開他筆下的角色。這種美學距離是至關重要的。正是基於這種「稍稍離開」的距離，托爾斯泰沒有因為在娜塔莎身上傾注熱烈情感而任意提高、美化這一形象，也沒有因為卡列寧不符合美學理想而對他加以醜化。卡列寧有自己獨特的個性，有自己的內心矛盾，在安娜病危時也會出現感情的波動。這是作家理性對情感的一種超越，也是「積極參與」與「美學距離」的統一。

托爾斯泰在人物塑造上的這種內在完整性，使他在長篇典型化的藝術手法上出現重大變動，如揭示人物性格的多重色彩。托爾斯泰曾多次表示，現實生活中沒有絕對的好人或壞人，只有具有好的素質或壞的素質之分的普通人；每一個人身上都有「花斑」，也就是說，生活中的人都有著多重色彩的性格特徵。這些看法表明了作家對人的性格認識的深化。就人物性格內涵的豐富性而言，安娜形象所顯示的成就是無與倫比的。安娜的性格與文學史上不少複雜的藝術典型一樣，是由一些雙向性的元素系統聯繫、構成的整體。它們在安娜性格中的主要表現為：熱烈追求但又自我譴責，大膽反抗但又時時妥協，意志堅強但又敏感多疑，天賦卓越但又無端耗費等，這些雙向性格元素正是安娜悲劇的內在性格基礎。在托爾斯泰筆下，安娜性格，這種雙向性元素的組合是與眾不同的。對立雙方的元素並非壁壘森嚴，它們既互相衝突，又相互滲透，甚至還相互轉化。這使得安娜的性格呈現出複雜的形態。例如小說〈第五部〉中，安娜觀看歌劇的那一場，表現了安娜性格中大膽堅毅的一面：勇敢地向整個社交界挑戰；同時又表現出安娜性格中脆弱的一面：在強大的社會壓力、沉重的精神枷鎖以及面臨與渥倫斯基的愛情出現裂痕的威脅下，安娜感到無

20〈藝術家托爾斯泰〉，奧夫夏尼科—庫利科夫斯基著，《俄國作家批評家論列夫．托爾斯泰》，中國社會科學出版社，一九八二年版，第一八二、一八五頁。

能為力、恐懼且絕望。她決定去觀看這次演出的直接動機是害怕渥倫斯基變心，其間甚至不排除還帶有某種重入上流社會的潛在心理。這裡，大膽堅毅與脆弱恐懼之間相互交織，並沒有明確的界限。

心理學認為，人的性格不僅是複雜的心理構成物，其結構還具有動力特性。性格的動力特性主要表現為：人的性格特徵在不同的行為條件下有不同的組合，性格既有相對穩定性，又可以在不同場合顯示出不同的面向；人的性格有可塑性，在主、客觀相互作用中形成，又在主、客觀相互作用中變化。十九世紀的長篇雖然在揭示人物性格的複雜性上有了進展，但是對人物性格的動力特性卻未多加留意。在許多長篇中，人物性格從出場已經定型或者基本定型，所謂性格變化只是主導性格在不同空間內移動而產生的差異。這是一種多面卻靜態的性格。托爾斯泰的發展則在於將人物性格的刻畫從單純的空間範圍推向更為廣闊的時空交織。作者不僅在空間範圍內多面向地顯示人物性格，而且在時間範圍內動態地描寫人物個性的形成和發展。英國作家喬治・歐威爾認為，托爾斯泰的人物之所以比狄更斯的人物更能抓住讀者，就是因為托爾斯泰「描寫的是正在成長的人們。他的人物是在掙扎中形成自己的靈魂，而狄更斯的人物則已經長成而且完美無缺了」[21]。這段話頗為準確地抓住了靜態性格和動態性格的美感差異。托爾斯泰曾經在《復活》中把人比作河並認為：「每一個人身上都有一切人性的胚胎，有的時候表現這一些人性，有的時候又表現那一些人性。他常常變得完全不像自己，卻又始終是他自己。」托爾斯泰長篇中，主要人物性格一般都處在這種運動狀態之中。人物性格是這種狀態，又不是這種狀態，這種對立統一的關係使它與現實生活中人的性格的動力特性更為接近，因而強化了形象的真實感。

如果說十九世紀長篇中，心理分析手法已為多數作家普遍採用了的話，那麼托爾斯泰心理描寫的手法則是別具一格的。在托爾斯泰長篇中，作家從來不是單純地描寫人物心靈的顫動、細膩的感受和自我分析，而是留心多種手法的綜合運用。《戰爭與和平》中，安德烈在奧斯特利茨戰役時的心理描寫就是如此。一方面作家跌宕起伏地描寫安德烈度過精神危機時的心理變化過程，另一方面他又以外化手段來揭示人物的心理。天空、春夜、橡樹等自然景物往往既是人物心理外化的附屬物，也是人物心理內析的觸發器。心理描寫手段的多樣化還突出地表現在作家運用「自由聯想」的手法、對特定境遇中人物出現的潛意識心理描寫上。《安娜・卡列尼娜》中，列文向吉媞求婚失敗後，他的思路一會兒從《熱學》中的「電和熱」跳到小牛的出生，一會兒又從小牛跳到幻覺中貼心的妻子。這種不自覺、閃現式的聯想，簡潔而又生動地寫出列文在幸福家庭的希望受挫後，痛苦和恍惚的心理狀態。安娜多次出現的夢境和產後病危時的胡言亂語、渥倫斯基企圖自殺時的迷亂心理、安娜在馬車上跳躍的心理意象等，也都是以一種「自由聯想」的形態出現的，它們是人物生活積澱和情緒積澱的獨特反映。因此，做為托爾斯泰現實主義心理描寫的組成部分，這種手法對於表現人物在特定瞬間的複雜心理起了重要作用。

托爾斯泰的長篇同時留心追求知覺化的藝術效果。高爾基認為，托爾斯泰筆下的人物具有這樣的特徵：「他刻畫的形象巧妙到這樣的程度，你會感覺到彷彿他的主角的肉體存在；他彷彿站在你面前，你想用手指去觸摸他。」[22]造成這種實體感的原因是多方面的。首先，這與作家天賦的感受能力有關。蘇聯學者尼基福羅娃在《文藝心理學》一書中分析了作家的日記、書信和有關傳記資料後認為，托爾斯泰所具有的超感受能力和現實對他的直接影響力是令人驚訝的。他在一些日記中記述的景物和創作欲望，「都是做

21〈查理斯・狄更斯〉，喬治・奧威爾著，《狄更斯評論集》，上海譯文出版社，一九八一年版，第一三九頁。
22〈同進入文學界的青年突擊隊員談話〉，高爾基著，《高爾基論文學》，人民文學出版社，一九七八年版，第二八一頁。

為具有透視性、立體性，具有各樣視覺和聽覺形象的完整圖景而被他感知到的」。除了這種天賦能力外，更重要的還是作家本身對知覺化藝術手段的自覺運用。文學中所謂的「知覺化」，就是借助於語言的色彩感、聲音感和線條感等來喚起讀者以生活經驗和知識積累為基礎的聯想，從而造成藝術形象的直觀性。要使那些靠抽象的文字勾勒出來的形象具有實體感，除了調整其他的典型化手段外，對知覺化的追求無疑是必要的。托爾斯泰在創造與其他藝術相通但又有自身特點的知覺化手段上，取得了相當高的成就。在托爾斯泰的長篇中，知覺化的形態豐富多樣。其中有肖像的知覺化，如卡秋莎出場時，作家描寫了人物的自然輪廓、衣服色澤的強烈反差，並藉由頭髮和眼神的生動點染，立刻使形象具有一種生動可感的外在。有動作的知覺化，如娜塔莎出場時，人物一系列動作主要透過腳步聲、椅子倒地聲和笑聲等聲響來表現，這就使一個充滿生氣的形象在讀者的聯想中躍然紙上。也有群眾場面的知覺化，如列文聽割草婦女歌唱的那段描寫，聲音、色彩、光線等組合在一起，不僅造成強烈的知覺感，而且產生一種動態和氣態。還有病態心理的知覺化。作家如此描寫安德烈病危時的心理感覺：先寫聽覺，安德烈聽見「一種輕微的、耳語般的聲音，不停地、有節奏地重複著『劈唧——劈唧——劈唧』」；再寫觸覺，他感覺到臉上有一座用細細的針或薄木片建造的奇特空中樓閣；接著寫視覺，「他間或看到有一圈紅暈的燭光」。此後又是幾種感覺交織的描寫。作者在這裡未用任何抽象字眼，全部透過人物的感覺以及感覺的頻頻挪移，喚起讀者的聯想，造成鮮明的知覺感，從而使安德烈紊亂的心理狀態纖毫畢現。托爾斯泰在長篇中對知覺化藝術手段的重視和廣泛使用，說到底是對藝術規律的尊重，因為知覺化是達到具體性的重要途徑，而唯有當讀者被藝術形象具體可感的形態吸引後，才能進而深入其內涵並得到藝術的享受。托爾斯泰對長篇藝術的開拓，在不同的情況下分別表現為哲理內涵深刻性與藝術形象生動性的統一，對生活整體的宏觀認識以及對長篇藝術規律具體把握的統一，主體的積極參與和保持美學距離的一致等。由此，長篇中史詩式的生活涵蓋面、探索型的人物、深沉的藝術思辨力量、縱向開放與橫向拓寬的結構形態、動態的多重色彩的性格塑造，以及辯證的心理分析等，一系列藝術要素相互影響、相互交織，以內在的有機聯繫構成一個帶有作家獨特印記的藝術系統。做為長篇藝術歷史發展中一塊承前啟後的界石，托爾斯泰的歷史成就在於：他的小說較充分且全面地發揮了長篇體裁從審美上大量掌握現實的巨大可能性；在作家人生追求和藝術追求兩者中，在廣闊而完整的生活畫面、宏大的藝術結構和卓越的形象塑造中，人的命運獲得前所未有的真實展現。托爾斯泰的開拓為當代長篇躍向新的高度指明了方向。在這一意義上可以說：「托爾斯泰對於未來的小說家，是最好的導師。」[23]

——華東師範大學中文系教授　陳建華
二〇〇九年五月改定於華東師範大學

23〈發現了托爾斯泰〉，馬丁・杜・加爾著，《歐美作家論列夫・托爾斯泰》，中國社會科學出版社，一九八三年版，第一一〇頁。

第一部

第一章

「噢，公爵，熱那亞和盧卡成為拿破崙家族的領地了[24]。不，我要把話說在前頭，要是您還不明說，我們已經在打仗，要是您還敢為這個反基督者的所有卑劣行徑、倒行逆施辯護——真的，我相信他就是反基督者——我就算不認識您了，您就不是我的朋友，您就並非如您所言，是我忠實的奴僕。[25]噢，您好，您好。我看我是嚇到您了，來，請坐下談吧。」

這是一八〇五年七月，知名的安娜・帕夫洛夫娜・舍列爾——太后瑪麗亞・費多羅夫娜的貴族宮女[26]和親信，在迎接第一位前來參加晚宴的達官貴人瓦西里・庫拉金公爵時所說的話。安娜・帕夫洛夫娜咳嗽好幾天了，她說是患了流感（流感當時還只是少數人才用的新名詞）。一早，便由優雅的男僕分送邀請函，內容措辭並無不同：

如果您，伯爵（或公爵），沒有什麼更好的安排，而出席一個可憐病人的晚宴也不會使您視為畏途，

---

24 拿破崙・波拿巴（Napoléon Bonaparte，一七六九—一八二一）於一八〇五年將熱那亞併入法國，同年把盧卡置於他的妹妹和妹夫的統治下。

25 原文中的外文，本書均以楷體排印，此處為法文，以後不再注明，若遇其他外文則加注語種。

26 貴族宮女，指年少入宮侍候皇族女性（皇后、公主等）的貴族女子。

那麼今晚七至十點，我將榮幸地在舍下恭候。安妮特[27]．舍列爾

「天啊，多麼嚴厲的告誡！」進來的公爵答道，對這樣的接待毫不介意。他身穿繡花朝服、長襪和皮鞋，佩戴幾枚星形徽章，扁平的臉上流露出開朗神情。

他說的是我們的祖輩不僅用以交談，也用以思考的優雅法語，是一輩子周旋於上流社會的宮廷顯要所特有的安詳、庇護語氣。他走近安娜．帕夫洛夫娜，低下噴灑過香水的發亮禿頂，吻了吻她的手，便怡然自得地在沙發上坐下。

「親愛的朋友，先告訴我，您的身體如何？請讓我安心吧。」他說，不改原先的聲音和語調，在禮貌和同情中透露出一絲淡然，甚至嘲弄。

「身體怎麼會好呢……在精神上忍受痛苦的時候？在我們這個時代，一個有感情的人難道能處之泰然嗎？」安娜．帕夫洛夫娜說，「我希望，您整晚都待在這裡，好嗎？」

「英國公使的招待會呢？今天是星期三。我必須到場，」公爵說，「小女待會乘車來接我。」

「我還以為今天的招待會取消了。坦白說，所有這類招待會和煙火都愈來愈讓人厭煩了。」

「要是知道您不喜歡，他們一定早取消了。」公爵說道，他像已上弦的鐘表，習慣性地說一些他根本不指望他人會相信的話。

「別挖苦我了。那麼，關於諾沃西爾采夫的緊急電報，有什麼決定嗎？[28]您可是無所不知啊。」

「怎麼對您解釋呢？」公爵說道，語氣冷淡且厭倦。「什麼決定？決定是，拿破崙已經破釜沉舟，看來，我們也準備破釜沉舟。」

瓦西里公爵言談總是懶洋洋的，如同演員口述一齣舊劇的臺詞。相反的，安娜・帕夫洛夫娜・舍列爾儘管年屆四十，卻充滿活力和激情。

她是熱情洋溢的女性，這是她的社會地位使然，有時即使她不想這樣，但為了不使那些熟知她的人失望，也就裝出熱情洋溢的樣子。經常在安娜・帕夫洛夫娜臉上浮現的矜持微笑，雖然和她那青春不再的容顏不太相稱，卻表明她像被寵壞的孩子一樣，經常意識到自己有可愛的小小缺點，不過不想改，改不了，也覺得沒有必要改。

關於政治事件的話題談到一半，安娜・帕夫洛夫娜的情緒就激動了起來。

「哎呀，您就別對我提奧地利了！也許我什麼也不懂，可是奧地利從來不想打仗，現在也一樣。它在出賣我們。[29]俄羅斯不得不獨力拯救歐洲。我們仁慈的君主知道自己的崇高使命，並將忠實於它。唯有這一點我是深信不疑的。我們善良而英明的君主將扮演這世界最偉大的角色，他那麼仁慈、高尚，上帝絕不會拋棄他，他也必將完成自己的使命，把革命這條多頭毒蛇鎮壓下去，革命現在由於以那個屠夫和惡棍為代表而更加可怕了。只有我們才會為無辜者[30]的鮮血伸張正義。我們還能指望誰呢，請問？……英國以其

---

27 即俄語中的安娜。

28 一八〇五年春，拿破崙風聞組織反拿破崙同盟的談判已經恢復，於是致函英王提出和平倡議。同年六月，俄皇亞歷山大一世派遣寵臣諾沃西爾采夫伯爵前往巴黎，試圖在英法談判中進行斡旋。他途經柏林獲悉熱那亞已被併入法蘭西帝國，即發回緊急電報。不久，亞歷山大一世將他召回，拒絕和拿破崙談判。

29 奧地利曾在一八〇四年與俄羅斯簽訂協定，若拿破崙再有侵犯義大利獨立的企圖，將予以軍事反擊。但拿破崙接受義大利王的封號，兼併盧卡和熱那亞，奧地利卻仍遲遲不為戰爭進行準備。

生意人的頭腦不理解也不可能理解亞歷山大皇帝的高尚情操。英國拒絕從馬爾他撤軍。[31]他們想看看，想探究我國的行動有什麼不可告人的用心。他們對諾沃西爾采夫說了什麼呢？什麼也沒有說。他們不理解，他們不可能理解我們的君主的獻身精神，皇上自己一無所求，一切都是為了世界的福祉。他們有什麼承諾嗎？沒有。即使有，也不會兌現！普魯士已經宣稱，拿破崙是不可戰勝的，整個歐洲對他無可奈何……無論是哈登貝格還是豪格維茨，他們的話我一句也不信。[32]普魯士聲名狼藉的所謂中立不過是陷阱罷了。我只相信上帝和我們親愛的君主的偉大未來。他將拯救歐洲！……」她突然停了下來，為自己太過激動而露出自嘲的微笑。

「我想，」公爵笑道，「倘若派去的是您，而不是我們親愛的溫岑格羅德[33]，那麼您一定能輕而易舉地獲得普魯士國王的首肯，您是那麼善於詞令。您能給我一杯茶嗎？」

「立刻送來。順便提一下，」她又平靜說道，「今天，我這裡來了兩位很有意思的人物，莫特瑪律子爵[34]，他因為羅昂家族的關係與蒙莫朗西沾親，是法國最有名望的世家之一。是一位優秀的、真正的移民。另一位是莫里奧神父，您認識這位深謀遠慮的人物嗎？皇上接見過他。您知道嗎？」

「啊！我很高興能見到他們，」公爵說。「請您告訴我，」他又接著說，彷彿剛想起了什麼，特別漫不經心似的，其實他今日來訪的主要目的便是要打聽一件事，「孀居的太后想委派豐克男爵前往維也納擔任一等祕書，這是真的嗎？這位男爵看起來很平庸。」瓦西里公爵一心想為兒子安排這個職位，卻有人竭力想透過瑪麗亞·費多羅夫娜太后為男爵爭取這份職位。

安娜·帕夫洛夫娜幾乎閉上眼睛，表示她或任何人都不能褒貶太后願意做或喜歡做的事。

「豐克男爵是太后的姊妹向她推薦的，」她只用傷感、冷淡的口吻說了這一句。安娜·帕夫洛夫娜一提到太后，臉上便驀地流露深摯的忠誠和崇敬，其中融合淡淡的感傷。每當她在談話中提起自己這位尊貴的庇護者時總是如此。她說，「太后陛下很器重豐克男爵，」於是，雙眼再次蒙上一層淡淡的傷感神情。

公爵意興索然地沉默了。安娜．帕夫洛夫娜以她特有的廷臣和女性的圓融及應對的敏捷，想起既要教訓公爵一下——他竟敢那樣批評太后推薦的人——也要給予安撫。

「順便談談您的家庭吧，」她說，「知道嗎？自從您的女兒出入社交界以來，她成為整個社交界的寵兒。所有人都覺得她美若天仙。」

30 指的是當甘公爵（Louis-Antoine-Henri de Bourbon-Condé, duc d'Enghie，一七七二—一八〇四）被殺害的事件。他因涉嫌參與反拿破崙，在巴登公國被法國一隊騎馬的憲兵越界逮捕，並押送到萬森要塞（一八〇四年八月），後被軍事法庭判處死刑。亞歷山大一世向拿破崙發出了措辭強硬的抗議信，而奧地利和德國均保持沉默。

31 一七九八年，拿破崙奪取原屬約翰騎士團的馬爾他島，而在一八〇〇年，該島又被英軍占領。根據英法簽定的亞眠和約（一八〇二年），英國必須撤離馬爾他，但英國拒不履行此項合約。亞歷山大一世提議，暫時在馬爾他島派駐俄國衛戍部隊，但他的調停無果而終。

32 目睹十九世紀前十年之間，拿破崙在歐洲日益擴張的統治，並時常任意變更歐洲版圖，普魯士不敢公開加入反法同盟。哈登貝格公爵（Karl August Fürst von Hardenberg，一七五〇—一八二二）於一八〇五年任普魯士外交大臣，在對法是戰是和的問題上舉棋不定。早在一七九五年，便曾帶領普魯士退出第一次反法同盟。豪格維茨伯爵（Christian Graf von Haugwitz，一七五二—一八三二）則是深受普魯士國王信任的外交家，主張與法國發展友好關係。

33 溫岑格羅德（Ferdinand von Wintzingerode，一七六一—一八一八），原籍黑森，一七九七年起在俄軍服役，曾被派往奧地利和普魯士商討反法同盟的共同行動計畫。

34 莫特瑪律子爵是虛構的人物，原型可能是梅斯特爾伯爵（Joseph de Maistre，一七五三—一八二一），法國政治家，在一八〇三至一八一七年間是撒丁國王在俄國宮廷的全權代表。

公爵點頭表示恭敬和感激。

「我常在想，」安娜・帕夫洛夫娜沉默片刻後說道，她將身子移近公爵，親切地向他微笑，彷彿以此表達，政治和社交的談話結束，現在要聊聊知心話，「我常在想，有時人生的際遇是多麼不公平。命運怎麼會給您這麼出色的兩個孩子——除了您的小兒子阿納托利，我不喜歡他——」她揚起眉毛，不容分說地補上一句，「兩個這麼可愛的孩子呢？可是您，真的，卻看不上他們；您不配做他們的父親啊。」

她得意地莞爾一笑。

「有什麼辦法呢？拉法特[35]一定會說，我的面相注定不是慈父。」公爵說。

「別開玩笑了，我想認真地和您談一談。您知道嗎，我對您的小兒子不大滿意。這話只是我們私下說（她的臉上流露出淡淡傷感），有人向太后提過他，都為您感到惋惜……」

公爵未答腔，她卻是默默地、神情凝重地看著他，等他回答。瓦西里公爵皺起了眉頭。

「我能怎麼辦呢？」他終於說道。「您是知道的，為了培養他們，我做了一個父親所能做的一切，可惜兩人都成了渾蛋。伊波利特至少還算是比較安分的渾蛋，而阿納托利這個渾蛋簡直是恣意妄為，這是唯一的不同之處。」他說，笑得比平時更虛假、激動，而此時在他嘴角邊形成的皺紋尤為刺眼，顯得出人意料的粗俗討厭。

「像您這樣的人何必生兒育女呢？如果您不是一位父親，我對您就無可指責了。」安娜・帕夫洛夫娜說道，若有所思地抬起眼。

「我是您的忠實奴僕，也唯有對您才能吐露心聲。我的孩子們是我生活中的累贅，是我背負的十字架。我是這麼看待的。能怎麼辦呢……」他沉默了一會兒，做了個無可奈何的手勢，示意他只能屈服於殘酷的命運。

安娜・帕夫洛夫娜陷入沉思。

「您從來就沒有想過，要讓您那個花花公子阿納托利成家？人們總說，」她說，「老女人都有為人做媒的癖好。我還不覺得自己有這個毛病，不過我想到一個女孩，她和父親仍住在一起，很是苦惱，就是我們的親戚鮑爾康斯基公爵小姐。」瓦西里公爵並未答腔，不過他具備上流社會人物特有的機敏和好記性，便點頭示意他領會了這番好意。

「不，您知道嗎？這個阿納托利每年要花掉我四萬盧布。」他說，看來他無法克制住自己傷心的思緒。他沉默了一會兒。

「再這樣下去，五年以後怎麼得了？這就是身為父親的好啊。她有錢嗎，您的這位公爵小姐？」

「她的父親非常富有，不過極其吝嗇。他住在鄉下。您認識的，此人正是著名的鮑爾康斯基公爵，先帝在位時便已退休，綽號普魯士王。他是個聰明人，可惜性情乖僻，難以相處。可憐的女孩鬱鬱寡歡。她有個哥哥，不久前娶了麗莎・梅南，是庫圖佐夫的副官。他今晚也會來。」

「聽我說，親愛的安娜，」公爵說，不期然握住對方的手，不知為何微微往下拽。「請您為我談成這件事，我將永遠是您最忠實的奴僕——一如鄉下一名村長交給我的報告裡所寫的——她出自名門，而且富有。這都是我求之不得的。」

於是他以他所擅長的、瀟灑而親暱的優雅動作，執起宮女的手親吻，又搖了幾下，便懶洋洋地坐在安

---

35 拉法特（John Caspar Lavater，一七四一—一八〇一），牧師，瑞士作家，著有《命相術》一書。

樂椅上，望向他處。

「等等，」安娜・帕夫洛夫娜若有所思地說道。「我今天就對麗莎（安德烈・鮑爾康斯基的妻子）提。這事也許能成。我開始為府上學著做老女人會做的事了。」

二

安娜・帕夫洛夫娜的客廳漸漸賓客滿堂。與會的淨是彼得堡最有名望的顯貴，年齡和性格各異，但都生活在同樣的上流社會；瓦西里的女兒美人海倫來了，她是來接父親的，要和他一起前往英國公使館的招待會。她佩戴花字獎章，身穿參加舞會的衣著。而彼得堡最有魅力的女性，年輕嬌小的鮑爾康斯基公爵夫人也出現了，她去年冬天結婚，現在由於懷孕，不再出席盛大的交際場合，不過仍出席小型晚宴。瓦西里公爵的兒子伊波利特公爵也帶了他先前介紹的莫特瑪律來了；莫里奧神父和其他很多人也來了。

「你們還沒見過面呢，」或：「您不認識我的姑媽吧？」安娜・帕夫洛夫娜對賓客們說道，並鄭重其事地引領他們前往頭上打著高高的蝴蝶結、在客人們陸續到來之際自另一個房間緩步而出的老太太跟前，向她一一介紹賓客的姓名，慢慢地將視線從賓客身上移向我的姑媽，然後退後一步。

所有賓客無不按照禮節，向誰也不認識、不需要也不感興趣的姑媽表達問候。安娜・帕夫洛夫娜懷著傷感、莊重關切注視著他們表達問候的情景，默默地予以讚許。我的姑媽對每一個人都以同樣的話語談到對方的健康、自己的健康和太后陛下的健康，謝天謝地，太后陛下今天好些了。所有向她走來的人，出於禮貌一點也不顯匆忙，而在離開老太太的時候都如釋重負，整個晚上就再也不打照面了。

年輕的鮑爾康斯基公爵夫人帶來裝有針線活的金絲線繡花小絲絨袋。她那有一抹微黑髭鬚的嬌柔上唇微翹、牙齒微露，因而在嘴唇微張時更顯可愛，尤其是在上唇抿著下唇的時候。真正有魅力的女性往往如此，她的缺點——微翹的嘴唇、半張著嘴，似乎成了她獨具的特殊美。所有人愉悅地看著這位充滿活力、面容姣好的未來母親，她在妊娠期是這麼自在。老人也好，寂寞、憂鬱的年輕人也好，和她在一起相處一會兒、談談心，便覺得自己也像她一樣自在。誰和她談話，看到她一講話便浮現的開朗微笑和時時露出的皓齒，誰就會覺得，自己今天特別受到歡迎，每個人都會有這種感想。

嬌小的公爵夫人拿著針線袋，搖搖擺擺地快步繞過桌子，開心地理一理衣衫，在靠近銀茶壺的沙發上坐下，彷彿她所做的一切，對她和她周圍的人都是賞心悅目的娛樂。

「我帶針線活來了，」她說，一邊翻開針線袋給所有在座的人看。

「您當心點兒，安娜，可別耍我呀，」她轉頭對女主人說。「您信上說，只是小型晚宴。您看看，我裹得密不透風的這身打扮。」

於是她伸開雙臂，展示她那鑲著花邊的雅緻灰色衣裙，胸口下束著一條寬緞帶。

「您放心，麗莎，您仍然比誰都漂亮。」安娜．帕夫洛夫娜回答道。

「您知道嗎，我的丈夫要拋棄我了，」她以同樣的語氣轉身對一名將軍繼續說道，「他要去送死。您說說，幹麼要有這場可惡的戰爭呢？」她又對瓦西里公爵說，不等他回答，又和瓦西里公爵的女兒——美麗的海倫交談起來。

「多可愛的小婦人哪，這位嬌小的公爵夫人！」瓦西里公爵悄聲對安娜．帕夫洛夫娜說道。

在嬌小的公爵夫人之後不久，一名高大肥胖的年輕人進來了，短髮、戴眼鏡，身穿當時流行的淺色長褲、高挺的硬領、褐色的燕尾服。這名肥胖的青年是葉卡捷琳娜女皇時代名噪一時的豪門貴族別祖霍夫伯爵的私生子，此刻伯爵人在莫斯科，生命垂危。這名青年尚未在任何地方任職，他在國外接受教育，剛回國不久，在社交界露面還是頭一遭。安娜．帕夫洛夫娜向他點頭致意，在她的沙龍裡，這是她對最低階賓客的態度。儘管如此，安娜．帕夫洛夫娜看見皮埃爾卻流露出不安和擔憂的神情，猶如看見一龐然大物出現在不該出現的場所。儘管皮埃爾的確比客廳裡其他男人更魁梧一些，但安娜．帕夫洛夫娜的擔憂與那聰明卻又靦腆、敏銳而自然的眼神有關，這眼神使他在客廳裡顯得與眾不同。

「您太客氣了，皮埃爾先生，能來看望一個可憐的病人。」安娜．帕夫洛夫娜對皮埃爾說道，一邊驚恐地與姑媽互使眼色，此際，她正領著皮埃爾向姑媽走去。皮埃爾含糊地喃喃自語，眼睛卻尋覓著什麼。他高興地向嬌小的公爵夫人點頭問候，如同邂逅一名至親好友，這時他已走到姑媽面前。安娜．帕夫洛夫娜的擔憂絕非毫無道理，因為皮埃爾未等姑媽把關於太后陛下的健康的話說完，便走開了，安娜．帕夫洛夫娜驚慌開口想留住他：

「您不認識莫里奧神父吧？他是很有意思的人……」她說。

「是的，我聽過他締造永久和平的計畫，引人入勝，但未必能實現……」

「您是這麼認為的嗎……？」安娜．帕夫洛夫娜說道，她是想隨便說句話應付一下，就去善盡她身為女主人的接待職責，未料皮埃爾再次失禮，這次的情況完全相反。先是他不等姑媽結束話題便離開；眼下則是纏著想離開的人談話。他低下頭，叉開兩腿，開始向安娜．帕夫洛夫娜說明，為什麼他認為神父的計畫是空中樓閣。

「我們待會兒再談。」安娜．帕夫洛夫娜微笑說道。

於是，她擺脫了這名不知趣的年輕人，恢復她身為女主人的職責，繼續傾聽、觀察，隨時準備在談話冷場的地方提供新話題。她像紗廠廠長，工人們都就位後，便在生產線之間來回巡視，一發現紗錠停轉或發出異常、刺耳、尖銳的聲音，就匆忙趕去關掉機器或協助正常運轉。安娜・帕夫洛夫娜正是如此，在自己的客廳裡來回走動，一來到停止交談或喋喋不休的圈子旁，便插上一句話或調整座位，使談話機器再次不疾不徐、不失禮地運轉起來。不過，在如此張羅之際，總看得出她尤其介意皮埃爾。當他走過去聆聽莫特瑪律周圍的人談話，或走到神父說話的地方，她便憂心忡忡地不時關注他。對於在國外受教育的皮埃爾來說，安娜・帕夫洛夫娜的這場晚宴，是他第一次在俄羅斯參加的晚宴，在此聚會的盡是彼得堡的知識分子，以致他好像走進玩具店的孩子一樣東張西望，唯恐錯過任何聰明言論。看著與會者自信優雅的神態，他不時期待某種智慧過人的談吐。最後，他來到莫里奧神父身旁，並認為他們的談話很有趣，便立定不動，如一般年輕人，情不自禁地等待機會發表自己的見解。

三

安娜．帕夫洛夫娜的晚宴如火如荼的進行。四面八方的紗錠不疾不徐且毫不間歇地轟鳴著。只有我的姑媽除外，在她身旁只坐了一名已過中年的夫人，面色憔悴，容貌消瘦，在這顯赫的社交界彷彿外人。來賓分成三個圈子。一個男士占多數，以神父為中心；另一個是年輕人的圈子，中心人物是瓦西里公爵的愛女、美人海倫公爵小姐，以及面貌姣好、臉色紅潤，就年齡來說顯得過度豐腴的嬌小鮑爾康斯基公爵夫人。第三個圈子則以莫特瑪律和安娜．帕夫洛夫娜為中心。

莫特瑪律子爵容貌清秀、溫文爾雅，顯然以名流自居。不過，基於良好的教養，他謙和地為他所處的社交界效勞。安娜．帕夫洛夫娜明顯利用他來款待自己的嘉賓，好像餐廳領班把人們在骯髒廚房裡看到就倒胃口的牛肉當作美味料理端上桌，今晚安娜．帕夫洛夫娜也先後將子爵和神父當作一道精緻佳肴擺上賓客的餐桌。在莫特瑪律的圈子裡，隨即談起當甘公爵遇害一事。子爵說，當甘公爵是由於自身的豁達而犧牲的，而拿破崙的惱怒有其特殊原因。

「啊，對！就跟我們說說這件事，子爵。」安娜．帕夫洛夫娜一心認為，這句話頗有路易十五的氣派。子爵頷首領命，謙和地笑了。安娜．帕夫洛夫娜邀請大家圍繞子爵，聽他轉述故事。

「子爵本人認識當甘公爵，」安娜．帕夫洛夫娜對其中一人耳語道。「子爵是令人驚歎的說故事高手，」她對另一人說。「可以當下看出，他是上流社會的人物。」她又對第三人說道；於是子爵便以美好且對他最為有利的形象呈獻於在座諸君面前，猶如炙熱餐盤上一道配上碧綠蔬菜的烤牛肉。

子爵要開始說故事了，他微妙一笑。

「親愛的海倫，請您過來。」安娜．帕夫洛夫娜對美麗的公爵小姐說道，她坐得較遠，是另一個圈子裡的中心人物。

海倫公爵小姐微笑著；她站了起來，帶著真正的美女那一成不變的笑，而她正是帶著這樣的微笑走進客廳的。白色的舞衣繡有常春藤和青苔，微微地窸窣作響，白皙的肩膀、秀髮和鑽石的光澤熠熠生輝。她在讓開的男人們中間走過，誰也不看一眼，卻對所有人微笑，彷彿授權所有人來欣賞她的細腰和豐滿的雙肩之美，欣賞她時髦的低胸和背部之美，她猶如隨身帶來舞會的輝煌，徑直來到安娜．帕夫洛夫娜面前。海倫是那麼美麗，以致她絲毫沒有搔首弄姿的跡象，反之，她似乎為自己那無可懷疑的美、為自己那具有極致魅力而令人傾倒的美感到害羞。她似乎想減少自己的美的魅力而不可得。

「真美！」凡是看見她的人都這麼說。當她在子爵對面坐下，她那不變的微笑令他也容光煥發時，他彷彿看見某種不尋常的景象而驚訝得聳起雙肩，垂下雙眼。

「我，說真的，面對這樣的聽眾開始為自己的能力擔憂了。」他說，微笑著低下頭來。

公爵小姐把自己豐滿的手臂靠在桌上，不認為自己該說什麼。她面帶微笑等待著。在子爵說故事期間，她偶爾看看自己輕輕放在桌上的豐滿手臂，看看更迷人的胸脯，整理胸前的鑽石項鍊；她把衣裳的皺褶整理了幾次，在故事打動聽眾之際，她便看看安娜．帕夫洛夫娜，立刻露出和安娜臉上同樣的表情。之後又燦然一笑靜了下來。嬌小的公爵夫人也離開茶桌隨海倫過來了。

「請您等一下，我要拿我的針線活，」她說，「您怎麼啦，在想什麼呢？」她對伊波利特公爵說道。

「拿我的針線袋過來。」

公爵夫人微笑著和大家說話，突然她換了個坐姿，坐好後，愉悅地整理一下服裝。

「這樣挺舒服。」她說，於是她要求子爵講故事，自己則著手忙起針線活。

伊波利特公爵為她拿來針線袋，並跟她過來，將扶手椅移近她，坐在她身旁。

可愛的伊波利特和自己貌美的妹妹海倫驚人地相像，而尤其驚人的是，儘管相像，他卻異常醜陋。他臉上的線條和妹妹一模一樣，然而她那生氣勃勃、沾沾自喜、年輕靚麗的不變微笑，那古希臘式、非凡的人體美，總是使她光彩照人；反之，哥哥那同樣的一張臉卻由於愚鈍而顯得懵昧，而且總是流露出自以為是的怨懟，身體更是削瘦羸弱。眼睛、鼻子、嘴巴全縮成一副木然、乏味的窘態，而手和腳經常擺出做作的架勢。

「不會是幽靈的故事吧？」他在公爵夫人身旁坐好後，急忙將帶柄眼鏡舉到眼前說道，好像沒有這副眼鏡，他就無法開口說話。

「絕對不是。」子爵驚訝聳肩。

「問題在於，幽靈的故事讓我無法忍受。」伊波利特說話的口氣使人覺得，他顯然是說了這句話之後，才明白它的意思。

由於他言談充滿自信，任誰也猜不透，他所說的話究竟是聰明過人或是愚不可及。他身穿暗綠色燕尾服、碧綠長褲，色調猶如山林水澤的仙女受到驚嚇時的身軀（這是他自己的形容），足蹬長襪和皮鞋。

子爵說得好極了，內容是當時流行的一段趣聞，據說當甘公爵祕密前往巴黎，赴女演員喬治小姐[36]的約會，在那裡他和拿破崙不期而遇並得到這著名女演員的歡心；拿破崙遇到公爵後意外暈倒且昏迷不醒，這是他的老毛病，於是，便落到公爵的掌握中；公爵沒有利用這次機會，未想後來拿破崙卻不顧公爵的豁達大度而以怨報德，處死了公爵。

故事十分精采，饒富趣味，尤其是在這樣的場面：兩個情敵驀地不期而遇，看來女方也驚惶失措。

「好極了。」安娜．帕夫洛夫娜說道，詢問似的看向嬌小的公爵夫人。

「太好了。」嬌小的公爵夫人輕聲說道，把針扎在針線活上，彷彿引人入勝的故事使她無法繼續做女紅了。

子爵領會這無聲的讚美，感激地一笑，便繼續說下去。可是安娜．帕夫洛夫娜不時看向那個令她擔憂的年輕人，這時她發現，他正過於熱切且高聲地和神父說著什麼，於是她急忙趕往出事地點，以便解除危機。果然，皮埃爾纏上神父，正和他談論關於政治權力平衡的問題，顯然，神父被年輕人天真的熱情所吸引，亦在他面前發揮自己所熱中的思想。兩人皆分外雀躍且自然地彼此傾聽、交談，正是這一點令安娜．帕夫洛夫娜感到不安。

「辦法就是實現歐洲的權力平衡和民權，」神父說道，「只要有一個像俄羅斯一樣以野蠻著稱的強國來領導旨在建立歐洲權力平衡的聯盟，這個國家就能拯救世界！」

「您要怎麼實現這種權力平衡呢？」皮埃爾正想這麼說；未料安娜．帕夫洛夫娜來了，嚴厲地瞥了皮埃爾一眼，並尋問義大利神父覺得這裡的天氣如何。神父勃然變色，露出帶有侮辱性的故作親暱，看來這是他在和婦女交談時常見的表情。

「有幸受到上流社會這般充滿智慧和教養的接待，特別是女性的智慧和教養的魅力，已令我過度傾倒，恐怕我還顧不得想到天氣呢。」他說。

安娜．帕夫洛夫娜不願放過神父和皮埃爾，為了便於監視，她讓兩人加入眾人的圈子。

這時，一名新來客走進客廳。他是年輕的安德烈．鮑爾康斯基公爵，亦即嬌小公爵夫人的丈夫。鮑爾康斯基公爵個頭不高，是位非常英俊的青年，面部線條清晰，表情卻是漠然。他神態中的一切，從厭倦、煩悶的目光到緩慢從容的步態，都和他那嬌小活潑的妻子形成鮮明的對比。看來客廳裡所有人不僅都是他的舊識，也都令他厭煩，甚至看到他們、聽到他們的聲音，再再使他鬱悶不已。在所有使他感到厭倦的人之中，最令他厭惡的，似乎莫過於妻子的那張臉。他露出一副破壞他的英俊容貌的怪異表情，別開臉不理會她。他吻了吻安娜．帕夫洛夫娜的手，瞇眼環顧周圍的人們。

「您準備上戰場嗎，公爵？」安娜．帕夫洛夫娜問道。

「庫圖佐夫將軍，」鮑爾康斯基說道，像法國人那樣，在提到庫圖佐夫時重音會放在最後一個音節，「要我去擔任他的副官……」

「那麼您的妻子麗莎呢？」

「她到鄉下去。」

「您讓我們失去您的美麗妻子，這難道不是罪過嗎？」

「安德烈，」他的妻子以對他人說話時的嬌嗔語氣對他說，「子爵講了喬治小姐和拿破崙的故事，多麼動人啊！」

安德烈公爵瞇起眼，轉頭未加理會。自從安德烈公爵進入客廳，皮埃爾就沒有從他身上移開友好的視

36 喬治（Marguerite-Josephine Weimer，一七八七—一八六七），法國演員，拿破崙的情婦。

線，此際，他上前握住公爵的手。安德烈公爵頭也不回，面容顯得相當不悅，流露出對碰他的手的人的惱怒。但一看到皮埃爾的笑臉，他便親切愉快地笑了。

「呵！……你也涉足社交界了。」他對皮埃爾說道。

「我知道您會來啊，」皮埃爾回答道。「我想到府上吃晚餐，」他低聲說，以免妨礙子爵說故事。「可以嗎？」

「不，不行，」安德烈笑道，又緊緊握他的手，示意這是不必多問的。他還想說下去，瓦西里公爵和他的女兒卻在此時起身，男士們無不起身讓路。

「請您原諒，我親愛的子爵，」瓦西里公爵對法國人說道，親切地拉著他的衣袖往椅子上壓，不讓他起身。「公使館那倒楣的招待會剝奪了我的快樂，也打斷了您的興致。」他又對安娜．帕夫洛夫娜說：「離開您完美的晚宴，我感到可惜。」

他的女兒海倫公爵小姐手輕輕按住連身裙的皺褶，從椅子之間走過，她那美麗的臉上綻放更為燦爛的微笑。當她從皮埃爾身邊走過時，他簡直是以惶恐的、熱情的目光望著這個美人。

「很漂亮。」安德烈公爵說。

「真漂亮。」皮埃爾說。

瓦西里公爵自一旁走過時，抓住皮埃爾的一隻手，轉身對安娜．帕夫洛夫娜說道：

「請您替我調教這頭熊吧，」他說。「他在我家借住一個月了，我還是第一次在社交圈見到他。年輕人需要在上流社會和聰明的女性交往，沒有什麼比這更重要的了。」

四

安娜．帕夫洛夫娜微微一笑，允諾在皮埃爾身上下工夫，她知道，皮埃爾就父系而論，是瓦西里公爵的親戚。一直和我的姑媽坐在一起的那名已過中年的夫人匆匆起身，在前廳趕上瓦西里公爵。她臉上原先佯裝的興致完全消失。她那善良憔悴的臉上所流露出的只有不安和恐懼。

「公爵，關於我的鮑里斯，您有什麼要跟我說的嗎？」她在前廳緊跟著他問道（她提到鮑里斯時，重音特別放在鮑字上）。「我在彼得堡待不下去了。請您告訴我，我能帶什麼消息給我可憐的孩子？」

儘管瓦西里公爵極其不樂意，也可說幾乎是怠慢地聆聽已過中年的夫人說話，甚至顯得不耐煩，她依然對他親切微笑，拉著他的手，不讓他走開。

「您在皇上面前說上話並不難，只要您一句話，他就能直接調進近衛軍。」她請求道。

「請您相信，公爵夫人，我一定盡力而為，」瓦西里公爵回答道，「不過我去請求皇上是有難度的；我反而奉勸您透過戈利岑公爵的關係去找魯緬采夫，會比較明智些。」

這名上年紀的夫人是德魯別茨基公爵夫人，是俄羅斯望族之一，不幸的是，她家道中落，早已退出上流社會，原先與上層社會的聯繫也沒了。她如今來到這裡，是為了獨生子調進近衛軍而奔走。為了能見到瓦西里公爵，她才自報家門前來安娜．帕夫洛夫娜的晚宴，並為此聆聽子爵的故事。瓦西里公爵的話令她大吃一驚；她那曾經美麗的臉上流露出憤懣之情，不過轉瞬即逝。她再次微微一笑，緊攫住瓦西里公爵的手。

「您聽我說，公爵，」她說，「我從來沒有向您懇求過什麼，今後也不會，我從來沒有向您提過家父對您的情誼。可是現在，我以上帝的名義懇求您，成全我的兒子吧，我從此視您為恩人，」她急忙補充道。「不，您不要生氣，您就答應我吧。我求過戈利岑，他拒絕了。但願您像從前一樣善良。」她說，竭力想露出微笑，卻滿眼含淚。

「爸爸，我們要遲到了。」海倫公爵小姐轉過她那古希臘風格的肩膀上的美麗臉龐說道，她正在門口等著。

可是在上流社會，影響力是資本，要加以珍惜，不能任其消失。瓦西里公爵深諳此道，既然他明白，一旦他有求必應地為別人求情，那麼他很快就不能為自己有所請求了，所以他很少運用自己的影響力。不過，在德魯別茨基公爵夫人這件事上，在她再次哀求之後，他彷彿受到良心的譴責。她提到一個事實：他在仕途上所邁出的最初幾步，是她父親的提攜。她的態度讓他看出，她是具備某種特質的女人，尤其是身為母親的女人，她們一旦有什麼想法，是絕不放棄，直到實現她們的願望為止，否則會糾纏不休，甚至不顧顏面地爭論到底。想到最後這一點，他猶豫了。

「親愛的安娜．米哈伊洛夫娜，」他以慣常的親暱、鬱悶語氣說道。「您所要求的幾乎是我無法辦到的事；然而，為了向您證明我對您的敬愛、對已故令尊的懷念，我會把這件無法辦到的事處理好：令郎一定會調到近衛軍，這是我對您的承諾。您滿意了吧？」

「我親愛的，您是我的恩人！我知道，您是不會讓我失望的；我了解您的心地有多善良。」

他想離開了。

「您等一下，就兩句話。等他調進近衛軍……」她躊躇了一下。「您和米哈伊爾·伊拉里翁諾維奇·庫圖佐夫將軍的關係很好，您可否推薦鮑里斯擔任將軍的副官？那樣我就安心了，那樣的話……」

瓦西里公爵笑了。

「這一點我不能答應。您知道，從庫圖佐夫被任命為總司令那一刻起，人們便纏住他。他親口對我說過，全莫斯科的貴婦都商量好了，要把自己的子弟全交給他。」

「不，您要答應，我不放您走，我親愛的恩人。」

「爸爸，」美人再次以同樣的語調說了一遍，「我們要遲到了。」

「好，再見，再見了，您瞧……」

「那您明天就奏明皇上？」

「一定，向庫圖佐夫推薦的事我不能答應。」

「不，您要答應，您要答應，瓦西里。」安娜·米哈伊洛夫娜跟在他後面說道，露出少女般撒嬌的微笑，想必這於她曾經是多麼自然，如今和她那枯槁的面容又是那麼不相稱。

她似乎忘記自己的年歲，習慣性地施展女性自古以來的招式。可是他一走，她的臉上便出現原先那冷漠、虛假的神情。她回到子爵仍說著故事的圈子，裝出聆聽的樣子，並等待離開的時機，因為她的事情處理好了。

「可是你們對米蘭加冕這最近一齣喜劇有何見解呢？」安娜·帕夫洛夫娜說。「而且這是一齣新的喜劇：熱那亞和盧卡的人民向拿破崙先生請願。於是拿破崙先生順應民意登上王位。啊！太妙了！不，這令人瘋狂。你會認為，整個世界都喪失了理智。」

安德烈公爵直視安娜．帕夫洛夫娜，冷冷一笑。

「『上帝賜我王冠。誰冒犯它，必將災難臨頭。』」他說（這是拿破崙加冕時說的話）。「據說，他這麼說的時候氣度非凡。」他繼續說道，還用義大利語重複一遍。

「我希望，」安娜．帕夫洛夫娜接著說，「這是最終使杯子溢出的最後一滴水。各國君主絕不再容忍這個使一切遭受威脅的危險人物。」

「各國君主嗎？我不說俄羅斯，而是各國君主！」子爵彬彬有禮而絕望地說道。「但是他們為路易十六、為皇后、為伊莉莎白[37]做過什麼呢？什麼也沒有。」他激動地繼續說道。「請相信我，他們因為背叛波旁王朝而正受到懲罰。各國君主！他們派遣使節去向那個篡位者表達祝賀。」

於是，子爵輕蔑地嘆了一口氣，又變換一下姿勢。伊波利特公爵透過帶柄眼鏡觀察子爵良久，聽到這些話，倏地轉向嬌小的公爵夫人，向她要來一根針，用針在桌子上把孔代家族[38]的家徽畫給她看。他那麼鄭重其事地對她講解，猶如是公爵夫人請教他似的。

「天藍色的獸嘴裡噙著一根光禿禿的樹枝，這就是孔代家族。」他說。

公爵夫人微笑聽著。

「萬一拿破崙在法國皇位上再多待一年，」子爵接著自己的話說道，一副對別人的話不予理睬、只顧在他最了解的事情上遵循自身思路的態度，「那麼情況就會發展到不可收拾的地步。法國社會，我說的是上流社會，將被陰謀、暴力、放逐、死刑徹底毀滅而萬劫不復，到那時……」

他聳聳肩，攤開兩手。皮埃爾想發表些什麼，因為談話引起他的興趣，可是正提防著他的安娜．帕夫洛夫娜插話進來。

「亞歷山大皇帝宣布，」她帶著每說到皇族總會流露的感傷語氣說道，「他要讓法國人自己選擇政體。所以我想，整個民族在擺脫篡位者而獲得自由之後，無疑會擁戴合法的君主。」安娜．帕夫洛夫娜說道，竭力向眼前的法國移民兼保皇黨示好。

「這很難說，」安德烈公爵說道，「子爵先生的看法相當正確，情況已到了不可收拾的地步。我想，要復辟是很難的。」

「我聽到有人說，」皮埃爾紅著臉又插話了，「幾乎所有的貴族都站在拿破崙這一陣線。」

「這是拿破崙說的，」子爵看也不看皮埃爾說道。「如今，要了解法國的社會輿論是很困難的。」

「這是拿破崙說的，」安德烈公爵淡然一笑，說道。（顯然，他不欣賞子爵，儘管他未看向子爵，卻是針對他。）

「『我向他們指明光榮之路，』」他在片刻沉默之後，再次引述拿破崙的話，「『他們不願接受；我向他們敞開我的接待室，他們蜂擁而入……』[39]我不知道他有什麼權利這麼說。」

「他絕對沒有這樣的權利，」子爵反駁道。「在殺害當甘公爵之後，甚至那些最偏激的人也不再將他視為英雄。即使他曾經是某些人心目中的英雄，」子爵轉身對安娜．帕夫洛夫娜說道，「在當甘公爵遇害後，天上就多了一名殉難者，而地上則少了一名英雄。」

---

37 法國波旁王朝國王路易十六和皇后根據法國大革命時期國民公會的判決，於一七九三年被押上斷頭臺處死；翌年，國王的一個姊妹伊莉莎白也遭處死。

38 孔代家族（Condé）是法國最有聲望的貴族世家之一，與波旁王族是親戚。

39 這句話出處不詳。

安娜．帕夫洛夫娜和其他人尚未來得及對子爵的話報以微笑的讚賞，皮埃爾又突然插話，安娜．帕夫洛夫娜雖然預感到他會說一些不得體的意見，可是已經無法阻止他了。

「處死當甘公爵，」皮埃爾說，「是出於國家的需要，我認為，其精神的偉大正好在於拿破崙不怕獨自承擔對此一行動的責任。」

「天啊！我的天！」安娜．帕夫洛夫娜駭然低聲說道。

「怎麼，皮埃爾先生，您在殺人這件事上見識到精神的偉大？」嬌小的公爵夫人說道，笑著把針線活挪到懷裡。

「啊！噢！」不同的聲音紛紛回應道。

「好極了！」伊波利特公爵以英語說道，手掌往膝蓋一拍。子爵只是聳肩。

皮埃爾從眼鏡上方莊重地看了看聽眾。

「我之所以這麼說，」他不顧一切地說下去，「是因為波旁王朝面對革命之際，紛紛逃走了，人民因而陷入無政府狀態；只有拿破崙理解革命，並戰勝革命。為了全民福祉，他不能顧惜一個人的生命而止步不前。」

「您可以到那一桌去嗎？」安娜．帕夫洛夫娜說。皮埃爾沒有回答，而是繼續發表意見。

「不，」他說，且顯得愈來愈激動，「拿破崙很偉大，因為他的立場高於革命並制止了革命名義的濫用，保留一切正確的事物，諸如公民平等、言論出版自由，正是因此才取得政權。」

「是的，倘若他在奪取政權後，不是利用它來殺人，而是把政權交給合法的君主，」子爵說，「那麼，我會稱他為偉人。」

「他不可能這麼做。人民把政權交給他，就是要他推翻波旁家族的統治，在人民的心目中他是偉人。革命是偉大的事業。」皮埃爾先生繼續說道，他無所畏懼的挑戰性插話顯示了他那不同凡響的青春和一吐為快的心情。

「革命和弒君是偉大的事業？既然這麼說……您能不能到那一桌去？」安娜．帕夫洛夫娜再一次提出她的建議。

「這是盧梭的『社會契約論』。」子爵謙和笑道。

「我不是說弒君，我說的是思想。」

「是呀，掠奪、殺人、弒君的思想。」一道譏諷的聲音再次打斷他。

「不言而喻，這些都是極端的行為，但並非意義就在於此，意義在於人權，在於擺脫偏見的束縛，在於公民的平等；拿破崙所有相關思想都充分保留自由平等效力。」

「自由和平等，」子爵輕蔑說道，他似乎終於拿定主意，要嚴肅地向這個年輕人證明，他的話有多麼荒唐，「全是早已名聲掃地的空話。誰不愛自由和平等呢？我們的救世主就宣講過自由和平等。難道革命後人們更幸福了？完全相反。我們要自由，而拿破崙卻消滅自由。」

安德烈公爵滿臉笑意，時而看看皮埃爾，看看子爵，看看女主人。在皮埃爾第一次發表逾矩高論的瞬間，安娜．帕夫洛夫娜驚訝不已，儘管她習於在上流社會周旋；不過等她親耳聽到皮埃爾發表褻瀆神聖的言論，而子爵並未怒不可遏；等到她確信，制止這些言論已不可能，她便附和子爵並向演說家發動攻擊。

「可是，親愛的皮埃爾先生，」安娜．帕夫洛夫娜說道，「一位偉人不經審判便處死無辜的公爵，公爵終究也是普通人啊，對此您做何解釋？」

「我倒想問問，」子爵說，「先生如何解釋霧月十八日事件[40]？難道這不是一場騙局？這是欺騙，完全不是偉大人物應有的行事風格。」

「還有他在非洲屠殺俘虜[41]呢？」嬌小的公爵夫人說，「太可怕了！」她聳聳肩。

「不管怎麼說，就是個暴發戶，」伊波利特公爵說道。

皮埃爾先生不知道該回答誰才好，環顧一下大家，笑了。他的微笑不若他人那般似笑非笑。反之，他一笑起來，他那嚴肅、甚至有點陰沉的神情霎時消失，展現出另一種神情——稚氣、善良，甚至有點傻氣，彷彿是在請求原諒。

與他初次見面的子爵這才明白，這個雅各賓分子[42]完全不像他的言論那麼可怕，所有人盡皆沉默。

「你們希望他一下子回答所有人的問題嗎？」安德烈公爵說道，「而且國家重要人物的行動中，必須區分哪些是個人行為，哪些是統帥或皇帝的行為。我是這麼認為的。」

「是啊，是啊，理應如此。」皮埃爾應聲說道，目睹有人為他辯護，他振奮了起來。

「不得不承認，」安德烈公爵接著說道，「身為一個人，拿破崙在阿爾科拉橋上[43]、在雅法城的醫院裡的表現是偉大的，在醫院裡，他和鼠疫患者握手，但是……但是也有些行動是很難為之辯解的。」

安德烈公爵看來想緩和皮埃爾發言後的尷尬，他站起身來準備離開，並向妻子暗示。

伊波利特公爵也不期然站起身，以手勢請所有人回座，同時說道：

「啊，今天有人講了個關於莫斯科的笑話給我聽，我要和你們分享。請原諒，子爵，我要用俄語轉述，否則就失去味道了。」

於是伊波利特公爵用俄語說了起來，口音如同在俄國待上一年左右的法國人。大家都停了下來，伊波利特公爵既興奮又執著地要求在場所有人，一定要注意聆聽。

「莫斯科有一個太太，是名貴婦，她很吝嗇。她搭乘四輪馬車需要兩個跟班，而且要求身材高大，這才合她的喜好。她有一個女僕，身材也很高大。她說……」

這時伊波利特公爵遲疑了起來，看來正在苦思。

「她說……對了，她說：『丫頭，穿上號衣[44]，跟著馬車隨我出門拜客。』」

這時伊波利特公爵自己先大笑了起來，造成一些反效果；不過在座很多人，包括那位年過中年的夫人和安娜．帕夫洛夫娜，還是笑了出來。

「她坐上馬車走了。猛地颳起一陣強風，吹掉女僕的帽子，長長的頭髮披散下來……」

此時他再也忍俊不住，上氣不接下氣地笑了起來，邊笑邊說：

「結果，整個上流社會都知道了……」

笑話就這樣結束了。雖然誰也不明白，為什麼他要講這個故事，而且非得用俄語。不過，安娜．帕夫洛夫娜和其他人都很欣賞伊波利特公爵這種上流社會的風度，他欣然終結皮埃爾先生那不愉快、失禮的表

---

40 一七九九年十一月九日（共和八年霧月十八日），拿破崙發動政變，解散執政內閣，將權力移交給第三執政。實際上，權力都集中在第一執政拿破崙手中。

41 一七九九年，法軍攻占敘利亞雅法城，四天後拿破崙下令將自願投降的四千名土耳其士兵全數槍斃。

42 出自法國大革命時期、參加雅各賓俱樂部的資產階級激進派政治團體，成員以資產階級為主，其激進的民主主義獲得下層人民的擁護。

43 一七九六年十一月，在義大利北部爭奪阿爾科拉橋的戰爭中，拿破崙在緊急時刻親自高舉軍旗衝鋒陷陣，最終取得阿爾科拉橋。

44 當時的僕役制服，鑲有金銀邊飾。

現。接著，所有人紛紛閒聊起一些瑣碎、無關緊要的話題，談起上一次和下一次的舞會、戲劇演出以及哪些人會在何時何地見面。

五

賓客們為令人陶醉的晚宴向安娜・帕夫洛夫娜表達感謝，隨即各自離去。

皮埃爾向來慢條思理。他肩寬體胖，比一般人高，有一雙紅通通的大手，他不懂走進宴會場合的禮儀，更不懂離開的禮儀，也就是說，他不懂在離開前該說幾句令人愉快的話。他一副心不在焉的樣子，站起身時，他想拿自己的帽子，卻隨手抓起綴有將官羽飾的三角軍帽，還拿在手裡扯著帽纓，直到將軍向他要回為止。不過，他的心不在焉和他不懂來到宴會場合的禮儀、不善於在客廳裡談話的缺點，卻由於他那和善、純樸和謙遜的神情而有所彌補。安娜・帕夫洛夫娜向他轉過身來，以基督徒的寬容表示寬恕他的逾矩言行，對他點了點頭說道：

「希望還能見到您，不過也希望您能改變自己的看法。」她說。

她對他說了這些，他什麼也沒有回答，只是鞠躬，再次向大家展現他的笑容，這笑容無法說明什麼，也許只是表示：「看法歸看法，但你們看得出，我是多麼善良可愛的小伙子。」所有人和安娜・帕夫洛夫娜都不由自主感覺到這一點。

安德烈公爵來到前廳，將肩膀湊近僕人，任他為自己披上斗篷，漠然聽著妻子和正進入前廳的伊波利特公爵閒談。伊波利特公爵站在美貌的公爵夫人身旁，舉起帶柄眼鏡，目不轉睛地直盯著她。

「進去吧，安娜，您會感冒的。」嬌小的公爵夫人在和安娜・帕夫洛夫娜告別時說。「就這麼說定了，」她又悄悄地補上一句。

安娜．帕夫洛夫娜已經和麗莎談了提親的事，她有意撮合阿納托利和公爵夫人的小姑。

「我指望您了，親愛的朋友，」安娜．帕夫洛夫娜也悄聲說道，「您寫封信給她吧，然後告訴我，令尊對此事的看法如何，再見。」她隨即離開前廳。

伊波利特公爵走到嬌小的公爵夫人面前，把臉湊近她，壓低聲音對她說著什麼。

兩人各自的僕人正等他們結束談話，他們拿著披肩和長禮服站在原處聽著他們不懂的法語，那神情彷彿他們聽得懂，只是不願表露出來。公爵夫人和平時一樣，微笑地說著話，滿臉笑意地聽著。

「我很慶幸沒去英國公使館，」伊波利特公爵說，「無聊至極……晚宴非常好。真好，不是嗎？」

「聽說，那裡會舉辦一場盛大舞會，」公爵夫人翕動著長著髭鬚的精緻嘴唇說道。「上流社會所有美麗女人都參加了。」

「不是所有的，因為您沒參加；不是所有的。」伊波利特公爵開心笑道，他從僕人手裡搶過披肩，甚至推了他一下，再為公爵夫人披上，之後，不知是出於笨拙或是刻意（這一點誰也不清楚），遲遲未離手，彷彿把年輕的女人摟在懷裡。

公爵夫人姿態優雅地閃開，卻一逕保持微笑，她轉頭看了丈夫一眼。安德烈公爵的眼睛是閉上的：他顯得那麼疲憊、睏倦。

「您準備好了嗎？」他問妻子，目光有意避開她。

伊波利特公爵連忙穿上自己的長禮服，這件新式禮服長過腳跟，他跌跌撞撞地跟著公爵夫人就往臺階上跑，這時僕人正扶著她上馬車。

「公爵夫人，再見。」他喊道，舌頭和他的雙腳一樣不俐落。

公爵夫人撩起衣裳，在黑暗的車廂裡坐下；她的丈夫正在整理軍刀；伊波利特公爵藉口要幫忙，卻妨礙到所有人。

「對不起，先生。」安德烈公爵冷淡、厭煩地用俄語對礙事的伊波利特公爵說。

「我等你，皮埃爾。」依舊是安德烈公爵那淡然的聲音，卻是親切而柔和。

前導車夫催動馬匹，車輪轆轆地響了起來。伊波利特公爵痴迷地笑了，並站在臺階上等待子爵，他允諾要用馬車送他回家。

「喂，親愛的，您那小公爵夫人很可愛，很可愛，」子爵說，這時他和伊波利特已經坐在馬車上，「非常可愛，」他親了親自己的手指尖。「完全就是個法國女人。」

伊波利特噗哧一聲笑了。

「您知道嗎？您帶著那副天真無邪的樣子真可怕，」子爵繼續說道。「我同情可憐的丈夫，那個小軍官，他裝得像擁有世襲權力的人物般。」

伊波利特又噗哧一笑地說：

「可是您卻說過，俄羅斯女人比不上法國女人。那可是要會物色才行。」

皮埃爾率先抵達，他像自家人一樣走進安德烈公爵的書房，依平時的習慣在沙發上躺了下來，自書架上隨手拿起一本書（是凱撒的《高盧戰記》），撐著手肘，讀起書的後半部。

「你對舍列爾女士怎麼了？她真的要氣病了。」安德烈公爵走進書房時說道，一面搓著白淨的小手。

皮埃爾整個身子轉了過來，以致沙發嘎吱作響，他一臉興致勃勃的轉向安德烈公爵，微微一笑，揮了揮手。

「不，這個神父很有意思，但他對問題的理解有誤……在我看來，永久和平是可能的，可惜我不善於表達，不知道該怎麼說明……無論如何，就是不能依靠政治權力平衡。」

看來，安德烈公爵對這些抽象的對話不感興趣。

「我的朋友，不能到哪裡都想到什麼就說什麼啊。還有，你到底決定了沒？是要加入近衛騎兵團，或是擔任外交官？」安德烈公爵沉默了一會兒問道。

皮埃爾起身在沙發上盤起腿。

「我還不知道呢。兩者我都不喜歡。」

「但總得有個決定吧？你的父親等著呢。」

十歲那年，皮埃爾隨擔任家庭教師的神父一起被送往國外，他在國外待到二十歲。等他回到莫斯科，父親便辭退神父，並對他說道：「現在你到彼得堡去，熟悉一下環境，再做出決定。我不會不同意。這是要交給瓦西里公爵的信，你帶去，這是要給你的錢。寫信告訴我所有事，我會在各方面支持你。」皮埃爾花了三個月選擇出路，依舊毫無進展。安德烈公爵對他說的，正是關於未來出路。皮埃爾撫撫自己的前額。

「不過，他大概是共濟會會員，」他說，指的是他在晚會上見到的神父。

「這些都是廢話，」安德烈公爵再次制止他，「我們還是談正事吧。你到騎兵近衛軍的部隊去過嗎？」

「沒有，可是我有個想法，很想告訴您。目前的戰爭是反對拿破崙的。如果這是一場爭取自由的戰爭，那我就能理解了，我會第一個去從軍；然而協助英國和奧地利反對這世界最偉大的人物……不太好。」

安德烈公爵聽了皮埃爾這般幼稚的言論，只是聳聳肩。他面露不屑，意味對這等傻話他無法回答；不過對這般天真的問題，除了安德烈公爵的說詞，也的確很難有其他答案。

「要是人人都只為自己的信念而戰，就不會有戰爭了。」他說。

「這樣的話，那就太好了，」皮埃爾說道。

安德烈公爵冷冷一笑。

「也許真的太好了，但這種情況是永遠不會出現的……」

「那您為什麼要去打仗呢？」

「為什麼？我不知道。有必要吧。此外，我去……」他停頓了一下。「我去是因為，我在這裡的生活，這樣的生活——不合我意。」

六

隔壁房間傳來女性衣物的窸窣聲。安德烈公爵驀地清醒了過來，猛然一怔，臉上流露的是他在安娜·帕夫洛夫娜客廳裡那同樣的神情。皮埃爾把腳從沙發上放下。公爵夫人進來了。她已經換上家居服，但依舊雅緻而新穎。安德烈公爵站了起來，有禮地把扶手椅挪到她身邊。

「為什麼，我常想，」她像平時一樣說起法語，旋即在扶手椅上坐下，「為什麼安娜不結婚呢？你們都好蠢哪，先生們，竟然不娶她為妻。請原諒，可是你們一點兒也不懂女人，您太愛爭論了，皮埃爾先生！」

「我和您的丈夫就一直在爭論；我不明白，他為什麼要去打仗，」皮埃爾說，對公爵夫人毫無忸怩之態（年輕男性在年輕女性面前往往會露出忸怩的姿態）。

公爵夫人驀地哆嗦了一下，顯然，皮埃爾的話觸及她的痛處。

「唉，我也這麼說呀！」她說，「我不懂，一點也不懂，為什麼男人離開戰爭就不能活？為什麼我們女人對戰爭就什麼奢求也沒有，什麼也不需要？好吧，您就來評斷一下。我一直對他說，在這裡他是叔叔的副官，相當光彩的地位。大家都那麼賞識他、器重他。前幾天我在阿普拉克辛[45]住處，聽到有位夫人問道：『這就是大名鼎鼎的安德烈公爵嗎？』真的！」她笑了起來。「他處處受到親切款待。他輕易就當上侍從武官。您知道，皇上也賞識他，而且親切地和他交談。我和安娜商量過，要成為侍從武官不難。您覺得呢？」

皮埃爾看了安德烈公爵一眼，發覺他的朋友不喜歡這類談話，便不再回應。

「您什麼時候離開啊？」他問。

「哎呀，別對我說他要離開的事，別說！我不想聽，」她用在宴會場合裡和伊波利特說話時的那種任性、輕佻語調說道，顯然，這口吻完全不適合家庭氛圍，而在座的皮埃爾又像自家人一樣。「今天，當我想到，這些值得珍惜的友情就要中斷了……還有，你知道嗎，安德烈？」她向丈夫意味深長地眨了眨眼。「我好怕、好怕啊！」她低聲說道，背部在抽搐。

丈夫看了她一眼，彷彿驚訝於除了他和皮埃爾，房裡居然還有另一人。不過他冷淡而有禮地向妻子問道：

「妳怕什麼呢，麗莎？我無法理解。」他說。

「為什麼男人都這麼冷漠無情？自私自利！任憑自己突發奇想，天知道為什麼要扔下我，把我一個人幽禁在鄉下。」

「是和父親、妹妹在一起，別忘了。」安德烈公爵輕聲說道。

「我孤單一人，沒有**自己的**朋友……還叫我不要怕。」

這已經是抱怨的語氣了，她噘起小嘴唇，看起來兇巴巴的、像小松鼠般面露不悅。她沉默了，覺得當著皮埃爾提及自己有孕在身似乎不雅，然而，這才是問題的關鍵啊。

---

45 阿普拉克辛（Stepan Stepanovich Apraksin，一七五七—一八二七），伯爵、騎兵將軍，一八〇三至一八〇九年任斯摩棱斯克總督。

「我還是不明白，妳怕什麼。」安德烈公爵緩緩地說道，目不轉睛地盯著妻子。

公爵夫人脹紅了臉，絕望地兩手一揚。

「不，安德烈，你完全變了，你完全變了……」

「妳的醫生吩咐妳要早點睡，」安德烈公爵說。「妳去睡吧。」

公爵夫人一言不發，長著髭鬚的小嘴唇突然顫抖了起來；安德烈公爵站起身，聳了聳肩，兀自在房裡踱步。

皮埃爾透過眼鏡一臉驚訝、天真地看看他，又看看公爵夫人，他動了動，似乎也想站起來，卻又改變主意。

「皮埃爾先生在這裡，我又何必顧忌，」嬌小的公爵夫人突然說道，她那姣好的容貌轉瞬變成哭喪著臉。「我早就想對你說，安德烈，你對我怎麼會變成這樣？我哪裡對不起你啊？你要去從軍，完全不同情我。這是為什麼？」

「麗莎！」安德烈公爵只是這麼一吼；但在這吼聲裡既是懇求，也半是威脅，主要是要她相信，她說出這些話自己一定會後悔。可是，她還是著急地說了出口：

「你把我當病人或孩子看待。我全都明白。難道半年前，你是這樣的嗎？」

「麗莎，我請您不要再說了。」安德烈意味深長地說道。

在這次對話的過程中，皮埃爾愈來愈激動，他站起來走到公爵夫人面前。他似乎受不了別人流淚，自己也要哭了。

「您別傷心，公爵夫人。這是您的錯覺，因為，您就相信我吧，我自己也經歷過……為什麼……因為……不，外人在這裡是多餘的……不，您別傷心……再見……」

安德烈公爵拉住他的手，不讓他離開。

「不，你等一下，皮埃爾。我要和你一起消磨整個夜晚，公爵夫人非常善良，她是不會讓我掃興的。」

「不，他只想到自己。」公爵夫人說，忍不住流下氣憤的淚水。

「麗莎，」安德烈公爵冷峻說道，他提高嗓門，意味著他已經忍無可忍。

霎時，公爵夫人美麗的臉上那小松鼠似的憤怒神情消失，只見楚楚動人和惹人同情的恐懼；在她緊蹙的雙眉下，一雙迷人的杏眼看向丈夫，臉上再次流露畏懼和溫順的表情，好像迅速輕搖下垂的尾巴的小狗。

「我的天啊！我的天啊！」公爵夫人叫道，單手提起衣裙來到丈夫面前，吻了吻他的前額。

「再見，麗莎。」安德烈公爵說，他站起來像對待外人似地，在她的手上禮貌性親了一下。

兩個朋友默然無語。誰也不想開口。皮埃爾看看安德烈公爵，安德烈公爵正用他手撫拭前額。

「去吃晚餐吧。」他長嘆一口氣說道，起身朝門口走去。

他們走進重新裝修過的優雅富麗的飯廳。這裡的一切，從餐巾到銀器、瓷器和水晶器皿，無不帶有年輕夫婦家庭陳設中所特有的新氣象。用餐時，安德烈公爵支著手肘，好像一個人心中有許多積蓄已久的話，突然決定說出來似的，面帶神經質的激動神情，這是皮埃爾在自己的摯友身上從未見過的。他說：

「永遠、永遠不要結婚，我的朋友；這就是我對你的忠告，除非有一天你能對自己說，你已經完成力所能及的一切了，在此之前不要結婚，除非你對你所選擇的女人不再有愛，除非你對她已有清楚的了解，在此之前也不要結婚，否則你會犯下悔恨終生、無可挽回的錯誤。等到年老不中用的時候再結婚吧……否則你一切優雅高尚的情操都將喪失殆盡。一生都會浪費在無聊的瑣事上。是的，是的，是的！你不要如此驚訝地看著我。如果你對自己的未來還有所期待，那麼你會不時感覺到，你的一生已經完了，一切都對你關上大門，除了客廳，在那裡你只能和宮廷的奴才、白痴為伍……正是這樣！」

他用力把手一揮。

皮埃爾摘下眼鏡，他的臉因而看起來不一樣，更顯忠厚善良，他驚訝地望著自己的朋友。

「我的妻子，」安德烈公爵繼續說道，「是非常好的女人。她是那種少見的女人，做丈夫的可以不必為自己的名譽擔心；可是，天啊，現在我願付出任何代價，但願我是未婚男人！是唯有對你，我才生平第一次說這些話，因為我欣賞你。」

安德烈公爵說這些話的時候，比過去更不像安娜．帕夫洛夫娜客廳裡那個慵懶坐在扶手椅裡、瞇著眼透過牙縫擠出法語的鮑爾康斯基了。他那冷淡的臉上，每一條肌肉都神經質顫慄著；過去似乎生命之火已經熄滅的那雙眼睛裡，眼下閃耀著炯炯光芒。顯然，他在平時愈是顯得萎靡不振，在激動的時刻就愈是生氣勃勃。

「你不會明白我為什麼要這麼說，」他接著說道，「要知道，這就是人生的完整經歷。你談到拿破崙和他的事業，」他說，其實皮埃爾並未提過拿破崙。「你談到拿破崙；可是拿破崙努力的逐步邁向自己的目標時，他是自由的，他念念不忘的唯有自己的目標——於是他成功了。要是把自己和女人綁在一起，就會像戴上腳鐐的囚徒，完全失去自由。於是你所有的夢想和才能只會讓你苦惱，因為悔恨而痛苦不堪。客廳、流言、舞會、虛榮、瑣事，這就是我無法擺脫的魔咒。我現在要動身參加戰爭，一場前所未有的、最偉大的戰爭，而我卻是一無所知、一無是處。我是出色的空談家，」安德烈公爵繼續說道，「即使在安娜·帕夫洛夫娜的宴會裡，所有人都願意聽我談話。那是無聊的社交場合，我的妻子，還有那些女人，一離開這類場合就無法生活……要是你能了解，這些貴婦以及一般女人，都是些什麼樣的人！家父說得對。自私、虛榮、愚昧，在各方面都那麼空虛——女人在露出真實面目時正是如此。你在上流社會看看她們，似乎有可取之處，可是沒有，沒有，絕對沒有！是的，不要結婚，親愛的朋友，不要結婚。」安德烈公爵說完了。

「我覺得可笑，」皮埃爾說，「您竟然把自己，把您自己看作無能之輩，認為自己的生活已經毀了。對您而言，一切、一切都還在面前呢。而且您……」

他沒有說您會怎樣，可是他的語氣已經表明，他對這個朋友是多麼賞識，對他的未來抱有多大的期待。

「他怎能這麼說呢！」皮埃爾心想。皮埃爾認為，安德烈公爵是擁有一切完美品格的典範，正是安德烈公爵把皮埃爾所欠缺的特質完美地集於一身，這些特質極其貼切地概括成一個概念：意志力。皮埃爾總驚訝於安德烈公爵泰然自若地在各色人等之間周旋的本領，他超凡的記憶力、淵博的學識（他什麼都讀，什麼都知道，對什麼都有獨到的見解），尤其是他善於工作和學習的能力。即便安德烈缺乏空想式的哲學推理（這是皮埃爾特別愛好的）能力往往令皮埃爾感到驚訝，他也並不認為這是缺點，而是一種力量的表現。

在極其高尚、友好而純樸的人際關係中，奉承或讚揚也是需要的，正如車輪需要抹油才能轉動。

「我這個人算是完了，」安德烈公爵說，「關於我，還有什麼好說的呢？還是來談談你吧。」他沉默了一會兒，對自己聊以自慰的思緒莞爾一笑。這微笑立刻就在皮埃爾的臉上反映了出來。

「我有什麼好說的呢？」皮埃爾說，咧嘴露出無憂無慮的微笑。「我算什麼？我是個私生子！」面色突然脹得通紅。顯然，他是費了一番力氣才說出這句話。「沒有名分，沒有財產……也好，說實話……」但他並未說出實話是什麼。「我目前很自由，我覺得很好。只是我不知道該做什麼。我想和您好好商量一下。」

安德烈公爵和善地看著他。不過在這親切的目光中，終究是流露出一種優越感。

「你是我難得的朋友，尤其是在整個上流社會裡，你是唯一的性情中人。你的條件不錯。你可以隨意選擇。你到哪裡都能有所發揮，只是有一點：不要再和庫拉金家族裡的那些人交往了，不要再過那種生活。這對你非常不合適：縱酒狂歡，肆無忌憚，還有……」

「怎麼辦呢，我的朋友，」皮埃爾聳著肩膀說，「那些女人，我的朋友，那些女人呀！」

「我不明白，」安德烈公爵說道，「正派的女人就算了；可是庫拉金家族的那些女人，女人還有酒，我真不明白！」

皮埃爾住在瓦西里．庫拉金公爵住所，經常和他的兒子阿納托利一起過著放蕩生活。正是為了使阿納托利改邪歸正，才想辦法讓他和安德烈公爵的妹妹結婚。

「您知道嗎！」皮埃爾說，看似突然有了個好主意，「真的，我早就想過。我這樣荒唐度日，根本做不出任何決斷，也無法好好思考。陣日頭痛，又沒有錢。今天他邀請過我，我不去了。」

「你能向我保證不去嗎？」

「我保證！」

皮埃爾從朋友的住所離開時，已是午夜一點多了。這是彼得堡的六月夜晚，卻恍若白晝。皮埃爾坐上出租馬車回家。但他離家愈近，愈是覺得在這更像黃昏或清晨的深夜難以入眠。在杳無人跡的大街上，視野顯得寬廣、深遠。他在半路上想起，今晚在阿納托利．庫拉金住處聚集了一群常見面的賭徒，賭局之後通常是開懷暢飲，並以皮埃爾所愛好的某種娛樂結束。

「到庫拉金那裡去才好呢。」他想。不過當即想起，他才向安德烈公爵保證不會赴約的。

可是，一如那些所謂意志薄弱的人，他立刻興致勃勃地渴望再體驗一次他如此熟悉的墮落生活，當下決定前往。而且他立刻萌生一種想法，他認為，保證一點意義也沒有，因為在向安德烈公爵保證之前，他已經向阿納托利公爵保證，一定會去赴約；最後他想，所有保證都是一種相對的說法，沒有什麼確定的涵義，尤其是想到，也許明天他就會死掉，或者發生什麼意外，一切有無信譽的問題都將不復存在。皮埃爾腦海裡時常出現這種論斷，結果就此推翻一切決定和計畫。他向庫拉金住處駛去。

來到近衛騎兵營房附近、阿納托利居住的高大府邸門前，他登上燈火照明的臺階，踏上樓梯，走進敞開的門。前廳沒有人；到處扔著空酒瓶、斗篷和套鞋；屋內散發一股酒氣，遠處傳來說話和叫嚷聲。

賭博和飲宴已經結束，但客人尚未散去。皮埃爾扔下斗篷，走進第一個房間，殘羹剩飯仍留在此，一個僕人以為沒有人會看到他，便偷偷喝著杯裡的殘酒。從第三個房間裡傳來熟悉的喧鬧、笑聲、叫聲和熊的吼聲。大約八個年輕人聚集在開啟的窗戶旁，三個人正和一頭幼熊玩耍，其中一人拉著鐵鍊牽著幼熊，用以嚇唬另一個人。

「我拿一百盧布打賭，史蒂文斯贏！」其中一人叫道。

「不許扶任何東西！」另一人叫道。

「我賭多洛霍夫贏！」第三人叫道。「你當證人，庫拉金。」

「喂，別玩小熊了，這裡在打賭呢。」

「一口氣喝乾，否則就算輸了，」第四人叫道。

「雅科夫，拿酒來，雅科夫！」是主人在呼喊，他是高個子的美男，站在人群中間，穿著薄襯衫，敞著胸膛。「等等，先生們。他來了，皮埃爾，我的朋友，」他轉身對皮埃爾說道。

另一道聲音從窗邊傳了過來，那是個子不高、有一雙清澈藍眼睛的人，在這些醉醺醺的聲音當中，他清醒的表達更顯突兀；他叫道：

「你過來，當我們的證人！」這是多洛霍夫，謝苗諾夫近衛團的軍官，有名的賭徒和無事生非的傢伙，他和阿納托利住在一起。皮埃爾微笑著，盡情地看著周圍的人們。

「我一點也不明白。你們在做什麼？」他問。

「你們等一下，他沒有醉。把酒給我！」阿納托利說，他從桌上拿起杯子，走到皮埃爾面前。

「先喝了再說。」

皮埃爾一杯接一杯地喝了起來，皺起眉頭打量聚在窗邊的醉客，仔細聽他們的談話。阿納托利不停為他斟酒，告訴他，多洛霍夫和在場的一個海員——英國人史蒂文斯打賭，他要坐在三樓窗臺上，兩條腿垂在窗外，同時喝乾一整瓶蘭姆酒。

「喂，把這杯乾了，」阿納托利說，一面把最後一杯酒遞給皮埃爾，「不然我不放你走！」

「不，我不想喝了。」皮埃爾說道，推開阿納托利，走到窗邊。

多洛霍夫握著英國人的手，清晰、明確地提出打賭條件，主要是說給阿納托利和皮埃爾聽。

多洛霍夫中等身材，一頭鬈髮，有一雙淡藍色的眼睛。他二十五歲左右。和所有的步兵軍官一樣，沒有蓄鬍，那完全顯露出來的嘴是他臉上最惹人注意的部分。嘴唇線條非常秀氣地彎成弧形，在弧形之間，上唇呈尖錐形有力地下垂在堅實的下唇上，而兩端嘴角彷彿兩個酒窩，一邊一個；這一切，特別是加上那堅定、放肆、聰明的目光，構成一幅印象，使人不可能不注意到這張臉。多洛霍夫不富裕，沒有任何上層關係，儘管阿納托利的花費成千上萬，但多洛霍夫和他在一起時懂得自重，也因此阿納托利和所有與他們相識的人對他的尊敬，無不勝過對阿納托利的尊敬。多洛霍夫參加各種賭博，幾乎每賭必贏。不論他喝多少酒，從來未曾失去意識。庫拉金和多洛霍夫在當時彼得堡的浪子和酒徒中，可謂眾所周知。

蘭姆酒拿來了；窗框太過礙事，以致無法坐到窗外傾斜的窗臺上，只見兩個僕人正在拆除窗框，看來，周圍少爺們的瞎指揮和不斷吆喝導致兩人忙亂又畏縮。

阿納托利帶著他那勝利者的架勢走到窗前。他想把什麼東西拆掉。他推開兩個僕人，把窗框一拉，窗框卻文絲不動。他索性打碎玻璃。

「哎，你來吧，大力士。」他轉頭對皮埃爾說道。

皮埃爾抓住橫檔一拉，喀嚓一聲，有些部位扯壞了，有些橡木窗框被拽了出來。

「全拆了，不然還以為我會扶著窗框呢。」多洛霍大說。

「英國人在吹牛……啊？……好了嗎？……」阿納托利說。

「好了。」皮埃爾對多洛霍夫說道，多洛霍夫拿著一瓶蘭姆酒走到窗前，窗外天色慘白，燦爛的朝霞和夜空在天空交融。

多洛霍夫帶著那瓶蘭姆酒縱身跳上窗臺。

「聽著！」他叫道，他站在窗臺上，轉身面向屋內。所有人盡皆靜了下來。

「我打賭（他講的是法語，好讓英國人聽懂，不過說得不大好）。賭注是五十金幣[46]，您想不想押一百？」他向英國人問了一句。

「不，就五十。」英國人說。

「好吧，賭五十金幣，我要坐在窗外，一口氣喝乾整瓶蘭姆酒，就坐在這個地方（他彎腰指指窗外牆壁上一處傾斜突出），而且不許扶任何東西……是這樣吧？」

「沒錯。」英國人說道。

阿納托利轉向英國人，揪著他燕尾服上的一顆鈕釦，由上而下地看著他（英國人是矮個），用英語把打賭的條件對他又說了一遍。

「等一等，」多洛霍夫叫道，一邊用酒瓶敲打窗子，想引起人們的注意。「等一等，庫拉金；大夥聽著。有誰能同樣做到的話，我願意付他一百金幣。懂嗎？」

英國人點點頭，然而就是沒有人清楚，他究竟願不願意以新的條件打賭。阿納托利並未放開他。儘管他不住點頭，表示他懂了，阿納托利仍舊把多洛霍夫的話譯成英語。此時，一名在今晚賭輸的清瘦少年、近衛驃騎兵軍官，爬上窗子，探身往下望了望。

「哎喲！」他看向窗下的石板人行道驚呼。

「別動！」多洛霍夫叫道，將那名軍官往窗下一拽；他被馬刺絆著，笨拙地跳進屋內。

多洛霍夫把酒放在窗臺上，方便待會兒拿起來，然後便小心翼翼地爬上窗子。他垂下兩條腿，雙手撐著兩旁的窗沿，觀察了一下，鬆開雙手、坐好，向左右稍微挪移，拿過酒瓶。阿納托利拿來兩根蠟燭放在窗臺上，雖然天色已經大亮。多洛霍夫穿著白襯衫，他的背和長著鬈髮的腦袋被兩旁的燭光照耀。所有人聚到窗邊。英國人站在最前面。皮埃爾依然笑著，一言不發。在場一名稍微年長的人，面露驚恐和氣憤的神情，突然衝到前面，想抓住多洛霍夫的襯衫。

「先生們，這是胡鬧；他會摔死的。」這名相對理智的人說道。

阿納托利攔住他。

「別碰他，你讓他受到驚嚇，他才真的會摔死，啊……真是這樣的話，怎麼辦？」

多洛霍夫再次以雙手撐住窗沿，坐穩後，轉過頭來。

「誰要是再來多管閒事，」他說，罕見地從抿緊的兩片薄唇裡擠出話來，「我就馬上把他從這裡扔下去。哼！」

他「哼」了聲，又把頭轉向窗外，鬆開雙手，拿起酒瓶湊到嘴邊，向後仰著頭，並把空著的那隻手往上抬起，以保持平衡。正在收拾碎玻璃的一個僕人停下來，仍舊彎著腰，目不轉睛地盯著窗口和多洛霍夫的背。阿納托利瞪大雙眼，站得筆直。英國人噘著嘴，從一旁望著。一度試圖阻止的那個人跑到房間角落，在沙發上躺了下來，面對著牆壁。皮埃爾摀著臉，未留神那淡淡的微笑仍掛在臉上，儘管這時臉上所流露的是驚駭和恐懼。在場皆默不作聲。皮埃爾放下手，不再摀著臉。多洛霍夫還是同樣的坐姿，只是頭更往後仰，後腦勺上的鬈髮已經碰到衣領，拿著酒瓶的手舉得愈來愈高，手在用力，微微發顫。酒瓶眼看就要空了，這時還在往上舉，腦袋因而更往後仰。「怎麼這麼久呢？」皮埃爾想。他覺得已經過了半個多小時。突然多洛霍夫的背向後倒，他的手神經質地顫抖了起來；這足以使他坐在斜坡上的整個身軀往下

---

46 帝俄金幣，一七五五年開始鑄造的十盧布，一八九七年改為十五盧布。

滑。他全身滑了一下，其中一隻手和腦袋在使力，顫抖得更嚴重了。一隻手抬起來想抓住窗臺，卻又放了下去。皮埃爾再次閉上眼睛並對自己說，永遠也別睜開。突然，他感到周圍的人們一陣騷動。他抬起頭：多洛霍夫站在窗臺上，臉色既蒼白又興奮。

「酒瓶空了！」

他把酒瓶拋給英國人，英國人俐落地接在手中。多洛霍夫跳下窗臺，身上散發出強烈的酒氣。

「太厲害了！好厲害！這才叫打賭！真了不起！」四面八方一片叫嚷聲。

英國人取出錢袋數錢。多洛霍夫皺起眉頭，默不作聲。皮埃爾跳上窗臺。

「先生們！誰想跟我打賭？我也辦得到，」他猛地叫道。「也不用打賭，就這樣。叫人拿酒來。我一定可以……叫人拿酒吧。」

「讓他來，讓他來！」多洛霍夫笑著說。

「你瘋了嗎？誰會讓你來？你在樓梯上還頭暈呢，」眾人紛紛說道。

「我一定喝光，拿蘭姆酒給我！」皮埃爾叫嚷起來，一面用醉醺醺的手勢堅決地捶著桌子，隨即往窗口爬。

所有人抓住他的雙手，可是他那麼有力，任何人靠近他，他就把對方推得遠遠的。

「不，這樣是攔不他住的，」阿納托利說，「等一下，我來勸他。你聽我說，我跟你打賭，不過要等明天，現在我們都要到某某人的家裡去。」

「好，」皮埃爾叫道，「好！我們帶小熊一起……」

於是他一把抓住小熊，把牠摟在懷裡抱了起來，在屋內不停轉圈。

七

瓦西里公爵履行了在安娜・帕夫洛夫娜的晚宴上對德魯別茨基公爵夫人的承諾，當時她為獨子鮑里斯向他請託。鮑里斯的情況已奏明皇上，他得以破例調入近衛軍謝苗諾夫團成為一名準尉，但未能被任命為副官或充當庫圖佐夫的隨員，儘管德魯別茨基公爵夫人曾費盡心力多方奔走。

在安娜・帕夫洛夫娜的晚宴後不久，德魯別茨基公爵夫人回到莫斯科，直接來到富有的親戚羅斯托夫宅邸，她在莫斯科時便在其住處借住，她疼愛的鮑里斯自幼便在這個家接受教育，一來就住上好幾年。他被提升為陸軍準尉不久，隨即調入近衛軍。近衛軍已於八月十日自彼得堡出發，兒子留在莫斯科置備軍裝，要在前往拉濟維洛夫的路上趕上部隊。

羅斯托夫有兩個娜塔莎慶祝命名日——母親和小女兒同名。從早晨起，載著客人登門祝賀的馬車就來來往往，絡繹不絕，那是莫斯科知名的羅斯托夫伯爵夫人位於波瓦爾大街上的高大府邸。伯爵夫人和長女陪客人們坐在客廳裡，進進出出的賓客交錯入座。

伯爵夫人有著東方的瘦削臉龐，四十五歲左右，共有十二個孩子，眾多的子女顯然令她疲憊不堪。體力衰弱而緩慢的舉止和言談，使她自有一種令人肅然起敬的端莊風度。安娜・米哈伊洛夫娜・德魯別茨基公爵夫人像自家人一樣坐在那裡，幫忙接待客人、陪客人聊天。年輕人都待在後面幾個房間裡，並認為不必參與接待來賓。伯爵則送往迎來，並邀請所有人前來赴宴。

「我代表自己和過命名日的妻女由衷感謝您，親愛的（他對所有的人都毫無例外、毫無差別地稱呼親愛的，不論是地位比他高或低）。您可別忘了，一定前來寒舍赴宴。我要生氣啦，親愛的。我代表全家由衷地邀請您，親愛的。」在對所有人說這些話的同時，他那豐腴、樂天、刮得異常光潔的臉上帶著同樣的表情，同樣地緊緊握手、頻頻點頭，無一例外，始終如一。每當送走一位客人，伯爵便回到仍在客廳裡的某一位男賓或女賓身邊；挪一下扶手椅，擺出喜愛生活也善於享受生活樂趣的姿態，英姿煥發地叉開兩腿，雙手安放在膝蓋上，不時意味深長地搖晃一下身軀，和客人預測天氣、談談健康問題，有時講俄語，有時滿懷自信地說著一口蹩腳的法語，然後又以疲憊卻堅定地、忠於職守的姿態去送客，他一邊又頂著禿頂上稀疏的白髮，再次邀人赴宴。有時，在從前廳回來時，他順道經過花房和廚房僕役的房間，來到大理石的大廳，那裡擺有八十份餐具的宴席；他看著僕役們搬動銀器和瓷器、把幾張餐桌擺開，鋪上緹花桌布，於是把德米特里．瓦西里耶維奇，一名為他打理一切事務的貴族喚到跟前說道：

「喂，喂，德米特里，你要注意，一切都要安排得宜。行，行。」他說，滿意地望著擺開的盛大宴席。「主要是餐桌的擺設。沒錯，沒錯……」接著他便離開，得意嘆息著，又回到客廳。

「瑪麗亞．利沃夫娜．卡拉金娜及其女兒到！」伯爵夫人高大的隨從男僕走進客廳低聲報告。伯爵夫人想了一想，拿起鑲有丈夫肖像的金質鼻菸壺嗅了嗅。

「我受夠這些拜訪了，」她說。「好吧，我就接待這最後一個。她太古板。請她進來。」她對僕人憂鬱說道，彷彿在說：「唉，你們把我累死算了。」

一名高大肥胖、神情高傲的夫人和她那圓臉上綻放笑容的女兒，衣衫窸窣地走進客廳。

「親愛的伯爵夫人，好久不見了……這可憐的孩子身體不舒服……在拉祖莫夫斯基的舞會上……阿普拉克辛娜伯爵夫人……我真高興……」只聽婦女們活躍地交談，她們彼此搶著說話，其中還夾雜著衣裙窸窣和挪動椅子的聲響。彼此間的談話分寸掌握得宜，在談話出現第一次停頓時，便及時站起身來，說：「非常、非常高興……媽媽的健康……阿普拉克辛娜伯爵夫人。」隨即又有衣裙的窸窣聲，賓客來到前廳，穿上皮大衣或披上斗篷離開。談話涉及的是當時城裡的重大新聞——關於葉卡捷琳娜女皇時代知名的富人、美男子別祖霍夫老伯爵的病情，以及他的私生子皮埃爾，在安娜・帕夫洛夫娜・舍列爾的晚宴上，他的言行如此不得體。

「我很為可憐的伯爵感到遺憾，」一名女賓客說道，「他的健康大不如前，如今又加上兒子帶來的煩惱。這會要了他的命！」

「怎麼啦？」伯爵夫人問道，彷彿不知道女賓客在說什麼，其實關於別祖霍夫伯爵煩惱的原因，她已經聽說不下十五次。

「這就是現今的教育！還是在國外受教育的呢……」女賓客接著說，「這個年輕人沒有人管束，不久前他在彼得堡闖下駭人聽聞的亂子，結果被員警押送出境。」

「說來聽聽！」伯爵夫人說。

「他交友不慎，」德魯別茨基公爵夫人插話道。「瓦西里公爵的兒子和他，還有一個叫多洛霍夫的，據說他們天知道闖了什麼禍；其中兩人受到懲處。多洛霍夫被降職為士兵，別祖霍夫則被驅逐到莫斯科。至於阿納托利・庫拉金，他的父親雖然替他暗中了結，但還是被趕出彼得堡。」

「他們到底闖了什麼禍啊？」伯爵夫人問道。

「完全是一幫歹徒，尤其是多洛霍夫，」女賓客說。「他是瑪麗亞・伊萬諾夫娜的兒子，那樣一位可敬的夫人，可是那又如何呢？您可以想像一下：他們三個不知從哪裡弄來一頭熊，帶著牠坐上馬車，還把牠帶去找幾個女演員；員警趕來制止，他們竟捉住分局長，背靠背地和熊捆在一起，又把熊放到莫伊卡河裡；熊泅著水，而分局長就在熊背上。」

「那分局長的樣子，我親愛的，也太好笑了。」伯爵嚷道，笑得差點兒喘不過氣來。

「噢，多可怕！這有什麼好笑的，伯爵？」

可是夫人們自己也忍俊不住。

「花了一番工夫才把倒楣的分局長救上來。」女賓客繼續說道。「基里爾・弗拉季米羅維奇・別祖霍夫伯爵的兒子就是這麼異想天開地找樂子！」她又補了一句。「可是其他人卻說，他既有教養又聰明。這就是所謂的國外教育。我希望，這裡沒有人會接待他，儘管他很富有。有人想帶他來見我，我斷然拒絕了：我可是有女兒的。」

「為什麼您說他很富有呢？」伯爵夫人問道，又俯身避開幾個女孩，女孩們立刻裝出不想聽的模樣，「要知道，他只有私生子啊，好像……皮埃爾也是私生子。」

女賓客手一揮。

「我想，他有二十個私生子。」

這時德魯別茨基公爵夫人插話了，看來是想表明，她也有上層關係，而且對上流社會的情況相當了解。

「情況是這樣的，」她同時壓低嗓門，意味深長地說道。「別祖霍夫伯爵聲名狼藉，他有多少孩子，連他自己也不清楚，但他很疼愛這個皮埃爾。」

「就在去年，」伯爵夫人說道，「老伯爵還是那麼英姿煥發！我沒見過比他更好看的男人。」

「現在他完全變了，」德魯別茨基公爵夫人說。「所以我想說，」她接著說道，「從妻子方面而言，全部財產的直接繼承人是瓦西里公爵，可是皮埃爾深受父親寵愛，父親一直栽培他，而且曾上書皇上……所以沒有人知道，萬一他離世了（他病情那麼嚴重，隨時都有可能往生，連洛倫大夫都從彼得堡趕來了），誰能得到這筆龐大的遺產，是皮埃爾或是瓦西里公爵。四萬農奴和數以百萬計的財產。這個情況我很清楚，因為是瓦西里公爵親口對我說的。何況別祖霍夫伯爵是我的遠房舅舅。他還是鮑里斯的教父。」她補了一句，彷彿對這一點毫不在意似的。

「昨天瓦西里公爵到了莫斯科。有人告訴我，他是來視察的。」女賓客說道。

「是啊，不過，我們私底下說，」公爵夫人說道，「這是藉口，其實他是得知別祖霍夫伯爵病危才趕來見他。」

「不過，親愛的，那真是有趣極了，」伯爵說，他發現年長的女賓客沒在聽他說話，便轉向女士們。「分局長的樣子太有趣了，我想像得出來。」

於是他想像著分局長揮手掙扎的樣子，再次響亮而低沉地哈哈大笑了起來，他那肥胖的身軀整個前仰後合，只有向來生活無虞，尤其是酒喝得痛快的人才會這麼笑。「好，請務必到寒舍赴宴。」他說。

八

在場所有人都沉默了。伯爵夫人面露微笑看著女賓客，不過眼前這名女賓客若起身告辭，她一點兒也不會覺得遺憾。女賓客的女兒已經在整理衣衫，詢問似地望向母親；就在這時，隔壁房裡不期然傳來男孩和女孩奔向門口的腳步聲，以及絆倒的椅子砰然倒地的巨響，接著一個十三歲的女孩跑進房間，她用細紗短裙遮掩著什麼，在房間中央止步。顯然，她收不住腳步，無意中衝得這麼遠。門口隨即出現一名深紅色衣領的大學生、一名近衛軍軍官、一個十五歲的女孩和穿著童裝、面色紅潤的胖男孩。

伯爵跳起身，搖晃地迎上去，張開雙臂抱住跑進來的女孩。

「啊，她來了！」他笑道。「今天是她的命名日！我親愛的孩子！」

「親愛的，胡鬧也得看時機。」伯爵夫人故作嚴厲地說道，「就你老是寵著她，伊利亞。」她又對丈夫說。

「您好，我親愛的，恭喜您。」女賓客說，「多可愛的孩子！」她又對那位母親說。

這是個黑眼、大嘴，並不漂亮卻活潑的女孩，她那稚嫩的雙肩裸露出來，因為跑得太快，上衣都滑下來了；鬈曲的黑髮往後偏，袒露著兩隻纖細的手臂，穿著一條鑲花邊的女式齊膝短褲，小小的腳上是一雙敞口小皮鞋。她正處於一種美好動人的年紀，已不再是女孩，卻還不是少女。她掙脫父親，跑向母親，毫不理會她的責備，通紅的臉蛋藏在母親的花邊披肩裡，咯咯地笑了起來。她不知在笑什麼，上氣不接下氣地講著她從裙子下拿出的布娃娃。

「看見了嗎？布娃娃……咪咪……您看啊。」

這時娜塔莎已經說不出話了（她覺得一切都那麼好笑）。她撲在母親身上，高聲而清脆地哈哈大笑，連那位古板的女賓客也不由自主地笑了起來。

「好了，走開，帶著妳的醜東西走開！」媽媽說，假裝生氣地推開女兒。「這是我的小女兒。」她轉頭對女賓客說道。

娜塔莎從母親的花邊披肩裡抬起頭來一會兒，從底下抬眼看了媽媽一眼，又把臉藏了起來。

女賓客正好欣賞到家庭中的天倫之樂，覺得有必要說些什麼。

「告訴我，親愛的，」她對娜塔莎說，「這個咪咪是您的什麼人啊？是女兒，對嗎？」

娜塔莎不喜歡女賓客對她說話時那種遷就孩子的語氣。她什麼也沒回答，嚴肅地看了看她。

這時那些年輕一輩的人：鮑里斯（軍官、德魯別茨基公爵夫人的兒子）、尼古拉（大學生、伯爵的長子）、索尼婭（伯爵的十五歲表姪女），以及年幼的彼佳（伯爵的小兒子），都在客廳裡各自坐下了，看來正竭力有禮地維持熱鬧的氣氛，興奮的情緒仍洋溢在他們的臉上。顯然，在那裡，在他們匆匆離開的幾個房間裡，他們有著更有趣的話題，不像在這裡盡是談些城市的流言蜚語，說什麼天氣和阿普拉克辛娜伯爵夫人。他們偶爾彼此對望，勉強忍住不笑出聲來。

大學生尼古拉和軍官鮑里斯從小就是朋友，兩人不但同年，且長相好看，只是並不相像。鮑里斯高個子，有一頭淺褐頭髮，文靜英俊的臉上線條纖細而勻稱。尼古拉個子不高，頭髮鬈曲，神情坦率開朗。他的上唇已冒出黑色的鬍鬚，整張臉煥發活力和熱情洋溢的神采。尼古拉一走進客廳便臉紅了，顯然他想說些什麼，卻不知道說什麼才好。反觀鮑里斯，他應付自如，平靜且戲謔地聊起他在這個布娃娃咪咪還是小女生時就認識她了，那時她的鼻子還沒有破損，在他的記憶中，這五年來，咪咪漸漸衰老，頭上有一條長長的裂縫。說完，他看了娜塔莎一眼。娜塔莎轉頭不理他，看了看小弟，他正瞇起眼，無聲地笑得渾身發顫。她受不了，跑跳著離開房間，她那快捷的小腿能跑多快就有多快。鮑里斯笑也不笑。

「您好像也想離開了，媽媽？需要馬車嗎？」他笑著問母親。

「是，你去吧，去吩咐備車。」她微笑答道。

鮑里斯悄悄走出門，去找娜塔莎。胖胖的小男孩氣惱地跟著跑了出去，彷彿因為他的行動受到干擾而惱怒似的。

九

除了伯爵夫人的長女（她比妹妹長四歲，舉止已經像大人了）和前來做客的那名女士外，留在客廳裡的年輕人只有尼古拉和表姪女索尼婭。索尼婭是苗條、嬌小的黑髮女孩，溫柔的眼神在長長的睫毛遮掩下顯得矇矓，濃密烏黑的髮辮在頭上盤了兩圈，臉上，尤其是在裸露的、清瘦然而優雅、健美的手臂和脖子上，膚色微微泛光。舉止的從容、纖纖四肢的柔韌以及有點狡黠和矜持的風度，使她很像一隻美麗但尚未長成的幼貓，將來一定是非常可愛的小貓。看來她認為，以微笑參與大家的談話是得體的；可是她的眼睛卻違背她的意志，從那長長的濃密睫毛下看著即將參軍的表哥，她流露出少女那熱烈的愛慕，她的微笑騙不了任何人；顯然，這隻小貓之所以蹲下，只是為了更有力地一躍，和自己的表哥盡情嬉戲，不過必須等他們和鮑里斯和娜塔莎一樣，從客廳裡脫身才行。

「對了，親愛的，」老伯爵指著尼古拉對女賓客說道，「您看，他的朋友鮑里斯被升為軍官，他為了友誼也不甘落後；他要扔下大學和我這個老頭去參軍呢，親愛的。早在檔案館為他安排了工作，這下算是白忙一場了。這叫友誼，啊？」伯爵問道。

「是呀，據說已經宣戰[47]了，」女賓客說。

47 傳言有誤，此時宣戰詔書尚未發布。

「早就在說了，一說再說，不斷的說，後來也就不再提了。親愛的，這叫友誼！」伯爵又說了一遍。「他要去當驃騎兵。」

女賓客不知如何回應，一逕搖了搖頭。

「根本不是為了友誼，」尼古拉回答道，激動得面紅耳赤，彷彿遭受可恥的汙蔑而辯解似的。「根本不是為了友誼，我只是覺得，參軍是天職。」

他看看表妹和來做客的女士，兩人無不帶著讚許的微笑望著他。

「今天舒伯特要來我家參加宴會，他是巴甫洛格勒驃騎兵團的上校，在這裡度假，並帶走他。有什麼辦法呢？」伯爵聳肩說道，他以玩笑的口吻所說的這件事，看來令他受了不少煎熬。

「我已經對您解釋過了，爸爸，」兒子說，「要是您不願讓我走，我就留下。不過我知道，除了參軍，我沒有其他本事；我不是外交家，不是官員，不會掩飾自己的情感。」他說，不時以美好的青春年華那惹人喜愛的神態看看索尼婭和那位來做客的女士。

貓兒的一雙眼緊盯著他，似乎隨時準備嬉戲，展現一下貓兒的天性。

「好了，好了，好吧！」老伯爵說。「總是那麼急躁。都是拿破崙使人們暈頭轉向；所有人都認為，他是從一個中尉登上皇位的。也好，但願如此。」他又添上一句，未發覺女賓客嘲諷的微笑。

接著，大人們談起拿破崙。卡拉金娜的女兒朱麗對尼古拉說：

「多可惜，星期四您沒有到阿爾哈羅夫住所。少了您，我覺得好寂寞。」她說，溫柔地對他微笑。受到誘惑的年輕人帶著青春年華惹人喜愛的微笑，坐得更靠近她，並和嫣然微笑的朱麗單獨聊了起來。他絲毫未察覺，他那下意識的微笑有如刀子一般刺痛索尼婭的嫉妒心，她臉上泛起紅暈，強顏歡笑。

談話時，他回頭看了看她。索尼婭迷戀卻又惡狠狠地瞪了他一眼，勉強忍住眼中的淚水，維持假意的微笑，她站起來走出房間。尼古拉的興奮陡地消失。他熬到談話的第一個間歇，便一臉沮喪的去找索尼婭了。

「這些年輕人的心事真是一望而知啊！」德魯別茨基公爵夫人指著正離去的尼古拉說道。「表兄妹嘛，很麻煩的。」她又加了一句。

「是啊。」伯爵夫人說，隨著這些年輕人一起進入客廳的陽光此刻全然消失，她彷彿在回答一個問題，這問題誰也沒有向她提起過，卻總是讓她放心不下。「曾經有過多少煩惱、多少焦慮，為的是現在能為他們感到高興！可是現在，真的，也還是擔心多於高興。總是擔心，總是擔心！就因為這個年紀充滿危險，對女孩和男孩都一樣。」

「一切都取決於教育。」女賓客說。

「不錯，您說得對，」伯爵夫人繼續說下去。「直到現在，感謝上帝，我始終是我孩子們的朋友，得到他們的完全信任。」伯爵夫人說，她正在重複多數父母的錯覺，認為他們的孩子對他們沒有祕密。「我知道，我永遠是自己的女兒們的第一顧問，尼古拉的性格熱情，但即便胡鬧（這是男孩子免不了的），也終究不會像彼得堡那些紈褲子弟。」

「是啊，都是非常好的孩子，非常好。」伯爵附和道。他在面對自己的難題時，總是做出同樣的結論：一切都非常好，問題也就解決了。「真奇怪！他要當驃騎兵！既已如此，您還能怎麼樣呢，親愛的！」

「您的小女兒好可愛！」女賓客說。「火爆的脾氣！」

「是啊，火爆脾氣！」伯爵說。「像我一樣！多好的嗓子，雖然她是我女兒，我也要實話實說，她一定會成為歌唱家，薩洛莫尼[48]第二。我們聘請了義大利人教她聲樂。」

「太早了吧？聽說，這個年紀學聲樂對嗓子有害。」

「啊，不，怎麼會早！我們的母親那一代不是十二、三歲就結婚了？」

「如今她愛上鮑里斯！想像得到嗎？」伯爵夫人說道，含笑地默默望著鮑里斯的母親，又繼續說下去，一副像在回答她時刻縈懷的想法似地：「嗯，您瞧，要是我對她嚴加管束，禁止她……天知道他們會偷偷摸摸做些什麼（伯爵夫人的意思是，他們就會接吻），而現在，我很清楚她所說的每一句話。晚上她會告訴我所有事。也許我是寵她，可是說真的，這樣似乎好些。我以前對大女兒太嚴格了。」

「是的，我所受的教育完全不同。」美麗的大女兒薇拉微笑著說。

不過，微笑並沒有美化她的容貌，雖然微笑往往能使人的面容顯得更美麗。反之，她的面色變得極不自然，因而令人反感。長女薇拉很美，也不笨，課業很出色，受到良好的教育，有一副悅耳的嗓音，談吐實在又得體；然而，令人難以理解的是，所有人，包括女賓客和伯爵夫人在內，不自覺轉頭看著她，對於她的回答感到啞然、不解，因此備感尷尬。

「對年長的子女總是異想天開，冀望孩子成為不平凡的人物。」女賓客說。

「不必諱言，親愛的！伯爵夫人對薇拉是嚴格了一些，」伯爵說。「不過還好，畢竟她是非常優秀的女孩。」他補充道，並向薇拉贊許地眨眼。

兩名女賓客站起身準備告辭，並允諾前來赴宴。

「這是什麼作風！一直坐在這裡，坐在這裡聊！」伯爵夫人送走客人後說道。

娜塔莎一走出客廳，便連忙跑了起來，她來到花房。在花房裡，她停住腳步，聆聽客廳裡的談話，同時等鮑里斯前來。她不耐煩了起來，直跺著腳，幾乎要哭了出來，她責怪他沒有馬上跟來。這時她聽見一個年輕人不急不徐、文質彬彬的腳步聲。娜塔莎連忙躲到幾個栽著鮮花的木桶之間。

鮑里斯在花房裡停下，四處張望了一會兒，用手揮一揮軍服衣袖上的灰塵，走到鏡子前，打量著他俊秀的容貌。娜塔莎動也不動，從自己的隱身處向外張望，觀察他要做什麼。他對著鏡子站了一會兒，微微一笑，向門口走去。娜塔莎想喊他，卻又改變了主意。

「讓他去找吧。」她心裡想。鮑里斯一走出去，索尼婭便從另一扇門進來了，她含著眼淚、滿臉通紅，氣呼呼地低聲絮叨著什麼。娜塔莎忍住了朝她跑過去的衝動，留在自己的藏身處，彷彿戴上隱身帽，要看看周遭發生了什麼事。她體驗到一種特殊的全新樂趣。索尼婭在低聲說著什麼，頻頻回頭，朝客廳的門張望。尼古拉走了進來。

「索尼婭！妳怎麼啦？怎麼跑出來了呢？」尼古拉說，一邊跑向她。

「沒什麼，沒什麼，別管我！」索尼婭聲淚俱下地痛哭了起來。

---

48 薩洛莫尼（Salomoni），當時著名的德國女歌劇演員。

「不，我知道是為什麼。」

「既然知道，那好啊，您去找她吧。」

「索尼婭！聽我一句話！妳怎麼會這麼想，既折磨我又折磨妳自己？」尼古拉握著她的手說。

索尼婭沒有把手抽出來，同時止住哭聲。

娜塔莎屏息凝神，目光炯炯地從藏身處觀察。「接下來會怎麼樣呢？」她心想。

「索尼婭！整個世界我都不要！對我來說，妳就是一切，」尼古拉說，「我會證明給妳看。」

「我不喜歡你說這種話。」

「好吧，不說了，妳原諒我吧，索尼婭！」他把她拉過來，吻了她。

「啊，多麼美好！」娜塔莎想，等到索尼婭和尼古拉走出花房，她跟著出去，想去找鮑里斯。

「鮑里斯，過來，」她帶著意味深長卻又狡黠的口氣說道，「我跟您說一件事。來，來呀。」她說，並把他帶進花房，來到她剛才藏身的幾個木桶之間。鮑里斯滿臉笑意的跟在她後面。

「什麼事啊？」他問。

她感到害羞，向周圍望望，看見她扔在木桶上的布娃娃，就把它拿在手裡。

「您親一下布娃娃，」她說。

鮑里斯專注而親切地看著她興奮的臉，什麼也沒有回答。

「不願意嗎？那您到這裡來，」她說，她走到花叢深處，扔掉布娃娃。「來呀，靠近點！」她小聲說道。她伸出雙手，拉著軍官的兩隻衣袖，泛紅的臉上流露出莊重和驚懼的神情。

「您願意吻我嗎？」她以勉強聽得見的輕聲細語說道，皺著眉頭望他。她微笑著，激動得幾乎要落淚。

鮑里斯禁不住臉紅了。

「您太好笑了！」他邊說邊向她彎下腰。他的臉更紅了，不過，並沒有進一步的舉動，他只是等待著。

她驀地跳上一只木桶，這樣就比他高了，接著，她伸開雙臂擁抱他，兩條纖細裸露的手臂環繞在他脖子上；她頭一擺，將頭髮甩到後面，對著他的嘴唇親了一下。

她從花盆之間溜過去，在另一邊低下頭，站住了。

「娜塔莎，」他說，「您知道，我愛您，不過……」

「您愛我嗎？」娜塔莎打斷他的話。

「是的，我愛您，不過，請答應我，我們不要像剛才那樣……再過四年吧……到時，我會向您求婚。」

娜塔莎想了一想。

「十三、十四、十五、十六歲……」她說，扳著纖細的手指數著。「好！那就說定了？」

愉快和安心的微笑使她容光煥發。

「說定了！」

「直到永遠？」女孩說。「至死不變？」

於是，她挽起他的手臂，帶著幸福的神情和他肩並肩，緩緩地朝有沙發的休息室走去。

十一

伯爵夫人太累了，吩咐不再接待任何人，門房接到指示，若再有賀客前來，只需邀請他們務必參加宴會。伯爵夫人想和自己兒時的朋友德魯別茨基公爵夫人單獨談談，她從彼得堡來了以後，兩人還不曾好好相聚。德魯別茨基公爵夫人經常以淚洗面，此刻，她欣然移近伯爵夫人的扶手椅。

「我會對妳坦誠以待，」德魯別茨基公爵夫人說。「老朋友所剩不多了！所以我非常珍惜與妳之間的友情。」

德魯別茨基公爵夫人看看薇拉，住口不說了。伯爵夫人緊緊握住朋友的手。

「薇拉，」伯爵夫人對長女說道，顯然她不喜歡這個女兒。「您怎麼這麼不懂事呢？難道妳不覺得，妳在這裡是多餘的嗎？到姊妹們那裡去吧，或者……」

美麗的薇拉輕蔑地笑了笑，看來絲毫沒有覺得委屈。

「如果您早對我說，媽媽，我早就走了。」她說完，便回自己的房間去了。但經過休息室之際，她發現室內兩扇窗下分別坐著兩對情侶。她停下腳步，輕蔑地笑了笑。索尼婭坐在尼古拉身旁，兩人靠得很近，他正為她抄寫自己第一次完成的詩作。鮑里斯和娜塔莎坐在另一扇窗下，薇拉一進來，他們就不說話了。索尼婭和娜塔莎帶著愧疚和幸福的神情望著薇拉。

目睹這些戀愛中的女孩著實令人高興而感動，可是她們的樣子顯然沒有在薇拉心裡激起愉快的感覺。

「我對您說過多少次了，」她說，「不要拿我的東西，您自己也有。」她從尼古拉手中拿走墨水瓶。

「馬上就好，馬上就好。」他說，一邊用筆尖蘸著墨水。

「你們做任何事都不看時機，」她說。「竟然突然跑進客廳，讓所有人為你們感到羞愧。」

儘管，或者說，正因為她所說的話非常有道理，誰也沒有回答她，四個人只是面面相覷。她拿著墨水瓶在房間裡遲遲不走。

「在你們這樣的年紀，在娜塔莎和鮑里斯之間，或是你們兩人之間能有什麼祕密呢？全是胡鬧。」

「嘿，這和妳有什麼關係，薇拉。」娜塔莎悄聲地以辯護的口吻說道。

顯然，她今天對所有人都比平時更和善而親切。

「荒唐，」薇拉說，「我為你們感到害臊。你們有什麼祕密呢？……」

「每個人都有自己的祕密，我們也不會去招惹妳和貝格。」娜塔莎暴躁說道。

「我想，你們是不會招惹我的，」薇拉說，「因為我的行為從來就無可指責。看著吧，我要告訴媽媽，妳是怎麼對待鮑里斯的。」

「娜塔莎對我很好，」鮑里斯說。「我沒有什麼好抱怨的。」他說。

「您算了吧，鮑里斯，您是個外交家（外交家這個詞在當時的孩子們之間很流行，不過被賦予一種特殊的涵義）。簡直無聊。」

娜塔莎備受委屈，顫抖說道。「她為什麼要找我麻煩？」接著，她對薇拉說：「這是妳永遠不會明白的，因為妳從來沒有愛過任何人；妳沒有心，妳不過是個讓利斯夫人[49]（這個綽號相當令人生氣，是尼古拉取的），妳最大的樂趣就是讓別人不開心。妳去向貝格盡情撒嬌吧。」娜塔莎快人快語說道。

「我呀，大概不會當著客人的面追著年輕的男人跑。」薇拉說。

「呵，她的目的達到了，」尼古拉插嘴道。「對所有的人都說了那麼多難聽的話，所有人因而感到不愉快。我們去兒童室吧。」

四人好像一群受到驚嚇的鳥，站起來走出房間。

「是你們對我說了那麼多難聽的話，我對誰也沒說什麼。」薇拉說道。

「讓利斯夫人！讓利斯夫人！」門外傳來一陣笑聲。

美麗的薇拉惹所有人生氣，自己卻兀自笑了，他們的話似乎未觸怒她。她走到鏡子前，整理圍巾和頭髮，望著自己美麗的容貌，看似更為淡漠、冷靜了。

客廳裡的談話仍在繼續。

「啊！親愛的，」伯爵夫人說，「在我的生活裡，並不是一向順利。難道我不明白，以這樣的生活方式，我們的財產是維持不了多久的！都怪俱樂部，還有怪他為人太厚道。以為我們住在鄉下，就能片刻安寧？戲劇、狩獵，還有天知道的什麼。何必談我呢！哎，妳是怎麼把這些事情辦妥的？我對妳常感到刮目相看，安娜，在妳這樣的年紀，怎麼有辦法獨自乘坐馬車到處奔波呢？到莫斯科、到彼得堡，去見大臣、見名流，和這些人周旋——我太驚訝了！我根本做不到。」

「噢，我親愛的！」德魯別茨基公爵夫人回答，「但願妳不知道，一個無依無靠的寡婦，帶著一個如掌上明珠的兒子是多麼艱難。什麼事都學得會的，」她不無自豪地繼續說道。「是我的生活經歷教會了我。如果我要見某個大人物，我就寫一張便條：『某某公爵夫人希望會見某某人』，然後坐上出租馬車，哪怕去兩趟、三趟，哪怕去四趟，不達目的決不罷休。我不在乎別人怎麼看我。」

「那當然。鮑里斯的事妳是求誰？」伯爵夫人問道。「妳的兒子已經是近衛軍軍官了，尼古拉卻還只是個士官生。沒有人為他張羅。妳是求誰的？」

「我求瓦西里公爵。他很熱情，很快就答應並奏明皇上。」德魯別茨基公爵夫人開心說道，她完全忘了自己為了達到目的所經歷的那些屈辱。

「他老了吧，瓦西里公爵？」伯爵夫人問道。「我們在魯緬采夫住所演戲之後，我就再也沒有見過他了。他曾追求過我。」伯爵夫人微笑回憶道。

「還是老樣子，」德魯別茨基公爵夫人答道，「非常殷勤，很念舊。他沒有因為飛黃騰達而改變。『很遺憾，我能為您做的事情太少，親愛的公爵夫人，』他對我說，『您吩咐就是。』不，他是個好人，一個好親戚。但妳知道，娜塔莎，我對兒子的愛。我不知道，為了他的幸福，沒什麼事是我不願做的。而我的景況非常不利，」德魯別茨基公爵夫人壓低嗓門，憂傷地說下去，「非常不利，我現在的處境可怕極了。我不幸的經歷吞噬我的一切，卻毫無進展。妳想想，我有時身無分文，不知道拿什麼為鮑里斯置裝。」她拿出手絹哭了起來。「我需要五百盧布，可是我只有一張二十五盧布的紙幣。這就是我的處境……我唯一的指望是基里爾．弗拉季米羅維奇．別祖霍夫伯爵。倘若他不願幫助自己的教子——他是鮑里斯的教父啊——不留一筆生活費給他，那麼我的奔走就全白費了，因為我沒有錢為他置裝。」

49 讓利斯夫人（Madame de Genlis，一七四六—一八三〇），法國女作家，其所創作的幾部勸諭長篇小說在俄羅斯貴族家庭很受歡迎。大概是因為這些小說的道德說教的性質，所以娜塔莎用她的名字稱呼「理智」的薇拉。

伯爵夫人流淚了，默默地若有所思。

「我不時在想，這也許是罪過，」公爵夫人說，「可是我常在想，基里爾．弗拉季米羅維奇．別祖霍夫孤單地活著……那是一筆龐大財產……他為什麼要活著呢？活著對他是沉重的負擔，而鮑里斯才剛要起步。」

「他大概會為鮑里斯留一些遺產。」伯爵夫人說。

「天知道，親愛的朋友！這些富人和達官貴人盡是利己主義者。不過我還是得立刻帶鮑里斯去見他，直接了當地把情況告訴他。隨便人家怎麼看我，說實話，我無所謂，既然事關我兒子的命運。」公爵夫人站了起來。「現在是兩點，你們四點用餐。我趕得回來。」

德魯別茨基公爵夫人相當善於利用時間，她以彼得堡俐落太太的派頭，派人叫來鮑里斯，和他一起到前廳去。

「再見，我的朋友，」她對送她到客廳門口的伯爵夫人說道，「祝我成功吧。」她又代表兒子小聲地說。

「親愛的，您要到別祖霍夫伯爵的住處嗎？」伯爵說，他正從餐廳出來，也要到前廳去。「如果他好些了，就邀請皮埃爾來赴宴。過去他常來這裡，和孩子們跳舞。一定要請他來，親愛的。就讓我們看看，塔拉斯今天如何賣弄他的廚藝。」他說，「奧爾洛夫伯爵住處也不曾舉辦過像我們這樣的宴席。」

十二

「親愛的鮑里斯。」德魯別茨基公爵夫人對兒子說道，這時他們已乘著羅斯托夫伯爵夫人的四輪馬車駛過鋪著乾草的街道，進入別祖霍夫伯爵寬敞的庭院。「親愛的鮑里斯。」母親說，她從穿舊了的女式大氅下抽出手來，怯生生地、親切地放在兒子手上，「你要態度親切，要殷勤有禮。別祖霍夫伯爵畢竟是你的教父，你未來的命運取決於他。記住，我親愛的孩子，你要盡可能地和藹可親……」

「但願我能知道，這麼做，除了屈辱還能有什麼結果……」兒子冷冷回答道，「不過我答應過您，我會為了您這麼做的。」

儘管很清楚門前停著的，是羅斯托夫伯爵夫人的四輪馬車，門房仍打量著母子二人（他們沒有吩咐通報，直接走進兩排壁龕裡放著雕像的玻璃門廊），意味深長地看了看那件老舊的女式大氅，問他們要見幾位公爵小姐或是伯爵；一得知要見的是伯爵，便說今天老爺的病情加劇，不接待任何人。

「我們可以走了。」兒子用法語說道。

「我的朋友！」母親以懇求的語氣說道，同時按住兒子的手，好像這樣的觸碰能使他平靜下來或得到鼓勵。

鮑里斯不吭聲了，他未脫下軍大衣，詢問地看著母親。

「兄弟，」德魯別茨基公爵夫人柔聲細氣地對門房說道，「我知道，別祖霍夫伯爵病情沉重……所以我才來的……我是他的親戚……我不會打擾他，兄弟……我只是要見見瓦西里公爵，他暫時住在這裡。請通報一聲。」

門房悶悶不樂地拉扯通往樓上的鈴繩，轉過身去。

「德魯別茨基公爵夫人要見瓦西里公爵，」門房對穿著長襪、皮鞋和燕尾服的男僕叫道，他從樓上跑下來，站在樓梯下向外張望。

母親撫平自己染過色的絲綢衣裙的褶子，照照嵌在牆壁上的威尼斯穿衣鏡，便踏著一雙舊皮鞋精神抖擻地踩上鋪在樓梯上的地毯。

「我親愛的孩子，你答應過我。」她又對兒子說，拍拍他的手以示鼓勵。

兒子垂下眼，平靜地跟在她後面。

他們走進大廳，這裡有扇通往為瓦西里公爵所準備的內室的門。

母子二人走到大廳中間，正準備向在他們進門時連忙起身的老僕問路之際，一扇門的青銅把手此時轉動了一下：瓦西里公爵出來了，身穿家居天鵝絨小皮襖，佩戴著星章，正送一名漂亮的黑髮男子出來。此人正是彼得堡聞名遐邇的洛倫醫生。

「這是真的嗎？」公爵問。

「公爵，『人是會犯錯的』[50]，不過……」醫生回答道，他用小舌發著顫音，因而拉丁語中帶有法語口音。

「那就好，那就好。」

一見到德魯別茨基公爵夫人和他的兒子，瓦西里公爵向醫生點頭道別，默默卻也帶著疑問地來到他們面前。兒子發覺，母親的眼神突然流露出深深的悲痛，禁不住莞爾。

「是的，我們處於多麼憂傷的境地啊，公爵……唉，我們親愛的病人怎麼樣了？」她說，彷彿未發覺那凝視著她的冷淡、厭煩目光。

瓦西里公爵滿臉疑惑，甚至是不解地看著她，又看看鮑里斯。鮑里斯有禮地微微鞠躬。瓦西里公爵並未回禮，他轉向德魯別茨基公爵夫人，僅動動頭和雙唇示意來回答她的問題，這意味著對病人只能做最壞的打算。

「真的嗎？」德魯別茨基公爵夫人叫道。「啊，這太可怕了！我想也不敢想……這是小犬，」她指著鮑里斯又說道。「他要親自來向您表達感謝。」

鮑里斯又一次有禮貌地微微鞠躬。

「請您相信，公爵，母親的心永遠不會忘記您為我們所做的一切。」

「我很高興能為您效勞，親愛的德魯別茨基公爵夫人。」瓦西里公爵說道，一面整理高挺的衣領，面對受他庇護的德魯別茨基公爵夫人，在莫斯科，比起在彼得堡安娜・舍列爾的晚宴上，他的姿態和聲音都流露出更為高傲的神情。

「您要努力履行軍職，無愧於自己的使命。」他再次轉身對鮑里斯嚴厲說道。「我感到很欣慰……您是在這裡度假？」他冷淡詢問道。

「我在等候命令，大人，準備依新的任命動身。」鮑里斯回答道，既沒有因公爵生硬的語氣而面有慍色，也沒有流露介入談話的想法，公爵不禁多看了他一眼。

50 原文是拉丁文。

「您是和母親同住？」

「我借住羅斯托夫伯爵夫人宅邸，」鮑里斯說，並再次尊稱一聲：「大人。」

「就是娶了娜塔莎．申升娜的那位伊利亞．羅斯托夫。」德魯別茨基公爵夫人補充道。

「認識，認識，」瓦西里用他那單調的語氣說道。「我永遠也無法理解，娜塔莎怎麼會決意嫁給這頭骯髒的豬，完全是愚蠢又可笑的傢伙。據說還是個賭徒。」

「不過他很善良，公爵。」德魯別茨基公爵夫人指出，感動地微笑著，似乎她也知道，那般責難是羅斯托夫伯爵應得的，不過仍請他對可憐的老人心存憐憫。

「醫生們怎麼說呢？」公爵夫人沉默了一會兒問道，並在自己由於哭泣而形容憔悴的臉上流露出深切的悲痛。

「希望不大。」公爵說。

「我很想再次感謝舅舅，感謝他對我和鮑里斯的恩情。這是他的教子。」她補充道，那聲調彷彿這個消息一定會使瓦西里公爵感到高興。

瓦西里公爵沉吟起來，皺起眉頭。德魯別茨基公爵夫人明白了，他深恐在別祖霍夫伯爵的遺囑問題上，她將成為競爭對手。她急忙安慰他。

「要不是我對舅舅懷有真摯的愛與忠誠，」她說，在說到舅舅這個稱謂時，她顯得特別自信而平淡，「我了解他的性格，高尚、正直，可惜只有幾個公爵小姐在他身邊……她們還太年輕……」她低頭輕聲說道：「他履行了最後的義務[51]嗎，公爵？這最後的時刻多麼寶貴啊！看起來，情況不可能更壞了；必須有所準備了，畢竟他已經病到這個地步。我們女人家，公爵。」她溫柔地一笑，「一向都很清楚，這些事該怎麼表達。我必須見到他。不管這對我來說有多麼痛苦，反正我已經習慣受苦受難了。」

公爵大概明白了，正如在安娜．舍列爾的晚宴上一樣，他很清楚德魯別茨基公爵夫人這人有多難擺脫。

「但願這次見面不會讓他太難過，親愛的德魯別茨基公爵夫人，」他說，「等到晚上吧，醫生們預料到時情況最緊急。」

「可是，公爵，這種時候不能再等待了。您想想，這是他的靈魂能否得救的問題。啊，這太可怕了！基督徒的義務……」

通往幾間內室的門開了，一名公爵小姐走了出來，她是伯爵的幾個表姪女之一，只見她面色陰沉而冷淡；她的身材上下比例非常不勻稱。

瓦西里公爵朝她轉過身去。

「他怎麼樣？」

「還是老樣子。你們在做什麼，這麼喧嘩……」公爵小姐說道，像對待陌生人一樣，看看德魯別茨基公爵夫人。

「啊，親愛的，我差點認不出您了，」德魯別茨基公爵夫人面露笑容，步履輕快地迎上前去。「我來是幫你們照顧舅舅的。我想，你們一定累壞了。」她再次說道，流露出同情的眼神。

公爵小姐並未搭理，甚至笑也不笑，隨即走了出去。德魯別茨基公爵夫人脫下手套，在她占領的陣地

51 指終敷，基督教聖事之一，教徒臨終時由神父為之敷聖油並祝禱。

上舒適地坐上扶手椅，請瓦西里公爵坐到自己身邊。

「鮑里斯！」她對兒子說道，莞爾一笑。「我去見伯爵，見舅舅，你暫時到皮埃爾那裡去。親愛的，別忘了向他轉達羅斯托夫的邀請。他們請他去赴宴。我想，他不會去吧？」她問公爵。

「相反的，」公爵說，看來他很沮喪。「我會非常高興，要是您能讓我擺脫這個年輕人的話……他無所事事地守在這裡。伯爵一次也沒有問起他。」

他聳了聳肩。男僕領著鮑里斯下樓，又踏上另一道樓梯，帶他去見皮埃爾。

十三

皮埃爾終究未能在彼得堡為自己選擇出路，而且他也的確是因為鬧事而被驅逐到莫斯科。人們在羅斯托夫宅邸所言都是千真萬確。皮埃爾加入把分局長和熊捆在一起的行動。他在幾天前回到這裡，一如往常住在父親的居所。雖然他也猜得到，他的故事在莫斯科已經鬧得盡人皆知，父親身邊那些向來對他不懷好意的女人勢必會利用這件事激怒伯爵，他還是在回來當天便前往父親的房間。他一走進客廳，幾名公爵小姐經常待在這裡；他向幾位女士問好，她們在刺繡和看書，其中一人在讀書。她們一共有三個人。讀書的是年長的女士，有著長長的腰身，衣容整潔、面容嚴肅，正是見到德魯別茨基公爵夫人的女士；兩個較年輕的則在刺繡，面色紅潤，容貌姣好，區別在於其中一人唇上有顆痣，使她更添嫵媚。她們對皮埃爾的態度如同遇到死人或鼠疫患者。年長的公爵小姐停止閱讀，驚恐默默看著他；沒有痣的那位同樣面露驚恐；而最年輕有痣的公爵小姐，其生性樂天愛笑，她彎身面對繡架，掩飾著大概是眼前場景所引起的笑意，這有趣的場面她早已經預見了。她將細線往下拉，同時彎下腰，一副在審視花紋的樣子，好不容易才忍住未笑出聲來。

「您好，表姊，」皮埃爾說，「您不認得我了？」

「我當然認得您，認得一清二楚。」

「伯爵身體如何？我可以見他嗎？」皮埃爾像平時一樣，不好意思地問道，卻毫不猶豫。

「伯爵肉體上和精神上都很痛苦，看來，您是想加劇他精神上的痛苦。」

「我可以見伯爵嗎？」皮埃爾又問了一遍。

「哼……要是您想在精神上折磨他，折磨到死，那就去見他。奧麗嘉，妳去看看，為表叔熬的湯好了嗎，應該差不多了。」她又添了一句，以此向皮埃爾表示，她們很忙，忙於讓他的父親得到安慰，而他，顯然只是忙著傷他的心。

奧麗嘉離開了。皮埃爾站了一會兒，看看姊妹倆，點頭說道：

「那我回去了。什麼時候可以見他，再請告訴我。」

他走出去後，傳來臉上有顆痣的小妹輕聲、清脆的笑聲。

第二天，瓦西里公爵前來，並在伯爵宅邸安頓下來。他喚來皮埃爾，告訴他：

「親愛的，如果您在這裡還像在彼得堡那樣行為不檢，您的下場會很慘；這是肯定的。伯爵病得很重很重，您千萬別去見他。」

從那時起，就沒人來打擾皮埃爾了，他獨自在樓上房間度過每一天。

皰里斯進去探望他時，皮埃爾正在房裡踱步，偶爾站在角落，面對牆壁作勢威脅，一副揮舞長劍想要刺穿無形敵人的樣子。同時他從眼鏡上方威嚴瞪視，接著又踱步了起來，一邊含糊不清地說著什麼，甚至聳起肩膀，攤開雙手。

「英國完了，」他說，並皺起眉頭，舉起一根手指直指著誰。「皮特先生背叛國家，踐踏民權，判決如下……」他還沒來得及說出對皮特的判決——此刻他想像自己就是拿破崙本人，他和自己的英雄一起渡過危險的加來海峽，並占領倫敦——驀地，他看到一名年輕英俊、身材挺拔的軍官正朝他走來。他住口不說了。皮埃爾出國時，鮑里斯只是個十四歲的孩子，他完全不記得他了；儘管如此，他仍以其素來的敏銳、熱情態度握住鮑里斯的手，友好地微笑著。

「您還記得我嗎？」鮑里斯愉快且平靜地問道。「我和母親來看望伯爵，不過，他好像身體不大好。」

「是的，好像不大好。老是有人來惹他生氣。」皮埃爾回答道，竭力回憶眼前這個年輕人究竟是誰。

鮑里斯看得出來，皮埃爾不認識他了，但覺得沒必要自我介紹，也絲毫不感到尷尬，一逕的直視他的眼睛。

「羅斯托夫伯爵邀請您今日前往他的住所赴宴。」他在皮埃爾感到尷尬的長長沉默之後說道。

「啊！羅斯托夫伯爵！」皮埃爾愉悅說道。「那您就是他的兒子，伊利亞。我呀，您想想看，乍一見面沒有認出來。記得嗎？我們曾和雅克太太一起去過麻雀山[52]……那是很久以前的事了。」

「您認錯了，」鮑里斯帶點嘲弄意味的微笑，毫不拘束地說道。「我是鮑里斯，安娜·米哈伊洛夫娜·德魯別茨基公爵夫人的兒子。老羅斯托夫名叫伊利亞，他的兒子是尼古拉。而雅克太太我並不認識。」

「唉，這是怎麼搞的！我全搞混了。在莫斯科有那麼多親人！您是鮑里斯……原來如此。我們總算說清楚了。哎，關於從布倫遠征[53]您有什麼看法？拿破崙一旦渡過海峽，英國人就處境堪憂了吧？我想，這次遠征是有可能的。維爾納夫[54]可不能輕忽大意！」

---

52 麻雀山即後來的列寧山，位於莫斯科西南，是莫斯科最高處。

53 一八〇五年初，拿破崙在布倫地區（法國北部）集結了登陸艦艇和十三萬大軍，準備渡過英吉利海峽入侵英國。

54 維爾納夫（Pierre-Charles Villeneuve，一七六三—一八〇六），法國海軍上將，指揮法國和西班牙的聯合艦隊，奉命從地中海突擊英吉利海峽。

鮑里斯對這次出征一無所知，他不看報紙，維爾納夫這名字還是第一次聽聞。

「我們在莫斯科，更關注的是宴會和流言，而非政治。」他以平靜、嘲諷的口吻說道。「我對此一無所知，也不去多想。莫斯科最感興趣的是流言蜚語，」他繼續說道。「如今人們談論的是您和伯爵。」

皮埃爾露出他那善良的微笑，似乎在為對方擔心，唯恐他說出什麼令他自己會後悔的話來。但鮑里斯表達清晰、明確，雖然冷淡，甚至直盯著他的眼睛。

「莫斯科除了散布流言蜚語，就無所事事，」他接著說。「大家都在關心，伯爵會把自己的財產留給誰，雖然他也許會比我們所有人活得更長久，我由衷希望如此……」

「是的，這一切都教人難受，」皮埃爾接著說，「很難受。」皮埃爾擔心，這個軍官會無意中介入使他自己感到尷尬的話題。

「您想必覺得，」鮑里斯說，臉上微微泛紅，但沒有改變語調和姿態，「您想必覺得，人人都只關心，要怎麼從富人手裡得到些什麼。」

正是如此，皮埃爾想。

「我正是想告訴您，請別誤會，如果您把我的母親也看成這種人，那麼您就錯了。我們很窮，但至少我可以代表自己說：正因為令尊富有，所以我不認為自己是他的親戚，不論是我或是母親都不會要求或接受什麼。」

皮埃爾久久無法理解他的意思，等到他想清楚了，禁不住從沙發上跳起身，以他素來的敏捷和笨拙抓起鮑里斯的手，滿臉脹紅更甚鮑里斯，又羞愧又氣惱地解釋了起來：

「這就奇怪了！難道我……又有誰會想到……我很了解……」

但鮑里斯再度打斷他：

「我很高興能說出心中想法。也許您會不高興，請原諒，」他反而安慰起皮埃爾，而不是任由皮埃爾來安慰他。「不過我希望，自己沒有冒犯您。我向來有話直說……那麼，我該回覆什麼呢？您答應前往羅斯托夫宅邸赴宴嗎？」

鮑里斯再次愉快了起來，顯然是因為他卸下沉重的包袱，讓自己擺脫了尷尬的處境，卻也讓他人陷入窘境。

「不，您聽我說，」皮埃爾說道，漸漸平靜下來，「您實在令人驚歎。您剛才說得真好，真好。當然，您不了解我。我們太久沒見面了……那時我們還都是孩子……您可能以為我……我理解您，非常理解。我就無法像你這樣說話，我缺乏勇氣，不過真是太好了！我很慶幸能和您認識。奇怪，」皮埃爾沉默了一會兒，又微笑著說道，「您竟然會認為我是這種人！」他笑了。「嗯，有什麼關係呢？我和您會有機會更深入了解彼此的。但願如此。」他握著鮑里斯的手。「您知道嗎，我一次也沒見到伯爵。他沒有召喚過我……我很同情他……可是有什麼辦法呢？」

「您認為，拿破崙的軍隊能成功渡過海峽嗎？」鮑里斯笑問。

皮埃爾明白鮑里斯想轉換話題，便順著他的話，陳述起布倫渡海作戰的利弊。

僕人來請鮑里斯前去公爵夫人身邊。公爵夫人要離開了。皮埃爾答應赴宴，目的是更親近鮑里斯。他緊握鮑里斯的手，透過眼鏡親切地看著他……他離開後，皮埃爾仍持續在房裡踱步好一會兒，他不再用長劍刺穿無形的敵人，而是含笑回憶這可愛、聰明又剛強的年輕人。

正如在青春期，尤其是在處境孤獨的時候所常見的，他對這個年輕人懷有莫名的柔情，並誓言一定要和他成為朋友。

瓦西里公爵正在送別公爵夫人。公爵夫人以手絹捣著眼角，滿面淚痕。

「這太可怕了！太可怕了！」她說。「但不論要付出什麼代價，我也要盡到自己的義務。我一定來守夜。不能沒有人照顧啊。每一分鐘都很寶貴。我不懂，公爵小姐們怎麼不慌不忙的。也許上帝會幫助我，找到方法讓他能有所準備……再見，公爵，願上帝幫助您……」

「再見，親愛的。」瓦西里公爵回答道，一邊轉過身去。

「唉，他的情況太可怕了，」他們再次坐上馬車時，母親對兒子說。「他幾乎誰也不認得了。」

「我不明白，媽媽，他和皮埃爾是什麼關係？」兒子問道。

「遺囑會說明一切，我的朋友；遺囑也決定我們的命運……」

「可是您為什麼認為，他會留遺產給我們？」

「唉，我的朋友！他那麼富有，而我們是這麼貧窮。」

「這並不是充分的理由啊，媽媽。」

「唉，我的天！我的天！他的情況很不好啊！」

十四

德魯別茨基公爵夫人和兒子前往別祖霍夫伯爵宅邸之後，羅斯托夫伯爵夫人獨坐良久。她終於拉鈴叫人。

「您怎麼了，親愛的，」她對讓她等了好幾分鐘的女僕氣惱說道。「不想工作了，是吧？那我幫您另謀他處。」

朋友的痛苦和有損尊嚴的貧困令伯爵夫人相當難受，因此情緒低落，只要她刻意稱女僕「親愛的」和「您」，便知道她陷入低潮。

「對不起，太太，」女僕說。

「請伯爵來一下。」

伯爵搖晃著身軀，來到妻子面前，和平常一樣，臉上帶著幾分愧疚神情。

「哎，伯爵夫人！淋上馬德拉葡萄酒的松雞好吃極了，我嚐過了；付給塔拉斯的一千盧布不是白花的。值得！」

他坐到妻子身旁，精神抖擻地把兩手支在膝蓋上，灰白的頭髮撓得蓬鬆。

「您有什麼吩咐，夫人？」

「是這樣的，我的朋友——你這裡怎麼髒掉了？」她指著背心問道。「這一定是油漬，」她又笑著說。「是這樣，伯爵，我需要錢。」

她顯得很憂傷。

「啊，夫人！……」伯爵慌忙取出皮夾。

「我需要很多錢，伯爵，我需要五百盧布。」她拿出麻紗手絹，擦拭丈夫背心上的油漬。

「馬上，馬上。喂，來人啊？」他喚道，只有確信被叫喚的人一定會飛快地應聲而至的人，才會用這般的聲調喚人。「去叫德米特里過來！」

德米特里是伯爵的家庭所撫養的貴族之子，現在他負責管理伯爵所有事務，此時，他悄聲走進房間。

「是這樣，親愛的，」伯爵對進來的恭敬年輕人說道。「你去拿……」他想了想。「對，拿七百盧布來，對。注意，像上次那樣又破又髒的不要，要狀態好的，是要給伯爵夫人的。」

「是的，德米特里，請拿乾淨的來。」伯爵夫人說，傷感嘆息著。

「大人，什麼時候送來？」德米特里問道。「您是知道的……不過，請您放心吧，」德米特里又說，他發覺，伯爵已經急促地喘著大氣，這向來是怒氣爆發的前兆。「我差點兒忘記了……要立刻送來嗎？」

「對，對，這就對了，拿來吧，直接交給伯爵夫人。」

「我的這個德米特里真是難得，」年輕人一出去，伯爵便笑道。「沒有辦不到的事。否則我是無法容忍的。所有事，使命必達。」

「唉，金錢啊，伯爵，金錢，世上多少苦難由金錢而起！」伯爵夫人說。「這些錢，我非常需要啊。」

「夫人，您出手大方是出了名的。」伯爵說，他吻了吻妻子的手，又回書房去了。

待德魯別茨基公爵夫人自別祖霍夫宅邸回來，錢已經放在伯爵夫人身邊了，而且，全是嶄新的鈔票，放在小桌上用手絹蓋著，德魯別茨基公爵夫人一見伯爵夫人，情緒很是激動。

「哎，情況如何啊，我的朋友？」

「啊，他的狀況好可怕！教人認不出來了，病情那麼凶險，那麼凶險，我待了一會兒，沒說上兩句話……」

「安娜，看在上帝的分上，不要拒絕我。」伯爵夫人突然說，兩頰泛起紅暈，這在她那不再年輕的清瘦端莊臉上顯得如此不協調，她邊說邊從手絹下拿錢出來。

德魯別茨基公爵夫人立刻明白是怎麼回事，她已彎身，以便在適當時機擁抱伯爵夫人。

「這是我給鮑里斯的，給他置備軍裝……」

德魯別茨基公爵夫人已經摟著她哭了。伯爵夫人也哭了。她們哭，因為她們情同姊妹；也因為她們心地善良；也因為她們，兩個青春時期的好友，要為金錢這種低賤的事物操心；也因為她們青春已逝……而兩人的淚水再再令人動容……

十五

羅斯托夫伯爵夫人和女兒們此時陪伴眾多賓客坐在客廳裡。伯爵請男賓客前往書房，讓他們欣賞他的收藏品土耳其菸斗。他偶爾走出書房詢問：她來了嗎？所有人都在等待上流社會稱之為惡龍的瑪麗亞·德米特里耶夫娜·阿赫羅西莫娃，這位夫人不因財富、地位，只因為人正派、待人坦率質樸而為人所知。皇室也知道瑪麗亞·德米特里耶夫娜，整個莫斯科和彼得堡也都認識她，這兩座城市的人們在對她深感好奇的同時，也暗地嘲笑她粗野、笑談她的趣聞；儘管如此，人人也都尊敬她、忌憚她。

在煙霧繚繞的書房裡，正在談論戰爭和徵兵。在場都知道，宣戰詔書頒布下來了，但誰也沒親眼見到過。伯爵坐在土耳其式沙發上，夾在兩個抽菸、談話的人當中。伯爵本人不抽菸也不說話，他時而低頭向這邊，時而向那邊，帶著滿意的神情看向抽菸的人，傾聽兩位鄰座交談；他們的爭論是他挑起的。

交談者之一是名文官，剃得光潔的瘦削刁鑽的臉上滿是皺紋，儘管已近老年，衣著卻像最時髦的年輕人一樣；他像自家人那樣，盤腿坐在沙發上，琥珀菸嘴斜斜銜在嘴裡，瞇眼並一陣陣地猛抽菸。看來，他對交談的另一人是居高臨下的態度。那是老單身漢升申、伯爵夫人的堂兄，誠如莫斯科社交圈所盛傳的，是個刻薄鬼。另一位則是精力充沛、兩頰緋紅的近衛軍軍官，軍容嚴整，梳洗得無可挑剔，琥珀菸嘴銜在嘴中，緋紅的雙唇輕輕抽著，從美型的嘴裡吐出一個個煙圈。這便是貝格中尉、謝苗諾夫團的軍官，鮑里斯前往該軍團時曾與他同行。娜塔莎先前嘲弄薇拉時，便提到貝格是她的未婚夫。伯爵正坐在他們之間仔細聆聽。伯爵除了非常喜愛波士頓牌外，其最大的嗜好便是當個聽眾，尤其是在他成功挑起兩個饒舌者爭辯的時候。

「喂，怎麼，老弟，可敬的阿爾方斯・卡爾雷奇[55]，」升申笑道，夾雜使用極其一般的俄羅斯民間用語和文雅的法語詞句（這正是他說話的特點）。「您想從政府單位領取到薪資，又想從連隊得到收入？[56]」

「不，升申，我只是想證明，當騎兵遠不如當步兵。例如現在，請您為我想想吧。」

貝格說話向來精準、平靜又有禮。他的談話永遠只涉及他個人；只要別人的談話和他沒有直接關係，他總能保持沉默，而且一連幾個小時的沉默，絲毫不覺侷促不安，也絲毫不會令他人侷促不安。然而，一旦談話涉及他本人，他便會不厭其煩地說了起來。

「您試著為我的立場想想，升申。如果我當騎兵，四個月的收入不會超過兩百盧布，即使具有中尉軍銜；而現在，我可以拿到兩百三十盧布。」他自滿的微笑說道，一邊看看升申和伯爵，他似乎深信不疑，他的成功永遠是別人夢寐以求的目標。

「此外，升申，調入近衛軍後，我受到重視，」貝格接著說，「而且近衛軍步兵裡的缺額極多。還有，您想想看，我可以善用這兩百三十盧布做更多安排。我可以存下來，寄些錢給父親。」他邊說，邊吐煙圈。

「確實不錯……德國人總能從刀背上打出糧食，這是一句俗語。」升申說，將琥珀菸嘴從嘴角的一邊

55 阿爾方斯・卡爾雷奇是貝格的名字和父稱。這是敬稱（如對長輩），在此有調侃的意味。

56 這兩句的意思其實是一樣的，作者是要表示人物混用兩種語言的特點。

移到另一邊，又向伯爵擠擠眼。

伯爵不禁哈哈大笑。其他賓客一見升申正引導話題，紛紛走了過來。貝格對人們的嘲諷和無動於衷絲毫未察覺，繼續說道，由於調入近衛軍步兵，他已比騎兵軍的戰友晉升一級軍階，而連長有可能戰死沙場，那麼他輕易便可當上連長，又說，在團裡大家多麼喜歡他，父親對他多麼滿意。看來他陳述這一切時，相當得意，也從未多想，其他人各自有感興趣的事啊。只是，他所說的一切都那麼娓娓動聽，態度又是不卑不亢，年輕人的利己主義顯得如此天真，其他人也就不在意了。

「喂，老弟，無論您是步兵或騎兵，到哪裡都會獲得重用，我完全可以想像得到。」升申拍拍他的肩膀說，把腳從沙發上放了下來。

貝格高興地笑了笑。伯爵將前往客廳，賓客也都跟著離開。

這是招待宴會即將開始的時候，相聚的客人們簡短交談，等候應邀享用餐前菜，同時覺得必須稍事活動，且不能沉默，以表示他們一點也不急於入席。主人們不斷朝門口張望，偶爾彼此交換眼色。賓客根據他們的目光猜測，他們還在等人或者其他，等某一位遲到的重要親戚或一道尚未準備就緒的菜肴。

皮埃爾在宴會即將開始時才到，滿是歉意地坐上客廳中間的扶手椅上，以致擋住客廳裡所有人的出入。伯爵夫人想請他說些話，他卻不知趣地透過眼鏡環視周圍，一副在找人的樣子，對伯爵夫人的所有問題僅回以隻言片語。他很拘謹，只有他自己並未發覺。多數客人都知道他和熊的故事，好奇地盯著這個高大肥胖、性格溫和的人，並感到困惑不解：這麼一個傻里傻氣的老實人，怎麼會對警局分局長開那麼大的玩笑。

「您剛到嗎？」伯爵夫人問他。

「是的，夫人，」他回答，一邊東張西望。

「還沒有見到我丈夫吧？」

「沒有，夫人。」他完全不合時宜地一笑。

「不久前您好像去過巴黎？我想，一定很有趣。」

「是很有趣。」

伯爵夫人和德魯別茨基公爵夫人彼此瞥了一眼。德魯別茨基公爵夫人明白了，這是請她留心這個年輕人，於是，便坐到他身旁，談起他的父親；可是他和對待伯爵夫人一樣，對她的回答也是極其簡短。客人們則彼此交談了起來。

「拉祖莫夫斯基一家……那真是好親切……阿普拉克辛娜伯爵夫人……」賓客們紛紛閒聊了起來。伯爵夫人站起身，到大廳去了。

「是瑪麗亞．德米特里耶夫娜？」大廳裡傳來伯爵夫人的聲音。

「是啊。」傳來一名婦人的粗嗓門，瑪麗亞．德米特里耶夫娜隨即走進客廳。

小姐甚至夫人們，除了最年長的幾位，全站了起來。瑪麗亞．德米特里耶夫娜站在門邊。眼前這位豐腴的婦人披著一綹綹灰白鬈髮、年屆五十，她高高抬起頭，傲然環視賓客，看似正捲起衣袖，從容不迫地把連身裙寬大的衣袖整理了一下。瑪麗亞．德米特里耶夫娜向來以俄語交談。

「今天是親愛的夫人的命名日，向您和孩子們道喜，」她說，粗聲大嗓壓過其他聲音。「你最近如何，老壞蛋，」她對正在親她的手的伯爵說道，「我想，在莫斯科很寂寞吧？不能尋歡作樂了？可是怎麼辦呢，老爺，這些小妞眼看就長大了……」她指著女孩們，「不管你願不願意，該找女婿了。」

「哎，怎麼樣，我的哥薩克？（瑪麗亞・德米特里耶夫娜稱娜塔莎哥薩克）」娜塔莎毫不膽怯，愉快地來到她身邊，她愛撫著這女孩說道，「我知道，這丫頭是個小狐狸精，但我就是喜歡。」

她從大手提包裡取出一副心形的紅寶石耳環，送給容光煥發、滿面緋紅，正過命名日的娜塔莎，又立刻轉過身去，面朝皮埃爾。

「哎，哎！親愛的！你過來，親愛的，」她假裝低聲細語地說道。「你過來，親愛的……」

她威嚴地捲起兩隻衣袖。

皮埃爾走了過來，透過眼鏡天真地看著她。

「過來，過來，親愛的！在你父親權勢顯赫的時候，也只有我敢對他說真話，對你當然更別說了。」

她沉默了一會兒，所有人靜默地等著下文，意識到這只是開場。

「好啊，說不出話來了！厲害，這孩子真厲害！……父親臥病在床，他卻去找樂子，把分局長綁在熊背上。可恥啊，老弟，可恥！還不如去打仗。」

她轉身向伯爵伸出手，他好不容易才忍住笑。

「喂，怎麼，我想該入席了吧？」瑪麗亞・德米特里耶夫娜說。

伯爵和瑪麗亞・德米特里耶夫娜走在前面；隨後是伯爵夫人，由驃騎兵上校陪著，他是重要的客人，尼古拉將和他一起進部隊。德魯別茨基公爵夫人則由升申陪同。貝格把手伸向薇拉。面帶微笑的朱麗・卡拉金娜和尼古拉同行。他們後面還有其他成雙成對的人們，在大廳裡排成長隊伍，最後則是單獨走的孩子們和男女家庭教師。僕人們忙碌了起來，周圍響起椅子挪動的聲響，門廊上奏起音樂，賓客紛紛入座。伯爵的家庭樂隊奏樂聲被刀叉聲、賓客的交談聲、僕人們輕輕的腳步聲所取代。伯爵夫人坐在餐桌一端的主位。右邊是瑪麗亞・德米特里耶夫娜，左邊是德魯別茨基公爵夫人和其他女賓客。另一端坐著伯爵，左邊是驃騎兵上校，右邊則是升中和其他男賓客。長餐桌的一側是較年長的青年：薇拉鄰著貝格，皮埃爾鄰著鮑里斯；另一側是孩子們和男女家庭教師。伯爵隔著那些水晶酒瓶和高腳果盤望望妻子和她的那頂繫著藍色緞帶的高帽，殷勤地為身旁的客人斟酒，也不忘為自己斟上。伯爵夫人也沒有忘記女主人的職責，隔著鳳梨向丈夫投以意味深長的目光，並備感他那通紅的禿頂和面色與灰白頭髮的反差更強烈了。婦人的一端正低聲細語地閒談；男人這邊的喧嘩聲愈來愈大，尤其是驃騎兵上校，他狼吞虎嚥，面色愈來愈紅潤，伯爵已經認定他是客人們的榜樣。貝格帶著溫柔的微笑告訴薇拉，愛情不是塵世的感情，而是天上的。鮑里斯向自己的新朋友皮埃爾介紹在座來賓的姓名，又和坐在他對面的娜塔莎眉來眼去。皮埃爾打量著那些新面孔，很少開口，一心享用餐點。在兩道湯中，他選擇甲魚湯，從幾張餡餅直到松雞，他沒有放過任何一道菜色，也沒有放過任何一種酒，僕人把裹著餐巾的酒瓶悄悄從他鄰座的肩後送來，一邊說：「馬德拉酒」或「匈牙利酒」或「萊茵酒」。每套餐具前都放著四只刻有伯爵名字的水晶杯，他隨手拿起一只讓僕人斟酒，心滿意足地喝著，興致愈來愈高的望著客人們。坐在他對面的娜塔莎看著鮑里斯，那是十三歲女孩看男孩的目光，而這個男孩剛剛和她有過初吻，雙雙墜入情網。她這樣的目光偶爾也投向皮埃爾，在這活潑女孩的注視下，他莫名地直想笑。

尼古拉離索尼婭較遠，他坐在朱麗身邊，又帶著那下意識的微笑對她說著什麼。索尼婭佯裝微笑，內心想必正受到嫉妒的折磨：她臉上一陣紅一陣白，凝神傾聽尼古拉和朱麗之間的談話。女教師正不安地察言觀色，似乎隨時準備反擊，要是有誰讓孩子們受了委屈的話。一名德國的男教師則竭力想記住各式菜色、甜點和酒類，以便在寄往德國的家書裡詳述這一切。他很憤怒，僕人拿裹著餐巾的酒瓶斟酒時，居然忽略他。德國人皺著眉頭，佯裝並不想要這種酒。他之所以憤怒，是因為誰也不理解，他需要酒不是為了解渴，不是貪杯，而是出於強烈的求知欲。

十六

餐桌上，男人這一端的談話益發熱烈了。上校說，宣戰詔書已在彼得堡頒布，他親眼看到，今天已由信使送達總司令。

「為什麼我們鬼使神差地要和拿破崙作戰呢？」升申說。「他已經打掉了奧地利的傲氣，恐怕現在就要輪到我們了。」

上校是德國人，身材高大結實，容易激動，顯然是久經沙場、忠於職守的軍人和愛國者。升申的話令他難以接受。

「為什麼，閣下？」他帶著德語口音說道。「皇上知道為什麼。他在詔書中說，他不能眼看俄羅斯面臨危險而無動於衷，事關帝國的安全、尊嚴和神聖同盟，」他說，不知為什麼特別強調「同盟」這個字眼，彷彿這才是問題的實質。

他以其準確無誤的記憶一本正經地背誦詔書的序言：「……陛下的願望，即唯一既定的方針乃是：在穩固的基礎上建立歐洲和平，茲決定派遣部分軍隊越出國境，為實現此項意圖有所努力。」

「這就是為什麼，閣下。」他以教訓的口吻結束道，他喝乾杯中的酒，回頭看向伯爵，期望得到鼓勵。

「您知道有一句俗話：『葉廖馬，葉廖馬，你還是待在家裡，磨你的紗錠吧』，」升申皺著眉頭，含笑說道。「這句話對我們再適合不過了。派蘇沃洛夫[57]去又怎麼樣呢，還不是會被打得落花流水，如今我們的蘇沃洛夫們在哪裡呢，請問？」他說，不斷地從俄語跳到法語。

「我們要戰到流盡最後一滴血，」上校捶著桌子說，「為自己的皇帝而死，這樣就行了。要盡可——能（他特別在說到「可能」這個字眼時把聲音拖長），盡可——能少有議論，」他說，又轉頭看向伯爵。「這就是我們老驃騎兵的看法，我說完了。您怎麼看呢？您是年輕人，又是年輕的驃騎兵。」他向尼古拉問道，尼古拉一聽到談起戰爭，早就不顧朱麗，全神貫注地看著上校，仔細聽他說話。

「我完全同意您的看法，」尼古拉回答道，他突然滿面通紅，以堅決而無所畏懼的神情轉動碟子、擺布幾只酒杯，彷彿此刻正面臨極大危險，「我堅信，俄國人或死或勝，別無選擇。」他說，和其他人一樣，話既已出口，才感到在當前的情況下，他表達得太過激動、誇張，因而感到不好意思。

「好極了！您說得太好了。」坐在他身旁的朱麗嘆息著說道。在尼古拉說話的時候，索尼婭渾身顫抖了起來，臉上泛起的紅暈直至耳際、耳根、脖子，連肩膀也紅了起來。皮埃爾凝神傾聽少校的談話，贊同地連連點頭。

「說得真好。」他說。

「您是真正的驃騎兵，年輕人。」上校叫道，又捶了一下桌子。

「你們在那裡嚷什麼呢？」突然隔著桌子傳來瑪麗亞．德米特里耶夫娜低沉的嗓音。「你敲桌子做什麼，」她對上校說，「對誰發火呢？大概你以為，在你面前的都是法國人吧？」

「我說的是實話。」上校微笑說道。

「老是談戰爭。」伯爵隔著桌子叫道。「您知道嗎，我的兒子要去打仗呢，瑪麗亞．德米特里耶夫娜，我兒子要上戰場了。」

「我有四個兒子在部隊裡，我完全不後悔。一切都是天意：躺在床上也會死，在戰場上，上帝會保佑的。」桌子另一端毫不費力地傳來瑪麗亞．德米特里耶夫娜低沉有力的聲音。

「確實如此。」

於是，婦人一邊和男人一邊再次分別交談了起來。

「妳就不敢問，」小弟彼佳對娜塔莎說，「妳就不敢問！」

「我敢問。」娜塔莎說。

她滿臉脹紅，表現出她那天不怕地不怕的興奮決心。她欠起身來，用目光示意坐在他對面的皮埃爾，要他聽著，接著她轉向母親。

「媽媽！」餐桌上響徹少女清脆的嗓音。

「妳在做什麼？」伯爵夫人驚訝問道，不過從女兒的臉色，她看出女兒又在鬧了，當下嚴厲地對她擺擺手，點頭示意威嚇並制止。

人們的談話停止，一片寂靜。

「媽媽！最後一道是什麼甜點？」娜塔莎的尖嗓更堅決地一口氣說了出來。

伯爵夫人想皺起眉頭卻辦不到。瑪麗亞．德米特里耶夫娜舉起一根粗指頭威嚇她。

「哥薩克！」她威嚇叫道。

客人們大都看著兩個大人，不知該如何應付這場鬧劇。

---

57 編注：蘇沃洛夫（Alexander Suvorov，一七二九—一八〇〇），俄國名將，在拿破崙時代，被視為唯一可和他匹敵的軍事奇才。

「看我怎麼教訓妳！」伯爵夫人說。

「媽媽！甜點是什麼啊？」娜塔莎大膽、調皮又開懷嚷道，她有自信，她的淘氣不會惹人不悅。

索尼婭和胖嘟嘟的彼佳偷偷在笑。

「看吧，我問了。」她悄悄對弟弟和皮埃爾說，又朝皮埃爾看了一眼。

「是冰淇淋，但不給妳吃，」瑪麗亞・德米特里耶夫娜說。

娜塔莎確定沒什麼好怕的，所以連瑪麗亞・德米特里耶夫娜她也不怕了。

「瑪麗亞・德米特里耶夫娜！什麼冰淇淋？我不喜歡奶油口味的。」

「是胡蘿蔔冰淇淋。」

「不，什麼冰淇淋？瑪麗亞・德米特里耶夫娜，是什麼冰淇淋？」她幾乎是在叫喊，「我想知道嘛！」

瑪麗亞・德米特里耶夫娜和伯爵夫人笑了，客人們也跟著笑了。大家笑的不是瑪麗亞・德米特里耶夫娜的回答，而是這小女孩不可思議的勇氣和乖巧，既善於也敢於和瑪麗亞・德米特里耶夫娜這麼說話。

等到有人告訴她是鳳梨冰淇淋，娜塔莎便不再執著。在冰淇淋之前，香檳酒送來了。之後，音樂再次響起，伯爵吻了伯爵夫人，於是客人們站起來向伯爵夫人表示祝賀，隔著餐桌和伯爵碰杯，和孩子們碰杯，又互相碰杯。僕人們又一次忙碌了起來，響起椅子的挪動聲，客人們依原來的順序回到客廳和伯爵的書房，只是臉色更紅了。

十七

波士頓牌桌擺開了，湊齊幾個牌局後，伯爵的客人們便分散在兩處客廳、休息室和圖書室裡。

伯爵把撲克牌鋪開呈扇形，勉強抑制午睡的習慣，無緣無故地傻笑。年輕人受伯爵夫人的鼓勵，聚集在古鋼琴和豎琴旁。朱麗首先應大家要求，彈了一首豎琴變奏樂曲，又和其他女孩一起邀請娜塔莎和尼古拉唱歌，所有人都知道他們有音樂天賦。娜塔莎眼看其他人將她視為大人，顯得格外自傲，但也很膽怯。

「我們唱什麼呢？」她問。

「唱〈泉水〉吧，」尼古拉回答道。

「那就快點吧。鮑里斯，您過來，」娜塔莎說。「索尼婭在哪裡呀？」

她四處張望，發現她的朋友不在房裡，連忙去找她。

她來到索尼婭房間，沒有找到她的朋友，接著又跑到兒童室，也不見索尼婭。娜塔莎意識到，索尼婭一定在走廊的木箱上。走廊的木箱是羅斯托夫的少女們掩人耳目、黯然神傷之地。索尼婭穿著粉紅色薄紗連身裙，俯伏在木箱上保母那骯髒的條紋布羽毛被褥上，衣裳也壓皺了，纖纖十指摀著臉，抽抽搭搭地哭泣，她那裸露的細肩微微顫動。娜塔莎一整天節口般興奮的臉上陡然變色：她兩眼發愣，脖子顫動了一下，嘴角彎了下來。

「索尼婭！妳怎麼了？妳，妳這是怎麼了？嗚——嗚——嗚……」

於是，娜塔莎張嘴，面色扭曲，孩子似的號哭起來，她不知緣由，只因索尼婭在哭泣。索尼婭想抬起頭、想回答她，卻辦不到，只能更使勁地把臉藏了起來。娜塔莎坐到藍色羽毛被褥的邊上，抱著索尼婭哭泣。索尼婭使勁撐起身子，擦乾眼淚，訴說起原委。

「尼古拉再一個星期就要離開了，他的……通知書……來了……是他親口對我說的……我本來還不會哭（她把手裡拿著的紙給她看：那是尼古拉寫的一首詩）……我本來還不會哭，但妳不了解……誰也不了解……他的心地有多善良。」

她又哭了，他的心地竟然那麼善良。

「妳的一切都很好……我不嫉妒……我愛妳，也愛鮑里斯，」她說，略振作了起來，「他很可愛……你們不會有任何阻礙。但是，尼古拉是我的表哥……需要……主教親自認可……那還不行。再說，要是媽媽（索尼婭認為伯爵夫人就是母親，便以此稱之）……她讓我覺得，我會破壞尼古拉的前程，我沒有良心、忘恩負義，其實……說真的（她畫了十字）……我那麼愛她，愛你們大家，只有薇拉一個人……為什麼？我有什麼對不起她？我那麼感激你們，樂於為你們奉獻一切，可是我一無所有啊……」

索尼婭說不下去了，再次把頭埋進雙手和被褥裡。娜塔莎安慰起她，可是娜塔莎的臉色說明，她完全了解朋友的痛苦。

「索尼婭！」她倏地說，似乎猜到表姊如此痛苦的真正原因。「薇拉大概在飯後跟妳說了什麼，是嗎？」

「是的，這首詩是尼古拉寫的，我還抄寫了另外幾首；她在我的桌上看到這些詩就說，她要拿給媽媽看，還說我忘恩負義，媽媽絕不會允許尼古拉娶我為妻，他會娶朱麗的。妳看到了，他整天和她……娜塔莎！為什麼呀？……」

她哭得更傷心了。娜塔莎扶起索尼婭，摟著她，噙著眼淚含笑安慰她。

「索尼婭，她的話妳別相信，親愛的，別相信。妳記得吧，我們三個人和尼古拉曾在休息室裡談過；記得嗎，在晚飯以後？我們談定所有事，以及將來要怎麼辦。我已經不記得細節，可是妳一定記得，一切都那麼美好，一切都有可能。升申舅舅的一個兄弟就娶了表妹，而我們更遠了一層。所以鮑里斯說，沒問題的。妳知道，我什麼都會對他說。他又是那麼聰明、高尚，」娜塔莎說，「妳，索尼婭，別哭了，親愛的小鴿子，小心肝，索尼婭。」她笑著親了她一下。「薇拉真的很壞，別理她！未來是美好的，她也不會對媽媽說；尼古拉自己會告訴媽媽，而且他心裡根本沒有朱麗。」

於是，她在索尼婭的頭上又親了一下。索尼婭欠起身，小貓再次神采奕奕，小眼睛光彩四射，一副馬上就要豎起尾巴的樣子，柔軟的腳爪霍地一撲，玩起毛線球來，這才合乎牠的天性。

「妳真的這麼認為？是實話？真的？」她說，迅速整理衣裙和頭髮。

「是實話！真的！」娜塔莎一面回答，一面為自己的朋友整理露在辮子下的一綹頭髮。

兩人各自笑了起來。

「走吧，我們去唱〈泉水〉。」

「走。」

「妳知道嗎？坐在我對面那個胖胖的皮埃爾真有趣！」娜塔莎突然停下來說。「我覺得很開心！」

娜塔莎沿著走廊跑了起來。

索尼婭抖落衣服上的毛屑，把詩稿藏在懷裡，她兩頰緋紅，邁開輕鬆愉快的腳步，隨娜塔莎沿著走廊向休息室奔去。應客人們的要求，幾個年輕人唱了〈泉水〉四重唱，受到所有人讚賞；然後尼古拉唱了他新學的一首歌：

在月色明媚的愉快的夜晚，
美妙的想像浮現心頭，
世上還有一位佳人
也正思念你！
她那美麗的手
在金色的豎琴上漫舞，
激情洋溢的和聲，
也在殷殷期盼，也在召喚你！
再一天、再兩天，樂園即將降臨……
可是呀！你的朋友卻已行將就木，與你無緣！

他還沒有唱到最後，大廳裡的年輕人已準備翩翩起舞，長廊上響起腳步聲和樂師們的咳嗽聲。皮埃爾坐在客廳裡，升申和他這個從國外回來的人談起令皮埃爾感到乏味的政治話題，其他人也加入談話。音樂響起時，娜塔莎走進客廳，徑直走到皮埃爾面前，眼睛含笑，羞紅著臉說：

「媽媽吩咐我請您跳舞。」

「我怕會踩錯舞步，」皮埃爾說，「不過，要是您願意引導我……」

於是他向身材纖細的小女孩伸出粗胖的手。

在一對對舞伴重新站位、樂師調音時，皮埃爾和自己的小舞伴坐了下來。娜塔莎感到十分幸福：她和從國外回來的大人跳過舞了。她坐在引人注目的地方，像大人一樣和他交談。她手裡有一把扇子，那是一位小姐托她暫時保管的。她擺出最高雅的姿態（天知道，她這是在哪裡學會的），搖著扇子，和自己的男舞伴隔著扇子含笑交談。

「什麼樣子？什麼樣子？你們看看，你們看看。」伯爵夫人走過大廳，指著娜塔莎說道。

娜塔莎不住臉紅，笑了起來。

「哎，您幹麼呀，媽媽？您幹麼這樣？有什麼好大驚小怪的？」

在第三支蘇格蘭舞曲的中間，傳來伯爵和瑪麗亞．德米特里耶夫娜打牌的客廳裡椅子移動的聲響，多數貴賓和長者在久坐之後伸展全身，收好皮夾和錢包，並來到大廳門口。走在前面的是瑪麗亞．德米特里耶夫娜和伯爵，兩人笑逐顏開。伯爵詼諧而有禮貌地，竟擺出芭蕾舞的姿態把圓胖的手臂伸向瑪麗亞．德米特里耶夫娜。他挺直身子，臉上露出尤為豪邁且狡黠的微笑，只等人們跳完蘇格蘭舞的最後一步舞，他便向樂師們擊掌，對著敞廊的第一小提琴手叫道：

「謝苗！你會演奏〈丹尼洛．庫珀舞曲〉嗎？」

這是伯爵喜愛的舞步，他年輕時經常跳。（丹尼洛．庫珀舞其實是英格蘭舞的一種。）

「你們看，是爸爸。」娜塔莎這麼一說，整座大廳都聽到了（而她完全忘了自己正和大人跳舞），她有著一頭鬈髮的小腦袋深深彎向膝蓋，響亮的笑聲在大廳裡迴盪。

果然，大廳裡人人都露出喜悅的微笑看著眼前快樂的老人，他和身材比他高、威風凜凜的舞伴瑪麗亞．德米特里耶夫娜站在一起，雙臂圍成環形，隨節拍微微搖動，展開雙肩，扭動雙腿，輕輕踏著節拍，他那豐滿的臉上愈來愈舒展的微笑使觀眾禁不住期待接下來的表演。一聽到〈丹尼洛．庫珀舞曲〉歡快、挑逗的樂音酷似特列派克舞曲[58]，大廳出入口突然擠滿僕人們的笑臉，門口的一邊是男僕，另一邊是女僕，他們出來是為了看看盡情歡樂的老爺。

「我們的老爺呀！真是一頭雄鷹！」保母在門口大聲說道。

伯爵跳得很好，他也知道這一點，可惜他的舞伴根本不會跳，也不想好好跳。她肥碩的身軀站得筆直，垂下健壯的雙臂（她把手提包交給伯爵夫人）；只有她嚴肅卻美麗的面龐在跳舞。伯爵整個身姿所表現的一切，在瑪麗亞．德米特里耶夫娜身上完全表現在充滿笑意的臉上和抬得愈來愈高的鼻子上。但是，若說愈來愈興奮的伯爵以他出人意料的靈巧轉身和柔軟雙腿的輕鬆跳躍令人傾倒的話，那麼瑪麗亞．德米特里耶夫娜在轉身和頓足時略盡心意地動動肩膀、掄圓雙臂，便引起毫不遜色的效果，每個人都欣賞她，儘管體態臃腫、向來不苟言笑，卻能有這般難得的表現。舞蹈愈來愈盡興。在他們兩人對面的人們絲毫無法引人注意，甚至放棄引人注意的努力。人人都被伯爵和瑪麗亞．德米特里耶夫娜所吸引。娜塔莎不斷拉著身邊的人的衣袖和衣裙，要他們專心觀賞爸爸，儘管對方原本便目不轉睛地看著兩名舞者，伯爵在跳舞的間隙喘著粗氣，向樂師們揮手、叫喊，要他們節奏更快些。伯爵時而踮腳，時而用鞋後跟著地圍繞瑪麗亞．德米特里耶夫娜飛快旋轉，愈來愈快，愈來愈快，愈來愈剽悍，愈來愈剽悍，終於他把自己的舞伴送回座位，完成最後一個舞步：一條柔軟的腿向後蹺起，滿面笑容地低下汗水淋漓的頭，在雷鳴般的掌聲和笑聲，特別是娜塔莎狂熱的掌聲和笑聲中揚起右手，在身前畫了一道弧線。兩位舞者都停下來了，沉重地喘息著，以麻紗手絹擦拭汗水。

「當年人們就是這樣跳舞的，親愛的。」伯爵說。

「要命的丹尼洛・庫珀舞！」瑪麗亞・德米特里耶夫娜重重地呼出一口長氣，捲起衣袖說道。

58 特列派克舞是俄羅斯一種快速、頓足的民間舞。

十八

正當羅斯托夫宅邸的大廳裡，人們在樂師因疲憊不堪而走調的伴奏下跳第六節英格蘭舞、疲倦的僕人和廚師們在準備晚餐時，別祖霍夫伯爵中風了，這已是第六次中風。醫生們宣稱，已無康復希望；神父已為病人進行告解，讓他領了聖餐；正準備進行終敷，家裡依舊是一片忙亂的景象和不安的等待。大門外是成群的棺材匠，他們躲避駛近的車馬，正等待伯爵葬禮的巨額訂單。莫斯科總司令[59]曾不斷派遣副官來探視伯爵病情，這天晚上，他則親自前來向葉卡捷琳娜女皇時代的名臣別祖霍夫伯爵告別。

豪華的接待室此時座無虛席。所有人畢恭畢敬站了起來，因為總司令獨自和病人待了近半個小時後出來了，他微微答謝人們對他的鞠躬致意，盡快走過注視著他的那些醫生、神職人員和親戚。這些天來，更顯消瘦而蒼白的瓦西里公爵正在送別總司令，好幾次輕聲對他反覆說著什麼。

送走總司令後，瓦西里公爵獨自坐在大廳裡，高高翹起腿，手肘撐著膝蓋，一隻手蒙著眼睛。坐了一會兒後，他站起來，慌張掃視周圍，步履匆匆的經過長長的走廊來到府邸的後半，去見年長的公爵小姐。

燈光暗淡的房間裡，有一些人斷斷續續地小聲交談，這個房間有一扇門通往臨危病人的臥室，一旦有人進出，那扇門就會發出細微聲響，於是交談的人便會靜下來，以充滿疑惑和期待的目光朝門口張望。

「人生有限，」年老的神職人員對一個女人說道，她坐在他身旁，天真地聽他講話，「大限一到，是無法逾越的。」

「我想，終敷會不會太晚了？」女人為他加上一個神職的尊稱問道，好像在這方面她毫無主見似的。

「這可是天大的祕密啊，親愛的。」神職人員回答道，一隻手撫著禿頂，禿頂上有幾綹向後梳的花白的頭髮。

「那是誰呀？是總司令本人？」房間另一頭有人問道。「看起來好年輕！」

「已經六十多歲了！怎麼，聽說伯爵已經認不出人了？有人要行終敷禮？」

「我認識一個人，行了七次終敷禮。」

排行第二的公爵小姐從病人的房間出來，眼睛都哭腫了，她坐到洛倫醫生身旁，他姿態優雅地坐在葉卡捷琳娜女皇的畫像下，手肘撐在桌子上。

「很好，」醫生說，他是在回答關於天氣的問題，「天氣很好，公爵小姐，而且莫斯科很像鄉下。」

「是嗎？」公爵小姐深深嘆息道。「他可以喝了吧？」

洛倫沉吟了一下。

「他服藥了嗎？」

「嗯。」

醫生看了一眼懷表。

「您去拿杯開水來，再放一小撮酒石（他用幾根纖細的手指表示一小撮是多少）……」

「這種事我還不曾見過，」德國醫生對副官說道，「中風六次，還能活下來。」

---

59 指別克列紹夫（一七四五—一八〇八），時任莫斯科總督。

「他是多麼有精神的人啊！」副官說。「財產會歸誰呢？」他小聲問道。

「總有人想得到財產。」德國人笑著答道。

大家再朝門口張望了：門吱地響了一下，二小姐依洛倫的吩咐，調好藥水送去給病人。德國醫生來到洛倫面前。

「也許，還要拖到明天早晨吧？」德國人以蹩腳的法語問道。

洛倫抿著嘴，用一根手指在自己的鼻子前嚴肅地、否定地搖搖。

「今天夜裡，不會更晚。」他悄聲說道，彬彬有禮地露出因為能清楚了解和說明病情而自鳴得意的微笑，隨即離去。

這時瓦西里公爵推開公爵小姐的房門。

房裡半明半暗，只有聖像前燃著兩盞長明燈，散發煙霧和鮮花的芬芳氣息。整個房間擺滿衣櫃、書櫥、桌子等小型家具。在屏風後，可以看到鋪著羽絨被的高床上蓋著白色床單。一隻小狗吠叫了起來。

「啊，是您，表叔？」

她站起來整理一下頭髮，她的頭髮總是非常光滑，即使在這個時候也一樣，彷彿是以整塊材料雕成再塗上漆。

「怎麼，出了什麼事嗎？」她問。「我嚇壞了。」

「沒什麼，還是一樣；我來只是要和妳談一件事，卡季什。」公爵說，疲憊地坐到她剛起身的扶手椅上。「哎呀，妳把扶手椅都坐熱了！」他說，「喂，坐到這裡來，我們談談。」

「出了什麼事嗎？」公爵小姐說，帶著她那不變的嚴峻表情坐到公爵對面，準備聽他說。

「我很想睡，表叔，但就是睡不著。」

「哎，怎麼樣，親愛的？」公爵說，他握著公爵小姐的一隻手，習慣性地把她的手往下拉。

顯然，這「哎，怎麼樣」有著豐富的意含，是他們兩人心照不宣的。

公爵小姐挺著和腿不相稱的細長腰肢，鼓著一雙灰眼淡漠望著公爵。她搖搖頭，嘆了一口氣，望向聖像。她的姿態可以解釋為悲哀和忠誠的表現，也可以解釋為她感到厭煩，想快點休息。瓦西里公爵徑自將這個姿態解釋為厭煩。

「而我，」他說，「妳覺得會比妳輕鬆嗎？我就像一匹驛站的馬，累得要命；可是我還是要和妳談一談，卡季什，而且要非常認真地談一談。」

瓦西里公爵不說了，他的面頰抽搐了起來，時而是這一邊，時而是那一邊，這使他的臉上有了一種令人望而生厭的表情，當瓦西里公爵光臨他人住所時，這樣的表情從未在他的臉上出現過。他的眼睛也和平時不一樣，這雙眼睛時而肆無忌憚又玩世不恭，時而驚恐地環顧四周。

公爵小姐乾瘦的手臂把小狗抱在膝上，並留心瓦西里公爵的眼神；但顯然，她不會提出什麼問題來打破沉默，哪怕是沉默到第二天早晨。

「您要明白，我親愛的公爵小姐和表姪女，」瓦西里公爵接著說，看來他在繼續說話之前內心不無交戰，「現在這種時刻，一切都要好好想一想。要想一想將來，想一想你們……我愛你們姊妹，就像愛自己親生的孩子，妳是知道的。」

公爵小姐目光依舊暗淡、動也不動地看著他。

「最後也要想一想我的家庭，」瓦西里公爵氣憤地推開面前的桌子，眼睛避開她繼續說道，「妳知道，卡季什，妳們馬蒙托夫三姊妹，還有我的妻子，我們才是伯爵的直接繼承人。我知道，我知道，一旦談起或想起這些事，妳的心情有多麼沉重。我也不好受；可是我的朋友，我已經五十多歲了，必須對一切有所準備。我派人去找皮埃爾了，因為伯爵直接指著他的畫像，一定要他趕來，妳知道嗎？」

瓦西里公爵詢問似地看著公爵小姐，但他無法判斷她正在思考他所說的話，或僅僅只是看著他……

「我不斷為一件事向上帝祈禱，表叔，」她回答道，「但願上帝保佑他，讓他美好的心靈能安寧離開這個……」

「對，這很好，」瓦西里公爵不耐煩地接著說，一邊撫著禿頂，又氣惱地挪近被推開的小桌子，「可是，問題是……問題是，妳是知道的，去年冬天伯爵寫了一份遺囑，放棄直接繼承人和我們，全部財產都給了皮埃爾。」

「他寫過的遺囑不少吧？」公爵小姐平靜說道，「但他不能把財產留給皮埃爾！皮埃爾是私生子。」

「親愛的，」瓦西里公爵赫然說道，他緊靠桌子，感覺精神來了，話也說得更快，「可是，如果那封信是寫給皇上的，而且伯爵正式收養皮埃爾，那又會如何呢？妳要明白，伯爵是有功之臣，他的請求一定會受到尊重……」

公爵小姐微微一笑，人們認為，自己比對方更了解情況時就是這麼笑的。

「我還要告訴妳，」瓦西里公爵抓住她的手接著說道，「信已經寫好了，雖然還沒有送出去，但是，皇上已得知有這麼一封信。問題僅僅在於，信是否銷毀了。倘使還沒銷毀，那麼很快就全完了。」瓦西里公爵嘆了一口氣，以此暗示，他說全完了是什麼意思，「人們會打開伯爵的文件，遺囑和信件將呈交皇上，他的請求想必會獲得尊重。皮埃爾做為合法的兒子將繼承一切。」

「我們的那一份呢？」公爵小姐問道，她譏諷微笑著，彷彿一切都可能發生，唯獨這件事是不可能發生的。

「可是，親愛的卡季什，這是昭然若揭的呀。那時他就是所有財產的唯一合法繼承人，妳們什麼也得不到。妳一定知道，遺囑和信件是否寫好、是否已經銷毀。萬一出於什麼原因，這些文件被人遺忘了，那麼妳一定知道放在哪裡，一定要找出來，因為……」

「哪有這麼荒唐的事！」公爵小姐打斷他，露出刻薄的笑容，眼睛的表情絲毫未變。「我是一個女人；在您看來，我們女人都是愚蠢的；可是我非常了解，私生子是沒有繼承權的……私生子。」她補充道，覺得用法語再強調一遍便足以向公爵徹底說明，他的話毫無根據。

「妳怎麼還不明白呢，卡季什！妳那麼聰明，怎麼還不明白呢，如果伯爵寫信給皇上，請求皇上承認這個兒子是合法的，那麼皮埃爾就不再是皮埃爾，而是別祖霍夫伯爵，那時他就能根據遺囑繼承一切。如果遺囑和信件未被銷毀，那麼，妳除了以道德高尚及其後果而聊以自慰之外將一無所獲。這是肯定的。」

「我知道寫了遺囑，不過我也知道，遺囑是無效的，而您似乎認為我是一個十足的傻瓜，表叔。」公爵小姐帶著女人們自以為說話機智且唐突時的表情說道。

「我親愛的卡季什公爵小姐！」瓦西里公爵不耐煩說道。「我來這裡不是要和妳彼此挖苦，而是要和親愛的、高尚的、善良的、真正的親人談談妳本人的利益。我要第十次告訴妳，萬一呈交給皇上的信和有利於皮埃爾的遺囑在伯爵的文件裡，那麼妳，親愛的，以及妳的兩個妹妹就不是繼承人。要是妳不相信我的話，那妳應該相信專業：我剛才和德米特里．奧努夫里伊奇（他是家族法律顧問）談過，他也是這麼說的。」

看來，公爵小姐的想法瞬間有所變化；薄薄的嘴唇發白（眼睛還是一樣），她的聲音在一開口便迸發成陣陣怒吼，這想必是她本人也沒有料到的。

「這樣很好嘛，」她說。「我什麼也沒有要過，也不想要。」

她從膝蓋上扔下小狗，整理一下連身裙上的褶子。

「這就是對為他犧牲一切的人的感謝，這就是報答，」她說。「好極了！太好了！我一無所求，公爵。」

「好的，可惜妳不是一個人，妳還有兩個妹妹，」瓦西里公爵回答道。

但公爵小姐完全不想聽。

「是呀，這一點我早已知道，可是我忘了，除了卑鄙、欺騙、嫉妒、陰謀，以及忘恩負義，最惡毒的忘恩負義，在這個家裡，我不能有任何期待……」

「妳究竟知不知道，這份遺囑在哪裡？」瓦西里公爵問道，他的雙頰比剛才抽搐得更劇烈了。

「是的，我真蠢，我還相信他們、愛他們，為他們犧牲自己。然而，卻只有卑鄙齷齪的人才會成功。我知道這是誰的陰謀。」

公爵小姐想站起來，未料公爵拉住她的手。公爵小姐的臉上流露出突然對全人類感到絕望的人的表情；她惡狠狠地望著對方。

「還有時間，我的朋友。妳要記住，卡季什，這些事都是在憤怒和病痛時無意中做出來的，後來也就被忘了。我們的義務，親愛的，就是要糾正他的錯誤，不讓他做出不義之舉，以此減輕他最後時刻的痛苦，不讓他做出導致他人不幸的事，並懷著負罪感死去……」

「這些人為他犧牲了一切，」公爵小姐接著說，再次掙扎著想起身，只是公爵不肯鬆手。「對於這一點，他永遠不懂得珍惜。不，表叔，」她又嘆息地補充道，「我會記住，在這個世界上不能期待獎賞，在這個世界上既沒有尊嚴，也沒有正義。在這個世界上要做一個狡猾兇惡的人。」

「好了，好了，不要激動；我理解妳的美好心靈。」

「不，我有一顆兇惡的心。」

「我了解妳的心，」公爵又說了一遍，「我珍惜與妳的友誼，但願妳對我也有同樣的看法。不要激動，我們好好地談談，趁現在還有時間，也許只有一個晝夜了，也許只有一個鐘頭；妳要把妳所知道的有關遺囑的情況全告訴我，最重要的，是要告訴我，它在哪裡：妳一定知道。我們立刻拿去給伯爵。他想必已經忘了這件事，也願意銷毀。妳要明白，我只有一個願望，就是神聖地執行他的遺願；我正是為此而來。我在這裡只是為了幫助他和妳們。」

「現在我全明白了。我知道，這是誰的陰謀。我知道。」公爵小姐說。

「問題不在這裡，親愛的。」

「這就是您所庇護的人，您可愛的德魯別茨基公爵夫人，給我當女傭我都不要，這個該死的可惡女人。」

「我們不要浪費時間了。」

「您聽我說！去年冬天她鑽到這裡，對伯爵說了許多關於我們，尤其是關於索菲的下流話，我簡直說不出口，伯爵氣到病倒了，長達兩個星期不願見我們。就在這個時候，我知道，他寫下這份可惡的該死文件；不過我當時以為，這份文件是沒有效力的。」

「問題就在這裡，為什麼妳以前不對我說？」

「在鑲嵌式公事包裡，他把公事包塞在枕頭底下。現在我知道了，」公爵小姐說道，沒有回答他的問題。「是的，我若有罪孽、有重大的罪孽，那就是仇恨這個壞女人。」公爵小姐幾乎是大聲叫嚷，語調完全變了。「為什麼她要鑽到這裡來？不過我會對著她，把一切、一切全說出來。走著瞧！」

十九

接待室和公爵小姐的房裡進行這些談話的同時，一輛四輪馬車載著皮埃爾（他是被找來的）和德魯別茨基公爵夫人（她認為有必要與他同來）駛進別祖霍夫伯爵的庭院。車輪壓過窗外乾草地響起低沉的沙沙聲，德魯別茨基公爵夫人想對自己的同伴說幾句安慰話，這才發覺他在車廂一角睡著了，於是便叫醒他。皮埃爾一醒來，隨德魯別茨基公爵夫人走下馬車，這時才意識到，他即將和正在等著他的病危父親相見了。他發現，他們不是來到正門，而是在後門入口處。當他走下踏板時，兩個穿著市民衣物的人匆匆跑開，躲進牆邊陰影裡。皮埃爾停住腳步，看到在府邸兩邊的陰影裡還有幾個人。但無論是德魯別茨基公爵夫人，還是僕人、車夫，雖然不可能沒看見這些人，卻都不予理會。於是皮埃爾暗自想，這是理所當然的，便跟在德魯別茨基公爵夫人後面走了過去。德魯別茨基公爵夫人步履匆匆，沿著暗淡的狹小石梯上樓，一面招呼著落在後面的皮埃爾，他不明白，為什麼他必須去見伯爵，更不明白，為什麼他必須走後門樓梯，可是看到德魯別茨基公爵夫人自信和匆忙的樣子，便猜想，這是完全必要的。在樓梯的半中腰，他們差點被幾個拎著水桶的人撞倒，他們踩著皮靴咚咚作響地迎面跑了下來。這些僕人貼著牆壁，讓路給皮埃爾和德魯別茨基公爵夫人，看到他們時，絲毫未顯驚訝。

「這裡是幾位公爵小姐的住處嗎？」德魯別茨基公爵夫人問其中一人。

「是的，」僕人放肆而響亮地回答道，彷彿現在怎麼樣都沒有關係，「門在左邊，太太。」

「也許伯爵並沒有叫我，」皮埃爾踏上樓梯平臺時說道，「我還是回自己的房間吧。」

德魯別茨基公爵夫人停住腳步，等皮埃爾趕上來。

「唉，我的朋友！」她像早晨對兒子一樣，以同樣的手勢碰碰他的手，「請相信，我的悲痛不亞於您，可是您要挺住，做個真正的男子漢。」

「我真的要去嗎？」皮埃爾問，透過眼鏡親切望著德魯別茨基公爵夫人。

「我的朋友，您要忘掉其他人對您的不公平之處，您要想想，他是您的父親……也許就要死了……我一見到您，就像愛兒子一樣愛您。您要相信我，皮埃爾。我是不會忘記您應得的利益的。」

皮埃爾聽不懂她在說什麼；他更強烈地感到，這一切都是理所當然，於是順從地跟著德魯別茨基公爵夫人，她已經在推門了。

這扇門通往後方前廳。公爵小姐的老僕人坐在角落編織毛襪。皮埃爾從未來過這邊，甚至不知道還有這些房間，德魯別茨基公爵夫人向一個以托盤托著長頸玻璃瓶並趕往前面的女僕（稱呼她親愛的和好女孩）問候小姐們的健康，又領著皮埃爾沿石廊往前走。石廊左邊的第一扇門通往公爵小姐們的內室。托著長頸玻璃瓶的女僕在忙亂中（此刻在這座宅子裡一切顯得忙亂）並未帶上門，皮埃爾和德魯別茨基公爵夫人不由自主地朝房裡窺看，只見大小姐和瓦西里公爵坐得很近，正在交談。一見到有人經過，瓦西里公爵做了一個不耐煩的動作，身子朝後一仰；公爵小姐跳了起來，用十分激烈的手勢使盡全力砰地關上門。

這個手勢那麼不像素來文靜的公爵小姐，瓦西里公爵臉上的恐懼表情和他的傲慢又是那麼不相稱，皮埃爾不禁呆立原處，透過眼鏡詢問地望著自己的指導者。德魯別茨基公爵夫人未表驚訝，只是微微一笑，嘆了口氣，彷彿表示這一切都不出她所料。

「做個男子漢，我的朋友，我會維護您的利益的。」她說，這是在回答他目光中的疑問，接著她沿走廊走得更快了。

皮埃爾不明白是怎麼回事，更不明白維護他的利益是什麼意思，但他明白，這一切理應如此。他們經過走廊來到半明半暗的大廳，它緊挨著伯爵的接待室。這個大廳是皮埃爾從正門的臺階上所看到的陰冷、豪華的房間之一。然而即使是這個房間，正中央也放著一個空澡盆，地毯上還濺滿水。迎面踮著腳出來一個僕人和帶著香爐的教堂執事對他們兩人全然毫不在意。他們走進皮埃爾所熟悉的接待室，那裡有兩扇義大利式的窗戶面朝冬季花園，同時坐落著葉卡捷琳娜女皇的大型半身雕像和一幅全身畫像。仍是那些人，幾乎還是同樣的姿態，坐在接待室裡交頭接耳。所有人不再說話，回頭望著剛走進來的哀傷、蒼白的德魯別茨基公爵夫人，望著肥胖、高大的皮埃爾，他低著頭，順從地跟在她後面。

德魯別茨基公爵夫人的臉色表明，她意識到決定性的時刻已經到來；她以彼得堡幹練女性的風度，比早晨更勇敢地走進房間，不讓皮埃爾離開一步。她感到，既然她帶來的是病危者希望見到的人，那麼她就必然會受到接待。她迅速環顧房裡所有人，她看到伯爵的懺悔神父，她並沒有彎腰曲背，卻突然矮了一截，她緩緩來到神父面前，恭敬接受一位又一位神職人員的祝福。

「感謝上帝，總算趕到了，」她對一名神職人員說，「我們所有親人都十分擔心。這個年輕人就是伯爵的兒子，」她悄悄添上一句。「這是可怕的時刻啊！」

她說了這些話，又走到醫生那裡。

「親愛的醫生，」她對醫生說，「這個年輕人是伯爵的兒子……還有希望嗎？」

醫生一言不發，迅速地抬眼、聳肩。德魯別茨基公爵夫人以完全同樣的動作聳肩、抬眼，幾乎閉上眼，她嘆息一聲，離開醫生，轉身來到皮埃爾面前，對他尤其恭敬、溫柔而憂傷。

「信賴上帝的仁慈吧！」她對皮埃爾說，指指一張小沙發，要他坐下等她，自己悄無聲息地朝大家望著的那扇門走去，隨著門極輕微地一響，她在門裡消失了。

皮埃爾決定凡事都服從自己的指導者，朝她所指的小沙發走去。德魯別茨基公爵夫人一消失，他就發覺，房裡所有人的目光都集中到他身上，這目光不只是好奇和同情。他發覺，所有人正竊竊私語，並窺探他，臉上似乎流露出恐懼甚至諂媚奉迎的神情。人們向他表達敬意，這是他過去從未感受到的：正在和神職人員談話的一名陌生女士從自己的座位上站起來，請他坐下，副官拾起皮埃爾掉落的一隻手套，遞給他；他從醫生們身邊走過，他們恭敬地默默閃到一旁，讓路給他。起初皮埃爾想坐到別處，以免女士有所拘束，想自己拾起手套繞開醫生，而他們並沒有站在擋路的地方；但他突然意識到，那麼做是不禮貌的，他意識到，今晚他必須履行某種駭人的儀式，是眾望所歸的人物，因此他應當接受人們的效勞。他默默從副官手裡接過手套，在女士的座位上坐下，把一雙大手放在對稱擺開的膝蓋上，一副埃及木偶的天真姿態，他暗自斷定，這麼做恰如其分，今晚為了不茫然失措，為了不做出蠢事，他不可依自己的想法行動，要完全聽憑那些引領他的人擺布。

不到兩分鐘，瓦西里公爵身穿佩戴三枚星章的上衣，高傲地昂首走進房間。他似乎從早晨起又瘦了；當他環顧房間，看到皮埃爾時，他的雙眼比平時大了。他來到皮埃爾面前，握著他的手（過去他從未握過他的手），把它往下拽，似乎他要檢驗一下，這隻手是否牢固。

「別灰心，別灰心，我的朋友。他吩咐叫您來。這就好了……」於是他想走開。

但皮埃爾認為有必要問一下：

「身體怎麼樣……」他躊躇起來，不知道稱呼病人伯爵是否得體；稱呼父親又覺得不好意思。

「半小時前又中風了。他又中風了。別灰心，我的朋友……」

皮埃爾的思緒很亂，一聽到「中風[60]」誤以為是受到某種物體的打擊。他茫然看了看瓦西里公爵，後來才明白過來，這是一種病。瓦西里邊走邊對洛倫說了幾句話，踮腳走進門。他不會踮腳走路，整個身軀不斷笨拙地聳動著。跟著他進去的是大小姐，然後是神職人員和教堂執事們，僕人們也進去了。門裡傳來雜遝的腳步聲，最後，德魯別茨基公爵夫人跑了出來，她的面色依舊蒼白，卻帶著堅決履行職責的神氣，她碰碰皮埃爾的手說：

「上帝的仁慈是無限的。終歟要開始了。我們進去吧。」

皮埃爾進去了，他走在柔軟的地毯上，發現一名副官、一個陌生女士以及一些僕人全跟他進去，看來現在進入這個房間已經不需要得到允許。

60「中風」的俄語是「удар」，其原意是「打擊」。

二十

皮埃爾很熟悉這個用幾根圓柱和一道拱門隔開、四處鋪著地毯的寬敞房間。在一列圓柱後面，一邊是掛著絲綢帳的紅木床，另一邊是掛著幾幅聖像的巨大壁龕，圓柱後的這部分房間燈火輝煌、紅豔豔的，恍若晚禱時的教堂。壁龕前，在聖像燦爛的金屬衣飾下，放著一把長長的伏爾泰式安樂椅，安樂椅上圍著幾個雪白光潔的枕頭，看來是剛換上的，一條翠綠的被子蓋到病人腰部，躺在那裡的是皮埃爾所熟悉的父親別祖霍夫伯爵那莊嚴肅穆的身影，寬闊的前額上仍是那一頭獅鬃般的濃密灰白長髮，完美的橘紅色臉上仍刻著那顯示高貴氣質的深深皺紋。他直接躺在聖像下，從被子裡抽出來的一雙胖手放在被子上。手掌向下的右手，在拇指和食指之間插著一枝蠟燭，由一個老僕人在安樂椅邊彎腰扶著。幾名神職人員站在安樂椅旁，身穿閃閃發亮的莊嚴法衣，長長的頭髮披在法衣上，拿著點燃的蠟燭，緩慢而莊嚴地祈禱著。在他們稍後的地方站著兩個較年輕的公爵小姐，拿著手絹捣在眼角，兩人之前的是大小姐卡季什，一副嚴厲而堅決的神情，目不轉睛地盯著聖像，彷彿告訴所有人，一旦她環顧四周，她就不能對自己的行為負責。德魯別茨基公爵夫人帶著溫順、悲哀和寬恕一切的神情，與一個陌生的女士站在門邊，瓦西里公爵站在另一邊，靠近安樂椅，面前是一把雕花絲絨椅，他把椅子轉過來，讓椅背對著自己，用拿著蠟燭的左手手肘撐在椅背上，用右手畫十字，每當手指舉到前額時，就抬起雙眼。他的臉上表現出平靜的虔誠和對上帝意志的忠誠。「要是你們不理解這種感情，對你們來說那就更糟」，他的神情似乎如此傳達。

站在他背後的是副官、醫生們和那些男僕；猶在教堂裡，男女是分開的。人人默默畫著十字，只聽見祈禱聲，低音樂器那沉穩而渾厚、悅耳的聲音以及寂靜時腳步移動聲和嘆息聲。德魯別茨基公爵夫人帶著一種鄭重其事的樣子，表示她知道在做什麼，她穿過整個房間來到皮埃爾面前，把一支蠟燭遞給他。他點燃蠟燭，由於只顧觀察周圍的人們，竟用拿著蠟燭的那隻手畫起十字來。

面色紅潤、愛笑、長著一顆痣、年紀最小的公爵小姐索菲看著他。她莞爾一笑，拿手絹遮掩著臉，久久未露出臉；可是，看了看皮埃爾，她又笑了起來。大概她覺得，看著他不能不發笑，又忍不住想看他，於是為了避開誘惑，她悄悄躲到圓柱後。祈禱進行到一半，神職人員的聲音突然停了下來；他們彼此小聲說了些什麼；扶著伯爵的手的老僕人直起腰來，對女士說了些什麼。長著一顆痣的公爵小姐走上前，彎腰探視病人，又在背後做手勢示意洛倫。這名法國醫生靠在圓柱上站著，沒有拿點燃的蠟燭，他以一個外國人恭而敬之的態度，表明儘管信仰不同，但他完全理解眼前儀式的重要性，甚至是讚賞的，這時他邁著悄然無聲的步伐盡速趕到病人身邊，用白皙纖細的手指從翠綠的被子上抓起他那未拿蠟燭的手，轉過頭去，開始把脈並沉吟起來。人們讓病人服藥，在他身邊忙碌著，然後又各自離開，於是祈禱儀式恢復了。在儀式暫停之際，皮埃爾發覺，瓦西里公爵從椅背後出來，也帶著那種神氣，表示他知道自己在做什麼，要是別人不理解他，對他們來說那就更糟，他不是去看病人，而是經過病人身邊和大小姐會合，與她一起朝臥室深處那張掛著絲綢帳床走去。從床那裡，公爵和公爵小姐紛紛走出後門，不見人影。但在祈禱結束前又先後回到各自的位置。比起其他情況，皮埃爾對這個情況並未多加注意，他早已斷定，今晚在他面前所發生的一切都是理所當然的。

教會音樂聲停止，傳來一名神職人員說話的聲音，他正恭賀病人完成聖禮。病人仍舊躺著，毫無生氣，一動不動。他周圍的人盡忙碌著，聽得到腳步聲和低語聲，其中以德魯別茨基公爵夫人的低語最為急切。

皮埃爾聽見她說：

「一定要抬到床上去，放在這裡絕對不行……」

病人被醫生、公爵小姐和僕人們圍在中間，皮埃爾已經看不到那面色橘黃、有著濃密灰白長髮的頭了，皮埃爾雖然眼睛看著別人的臉，但在祈禱時，病人的頭部始終未離開過他的視線。皮埃爾根據圍著安樂椅的人們小心翼翼的動作，猜想瀕危的病人已被托起來抬走了。

「抓住我的手，這樣會掉下去的，」他聽到一個僕人驚恐低語，「從下面托著……再來一個人。」幾個聲音在說，人們沉重的呼吸和腳步的移動變得更急促，似乎他們搬動的重量是他們的力氣難以勝任的。

抬著病人的那些人，其中包括德魯別茨基公爵夫人，這時來到皮埃爾面前，他在短暫的瞬間從人們的背後及腦後看見人們托著病人腋下抬起他那赤裸的胸脯、肥碩渾圓的肩膀以及長著鬈曲灰白頭髮的雄獅般頭部。他的頭有著非常寬闊的前額和顴骨，好看、性感的嘴和威嚴冷漠的目光，死亡的臨近並沒有改變他的形象。頭上仍是三個月前、前往彼得堡時皮埃爾所看到的那樣。可是由於抬他的人腳步不穩，頭無助搖晃，漠然的目光不知落向何處。

床前忙亂的幾分鐘過去了；抬病人的人散去。德魯別茨基公爵夫人碰碰皮埃爾的手，對他說：「我們去看看。」皮埃爾和她來到床前，人們協助病人在床上維持幸福美滿的姿態，這姿態大概和剛才舉行的祈禱儀式有關。他躺著，頭高高地靠在枕頭上。他的兩條手臂對稱地伸在綠色絲綢被面上，手掌朝下。皮埃爾走近時，伯爵直勾勾地瞅著他，不過那目光的目的和涵義是無法被理解的。也許這目光並不意味著什麼，只能說明長了眼睛總得往什麼地方看；也許有太多的涵義。皮埃爾手足無措地站著，回頭疑惑地看了看指導者。德魯別茨基公爵夫人急忙用眼睛向他示意，瞟著伯爵的手，又用雙唇為那隻手送去一個飛吻。皮埃爾為了不碰到被子，便竭力伸長脖子，依她的指示，恭敬地親了親骨骼寬大的粗手。伯爵的手和臉上肌肉動也不動。皮埃爾再次疑惑地看了看德魯別茨基公爵夫人，想知道現在他該怎麼辦。德魯別茨基公爵夫人以眼神示意床邊的安樂椅。皮埃爾便順從地往安樂椅上坐，一邊繼續用眼睛詢問，他做得對還是不對。德魯別茨基公爵夫人讚許地點頭。皮埃爾又擺出埃及壁畫那種對稱、質樸的姿勢，看來他感到遺憾，他那笨拙肥胖的身軀竟占了那麼大的空間，因而費盡心忠，想盡可能顯得小一些。他看著伯爵。伯爵一逕看著皮埃爾適才站著的地方。德魯別茨基公爵夫人的表情說明，她意識到父子相見的這最後時刻所流露出的感人意義。這個情況持續了兩分鐘，皮埃爾覺得好像過了一個小時。突然，在伯爵臉上的肌肉和深深的皺紋中出現了顫動的跡象。顫動正在加劇，完美的嘴型歪了（這時皮埃爾才明白，他父親離死亡是多麼近），從歪斜的嘴裡吐出含糊嘶啞的聲音。德魯別茨基公爵夫人端看病人的眼睛，竭力猜測他需要什麼，時而指著皮埃爾，時而指著藥水，時而詢問地小聲叫喚瓦西里公爵。病人的眼睛和臉色顯得極度不耐煩。他費力地對寸步不離，站在床頭的僕人看了一眼。

「老爺要翻身。」僕人小聲說道，他站了起來，要把伯爵沉重的身軀翻過去，讓他面朝牆壁。

皮埃爾站起來幫助僕人。

為伯爵翻身之際，他的一隻手無力地垂在後方，他想把手拖過去，卻是徒勞。伯爵是發現皮埃爾看著這隻毫無生氣的手時那駭然的目光，或是此刻在他那垂死的腦裡閃過什麼念頭，總之，他看看不聽使喚的手，再看看皮埃爾臉上駭然的神情，又看了看手，於是在他的臉上出現了與他的容貌如此不相稱的虛弱苦笑，彷彿在嘲笑自己的無力。霎時，在看到這笑容時，皮埃爾覺得心在顫抖，鼻子發酸，淚水模糊了他的視線。他們為病人翻身，讓他面壁而臥。他嘆了口氣。

「他睡了。」德魯別茨基公爵夫人看到來換班的公爵小姐便說。「我們走吧。」

皮埃爾走了出來。

二十一

接待室如今空無一人，只有瓦西里公爵和公爵小姐坐在葉卡捷琳娜女皇的畫像下熱絡談論著什麼。他們一看見皮埃爾和他的指導者，便住口不說。皮埃爾覺得，公爵小姐好像把什麼東西藏了起來，低聲說道：

「我受不了這個女人。」

「卡季什已經吩咐把茶送到客廳去了……」瓦西里公爵對德魯別茨基公爵夫人說道，「可憐的德魯別茨基公爵夫人，您還是到那裡去吧，喝杯茶提提神，不然您會挺不住的。」

他對皮埃爾什麼也沒說，只是充滿感情地握了握他的手臂。皮埃爾和德魯別茨基公爵夫人往客廳去了。

「熬過一個不眠之夜，要想恢復元氣，來一杯上等俄羅斯茶是再好不過的。」洛倫持重卻又興奮地說道，一邊端著中國瓷杯品茗，他站在圓形客廳的桌前，桌上放著一套茶具和晚間的冷盤，這天夜晚在伯爵住所的所有人都聚在桌邊略進飲食。皮埃爾對這個鑲有幾面鏡子和幾張小桌的圓形客廳印象很深刻。在伯爵府上舉行舞會時，不會跳舞的皮埃爾總喜歡坐在這個鑲有鏡子的客廳裡，觀察女人們身穿舞會盛裝，赤裸的肩膀上掛著鑽石和珍珠項鍊，在走過這個房間時、在燈光璀璨的鏡子前顧影自憐，幾面鏡子一次又一次地映照出她們的身影。如今，這個房間裡只有兩根蠟燭的微弱光線，深夜裡小桌上仍零亂擺放茶具和食物，無精打采的人們坐在那裡低聲交談，一言一行再再表明，誰也沒有忘記臥室裡正在發生和即將發生的事。皮埃爾沒有進食，雖然他很想吃一點。他回頭疑惑地看了看指導者，只見她踮著腳又要去接待室了，留在那裡的只有瓦西里公爵和公爵小姐。皮埃爾認為，這也是應當的，遲疑了一下，也跟著去了。德魯別茨基公爵夫人站在公爵小姐身旁，兩人同時激動地悄聲說話。

「公爵夫人，我倒想知道，什麼可以做，什麼又不可以做。」公爵小姐說，看起來很激動，激動得就像當初砰的一聲關上自己的房門那樣。

「不，親愛的、善良的公爵小姐，」德魯別茨基公爵夫人謙和而堅決地說道，她擋著去臥室的路，不讓公爵小姐離開，「這不是讓可憐的舅舅太難受了嗎？他現在需要休息啊。怎麼能在這種的時候談世俗問題呢，他的靈魂已經準備……」

瓦西里公爵坐在扶手椅上，擺著毫不拘禮的姿態，一條腿高高架在另一條腿上。他的兩頰強烈地抽搐著，一鬆弛下來，臉的下半部就像粗了一些；可是他裝出一副好像對兩個女人的談話不大感興趣的樣子。

「不要這樣，親愛的德魯別茨基公爵夫人，您就讓卡季什去做她想做的事吧。」

「我並不知道這份文件的內容，」公爵小姐指著她拿在手裡的鑲嵌式公事包，對瓦西里公爵說道。

「我只知道，真正的遺囑是在他的寫字檯裡，而這是一份被遺忘的文件……」

她想繞開德魯別茨基公爵夫人，只是德魯別茨基公爵夫人輕輕一跳，又擋住她的去路。

「我知道，親愛的、善良的公爵小姐，」德魯別茨基公爵夫人說，一手抓住公事包，而且緊緊抓著，顯然她是不會輕易放手的。「親愛的公爵小姐，我請求您，我懇求您，可憐可憐他吧。我求您……」

公爵小姐默不作聲。只聽見使勁爭奪公事包的聲音。顯然，一旦她開口，那絕不會是對德魯別茨基公爵夫人的恭維。德魯別茨基公爵夫人緊抓不放，儘管如此，她的聲音仍保持她那悅耳的委宛柔和。

「皮埃爾，您過來，我的朋友。我想，在親屬的討論中，他不算多餘的人吧，公爵？」

「為什麼您不說話，表叔？」公爵小姐猛地大聲叫道，客廳裡的人都聽到了，不禁大吃一驚。「有人竟敢到這裡來插手，在瀕危病人的房門口鬧事，為什麼您不說話？女陰謀家！」她惡狠狠地低聲道，使盡全力猛拽公事包，但德魯別茨基公爵夫人連跨幾步，以便緊跟著公事包，並抓住她的手。

「噢！」瓦西里公爵以責備和驚訝的語氣叫道。他站了起來。「這太可笑了。喂，都放手。我在對你們說話呢。」

公爵小姐放開了。

「您也放手！」

德魯別茨基公爵夫人不聽他的。

「放手，我告訴您！我承擔全部責任。我去問他。我……這樣總行了吧？」

「不過，公爵，」德魯別茨基公爵夫人說，「在舉行了這麼重要的聖禮之後，您就讓他安靜一會兒吧。還有，皮埃爾，談談您的看法吧。」她對年輕人說，他走到他們面前，驚訝地看著公爵小姐那兇惡的失態神情，以及瓦西里公爵那顫抖的臉龐。

「記住，您要對全部後果負責，」瓦西里公爵嚴肅地說道，「您根本不知道自己是在做什麼。」

「卑鄙的女人！」公爵小姐叫道，突然向德魯別茨基公爵夫人撲過去，企圖奪回公事包。

瓦西里公爵低下頭，攤開雙手。

這時，皮埃爾久久盯著的那扇可怕的門，平時開門的聲音很輕，卻被猛然推開，砰的一聲撞在牆上，只見二小姐從門口奔了進來，情緒激動地揚起雙手輕輕一拍。

「你們在做什麼！」她不顧一切地說道，「他要死了，你們卻把我一個人留在那裡。」

大小姐手上的公事包掉了下來。德魯別茨基公爵夫人迅速彎腰接住那個引起爭端的東西，並向臥室跑去。大小姐和瓦西里公爵醒悟過來，也跟著進去。幾分鐘以後，大小姐第一個從臥室裡出來，面色蒼白、冷漠、緊咬著下唇。一看見皮埃爾，她的臉上流露出無法抑制的憎惡。

「是啊，您現在可高興了，」她說，「您等的就是這個。」

於是她號啕大哭，用手絹蒙著臉跑出了房間。

跟著公爵小姐出來的是瓦西里公爵。他搖搖晃晃地來到皮埃爾坐過的沙發前，倒在沙發上，雙手捂著眼睛。皮埃爾發覺，他面色蒼白，下巴顫抖，像患瘧疾似地。

「唉，我的朋友！」他握著皮埃爾的臂肘說道；在他的聲音裡聽得出真誠和軟弱，這是皮埃爾在他身上從未感受到的。「我們造了多少孽，我們做了多少騙人的勾當，都是為了什麼呢？我五十多歲了，我的朋友……要知道，我……所有人都不免一死，所有人。死亡是可怕的。」他哭了。

德魯別茨基公爵夫人最後一個出來。她輕輕地、緩緩地來到皮埃爾面前。

「皮埃爾……」她說。

皮埃爾疑問地看著她。她親親他的前額，淚水滴在他的臉上。

「他不在了……」

皮埃爾透過眼鏡看著她。

「我們走吧，我陪您去。您哭出來吧：只有眼淚能減輕您的痛苦。」

她送皮埃爾到昏暗的客廳，他很慶幸，在那裡沒有人能看到他的臉。德魯別茨基公爵夫人離開他，等到她回來，他把一隻手枕在頭下，已經酣然入睡。

第二天早晨，德魯別茨基公爵夫人對皮埃爾說：

「是的，我的朋友，這對我們大家都是極大的損失，更不用說您了。但上帝會幫助您，您還很年輕，而您現在，我希望，已經是一份龐大財產的主人了。遺囑還沒有宣布。我很了解您，相信這不會讓您衝昏頭；但這會使您承擔起很多責任；所以您一定要做個真正的男人。」

皮埃爾默然無語。

「也許以後我會告訴您，要是我不在那裡，天知道會發生什麼事。您知道，舅舅前天答應我，不會忘記鮑里斯，可是來不及了。我希望，我的朋友，您會完成父親的遺願。」

皮埃爾完全聽不懂她的話，靦腆地紅著臉，默默看著德魯別茨基公爵夫人。和皮埃爾交談以後，德魯別茨基公爵夫人回到羅斯托夫住所，躺下睡了。早晨醒來後，她對羅斯托夫夫婦和所有認識的人說了別祖霍夫伯爵去世的詳情。她說，伯爵過世了，她但願也能像他那樣死去，他的死亡不僅感人，而且極富教育意義；父親和兒子的最後一面是那麼令人動容，她一想起就想流淚，她不知道，在這可怕的時刻，誰的表現更高尚，是父親或是兒子：父親在臨終時回憶了往事和親友，對皮埃爾說了感人的話語；皮埃爾教人看了都心疼，他傷心欲絕，然而竭力掩飾自己的悲哀，以免臨終的父親傷心。「這使人心情沉痛，但極有教益；看到老伯爵和他的好兒子，心靈便會獲得昇華。」至於公爵小姐和瓦西里公爵的行為，她是不贊成的，但她還是說了，不過是極其祕密地說的。

二十二

在尼古拉・安德烈耶維奇・鮑爾康斯基公爵位於童山的莊園裡，每天都在等待年輕的安德烈公爵和公爵夫人到來；然而，等待並未破壞老公爵在家裡有條不紊的生活。步兵上將尼古拉・鮑爾康斯基公爵在社會上有個外號叫普魯士王，自從保羅皇帝在位時被流放到鄉下，便深居簡出，與女兒瑪麗亞公爵小姐以及她的女伴布里安娜小姐生活在一起。在新皇登基後，雖然准許他進入彼得堡和莫斯科，他仍長居鄉下閉門不出，他說，要是有誰需要見他，那就從莫斯科長驅一百五十俄里[61]到童山來，而他誰也不需要，什麼也不需要。他說，人的罪惡只有兩個根源：閒散和迷信；美德也只有兩種：工作和智慧。他親自教育女兒，為了培養她兩種美德，便教她代數和幾何，在他的安排下，她的生活就是不斷地學習。他自身也總是忙碌，有時寫回憶錄，有時學習高等數學，有時在車床上製作鼻菸壺，有時修整花園或在建築工地上監督施工，在他的莊園裡，建築活動從未停止。因為工作的主要條件是秩序，所以在他的生活中，秩序達到一絲不苟的程度。他每天準時用餐，分秒不差。對他周圍的人，從女兒到僕人，公爵態度堅決、嚴格要求，因而他雖然為人並不殘酷，卻令人畏懼又敬重，這是極殘酷的人也不容易做到的。儘管他已退休，對國家政策也不具任何影響力，但公爵莊園所在省份的每一位首長，都認為自己有義務前來拜見，像建築師、花匠或瑪麗亞公爵小姐一樣，在高大的接待室裡等候公爵在指定的時間出來接見。在書房那扇高大的門打開，老人的身影在門口出現當下，接待室裡的每個人都會油然升起一種敬重，甚至畏懼的感覺。老人身材不高，戴著撲粉假髮，有一雙乾瘦的手和兩道下垂的灰白眉毛，有時他皺眉蹙額，灰白眉毛便遮掩著那聰明而充滿活力的炯炯雙眼。

在年輕夫婦預定抵達的那一天，瑪麗亞公爵小姐在早上固定時間進接待室請安，她驚恐地畫著十字，暗暗默念禱詞。她每天來、每天祈禱，但願這每日必有的會面能順利過去。

坐在接待室裡，戴著撲粉假髮的老僕人靜悄悄地站起來，稟告道：「請吧。」

門內傳來車床的均勻聲響。公爵小姐膽怯地拉開輕便靈活的門，站在門口。公爵在車床上工作，回頭看了一眼，又繼續做他的事。

巨大的書房放滿各式物品，顯然都是常用的。一張大桌子上堆滿書籍和圖表，幾個玻璃書櫥的櫥門上插著鑰匙，一張供站著寫字用的高桌上有一本翻開的筆記本，還有一台車床以及分別擺開的工具和散落在周圍的金屬碎屑——這一切再再說明，這裡經常進行著各種秩序井然的作業。那隻穿著繡有銀色花紋的韃靼式皮靴的小腳、一隻枯瘦的青筋暴露的手穩穩抵壓著什麼，顯示出公爵這位精神矍鑠的老人仍擁有頑強堅持不懈的力量。轉了幾圈之後，他把腳從車床踏板上放下來，擦淨刀具，扔進掛在車床上的皮製口袋裡，走到桌旁，把女兒喚了過來。他從不祝福自己的孩子，只把今天還沒刮鬍的面頰湊過去讓她親吻，嚴厲而關切、溫柔地打量她一下說：

「身體還好嗎？……那就坐下吧！」

他拿起他親手寫的幾何學，用腳把自己的椅子拖了過去。

---

61 俄里約一點零六公里。

「明天的作業！」他說，迅速翻到那一頁，用堅硬的指甲從一節劃到另一節。

公爵小姐彎腰看著桌上那本幾何學。

「等一等，有妳的一封信。」老人突然說，一邊從桌子上方的信插裡取出信封上可見女人筆跡的信，扔在桌上。

公爵小姐看到信，臉倏地脹紅。她急忙拿起來，低頭看信。

「是愛洛綺絲的吧？[62]」公爵問道，他冷冷一笑，露出了堅固、微微發黃的牙齒。

「是的，是朱麗的。」公爵小姐說，靦腆地抬頭望望，又靦腆地微微一笑。

「我再放過兩封信，第三封我就要看了，」公爵嚴厲地說，「我擔心妳們會胡說八道。第三封我是要看的。」

「這一封您也可以看，爸爸。」公爵小姐把信遞給他，她的臉更紅了。

「第三封，我說過了，第三封。」公爵推開信，簡短叫道，他把手肘靠在桌上，將畫有幾何圖形的小冊移到面前。

「哎，小姐，」老人說道，他靠近女兒，彎腰看著小冊子，一隻手搭在公爵小姐所坐的扶手椅椅背上，這樣一來，公爵小姐就覺得，自己被她所熟悉的父親的煙草氣味和他那老年人的刺鼻氣息從四面八方包圍了起來。「哎，小姐，這些三角形是相似的；妳看，角ＡＢＣ……」

公爵小姐驚恐地望著父親那雙離她很近的眼睛；她不禁脹紅了臉，看來她完全不懂，而且非常害怕，這種恐懼心理妨礙她理解父親的講解，不論他講得多麼清楚。這是老師的錯或是學生的錯呢，反正每天都會發現同樣的事：公爵小姐頭昏眼花，她什麼也看不見、聽不見，只感到嚴厲的父親那冷漠的臉就在自己身邊，感到他的呼吸和氣味，只想趕快離開書房，回到自己的房間自在地理清習題。老人火氣上來了：他把自己坐的扶手椅一會兒砰地推開，一會兒呼地拉回來，他竭力控制自己不要發火，可是幾乎每次都發火、罵人，有時還把小冊子甩了。

公爵小姐回答錯了。

「唉，要怎麼樣才會懂！」公爵推開小冊子，猛地轉身叫道，但他立刻站起身來，踱了幾步，雙手拍一下公爵小姐的頭，又重新坐下。

他靠近桌子繼續講解。

「不行，公爵小姐，不行，」他在公爵小姐拿起作業本闔上，準備離開時說道，「數學是偉大的學問，我的小姐。我不願妳也像我們那些愚昧無知的太太一樣。忍一忍吧，妳會愛上它的。」他伸手拍拍她的臉蛋。「腦子裡的蒙昧就會被趕走了。」

公爵小姐想離開了，他用手勢攔住她，從高桌子上拿了一本未裁開的新書。

「這裡還有一本《自然奧祕解答》，是妳的愛洛綺絲寄給妳的，這是宗教著作。我不干預任何人的信仰……我大致看過。拿去。好了，走吧，走吧！」

他輕拍她的臉蛋，自己在她後面關上門。

公爵小姐回到自己的房間，臉上帶著憂鬱和驚恐的表情，這個表情很少離開過她，並致使她不討喜的

62《朱麗，或新愛洛綺絲》是盧梭的書信體言情小說。公爵譏諷地把女兒的通信和這部小說相比擬，故意把朱麗．卡拉金娜喚作愛洛綺絲。父親的調侃，女兒心領神會。

病態面容更顯醜陋，她坐到寫字檯前，上面擺滿小型畫像、練習本和書籍，公爵小姐房裡的零亂和父親的秩序井然正好相反。她放下幾何學小冊，迫不及待地拆開信。寫信的是公爵小姐自童年起最親密的朋友。她就是曾出席羅斯托夫宅邸命名日宴會的朱麗．卡拉金娜。

朱麗寫道：

親愛無比珍貴的朋友，離別是多麼可怕又令人痛苦呀！不論我多少次告訴自己，我的生命和幸福的一半在於有您，告訴自己，無論我們分開的距離多遙遠，我們的心總是緊緊相繫，然而，我的心總是憤怒地反抗命運，儘管歡樂和娛樂圍繞在我身邊，我卻無法克制自我們離別之日起，在我內心深處所感受到的某種隱祕憂傷。為什麼我們不像去年夏天，在您寬敞的書房裡相伴，坐在藍色的沙發上，坐在那「傾訴隱衷」的沙發上呢？為什麼我不能像三個月之前那樣，從您謙和、平靜而聰慧的目光中汲取全新的道德力量呢？我是那麼喜愛您的目光，在我給您寫信的此刻，我正注視著您的目光，它就在我的面前。

看到這裡，瑪麗亞公爵小姐嘆了一口氣，轉頭看向立在她右邊的落地鏡。映在鏡子裡的是難看、孱弱的身體和瘦削的臉。她那一雙總是憂鬱的眼睛，此時更是絕望地看著鏡中的自己。「她是在恭維我」，公爵小姐想，回頭繼續讀信。朱麗並沒有恭維自己的朋友：的確，公爵小姐的眼睛大而深邃，光彩照人（那溫暖的光輝有時彷彿一縷一縷地流瀉出來），這雙眼睛是那麼美，儘管容貌不吸引人，這雙眼睛卻往往比美麗更有魅力。可惜，公爵小姐從未看見自己的美好，因為這般表情是在她沒有想著自己的時候才流露出來的。和所有人一樣，她一照鏡子，臉上便會露出做作、不自然的傻氣表情。她接著讀信：

整個莫斯科都在談論戰爭。我的兩個兄弟，一個已在國外，一個正隨近衛軍進軍邊境。我們親愛的皇上要離開彼得堡了，正如人們所預料，他準備讓自己寶貴的生命任憑戰爭的偶然性擺布。上帝保佑，但願我們的皇上能夠打倒擾亂歐洲安寧的科西嘉惡魔[63]，皇上是萬能仁慈的上帝派來擔任我國君主的天使。姑且不說我的兩個兄弟，這場戰爭更使我失去我內心最親密的聯繫之一。我說的是年輕的尼古拉．羅斯托夫，他那麼熱情，不忍坐視，於是離開大學從軍去了。我坦白告訴您，親愛的瑪麗亞，儘管他非常年輕，他決意從軍仍使我感到痛苦。我在去年夏天對您談過的這個青年是如此高尚、洋溢著真正的青春朝氣，在我們這個時代，在我們那些二十歲就已顯得老邁的人當中是十分罕見的！他尤其坦誠、善解人意。他那麼純潔、富於詩意，我和他的關係，儘管曇花一現，卻是我可憐的心中最甜蜜的快樂之一。將來有一天，我要向您講述我們的離別，以及在離別之際所說過的話語。這一切仍恍如昨日……啊！親愛的朋友，您是幸福的，您不了解這種令人陶醉的喜悅，卻又令人難以忍受的悲傷。您是幸福的，因為悲傷往往比喜悅更強烈。我很清楚，尼古拉伯爵太年輕，除了是我的朋友，談不上其他的了。但這甜蜜的友誼，這如此富於詩意、如此純潔的關係，正是我的心所嚮往。不過，不談了。轟動莫斯科的主要新聞是別祖霍夫老伯爵的離世和他的遺產。您想想，三位公爵小姐所得甚微，瓦西里公爵一無所獲，而皮埃爾繼承了全部財產，不僅如此，他被承認為合法的兒子，因而現在是別祖霍夫伯爵了，是俄羅斯最龐大的家產所有者。據說，這過程中，瓦西里公爵扮演了極其卑劣的角色，羞愧地回彼得堡了。坦白說，我不大了解那些與處理財產的遺

63 拿破崙是科西嘉島的人。

囑有關的事；我只知道，我們都認識的那個為人單純，那名叫作皮埃爾的年輕人，自從成了別祖霍夫伯爵和俄羅斯最大的一份家產所有者之後，我的消遣之一便是觀察那些家中有待嫁女兒的母親，以及小姐們對這位先生的態度變化，我一直覺得他是（只是順便說說）極為渺小的人。兩年來，所有人為了消愁解悶，無不時時為我物色夫婿，大多是我不認識的人，莫斯科關於婚姻的街談巷議居然把我說成是別祖霍夫伯爵夫人。但您是了解我的，我一點兒也不希望如此。順便談談結婚的事。您知道嗎？不久前我們大家的阿姨德魯別茨基公爵夫人極其祕密地告訴我，有人想為您談一門親事。那是瓦西里公爵的兒子阿納托利，對方希望他結婚，娶一名富有、高貴的女士，他的父母選中您。我不知道，這件事您會怎麼看待，不過我認為自己有義務先告訴您。聽說，他很好看，卻是個紈褲子弟。我所知道的就只有這些。

不過，我們聊得夠多了。第二張信紙都要寫完了，媽媽派人來喚我，要到阿普拉克辛家去赴宴。

請讀一讀我寄給您的那本神祕主義的書；在我們這裡很受歡迎。雖然其中有一些內容，是人類薄弱的智力很難理解的，但這是一本好書；閱讀這本書使人的心靈得到安慰並昇華。謹向令尊致敬並向布里安娜小姐致意。熱烈地擁抱您。

朱麗

又及：請告知令兄和他可愛的夫人的近況。

公爵小姐想了想，若有所思地微微一笑（要注意，她的臉被光芒四射的眼眸所照耀，完全不一樣了），倏地欠身站起來，邁著沉重的腳步，走到桌邊。她拿起一張紙，執筆的手在紙上迅速遊走。她是這麼答覆的：

親愛的無比珍貴的朋友。十三日的來信令我深感快慰。您仍愛我，我那具詩人氣質的朱麗。關於離別，您說了那麼多傻氣的話，看來離別並未讓您有所疏遠。您抱怨離別，那麼我該怎麼說呢，如果我敢說的話？——我所有可親可愛的那些人都離我而去了。啊，倘若我們沒有宗教的安慰，生活會有多淒慘。為什麼當您談到您對一個年輕人的愛慕時，認為我會責備您呢？在這方面我只對自己嚴厲。我理解別人的這種感情，即便我因為沒有親身體驗而無法贊同他們，我也不會責備他們。我只是覺得，基督教對他人的愛、對敵人的愛，比起年輕男子的美麗眼睛在易感而多情如您的年輕女子心中所引起的那種情愫，更是可敬、可喜且美好。

在您來信之前，我們已獲知別祖霍夫伯爵去世的消息，家父感觸很深。他說他是偉大時代的代表人物之一，如今輪到他追隨伯爵而去了，但他表示，要竭盡所能延遲這一天的到來。上帝保佑，讓我們不要遭逢這般不幸！

我無法苟同您對皮埃爾的看法，我在童年時就認識他了。我覺得，他具備美好的心靈，這是我最看重的本質。至於他的遺產和瓦西里公爵在其中所扮演的角色，這對他們兩人來說都是可悲的。啊，我的朋友，我們的救世主說，富人要進天堂比駱駝穿過針眼還難，這句話太對了！我可憐瓦西里公爵，更可憐皮埃爾。如此年輕便要承受龐大財產的負擔，他將來要經歷多少誘惑的考驗！要是有人問我，我在世上最希望獲得的是什麼，我一定會說：我希望比貧者中最窮的人更窮。為這本書我要感謝您一千次，親愛的朋友，它是您特地寄給我的，而且在你們身邊引起那麼大的轟動。不過，您告訴我，書中除了許多好的內容，也有人類薄弱的智力不可能理解的事物，因而我覺得沒有必要閱讀這種令人不解的內容，且正因為令人不解而沒有任何益處。我永遠不能理解某些人的熱情，他們熱中於神祕主義作品而使自己的思想陷於混亂，這些書只能使人們懷疑自己的理智，刺激人們的幻想，從而養成浮誇的論點，這是和基督教的質樸完全對立的。最好還是閱讀《使徒行傳》和《福音書》。不要試圖鑽研這些書中的那些神祕內容，因為我們這些可憐的罪人怎能認識神意的可畏及神聖的祕密呢？只要我們還帶著肉體的軀殼，這軀殼便會讓我們和永恆之間隔著無法穿透的帷幕。最好只學習我們的救世主留給我們的偉大準則，用以指導我們在這裡、在塵世中的生活；我們要努力遵循這些準則，並且力求相信，我們愈是不放縱理智，就愈是能取悅上帝，上帝否定一切不是來自於祂的知識，我們愈是不去深究祂想隱瞞我們的事物，祂就會愈早以其神聖的智慧給予我們相關的啟示。

父親沒有對我談過婚事，只說他收到一封信，正等著瓦西里公爵來訪；至於我的許配對象，我要對您說，親愛的無比珍貴的朋友，在我看來，婚姻是上帝的安排，必須服從。不論我覺得多麼痛苦，但如果萬能的上帝要讓我承擔妻子和母親的責任，我會竭盡所能忠實地履行義務，而不費心考慮我對上帝賜予我的配偶的感情。

我收到兄長的信，他通知我，他即將偕妻子前來童山。相逢的喜悅將是短暫的，因為他要離開我們，加入這場戰爭，天知道我們怎麼會捲進這場戰爭。不僅在你們周遭，在各種事件和社交活動的中心，就是在這裡，正如城市居民通常對鄉下所想像的，在農事和僻靜之中，也能聽見戰爭的回聲，人們沉重地感到戰爭的逼近。家父老是談論行軍和移轉，我卻一竅不通，前天我像平常一樣在村道上散步，目睹令人悲痛欲絕的場面。那是我們這裡徵召的一批新兵，應該看一看那些即將離去的人們的母親、妻兒的悲傷，聽一聽雙方的哀號！妳會覺得，人類忘記救世主的戒律，祂教導我們要愛別人，寬恕別人的罪過，人類似乎認為，自己的尊嚴在於互相殘殺的本領。

再見，親愛的善良的朋友。願我們的救世主和聖母把您置於自己神聖而萬能的庇護之下。

瑪麗

「啊，您要寄信，我的信已經寄出去了，是寫給我可憐的母親的。」布里安娜小姐以悅耳的聲音旋即說道，以一種截然不同的輕鬆、快樂的世界消弭了瑪麗亞公爵小姐凝神思索的悲傷、抑鬱的氛圍。「公爵小姐，我要提醒您，」她低聲接著說，「公爵把米哈伊爾・伊萬內奇痛罵了一頓。」她說，並特別以發顫音的方式說出法語，同時欣賞著自己的聲音，「他心情很差，那麼陰沉。我提醒您，您知道……」

「唉，我親愛的朋友，」瑪麗亞公爵小姐回答道，「我曾請求您，永遠不要對我說父親的心情如何，我不允許自己議論他，希望別人也不要議論。」

公爵小姐抬頭看了眼時鐘，發覺練琴的時間已過五分鐘，便驚慌地朝休息室走去。依規定，十二點到午後兩點公爵休息，而公爵小姐練鋼琴。

二十三

頭髮灰白的僕人昏昏欲睡地坐著，伴隨公爵在書房裡的鼾聲。宅邸的遠方，從緊閉的房裡傳來彈奏杜舍克[64]奏鳴曲的繁複樂曲、每個樂句重複二十遍的琴聲。

此時，一輛轎式馬車和一輛輕便馬車駛近門口臺階，安德烈公爵自轎式馬車裡出來，扶妻子下車，並讓她走在前面。白髮的吉洪，戴著假髮，從侍者室的門後探出頭來，小聲稟告道，公爵在睡覺，隨即關上門。吉洪知道，無論是兒子的到來，或是任何非常事件，都不容破壞作息制度。看來安德烈公爵也和吉洪一樣深知這一點；他看看鐘，彷彿要確認一下，在他久違的這段時間裡，父親的習慣是否有所改變，在確信沒有改變以後，便回到妻子身邊。

「他過二十分鐘起床，我們到瑪麗亞公爵小姐那裡去吧。」他說。

嬌小的公爵夫人在這段時間裡豐腴了一些，但她說起話來，仍是那麼愉快並稚氣地抬起眼睛，翹起長著髭鬚、帶著微笑的嘴唇。

「這簡直是宮殿啊！」她環顧四周對丈夫說，那神情猶如恭維舉辦舞會的主人。「喂，快點，快點！」她回頭既是對丈夫，也是對陪送他們的侍者微笑道。

「是瑪麗亞在練琴嗎？我們偷偷進去，別讓她看到我們。」

安德烈公爵帶著謙恭和憂鬱的神情跟在她後面。

「你老了，吉洪。」他邊走邊對親著他手的老人說道。

走到流洩出鋼琴聲的房間前面，突然從側門出來一名迷人的法國金髮女子，布里安娜小姐一副興奮至極的樣子。

「啊！公爵小姐會多開心哪！終於來了！我這就去告訴她。」

「不，不，別去……您是布里安娜小姐；憑小姑和您的友誼，我就認出您了，」公爵夫人在和她親吻時說道。「她料想不到我們來了！」

他們走到休息室門前，從裡面傳出一再重複彈奏樂曲的樂音。安德烈公爵站住，蹙起眉頭，一副會發生什麼不愉快的事情的樣子。

公爵夫人走了進去。樂曲中斷；傳出了叫聲、瑪麗亞公爵小姐沉重的腳步聲和親吻聲。當安德烈公爵走進房間時，只在安德烈公爵的婚禮上匆匆見過一面的公爵小姐和公爵夫人摟在一起，彼此熱情的親吻對方。布里安娜小姐站在她們身旁，雙手按住心口，虔誠地微笑著，看似又想哭又想笑。安德烈公爵聳著肩，疾首蹙額，好像音樂愛好者聽到走調的音符。兩個女人放開彼此；然後又迫不及待地抓起對方的手，親了又親，接著又開始互親面頰，完全出乎安德烈公爵的意料，兩個女人竟哭了起來，接著又開始親吻。布里安娜小姐也哭了。顯然，安德烈公爵有些尷尬；但對兩個女人來說，哭似乎是極其自然的，她們簡直無法想像，對於這次見面，除了哭之外，還能有什麼反應。

「噢，親愛的！噢，瑪麗亞……」她們兩人同時說話，又同時笑了起來。「我夢見您了。您沒料到我

---

64 杜舍克（Jan Ladislav Dussek，一七六一—一八一二），捷克鋼琴家和作曲家。

們會來吧？……噢，瑪麗亞，您太瘦了。」「您卻胖了……」

「我立刻就認出公爵夫人。」布里安娜小姐插話道。

「我根本沒有想到！」瑪麗亞公爵小姐感嘆道。「啊，安德烈，我根本沒注意到你呢。」

安德烈公爵和妹妹手挽著手親吻了一下，對她說，她還像往常一樣，那麼愛哭。瑪麗亞公爵小姐轉身面對哥哥，把淚水盈盈的關懷、親切、柔和的目光凝注在安德烈公爵臉上，此刻她那雙光芒四射的大眼睛非常美麗。

公爵夫人的話沒完沒了。長著髭鬚的翹唇經常飛快地觸及一下紅潤的下唇，接著又目光閃閃地燦然微笑。公爵夫人在講述他們在斯帕斯克山上遇到的事故，這對懷孕的她是有危險的，接著又立刻談起，她的衣物全留在彼得堡，在這裡天知道以後穿什麼，她說安德烈完全變了，說基蒂·奧登佐娃嫁給一個老頭，說瑪麗亞公爵小姐有一位合適的求婚者了，不過這件事以後再談。瑪麗亞公爵小姐還是靜靜地看著哥哥，異常美麗的眼睛滿含愛和憂傷。顯然，她有自己的心事，是嫂嫂的話無法影響她的。在嫂嫂轉述彼得堡最近一次盛會的景象時，她對哥哥說：

「你一定要去打仗嗎，安德烈？」她嘆了口氣說。

麗莎也嘆了口氣。

「甚至明天就走。」哥哥回答道。

「他把我丟在這裡，天知道是為什麼，而他本來有機會獲得提拔的……」

瑪麗亞公爵小姐沒有聽完她的話，她沿著自己的思緒，溫柔的目光投向她的腹部。

「真的有了？」她問。

公爵夫人的臉色變了。她嘆了口氣。

「真的，」她說。「噢，這太可怕了……」

麗莎的嘴垂了下來。她把臉湊近小姑的臉，突然哭了起來。

「她需要休息。」安德烈公爵皺眉說。「對吧，麗莎？妳帶她到自己的房間去，我去看爸爸。他最近如何，還是一樣？」

「還是一樣，完全沒變；不知道你會有什麼看法。」公爵小姐輕快回答道。

「依舊準時在林蔭道上散步？車床？」安德烈公爵帶著勉強可以察覺的微笑問道，這說明，儘管他愛戴和敬重父親，卻也了解他的缺點。

「依舊準時，車床，還有數學和我的幾何學。」瑪麗亞公爵小姐輕鬆答道，彷彿幾何學是她生活中最愉快的感受之一。

老公爵起身所需的二十分鐘已過，吉洪來喚年輕公爵去見父親。為迎接兒子的到來，老人破例改變自己的生活作息：他吩咐讓兒子在午飯前著穿的時間到自己屋裡。公爵是老式打扮：身穿長對襟上衣，頭髮上撲粉。當安德烈公爵（不是帶著在社交場合佯裝的落落寡合表情和態度，而是帶著和皮埃爾說話時那種生氣勃勃的神情）走進房間時，老人坐在更衣室裡寬大的山羊皮面扶手椅上，身上披著撲粉時用的披肩，交由吉洪的雙手打理。

「啊！戰士！要和拿破崙作戰嗎？」老人說，搖了一下撲粉的頭髮，這動作是受到限制的，因為正在編結的髮辮仍握在吉洪手裡。「你可要好好對付他，否則他很快就要把我們算作他的臣民了。你好啊！」於是他把自己的面頰湊向安德烈。

老人在飯前小睡後心情很好（他說，飯後睡是銀，飯前睡是金），他愉快地從下垂的濃眉下看了兒子一眼。安德烈公爵走上前來，在他指點的地方親了父親。他沒有理會父親喜愛的話題：取笑現在的軍人，尤其是取笑拿破崙。

「是的，我來探望您了，爸爸，懷孕的妻子也來了。」安德烈公爵說，以充滿活力、滿懷敬意的眼睛注視父親面容的每一個變化。「您身體好嗎？」

「年輕人，身體不好的只有傻瓜和生活腐敗的人，你是了解我的：從早到晚都在忙，生活有節制，所以身體很好。」

「感謝上帝。」兒子微笑著說。

「這和上帝沒有關係。喂，你說說看。」他接著說，回到自己喜愛的話題。「德國人如何教導你們依所謂的戰略這門新科學和拿破崙作戰。」

安德烈公爵笑了。

「讓我喘口氣吧，爸爸，」他微笑說，這微笑說明，父親的缺點並不妨礙他對父親的敬愛。「我還沒安頓好呢。」

「胡說，胡說，」老人叫嚷了起來，一邊搖晃頭上的髮辮，想試試辮子是否牢靠，又抓著兒子的手。「你妻子的房間已經準備好了。瑪麗亞公爵小姐會帶她去看的，而且有三籮筐的話要對她絮叨呢。這是她們女人家的事。我會喜歡她的。你坐下來說說。米赫爾松．伊萬．伊萬諾維奇[65]的軍隊我了解，托爾斯泰．彼得．亞歷山德羅維奇[66]的軍隊我也了解……同時登陸……南方的軍隊怎麼辦呢？普魯士，維持中立……這些我都知道。奧地利怎麼樣？」他說，站起來在房裡踱步，吉洪跟著他，為他遞上一件又一件的衣服。「瑞典呢？要怎麼穿越波美拉尼亞[67]？」

安德烈公爵一見父親的堅持，便講述起擬議中的作戰計畫[68]，起先還不大樂意，卻愈講愈起勁，由於習慣成自然，說到一半，竟不說俄語而改成法語。他說，一支九萬人的軍隊將威脅普魯士，迫使她放棄中立並捲入戰爭，這些部隊的一部分要在施特拉爾松[69]與瑞典軍隊會合，二十二萬奧地利軍隊和十萬俄國軍隊會合，在義大利和萊茵河流域展開行動，五萬俄軍和五萬英軍將在那不勒斯登陸，總計五十萬大軍將從四面八方向法國人發動攻勢。老公爵對他的話沒有表現出絲毫興趣，好像沒在聽似的，他繼續邊踱步邊和衣，三次突然打斷他的話。一次制止了他，並吼道：

「白的！白的！」

意思是，吉洪拿給他的背心不是他要的。第二次他停下來問道：

「她快要分娩了吧？」他責備地搖搖頭說：「糟糕！你接著說，接著說。」

第三次，在安德烈公爵的敘述即將結束時，老人以蒼老、走調的嗓音唱了起來：「馬爾布魯克去出征，不知何時回家鄉」。

---

65 米赫爾松（一七四〇—一八〇七），俄國將領，當時指揮俄國在西部邊境和波蘭的集團軍。

66 托爾斯泰（一七六一—一八四四），俄國將軍，曾領軍橫渡波羅的海，要在瑞典國王古斯塔夫·阿道夫四世的統率下參加登陸作戰。

67 今波蘭西北部從奧得河下游起，東迄維斯瓦河之間的波羅的海沿岸地區，史稱波美拉尼亞。

68 指的是一八〇五年的戰役計畫，該計畫未能實現。

69 施特拉爾松德（Stralsund）是德國北部港市，臨波羅的海。

兒子只是笑了笑。

「我並不是說，這是我所贊同的計畫，」兒子說，「我只是敘述其內容。拿破崙早已制定毫不遜色的計畫。」

「唉，你剛才說的，沒一點新想法。」老人若有所思，當下說道：「『不知何時回家鄉』，你到飯廳去吧。」

二十四

在規定的時間，頭髮已撲粉、刮臉的公爵來到飯廳，等候在此的有他的媳婦、瑪麗亞公爵小姐、布里安娜小姐以及公爵的建築師，他是由於公爵的任性而被允許坐上餐桌，雖然這個地位低微的人物是不敢奢望這般榮幸的。公爵在生活中嚴格地遵循等級之別，甚至很少讓省府的重要官員坐上餐桌，卻突然以角落裡正用方格手絹擤鼻涕的建築師米哈伊爾·伊萬諾維奇來證明，人人都是平等的，還不止一次告訴自己的女兒說，米哈伊爾·伊萬諾維奇一點也不比妳我差。在餐桌上，公爵和沉默寡言的米哈伊爾·伊萬諾維奇的互動最多。

和府邸裡所有房間同樣高大寬敞的飯廳裡，每張椅子旁都站著家人和僕人，他們正等候公爵的到來；管家手臂上搭著餐巾，環視餐桌上的陳設，向僕人們使眼色，不斷以不安的目光看看掛鐘，又望望公爵將要進來的門。安德烈公爵望著眼前他初次見到的金色大鏡框裡，歷代鮑爾康斯基公爵的譜系表，正掛在一個一樣的大鏡框對面，其中是一幅頭戴冠冕、擁有世襲政權的公爵畫像，手法極其粗劣（顯然出於家庭畫師之手），這位公爵想必是留里克的後裔、鮑爾康斯基家族的始祖。安德烈公爵眼看那張譜系表，搖搖頭，笑了笑，那神情彷彿在看一幅逼真的畫像而禁不住笑了似的。

「在這裡，我對他整個為人看得好清楚啊！」他對來到他身邊的瑪麗亞公爵小姐說道。

瑪麗亞公爵小姐驚訝地看了看哥哥。她不明白，他在笑什麼。畢竟，父親所做的一切都在她心裡激起不容指摘的仰慕。

「每個人都有自己的阿基里斯腱[70]，」安德烈公爵繼續說道。「以他傑出的智慧竟會做這般無謂的事！」

瑪麗亞公爵小姐無法理解兄長的放肆議論，正想反駁時，從書房傳來人們久候的腳步聲：公爵像平時一樣，愉悅地快步走來，彷彿要以急匆匆的步態表明，這與家中的嚴格制度是完全不相符的。就在這時，大鐘敲響十二點，客廳裡其他的鐘也應聲發出細微的響聲。公爵站住了；生氣勃勃、炯炯有神的嚴厲眼睛從下垂的濃眉下向大家掃視了一遍，便停留在公爵夫人身上。此時公爵夫人所體驗到的感覺，如同廷臣在皇上駕臨時所體驗到的，那是老人在身邊所有人身上所激起的敬畏之情。他輕撫公爵夫人的頭，然後笨拙地拍了一下她的後腦。

「我很高興，很高興，」他說，又對她注視了一下，便快步走開，坐到自己的位置上。「您坐，您坐！米哈伊爾．伊萬諾維奇，您坐。」

他對媳婦指指自己身旁的座位。一個僕人為她拉開椅子。

「呵呵！」老人打量著她圓胖的腰說道，「妳太急了，不好！」

他笑了起來，那是令人不快的冷淡乾笑，像平時一樣——只有嘴在笑，眼睛卻毫無笑意。

「要走動，盡可能多走動，盡可能。」他說。

他的話，不知公爵夫人是沒聽見或不想聽。她保持沉默，態度極為羞怯。公爵問到她的父親，公爵夫人才開口說話，笑了一笑。他向她問到共同的熟人，公爵夫人說得更是起勁，並向公爵轉達他人的問候、轉述城裡的流言蜚語。

「可憐的阿普拉克辛娜伯爵夫人失去了丈夫，眼都哭腫了，真可憐。」她說，愈來愈興奮了。

隨著她愈來愈興奮，公爵愈來愈冷峻地看著她，卻突然一副已經將她研究透徹般，對她有了明確的印象，便轉頭對米哈伊爾．伊萬諾維奇說話。

「喂，如何，米哈伊爾．伊萬諾維奇，我們的布拿巴[71]處境不妙啊。安德烈公爵（他總是這麼稱呼兒子）跟我說，已經集結重兵要對付他了！而我們兩人卻一直把他視為無足輕重的人。」

米哈伊爾．伊萬諾維奇完全不知道，「我們兩人」什麼時候談過拿破崙，但他明白，公爵是在利用他導引出他最愛的話題，於是，他驚訝地看了一眼年輕公爵，完全無法掌握會出現什麼結果。

「他是我身邊偉大的謀略家！」公爵指著建築師對兒子說。

於是，談話再次涉及戰爭、拿破崙以及當代將軍和政界人物。顯然，老公爵不僅深信，目前在政界活動的人都很無知，對軍事和政治的基本情況缺乏了解，他更深信拿破崙不過是渺小的法國佬，他之所以成功只是因為沒有波將金[72]和蘇沃洛夫與之抗衡；他甚至深信，歐洲沒有任何政治上的難題，也沒有戰爭，有的只是當代人們所扮演的一齣木偶戲，他們裝作即將展開一場大事業。安德烈公爵愉悅地忍受父親對當代人物的嘲笑，以表面看似讚賞的態度挑起父親的談興。

「好像從前的一切都很好似的，」他說，「難道不就是那個蘇沃洛夫落入莫羅[73]所設下的圈套，而且無法脫身嗎？」

---

70 希臘神話中偉大的英雄阿基里斯出生時，他的母親海神為了使他長生不老，手持腳踝把他浸入冥河中，未能浸入水中的腳踝成為他的致命弱點，他後來就是由於腳踝中箭而死。

「這是誰對你說的？誰說的？」公爵嚷道。「蘇沃洛夫！」他把碟子一扔，吉洪連忙接住。「蘇沃洛夫……想清楚再說吧，安德烈公爵。兩個人：腓特烈[74]和蘇沃洛夫……莫羅！要是蘇沃洛夫不被捆住手腳的話，莫羅早成了俘虜；可是他被御前香腸燒酒軍事會議[75]所制約。鬼也替他發愁。一旦你去打仗，就能嘗到這些御前香腸燒酒軍事會議的滋味了！蘇沃洛夫對付不了他們，米哈伊爾．庫圖佐夫又怎麼對付得了！不，朋友，」他接著說道，「你們和自己的將軍是對付不了拿破崙的；要找法國人來，讓他們自家人不認自家人，自相殘殺。派德國人帕倫到美國紐約去請法國人莫羅。」他說，指的是今年曾向莫羅發出邀請，請他參加俄軍。「咄咄怪事！怎麼，難道波將金、蘇沃洛夫、奧爾洛夫都是德國人？不，老弟，要不是你們都瘋了，就是我老糊塗了。祝你們好運，但我們走著瞧。在他們的心中，拿破崙成了偉大統帥！哼！」

「我並沒有說，所有計畫都是對的，」安德烈公爵說，「只是我不明白，您怎麼能如此議論拿破崙。您盡情笑吧，而拿破崙畢竟是偉大的統帥！」

「米哈伊爾．伊萬諾維奇！」老公爵對建築師叫道，這時建築師正在吃烤肉，但願其他人都忘了他。「我對您說過，拿破崙是偉大的策略家，是吧？瞧，他也這麼說。」

「那還用說，公爵大人，」建築師回答道。

公爵又冷冷地乾笑了起來。

「拿破崙生來運氣好。他有出色的士兵。而且他率先進攻的，正是德國人。而德國人，只有懶散的人才不去攻打他們。開天闢地以來，所有人都打過德國人。而他們從來沒有打過別人。他們只打自己人。他是靠打德國人起家的。」

於是，公爵開始依自己的見解，分析拿破崙在他所進行的戰爭，甚至在國家政治中犯下的種種錯誤。兒子沒有反駁，但看得出，不論向他提出多少理由，他也像老公爵一樣，很難改變自己的看法。

安德烈公爵聽著，忍住不加以反駁，同時不禁感到驚訝，這位老人多年來獨自蟄居鄉下，怎麼能如此準確而詳細地了解並探討近幾年歐洲的軍事和政治形勢。

「你以為我老了，不了解當前的形勢了？」他歸結道。「我告訴你吧！我多數時候是通宵不眠。嗯，你的這位偉大統帥在哪裡，究竟在哪裡大顯神通了？」

「這說來話長。」兒子回答道。

「你就去找自己的拿破崙吧。布里安娜小姐，您的那個無賴皇帝在這裡還有一個崇拜者呢！」他以一口漂亮的法語嚷道。

「您知道，公爵，我不是拿破崙主義者。」

「不知何時回家鄉……」公爵唱走調，笑得更加不自然，他離開了餐桌。

公爵夫人在爭論和其餘的就餐時間裡一直沉默著，驚恐地時而看向瑪麗亞公爵小姐，時而看向老公爵。在她們離開餐桌時，她拉著小姑的手，請她到另一個房間。

---

71 對拿破崙的蔑稱。

72 波將金（一七三九—一七九一），俄國政治家和外交家，陸軍統帥，女皇葉卡捷琳娜二世的寵臣。

73 莫羅（一七六三—一八一三），法國名將。曾在一七九九年與蘇沃洛夫交戰。落入圈套的說法不完全符合史實。

74 腓特烈二世（一七一二—一七八六），普魯士國王，著名統帥。老公爵崇拜他，並在外表上模仿他，因而有了「普魯士王」的外號。

75 這是老公爵對奧地利最高軍事指揮機構的蔑稱。

「您的爸爸好聰明，」她說，「也許，因此我才怕他。」

「噢，他總是那麼慈祥！」公爵小姐說。

二十五

安德烈要在第二天傍晚動身。老公爵未改變作息，午餐後便回到房間。公爵夫人在小姑房裡。安德烈公爵穿上不佩戴肩章的旅行常禮服，和一名侍從在他的內室收拾行裝。他親自察看避震四輪馬車和裝上車的幾隻箱子，便吩咐套馬。房裡只剩下安德烈公爵向來隨身攜帶的物品：一個手提箱、一個裝銀製餐具的大箱、兩把土耳其手槍和一把軍刀，軍刀是父親從奧恰科夫[76]帶回來送給他的禮物。所有旅行用品井然有序地收好：一切都是簇新的，一塵不染，放在呢套裡，並以手編的細帶仔細紮好。

在即將出發和生活發生變化的時刻，善於縝密思考自身行動的人往往會沉浸於嚴肅的思緒。在這種時刻，往往會回首往事並擬定未來計畫。安德烈公爵的面色耽於沉思，充滿溫情。他揹著雙手，在房間的兩處角落之間快步走來走去，目視前方，沉思地搖著頭。是因為要走上戰場而恐懼，還是因為要拋下妻子而憂傷呢——也許兩者都有，他只是不願讓人看見他的這種神態。聽到門廊的腳步聲，他連忙放下雙手，站到桌邊，一副正捆綁手提箱的樣子，同時流露出他平時那平靜而不可捉摸的神情。那是瑪麗亞公爵小姐的沉重腳步聲。

「聽說你吩咐套馬了，」她氣喘吁吁（顯然是跑來的）說，「我很想再和你單獨談談。天知道，我們

---

76 奧恰科夫是土耳其在黑海沿岸的要塞，一七八七至一七九一年俄土戰爭期間被蘇沃洛夫攻克。

又要分別多久。我冒然來，你不會不高興吧？你變了，安德烈。」她添了一句，彷彿在解釋為什麼她要那麼問。

她在稱呼「安德烈」時微微一笑。看來她自己也覺得奇怪，這個嚴峻、好看的男人竟是那個安德烈，那個瘦小、頑皮的小男孩，她兒時的玩伴。

「麗莎在哪裡？」他問，僅以微笑回答她的問題。

「她太累了，在我房裡的沙發上睡著了。噢，安德烈！你的妻子是多好的人。」她說，一面在哥哥對面的沙發上坐下。「她簡直是個孩子，那麼可愛、快樂的孩子。我好愛她。」

安德烈公爵依舊沉默，但公爵小姐發覺，他竟流露出嘲笑和蔑視的神情。

「不過，對一些小缺點要持寬容的態度；誰沒有缺點呢，安德烈！你別忘了，她是在上流社會的教養下成長的。而且她現在的處境不大好。要設身處地為他人著想。誰能理解一切，誰就會寬恕一切。你想，她這個可憐的女人，會有什麼感受呢？離開自己所習慣的生活後，又和丈夫離別，隻身留在鄉下，還懷著孩子。這是非常痛苦的。」

安德烈微笑地看著妹妹，我們也是這樣，聆聽他人說話時，深感對這個人看得很透徹的時候就會這麼笑。

「妳住在鄉下，也不覺得這裡的生活可怕啊。」他說。

「我不一樣。何必提到我呢！我不想過其他的生活，也不可能抱持希望，因為我不知道還有什麼其他選擇。可是你想想，安德烈，一個上流社會的年輕女人在自己最美好的年華被幽禁在鄉下，獨自一人，加上爸爸總是忙著，而我……你是了解我的……對一個習於上流社會的女人來說，我是多麼缺乏樂趣。只有一個布里安娜小姐……」

「我很不喜歡她，你們這個布里安娜。」安德烈公爵說道。

「噢，不！她很可愛、很善良、重點是，她是可憐的女士。她沒有親人，一個也沒有。老實說，我不僅不需要她，她也使我感到拘束。你知道，我向來怕見生人，現在更是如此。我喜歡獨處……爸爸很喜歡她。對她和米哈伊爾．伊萬諾維奇，他總是親切而仁慈，而他們都接受過他的幫助；正如斯特恩[77]所說：『我們愛一個人，與其說是因為他有恩於我們，不如說是因為我們有恩於他』。她是流落街頭的孤兒，被爸爸收留，而且她很善良。爸爸喜歡聽她朗讀。她每天晚上都為他朗讀。也做得非常好。」

「喂，說真的，瑪麗亞，我想，父親的脾氣有時會讓妳受不了吧？」安德烈公爵突然問道。

這個問題令瑪麗亞公爵小姐訝異不已，甚至感到惶恐。

「我……我？我受不了？」她說。

「他向來嚴厲，而現在更是專橫了，我是這麼認為的。」安德烈公爵說，看來他如此輕浮地議論父親，是有意要刁難或考驗妹妹。

「你樣樣都好，安德烈，就是傲氣，」公爵小姐說，她幾乎是遵循自己的思路表達，而非與人談話，「這是極大的罪過。難道可以議論父親嗎？即使可以，對爸爸這樣的人，除了崇拜，還能有不同的感情嗎？和他在一起，我感到滿意，而且幸福！但願你們也和我一樣感到幸福。」

---

77 勞倫斯．斯特恩（Laurence Sterne，一七一三—一七六八），英國小說家。感傷主義文學代表，著有《項狄傳》（Tristram Shandy）、《感傷旅行》（A Sentimental Journey）。

哥哥不相信地搖了搖頭。

「只有一件事令我難以接受，我坦白地對你說，安德烈，那就是父親對宗教的看法。我不明白，他這麼有智慧的人，怎麼會看不清再明白不過的事，竟然那麼執迷不悟？這就是我的不幸。不過我近來觀察到，他態度有所改變的跡象。近來他對宗教的嘲笑不那麼刻薄了，而且他還接待了一名修士，兩人交談甚久。」

「嗯，我的朋友，我很擔心，妳和修士會白費力氣。」安德烈公爵嘲笑卻又親切地說道。

「啊，我的朋友，我只能向上帝禱告，希望祂能聽到我的祈求。安德烈，」她沉默了一會兒，膽怯說道，「我對你有一個重要的請求。」

「什麼呢，我的朋友？」

「不，你要答應我不會拒絕。完全不會徒增你的煩惱，也絲毫不會有損你的尊嚴，卻能讓我感到安慰。答應我吧，安德烈。」她說，頓時手伸進手提包，準備拿出一樣東西，不過仍不肯拿給他看，好像她拿著的就是與她的請求有關，在請求得到允諾之前，她不願拿出來。

她以膽怯、懇求的目光看著哥哥。

「即使會為我帶來麻煩……」安德烈公爵回答道，彷彿在猜想，究竟是怎麼回事。

「隨你怎麼想！我知道，你和爸爸是一樣的人。隨你怎麼想，但為了我。請答應我！這還是我父親的父親，也就是我們的祖父，在經歷過的戰爭中帶在身上的……」她還是沒有拿出來。「那你答應我嗎？」

「當然，是怎麼回事啊？」

「安德烈，我要用這聖像為你祝福，你要答應我，永遠不取下來……答應嗎？」

「如果不到兩普特[78]重，戴著脖子不會痛……為了讓妳滿意……」安德烈公爵說，但他當即發覺，在他這麼開玩笑之際，妹妹臉上流露出悲傷的神情，他懊悔了。「我很高興，真的，很高興，我的朋友。」他連聲說道。

「這聖像將違背你的意志拯救你、保佑你，讓你回到家裡，因為只有它包含真理和平安。」她說，激動得聲音發顫，她在哥哥面前以莊嚴的神態雙手捧著面色黝黑、身披銀質衣飾的救世主橢圓形古老聖像，它繫在一條作工精緻的銀鏈上。

她畫了十字，親了聖像，交給了安德烈。

「請拿著，安德烈，為了我……」

她的大眼放射出善良、靦腆的光輝。這雙眼睛使她整個病態、消瘦的面龐煥發光彩，變得非常美麗。哥哥伸手想拿聖像，她卻制止他。安德烈明白了，他畫了十字，親了聖像。他的神情既溫柔（他被感動了），同時又帶有嘲笑的意味。

「謝謝妳，我的朋友。」

她親吻他的前額，又在沙發上坐下。兩人默然無語。

「我對你說過，安德烈，做個善良而寬大的人吧，你一直是這樣的人。不要苛求麗莎，」她開始說道，「她那麼可愛，那麼善良，而她現在的處境又很艱難。」

「我好像從未對妳說過什麼，瑪麗亞，也沒有責備自己的妻子有什麼不好或對她不滿。為什麼你老是

---

78 普特，俄國重量單位，相當於十六點三八公斤。

和我談這些呢？」

瑪麗亞公爵小姐的臉上泛起紅暈，她沉默了，似乎感到自己犯了錯誤。

「我從未對妳說過什麼，卻已經有人對妳說過了，我感到很悲傷。」

紅暈自此更明顯地在瑪麗亞公爵小姐的前額、脖子和面頰上出現。她想說什麼，卻說不出口。哥哥猜到了：公爵夫人在午餐後訴苦，說她預感到會難產，很恐慌，曾抱怨自己的命不好，抱怨公公和丈夫。她哭過就睡著了。安德烈公爵反而同情起妹妹。

「妳必須知道，瑪麗亞，我不能責備我的妻子有什麼不好，我沒有責備過也永遠不會責備她，自己在與妻子的關係上也沒有任何可以自責之處；這種情況將永遠持續下去，不論我的境況如何。但如果妳想知道實情……想知道，我是否幸福？不幸福。她是否幸福？不幸福。為什麼會這樣？我也不知道……」

他邊說邊站了起來，走到妹妹面前，彎腰親她的前額。他那一雙漂亮的眼睛閃耀著聰明而善良的少見光輝，但他不是看著妹妹，而是越過她的頭頂，望向那扇敞開的空洞的門。

「我們到她那裡去吧，我應該向她告別！或者妳先去，叫醒她，我隨後就來。彼得魯什卡。」他對侍從叫道。「過來，把東西拿走。這個放在座位裡，這個放到右邊。」

瑪麗亞公爵小姐站起來，朝門口走去。她停了下來。

「安德烈，要是你有信仰，你就可以向上帝禱告，祈求祂把你沒有感覺到的愛情賜予你，你的禱告會被聽到的。」

「哪有這種事！」安德烈公爵說。「去吧，瑪麗亞，我馬上就來。」

在前往妹妹房間的路上，在連接兩座房子的迴廊上，安德烈公爵遇到嫣然微笑的布里安娜小姐，她在這一天已是第三次帶著熱情而天真的微笑，在僻靜的過道裡與他不期而遇了。

「啊，我以為您在自己的房間裡。」她說，不知為什麼她臉紅了，低下了頭。

安德烈公爵嚴厲地看了看她。安德烈公爵的臉上頓時露出暴怒的神情。他什麼也沒說，卻朝她的前額和頭髮，而非朝她的眼睛，輕蔑地看了一眼，法國女人滿面通紅，一言不發地走開了。當他走近妹妹的房間時，公爵夫人已經醒了，從敞開的門裡傳來她那連珠砲似的歡樂說話聲。她在說話，一副忍受了很久的樣子，如今，她要把失去的時間補回來。

「不，您想想，老伯爵夫人祖博夫，一頭假髮，一口假牙，好像在嘲弄年齡似的……哈哈哈，瑪麗亞！」

關於祖博夫伯爵夫人的這些話以及敘述時所伴隨的笑聲，安德烈公爵當著外人的面，已從妻子的口中聽到不下五遍。他悄然走進房間。面色紅潤的豐腴的公爵夫人拿著針線活坐在扶手椅上，喋喋不休地逐一複述對彼得堡的回憶以及談話。安德烈公爵走過去，輕撫她的頭，問她旅途勞頓後休息夠了嗎。她回答後，又繼續原來的談話。

一輛六套馬車停在大門。外面是黑壓壓的秋夜。車夫看不見車轅。人們拿著燈籠在臺階上奔忙。高大府邸的窗戶無不亮著燈火。前廳裡聚集著要和年輕公爵道別的僕人們；家人都站在大廳裡：米哈伊爾·伊萬諾維奇、布里安娜小姐、瑪麗亞公爵小姐和公爵夫人。

安德烈公爵被叫到父親的書房，他想單獨和兒子道別。所有人都在等他們出來。安德烈公爵走進書房時，老公爵戴著老花眼鏡，穿著白色睡衣坐在桌旁寫信，除了兒子，他穿睡衣時不接待任何人。他回頭看了一眼。

「要走了？」他說著又寫了起來。

「我來辭行。」

「親吻這裡，」他指指面頰，「謝謝，謝謝！」

「您為什麼要謝我？」

「因為你沒有延期出發，沒有守著妻子的裙子。把軍人的職責放在首位。謝謝，謝謝！」於是他接著寫，只見簌簌的筆尖上墨水飛濺。「有話就說。我可以同時處理兩件事。」他補了一句。

「關於妻子……我已經很內疚了，把她託付給您……」

「胡說什麼？說些有用的。」

「我的妻子生產時，請您派人到莫斯科找個婦產科醫生來……要他待在這裡。」

老公爵停了下來，嚴峻的眼睛看似不解地望著兒子。

「我知道，誰也無法幫助她，如果造化不幫助她的話，」安德烈公爵近乎羞愧地說。「我同意，在一百萬事例中只有一例會是不幸的，不過，她和我都顧慮太多。人們對她說得太多，而她也夢見不好的事，所以很害怕。」

「嗯……嗯……」老公爵低聲說，繼續寫信。「我會處理的。」

他揮筆簽名，突然迅速轉身對著兒子，笑了起來。

「情況不妙，是吧？」

「什麼不妙，爸爸？」

「妻子！」老公爵簡短而意味深長地說道。

「我不明白。」安德烈公爵說。

「沒辦法，朋友，」公爵說，「她們都一樣，你總不能離婚吧。你別擔心；我不會對任何人說；只有你自己知道。」

他用瘦骨嶙峋的手一把抓住兒子的手，搖了搖，抬頭以他敏銳的目光直視兒子，這雙眼好像能把人看透，他再次冷冷地笑起來。

兒子嘆了口氣，用這聲嘆息承認，父親是理解他的。老人繼續以他慣常的敏捷動作折好信、封口，拿起火漆、印章和信紙，又扔開。

「能怎麼辦呢？她很漂亮！我會處理好一切。你放心。」在封信的時候他斷斷續續地說。

安德烈不作聲，父親的理解使他悲喜參半。老人站起來把信交給兒子。

「聽著，」他說，「別為妻子操心：能處理好的事，我會處理好。現在聽我說：把這封信交給庫圖佐夫。我寫信請他把你安排在合適的位置，不要長期留在他身邊當副官：那是沒有前景的差事！你對他說，我記著他、愛他。要寫信告訴我，他對你如何。不錯的話，你就繼續下去。尼古拉・安德烈耶維奇・鮑爾康斯基的兒子絕不委曲求全地在任何人手下做事。哎，現在你過來。」

他說話的速度飛快，有些話說不到一半，但兒子習慣了，能明白他的意思。他把兒子領到寫字檯前，掀開蓋子，拉出抽屜，取出筆記本，裡面用粗長緊湊的筆跡寫滿字。

「我想必會比你早死。記住，這裡有我的回憶錄，在我死後呈交給皇上。還有一張證券和一封信：這是給將來寫出蘇沃洛夫戰爭史的作者的獎金。要寄給科學院。這裡是我的筆記，我死後你自己留著，對你是有幫助的。」

安德烈沒對父親說，他會活得長長久久。他明白，這是不必說的。

「一切遵命，爸爸，」他說。

「好，那麼，再見了！」他讓兒子親了自己的手，又擁抱他。「記住一點，安德烈公爵：如果你戰死，我這個老頭會很悲痛的……」他陡然沉默了，猛地又高聲道，「要是我知道，你的行為不像是尼古拉・鮑爾康斯基的兒子，我會感到……恥辱！」他嚷道。

「這話您不必對我說啊，爸爸。」兒子微笑著說。

老人不作聲了。

「我還想請求您，」安德烈公爵接著說道，「萬一我戰死，而我有了一個兒子，不要讓他離開您，就像我昨天對您說過的，讓他在您身邊成長……務必。」

「不交給妻子？」老人說，笑了起來。

他們默默相視而立。老人那雙敏銳的眼睛直視兒子。老公爵下半部的臉上某個部位顫抖了一下。

「告別過了……走吧！」他突然說。「走吧！」他生氣吼道，旋即打開書房的門。

「什麼事，怎麼了？」公爵夫人和公爵小姐問道，她們看到安德烈公爵以及老人霎時探出門外的身影，他身穿白色睡衣，未戴假髮，戴著一副老花眼鏡正憤怒大吼。

安德烈公爵嘆了口氣，一言不發。

「好了，」他轉身對妻子說，這聲「好了」聽起來像是冷冷的嘲諷，彷彿在說：「現在您想做什麼就做什麼吧」。

「安德烈，怎麼，就這麼走了？」公爵夫人問道，她臉色慘白，驚訝地望著丈夫。

他擁抱了她。她驚叫一聲，暈倒在他肩上。

她撲在他肩上，他則小心翼翼地挪開肩膀，看看她的臉，愛憐地扶她到扶手椅上坐下。

「再見，瑪麗亞。」他輕輕對妹妹說，和她手挽手地親吻了一下，接著快步走出房間。

公爵夫人躺在扶手椅上，布里安娜小姐正為她揉太陽穴。

瑪麗亞公爵小姐扶著嫂子，一雙哭紅了的美麗眼睛仍望著安德烈公爵走出去的門口，手畫十字為他祈禱。書房裡，一陣又一陣槍響似的，傳來老人連續不斷地、氣沖沖地擤鼻涕的聲音。安德烈公爵一走，書房門很快就開了，老人穿著白睡衣的嚴厲身影向外張望了一下。

「走了？那就好！」他說，忿忿地看了一眼失去知覺的公爵夫人，責備似地搖搖頭，砰地關上了門。

第二章

一

一八〇五年十月，俄國軍隊進駐奧地利大公國的鄉村和城鎮，而後又有其他部隊自俄國陸續前來，駐紮在布勞瑙要塞附近，他們住宿在當地民宅，因而加重了居民的負擔。總司令庫圖佐夫的司令部便設在布勞瑙。

一八〇五年十月十一日，剛抵達布勞瑙的步兵部隊的一個軍團駐紮在城外半哩處，正等待總司令閱兵。儘管所在地和環境不同於俄國，周圍淨是果園、石砌牆、鋪瓦的屋頂和遠方連綿的群山，儘管周圍的人不是俄國人，而且好奇地盯著士兵們，這個軍團的軍容比起在俄國國內準備接受閱兵的任何一支部隊都毫不遜色。

傍晚，在最後一次行軍途中接到命令，總司令即將檢閱行軍中的部隊。雖然團長覺得命令的措詞含糊，因而有所疑慮，不知該怎麼理解這只命令的意思：要穿行軍服或是不穿，但在營長會議上仍做出決定，讓部隊穿閱兵服參加檢閱，理由是合乎禮儀。於是士兵們在經過三十俄里的行軍之後，一刻也無法閉眼休息，通宵縫補、洗刷衣物；副官和連長進行評估、取捨；到了早晨，這個團已不再是昨天最後一次行軍時的散漫無序，而是含括兩千人的整肅軍容，每個人都知道自己的位置、自己的職責，每個人身上的每顆鈕釦和皮帶都合乎要求，很是整潔。不僅外表嶄新，而且只要總司令願意看看軍服內裡，他會發現，每個人都穿著乾淨的襯衫，行軍背包裡亦都裝有符合規定的軍備品，像士兵們所說的，裝著「小錐子和小肥皀」。只有一件事任誰也放心不下。那就是鞋。半數以上的人穿著破爛的靴子。然而這項缺失不能歸咎於團長，因為他雖然一再要求，奧地利軍需部門就是沒有發配相關物資，而這個軍團不久前才完成一千俄里的長途跋涉。

團長是上了年紀、容易激動、鬚眉皆白的將軍，他身強體壯，胸背之間的厚度大於兩肩寬度。他身穿嶄新、筆挺的軍裝，配戴鮮豔的金色肩章，肩章彷彿並未下斜，反而將他豐滿的雙肩抬得更高。團長的神氣猶如他正圓滿完成一生中極其壯麗的事業。他在佇列前來回走動，每走一步便顫動一下，微微弓著背。看來團長是在欣賞自己的團隊，並為此感到滿足，他的心血都傾注在這個軍團；儘管如此，他那微微顫動的步態似乎正說明，除了軍事之外，他對上流社會的生活和女性的興趣也不在話下。

「喂，米哈伊洛．米特里奇老弟，」他對一名營長說道（營長微笑著向前跨出一步，顯然，他們都感到振奮），「昨天夜裡受罪了。不過，好像還行，這個團不差，是吧？」

營長明白，這是在打趣，便笑了起來。

「就算是在皇家草場[79]，也不會趕我們走。」

「你說什麼？」團長說。

這時，在分布著信號兵的進城路上，來了兩個騎馬的人，那是副官和一名跟在後頭的哥薩克。副官是受總參謀部的派遣，前來向團長澄清昨天的命令中傳達得不夠清楚之處，也就是說，總司令希望看到該團完全處於行軍時的狀態——身穿軍大衣、揹上軍背包，不要有任何準備。

昨天，奧地利御前軍事會議的一名成員從維也納來見庫圖佐夫，提出盡快和斐迪南大公[80]和馬克[81]的軍隊會師的建議和要求，庫圖佐夫並不認為會師有利，為了說明自己的想法，除了其他論據，他還想讓這位奧地利將軍看看遠道而來的俄軍悲慘處境。為此他才想前來探望部隊，所以部隊的情況愈落魄，總司令就會愈滿意。儘管副官並不了解這些內情，然而他向團長傳達了總司令不容違抗的命令，官兵一律穿軍大衣、揹上軍背包，否則總司令是不會滿意的。

聽了這些話，團長低下頭，默默聳起雙肩，激動地攤開雙手。

「一切都白搭了！」他說。「我對你說過吧，米哈伊洛．米特里奇，既然說是行軍中的部隊，那就要穿軍大衣，」他對營長抱怨道。「啊，我的上帝！」他又說，堅決地往前跨了一步。「連長先生們！」他以慣於發號施令的口氣叫道。「把連副都叫來……總司令快到了嗎？」他神態恭敬地詢問那名副官，顯然這是對他所提到的那位大人物的恭敬。

「再過一個小時，我想。」

「來得及換裝嗎？」

「我不知道，將軍……」

團長親自走到佇列前方，命令所有人換裝，改穿軍大衣。而連長則各自跑回連隊，連副紛紛忙碌了起

---

79 皇家草場是彼得堡的一處廣場。從葉卡捷琳娜二世起，是舉行盛大閱兵的場所，後改名瑪律斯廣場（瑪律斯是羅馬神話中的戰神）。

80 斐迪南大公（一七八二—？），一八〇五年曾任烏爾姆奧軍總司令，但只是掛名，實際指揮的是馬克元帥。

81 馬克．馮．萊貝里希（一七五二—一八二八），奧地利元帥。一八〇五年十月二十日，率三萬奧軍在烏爾姆向拿破崙的部隊投降，從而使庫圖佐夫統率下前來和奧軍會師的五萬俄軍陷入困境，庫圖佐夫不得不單獨面對二十萬法軍。馬克被釋放，條件是不與拿破崙作戰，並將拿破崙願和奧地利議和的資訊帶給奧地利政府。

來（軍大衣還沒有準備好呢），於是原本整齊肅穆的一個個方隊立刻蠕動起來，隊形鬆散，響起了嘈雜的說話聲。四面八方只見士兵來去奔跑，一隻肩膀向前一聳，從頭上卸下軍背包，取出軍大衣，高高舉起手臂往袖子裡套。

半個小時以後一切又恢復原狀，只是方隊伍一律從黑色變成灰色。團長又以顫動的步態走到全團前面，從遠處打量部隊。

「這又怎麼了？這是怎麼了？」他停住腳步，大聲叫道，「第三連連長！……」

「第三連連長來見將軍！叫連長去見將軍，第三連的連長去見將軍！」佇列裡響起傳話聲，副官連忙去找那個磨蹭的軍官。

傳話聲此起彼落，待傳到第三連連長耳中時，已變成「將軍去見第三連」了，而被傳喚的軍官從連隊後方出現，他雖已上了年紀，不慣於奔跑，仍笨拙地踮起腳，顛簸地一路小跑來到將軍面前。這名上尉神色慌張，就像在課堂上回答不出問題的小學生一樣。他通紅的（顯然由於飲酒過量）臉上浮現出一個個紅斑，噤若寒蟬。在上尉氣喘吁吁地逐漸放慢腳步走近時，團長從腳到頭打量著他。

「您簡直是讓戰士們穿連身裙吧？這是怎麼一回事？」團長叫道，他略抬起下巴指向三連的一個士兵，他的軍大衣顏色與眾不同，顯然是工廠生產的呢子的顏色。「您剛才去哪裡了？總司令眼看就要到了，您卻離開自己的崗位？啊？我該教教您，怎麼把戰士打扮成哥薩克，再來參加閱兵！是嗎？」

連長目不轉睛地看著長官，兩根手指愈來愈使勁地貼著帽簷，彷彿他覺得，只有這麼使勁才能讓自己得救。

「喂，您為什麼不回答？那個打扮得像匈牙利人的，是誰？」團長嚴厲地打趣道。

「閣下……」

「哦，什麼是『閣下』？閣下！閣下！什麼是閣下——誰也不知道。」

「閣下，那是多洛霍夫，那個降為……」上尉小聲說道。

「什麼，他降為元帥了，是嗎？還是降為士兵？是士兵，那就一定要和大家一樣，依規定著裝。」

「閣下，您親自准許他任意著裝的。」

「准許？我准許了？你們年輕人哪，總是這樣。」團長說，稍微冷靜了一些。「准許？只要對你們說點兒什麼，你們就……」團長沉默了一會兒。「只要對你們說點什麼，你們就……什麼？」他說，又要發火了。「請您讓士兵依要求著裝……」

於是團長回頭看了副官一眼，用他那顛簸的步態朝隊伍走來。顯然，他這麼發火令他自己感到痛快，所以在隊伍前走過時，仍想為自己再找個發火的藉口。他厲聲訓斥一名軍官沒有把徽章擦乾淨，因為佇列不整齊又訓斥了另一名軍官，然後他來到第三連。

「你是怎麼站的？腿在哪裡，把腿放在哪裡了？」團長痛心疾首地大聲吼道，這時他離身穿淺藍色軍大衣的多洛霍夫還隔著四五個人。

多洛霍夫緩緩地把弓起的腿伸直，他那明亮、放肆的目光直視將軍。

「為什麼穿藍色軍大衣？脫掉！連副！讓他換裝。混……」他還來不及把話說完。

「將軍，我有義務執行命令，但沒有義務忍受……」多洛霍夫連忙說。

「佇列裡不准說話！不准說話，不准說話！」

「沒有義務忍受侮辱。」多洛霍夫響亮而清晰地說完話。

將軍和士兵的目光相遇了。將軍未作聲，悻悻地往下拉著勒緊的武裝帶。

「請您換裝，請求您了。」他離開時說。

二

「來了！」這時信號兵喊叫起來。

團長脹紅了臉，跑到馬匹所在之處，以顫抖的手抓住馬鐙旋身上馬，端正姿勢，拔出佩劍，帶著興奮和堅決的表情開口，準備高喊口令。全團像振翅欲飛的鳥兒，猛地一振，肅靜下來。

「立——正！」團長以震撼人心的聲音喊道，這聲音是他內心愉悅的歡呼，對全團是嚴厲的命令，對光臨的首長則是致敬。

沿著兩旁栽種樹木的寬闊泥土路上，只見一輛高高的藍色維也納馬車駕駛縱列的馬匹，彈簧發出輕微的吱吱聲疾馳而來。跟在車後的是騎馬的侍從和克羅埃西亞[82]衛兵。庫圖佐夫身旁坐著一位奧地利將軍，他身穿在俄國人的黑色軍服中顯得凸出的白色軍服。庫圖佐夫和奧地利將軍正悄悄交談著什麼，庫圖佐夫微微一笑，這時他的一隻腳正沉重地跨下踏板，彷彿屏息注視著他和奧地利將軍的那兩千官兵並不存在似的。

口令聲響起，全團又唰的一聲，舉槍致敬。在死寂中傳來總司令微弱的聲音。全團吼了一聲：「祝——您健康，閣下！」於是一切又歸於寂靜。一開始，當部隊仍操演著軍事動作時，庫圖佐夫原地不

82 克羅埃西亞當時屬奧地利版圖。

動；然後，庫圖佐夫和白衣將軍在侍從的陪同下，並肩沿著佇列走過。

看著團長身姿筆挺、神情莊重地向總司令舉手敬禮，凝目注視，身體略微前傾，跟隨兩位將軍在佇列前走過，並勉強控制顫動的步態，隨總司令的每句話、每個動作而大步地趕上前去——不言而喻的是，他在履行下屬的職責時，比履行長官的職責更是滿懷喜悅。由於團長的嚴格和盡職，該團狀況極好，優於當時來到布勞瑙的其他部隊。脫隊和生病的士兵只有二百一十七人。一切都十分得體，只有鞋子例外。

庫圖佐夫在佇列前走了過去，偶爾停下來，對他在土耳其戰爭中接觸過的那些軍官、有時也對士兵說幾句親切的話語。一看到鞋子，他幾次憂傷地搖搖頭，並指給奧地利將軍看，他的表情似乎在說，在這方面他並不抱怨任何人，但不能忽視這情況有多麼嚴重。此時，團長每每跑上前去，唯恐遺漏總司令所說的任何關於該團的事情。在庫圖佐夫後方大約有二十名侍從，保持著任何低語都能聽到的距離。侍從彼此交談，時而笑出聲。離總司令最近的是一名好看的副官。那便是鮑爾康斯基公爵。與他並行的，是他的同事涅斯維茨基，他是位高個子校官，特別胖，和善漂亮的臉上經常帶著微笑。有一雙水汪汪的眼睛。涅斯維茨基勉強忍住，不被走在他身邊的那位面色稍黑的驃騎兵軍官逗得笑出聲來。驃騎兵軍官面色凝重，一雙眼睛未流露任何感情，擺出一本正經的面孔望著團長的背影，同時模仿他的一舉一動。每當團長顫動一下向前彎腰之際，驃騎兵軍官也同樣維妙維肖地顫動一下向前彎腰。涅斯維茨基邊笑邊捅著別人，要他們也看看那個滑稽的人。

庫圖佐夫緩慢且無精打采的走過緊盯著他的千百雙眼睛。走到第三連，他突然停了下來。這一停步，出乎侍從們的意料之外，他們不由自主地朝他擠了過去。

「啊，季莫欣！」總司令說，他認出了因藍色軍大衣而挨訓的那個紅鼻子上尉。

適才團長訓斥時，季莫欣已竭力挺直身子。但在總司令對他說話的此刻，上尉更是挺直全身，似乎總司令只要再看他一會兒，上尉就會支撐不住；庫圖佐夫看似理解他的處境，出於一番好意，急忙轉過頭去。在庫圖佐夫微胖且有一道傷疤的臉上掠過一絲難以察覺的微笑。

「另一名在伊茲梅爾[83]時的戰友。」他說。「一名勇敢的軍官！你對他滿意嗎？」庫圖佐夫問團長。

於是團長完全沒注意到後方的驃騎兵軍官正在模仿他，他顫動了一下，走上前去回答道：

「很滿意，閣下。」

「人難免都有缺點，」庫圖佐夫說，微笑著走開。「他崇拜巴克科斯[84]。」

團長相當惶恐，這是不是在歸咎於他呢，便沒有答話。驃騎兵軍官這時注意到縮著肚子的紅鼻子少尉的臉，更是用心模仿，以致涅斯維茨基忍俊不住。庫圖佐夫回頭看了一下。顯然，那位軍官能隨意控制自己的表情：庫圖佐夫一回頭，軍官就扮了個鬼臉，隨即擺出極嚴肅、恭敬和一臉無辜的樣子。

第三連是最後一個連隊，庫圖佐夫不住沉思了起來，好像在回憶什麼。安德烈公爵從侍從中走出來，用法語悄聲提醒：

「您曾吩咐，要提醒您被降職的多洛霍夫在這個軍團裡。」

「多洛霍夫在哪裡？」庫圖佐夫問道。

多洛霍夫已換上士兵的灰色軍大衣，沒料到會叫喚他。只見一個身材挺拔，有一雙明亮藍眼睛的金髮

---

83 庫圖佐夫曾於一七九〇年十二月參加攻克土耳其要塞伊茲梅爾的戰役。

84 巴克科斯是希臘神話中酒神狄俄尼索斯的別名。

士兵從佇列裡走了出來。他上前向總司令舉手敬禮。

「有什麼要求嗎？」庫圖佐夫微微皺眉問道。

「這是多洛霍夫。」安德烈公爵說。

「啊！」庫圖佐夫說。「我希望，這個教訓能使你改正錯誤，好好努力。皇上是仁慈的。我也不會忘記你，只要你有出色的表現。」

明亮的藍眼睛放肆地望著總司令，就像望著團長時一樣，看似要用自己的表情撕開將總司令和士兵分隔如此遙遠的虛禮帷幕。

「我只有一個請求，大人，」他以響亮而堅定、從容的語調說道。「請給我機會補償並證明我對皇帝陛下和俄羅斯的忠誠。」

庫圖佐夫把臉轉向一邊。就像在季莫欣少尉面前轉過頭去一樣，他的臉上掠過同樣的笑意。他別開臉，微皺起眉頭，看似要以此表明，多洛霍夫對他所說的一切，以及可能對他說的一切，他早已、早已知道，這一切令他感到厭煩，而且是完全不用言說的。他掉頭朝馬車走去。

整團依連隊分開，向離開布勞瑙不遠的指定駐地出發。希望在布勞瑙換上鞋子和衣服，並在艱難的長途行軍之後得到休息。

「請您不要見怪，季莫欣！」團長趕上前往駐地的第三連，來到走在連隊前面的季莫欣少尉跟前說道。在閱兵順利結束之後，團長的臉上露出按捺不住的喜悅。「您真棒……我不能……下次在佇列中再口不擇言……我一定會先道歉，您是了解我的……非常感謝！」於是他向連長伸出了手。

「別這麼說，將軍，我怎麼敢怪您！」少尉說，鼻子發紅了，他微笑著，露出的門牙缺了兩顆，那是在伊茲梅爾之戰中被槍托砸掉的。

「請轉告多洛霍夫先生，我不會忘記他，請他放心。請告訴我，我一直想問問，他表現如何？還有……」

「在軍務上很出色，閣下……就是脾氣……」季莫欣說。

「怎麼，脾氣怎麼樣？」團長問道。

「他呀，閣下，天天在變。」少尉說，「有時既聰明又有教養，人也善良。有時簡直是野獸。在波蘭差點打死一個猶太人，您看看……」

「是啊，是啊，」團長說，「對遭逢不幸的年輕人還是要同情，要知道，他可是有背景的……所以您就……」

「是，閣下。」季莫欣說，他的微笑使人感到，他對長官的言下之意心領神會。

「那好，那好。」

團長在隊伍裡找到多洛霍夫，便勒住馬。

「等到一開戰，你就有肩章了。」團長對他說。

多洛霍夫回頭看看，一言不發，他嘲諷地微笑著，嘴角的表情依然未變。

「好，這樣就好，」團長接著說道。「弟兄們，我請每人喝杯酒。」他又高聲說道，要讓士兵們都聽得見。「謝謝大家！感謝上帝！」於是他趕過第三連，來到另一個連隊。

「不錯，他真是個好人，是可以和他共事的。」季莫欣對走在他身旁的一個連級軍官說。

「一句話，紅桃！……（團長的外號叫紅桃王[85]），」連級軍官笑著說。

閱兵後長官們的愉悅心情也感染了士兵。連隊開心地行進著。四面八方都聽得到士兵們交談的聲音。

「聽說庫圖佐夫是獨眼龍，一隻眼瞎了？」

「是啊！他是獨眼龍。」

「才不是呢……他的眼，老兄，比你還尖，把靴子和包腳布都看在眼裡了……」

「老弟，他看我的腳的時候……看吧！我想……」

「而另一位，和他在一起的那個奧地利人，好像用白灰抹過似的。像麵粉一樣雪白！看樣子，就像擦洗槍械一樣擦洗過！」

「喂，費德紹！……他說過什麼時候開戰嗎？你不是站得近些嗎？老是聽說，拿破崙本人就在布勞瑙。」

「拿破崙在那裡！少吹牛，傻瓜！他知道得一清二楚！現在普魯士人在暴動。奧地利人要鎮壓。一旦平定了，和拿破崙的戰爭才會開始。他卻說，拿破崙在布勞瑙！所以說他是傻瓜嘛，你多聽聽別人的話吧。」

「你看，什麼軍需官！第五連已經拐彎進村在熬粥了，我們卻還到不了駐地。」

「給我一些麵包，小鬼。」

「可是昨天你給過我菸草嗎？想想吧，老兄。喂，給你，拿去吧。」

「能休息一下就好了，否則還要餓著肚子再走五俄里。」

「要是德國人送馬車來，那才好呢。你索性坐上去，很神氣的！」

「而這裡，老弟，一般民眾都很囂張。那裡的好像都是波蘭人，卻是在俄國的統治下；現在，老弟，到處是德國人了。」

「合唱隊員們出列！」傳來少尉的喊聲。

大約二十個人從各個佇列裡出來，來到連隊前面。領唱的鼓手轉身面向合唱隊員，揚起一隻手，唱起聲調悠長的戰士歌曲，開頭是：「黎明初現，太陽東升……」結尾是：「我們親如兄弟，追隨父親卡敏斯基奪取光榮的勝利……」這首歌曲是在土耳其編寫的，現在來到奧地利，只改了一些歌詞，把「父親卡敏斯基」改成「父親庫圖佐夫」。

鼓手是四十歲左右、清瘦、英俊的士兵，他在唱完最後一段歌詞後，以戰士的果斷猛然把雙手一揮，彷彿把什麼東西拋灑在地上，他嚴厲地向合唱隊員掃視一眼，眯起雙眼。直到確信所有眼神都聚焦在他身上，於是他的雙手像在愛惜地把一個無形的珍寶捧到頭頂上，停頓了幾秒鐘，突然猛地擲下：

噢，我的穿堂，我的穿堂。

「我那新穎的穿堂……」二十個人應和唱了起來，演奏樂匙[86]者儘管裝備沉重，卻輕盈地跳了起來，在連隊前倒退著走，一邊搖晃雙肩，拿兩個樂匙威嚇他人。士兵們合著歌曲的節拍揮舞雙手，信步走動，自然而然地跟上腳步。這時只聽在連隊後面車聲轔轔、馬蹄噠噠、馬車彈簧吱吱作響。總司令庫圖佐夫正

---

85 俗稱紅桃老K。

86 樂匙是古老的俄羅斯打擊樂器，因狀似湯匙得名。

帶著侍從回城。總司令發出號令，要戰士們自由行動，庫圖佐夫和侍從們聽著歌聲，看著舞蹈的戰士和連隊中快活行進的士兵，臉上無不露出滿意的神情。馬車從該連右側趕過去，第二排右翼有一名藍眼睛的士兵很惹人注意，那是多洛霍夫，他尤為活躍且姿態優美地合著歌曲的節拍行進，望著從一旁經過的人們，他的表情像在為此時不與連隊一齊行進的所有人感到惋惜。庫圖佐夫侍從中那個曾模仿團長的驃騎兵少尉落在馬車後面，來到多洛霍夫跟前。

驃騎兵少尉熱爾科夫在彼得堡時，一度是以多洛霍夫為首的那個無事生非集團成員。熱爾科夫來到國外，曾遇見從軍的多洛霍夫。但當時認為沒有必要與他相認。現在，在庫圖佐夫與這名受降級處分的人談過話以後，他以老朋友的身分親近他。

「親愛的朋友，最近如何？」他在歌聲中問道，讓自己的馬和連隊齊步前進。

「我最近如何？」多洛霍夫冷淡地回答道。「你不是看到了嗎。」

熱爾科夫說話時那種故作輕快的腔調，和多洛霍夫刻意冷落的回答，在輕鬆活潑的歌聲中別具意味。

「你和長官相處得好嗎？」熱爾科夫問。

「還可以，都是一些好人。你是怎麼混進參謀部的？」

「暫時調來的，在值班。」

他們沉默了一會兒。

「她從右手的袖子裡放出一頭雄鷹，」歌中唱道，不覺激起振奮和愉快的情緒。如果他們不是在歌聲中交談，他們的談話想必是另一幅景象。

「奧地利人被打敗了，是真的嗎？」多洛霍夫問。

「誰知道呢，聽人這麼說。」

「我很開心。」多洛霍夫的回答簡潔明快，正如歌曲所表達的。

「好吧，哪天晚上到我們那裡去吧，你可以玩玩法拉昂[87]。」熱爾科夫說。

「你們錢很多吧？」

「你來吧。」

「不行，我發誓了，在未獲提升之前，不喝酒、不賭博。」

「也好，等到開戰……」

「到時候再看看吧。」

他們又沉默了一會兒。

「你需要什麼就來吧，在參謀部裡一切都好辦……」

多洛霍夫冷冷一笑。

「你不必費心。我需要什麼，是不會求人的，我自己有辦法。」

「好，我也只是隨口說說。」

「是啊，我也是隨口說說。」

「再見。」

「再見……」

---

87 是一種紙牌賭博。

……飛得又高又遠，

飛往自己的家鄉……

熱爾科夫用馬刺催促馬匹，馬當下躁動了起來，四蹄亂踏，不知如何邁步，終於飛奔而去，趕過連隊，配合著歌曲的節拍，追趕馬車去了。

三

庫圖佐夫閱兵回來，在奧地利將軍的陪同下回到辦公室，他喚來副官，吩咐調閱與來自國內部隊的情況有關的資料，以及指揮先行部隊的斐迪南大公的來函。安德烈．鮑爾康斯基公爵帶著所需資料走進總司令辦公室。庫圖佐夫和奧地利那位御前軍事會議的成員坐在桌上展開的一幅作戰地圖前。

「啊……」庫圖佐夫回頭望著安德烈說，似乎是請副官稍候，接著用法語繼續已開始的談話。

「我只說一件事，將軍，」庫圖佐夫說，他那令人愉快的優雅措詞和語調使人不得不傾聽他從容道來的每句話。顯然，庫圖佐夫本人也在自我欣賞。「如果問題取決於我個人的意願，那麼弗蘭茨皇帝陛下的旨意早就被執行了。我早已和大公會師了。請相信我的誠意：我個人樂於把軍隊的最高指揮權移交給比我更深諳軍情、更優秀的將軍，而在奧地利，這樣的將軍是數不勝數的，而我也就可以卸下如此重大的責任，何樂而不為呢？可是，形勢往往比人強，將軍。」

庫圖佐夫微微一笑，他的表情似乎在說：「您有充分的理由不相信我的話，而且您相信與否，我是毫不在意的，可是您沒有根據便對我這麼說。而這正是關鍵所在。」

奧地利將軍面露不悅，但他不得不以同樣的方式回答庫圖佐夫。

「正好相反，」他以埋怨和氣憤的語調說道，這語調和他話語中的奉承意味相互矛盾，「正好相反，閣下參與這場戰爭是陛下高度認可的；但是我們認為，目前的拖延會使光榮的俄國軍隊及其總司令失去他們過往在戰鬥中獲得的榮譽。」他最後的這句話顯然是預先準備好的。

庫圖佐夫點了點頭，不過他的笑容未變。

「但我深信，而且根據斐迪南大公殿下最近的來函，我敢斷定，奧地利軍隊在馬克將軍這高明的助手指揮下，已取得決定性的勝利，不再需要我們的支援。」庫圖佐夫說。

將軍皺起眉頭。雖然尚未收到奧軍失敗的可靠消息，但是有太多的情況可以證實廣泛流傳的戰局不利傳言；因而庫圖佐夫關於奧軍獲勝的斷言如同嘲諷。只是，庫圖佐夫依舊謙和地微笑著，彷彿在說，他的斷言是有根據的。的確，他收到的來自馬克軍中的最後一封信，向他通報了勝利和對軍隊極其有利的戰略態勢。

「把那封信拿來，」庫圖佐夫對安德烈公爵說，「請注意，」於是庫圖佐夫嘴角含著嘲諷的微笑，用德語把斐迪南大公來信中如下一段念給奧地利將軍聽：「我們完全集中兵力，約七萬之眾，若敵軍渡過萊希河，我軍便可發動攻勢，擊潰敵軍。由於我們已占領烏爾姆，因而占有控制多瑙河兩岸的有利態勢，由此可見，在敵軍不渡萊希河的情況下，我們隨時可以渡過多瑙河攻擊敵軍的交通線，再從下游渡過多瑙河折返，並保證敵人在集中全力轉而進攻我們忠誠的盟軍時，其企圖無法得逞。因此，我們提高警覺、等待時機，在俄羅斯帝國的軍隊做好充分準備後，能夠輕而易舉地共同待機殲敵，使之得到應得的下場。」[88]

庫圖佐夫念完這一段，沉重地喘了口氣，專注而親切地看看御前軍事會議的成員。

「不過您知道，閣下，您應該知道，要做最壞的打算。」奧地利將軍說道，看來他想結束戲謔、開始商談正事。

他不滿地回頭看了眼副官。

「請原諒，將軍，」庫圖佐夫打斷他的話，也向安德烈公爵轉過頭來。「這樣，孩子，你去向科茲洛夫斯基要來偵察員所蒐集的情報。這是諾斯蒂茨伯爵捎來的兩封信，而這是斐迪南大公殿下的來信，還有，」他說，順手遞給他幾份資料。「你根據這些資料，用法語簡明扼要地草擬一份備忘錄，以便了解奧軍行動的必要情報。好，就這樣，然後呈交這位大人過目。」

安德烈公爵低下頭，表示聽了最初的幾句話後，不僅理解他所說的話，而且理解了庫圖佐夫或許想對他說的話。他收起文件，向兩人微微鞠躬，靜靜踏著地毯走進接待室。

安德烈公爵儘管離開俄國不久，但在此期間已有了很大改變。在他的神情、舉止、步態中已看不出當初的做作、倦怠和懶散。他的神態表明，他沒有時間考量會給別人留下什麼印象，他只是為有意義的事盡心盡力。臉上所流露出的，都是對自己和戰友的滿意神情；微笑和眼神更令人愉快、有魅力了。

他在波蘭時，便趕上庫圖佐夫，而且受到他親切的接待，他允諾在論功行賞時絕不會忘記他，在所有副官中對他另眼相看，多次帶他前往維也納，並委以重任。庫圖佐夫在維也納曾寫信給自己的老戰友，亦即安德烈公爵的父親。

「令郎，」他寫道，「因其學識、堅強和能力，有望成為一名出類拔萃的軍官。我認為自己是幸運的，能擁有這樣的下屬。」

在庫圖佐夫參謀部的戰友中以及在部隊裡，安德烈公爵就像在彼得堡的社交界一樣，有截然不同的兩種名聲。少數一些人認為他與眾不同，期望他功成名就，願意服從他、尊敬他，並且以他為榜樣；安德烈

88 原文為德文。

公爵與這些人相處，顯得質樸且愉悅。另一些人，他們占多數，認為他妄自尊大、冷漠無情且令人厭惡。但對這些人，安德烈公爵善於自處，讓他們禁不住尊重他，甚至畏懼他。

安德烈公爵拿著文件從庫圖佐夫的辦公室來到接待室，碰到正在值班的副官科茲洛夫斯基，他坐在窗下看書。

「什麼事，公爵？」科茲洛夫斯基問道。

「奉命草擬一份報告，說明我們為什麼不再前進。」

「為什麼呢？」

安德烈公爵聳聳肩。

「沒有馬克的消息嗎？」科茲洛夫斯基問。

「沒有。」

「要是他真的被擊潰了，應該有消息啊。」

「那倒是。」安德烈公爵說著便向門口走去；未想就在這時，在他對面有個人砰地帶上門，快步走進接待室，顯然是外來者，這是一名身材高瘦的奧地利將軍，身穿禮服，頭上纏著黑色手絹，脖子上掛著瑪麗亞特雷西亞勳章。安德烈公爵站住了。

「庫圖佐夫上將？」這位奧地利將軍當下問道，帶著明顯的德語口音，他左右張望，毫不遲疑地朝辦公室門口走去。

「上將有事，」科茲洛夫斯基說，急忙來到陌生將軍面前，攔住他的去路。「請問，我該如何向庫圖佐夫將軍通報？」

陌生的將軍從上到下輕蔑地打量個子不高的科茲洛夫斯基，似乎感到驚訝，居然有人不認識他。

「上將有事。」科茲洛夫斯基平靜說。

將軍面色沉了下來，他的雙唇猛地一動，顫抖起來。他拿出筆記本，用鉛筆迅速寫了幾個字，撕下來遞給他，接著快步走到窗前，跌坐在椅子上，他環顧接待室裡的人，好像在問，為什麼他們要看著他？後來將軍抬起頭，伸長脖子，似乎想說什麼，但立刻又看似漫不經心地暗暗地小聲哼起歌曲，發出一種奇怪的聲音，隨即中斷。辦公室的門開了，庫圖佐夫出現在門口。頭上纏著手絹的將軍，彷彿逃難似的，弓著身子邁動兩條瘦長的腿，快步來到庫圖佐夫面前。

「您所見到的，是不幸的馬克。」他迫不及待說道。

庫圖佐夫站在門口，面色有那麼一會兒完全僵住了。隨後皺紋像波浪似的在他臉上一閃而過，前額舒展開了；他恭敬低下頭，閉上眼睛，默默地讓過馬克，自己隨手帶上門。

先前廣為流傳的關於奧軍被擊潰、在烏爾姆城下全軍投降的傳聞原來是真的。半小時後，副官們奉命分頭出發，說明至今尚未採取任何行動的俄軍即將與敵軍交手。

安德烈公爵在參謀部裡，是少數關心大局的軍官之一。看到馬克，聽到他戰敗的詳情之後，他很清楚，戰役已輸了一半，更明白俄軍的處境是多麼困難，他想像得到軍隊的前景，以及他在部隊中應扮演的角色。他想到自命不凡的奧地利潰敗，想到也許一個星期後他將目睹並參加法俄兩軍在蘇沃洛夫之後的第一次對決，不覺感到既激動又興奮。但他擔心優秀的拿破崙可能比俄軍的英勇氣概更為強勢，同時又不願設想自己心目中的英雄會蒙受戰敗的恥辱。

因這些想法而激動難平的安德烈公爵回到自己的房間寫信給父親，這是他每天的例行事務。在走廊上，他碰到同房的涅斯維茨基和幽默的熱爾科夫，他們像平常一樣，不知在笑著什麼。

「為什麼你看起這麼悶悶不樂？」涅斯維茨基問道，他注意到安德烈公爵面色凝重，眼神發亮。

「沒什麼好高興的。」安德烈回答。

在安德烈公爵碰到涅斯維茨基和熱爾科夫的同時，走廊的另一頭迎面走來施特勞赫和昨天剛抵達的御前軍事會議成員，施特勞赫是奧地利將軍，職責是監督庫圖佐夫參謀部的糧食供應。寬闊的走廊明明有足夠的空間讓將軍們和三名軍官彼此讓道、自由通過；未想熱爾科夫竟推開涅斯維茨基，氣喘吁吁地說：

「他們來了……他們來了……你們靠邊，讓路！請吧，這邊走！」

將軍們走了過去，希望避免煩人的禮節。幽默的熱爾科夫卻不期然露出一臉傻笑，一副高興得難以自抑的樣子。

「閣下，」他走上前去，對一位奧地利將軍用德語說道。「我謹向您祝賀。」

他低下頭，像學跳舞的孩子一樣面露羞澀、雀躍的表達恭維之意。

擔任御前軍事會議成員的將軍則嚴厲地打量他；見他傻里傻氣笑得真誠，不得不關注一下他。他瞇起眼睛表示聆聽。

「我謹向您祝賀，馬克將軍來了，幸而無恙，只是這裡不小心受傷。」他滿面笑容地指著自己的頭補充道。

將軍皺起眉頭，轉身離開。

「天哪，太幼稚！」[89]他走了幾步，悻悻然說。

涅斯維茨基抱著安德烈公爵哈哈大笑，安德烈面色卻更顯蒼白，他滿面怒容地推他一把，來到熱爾科夫面前。馬克的樣子、關於他兵敗的消息以及對俄軍處境的考量所引起的神經質憤懣，在對熱爾科夫不合時宜的玩笑中得到宣洩。

「如果您，親愛的先生，」他厲聲說道，下巴微微發顫，「想做個小丑，那我不能妨礙您；但我要警告您，如果您膽敢再當著我的面輕舉妄動，我會好好教訓您怎麼做人。」

這種態度讓涅斯維茨基和熱爾科夫相當震驚，目瞪口呆地望著安德烈，說不出話來。

「怎麼了，我只是祝賀嘛。」熱爾科夫說。

「我不是在開玩笑，請您住嘴。」鮑爾康斯基吼道，他拉著涅斯維茨基的手，離開不知如何回應的熱爾科夫。

「喂，你是怎麼了？老兄。」涅斯維茨基勸道。

「什麼怎麼了？」安德烈公爵說，激動地站住。「你要明白，我們要麼是為沙皇和國家服務的軍官，因而為共同的勝利歡呼、為共同的失敗悲傷；要麼就是對主人的事漠不關心的奴僕。四萬人陣亡，我們的友軍被殲滅，而你們居然在這種時候開玩笑……一個無知頑童這麼做是可以被原諒的，就像你引為知己的那位先生，可是，對您就不可原諒，不可原諒。」他說，似乎是用這句法語來加調自己的看法。「只有頑童可以開這種玩笑。」安德烈公爵用俄語補充道，他說這個詞時帶有法國腔，因為他發覺，熱爾科夫仍聽得到。

他等了等，想知道少尉有什麼話要說。少尉卻只是轉身走出走廊。

89 原文為德文。

四

巴甫洛格勒驃騎兵團駐紮在離布勞瑙兩英里之處。貴族士官尼古拉·羅斯托夫所在的騎兵連被安置在德國人的村莊札爾采涅克。騎兵連連長傑尼索夫上尉以瓦西卡·傑尼索夫的名字聞名全師。他分配到村裡最好的房子。貴族士官羅斯托夫是在波蘭趕上驃騎兵團的，從那時起，便和連長住在一起。

十月八日，正是馬克兵敗的消息在總司令部驚動所有人的那一天，騎兵連連部的行軍生活一切平靜如常。羅斯托夫採辦糧草後，清晨騎馬歸來，通宵打牌的傑尼索夫尚未回到住處。羅斯托夫身穿士官軍服，催馬來到門口，以生氣勃勃的靈巧動作從馬後甩下一條腿，在馬鐙上站了一會兒，彷彿不願離開自己的馬，終於跳下馬來，喊了一聲通信兵。

「啊，邦達連科，親愛的朋友，」他對飛快朝馬跑過來的驃騎兵說。「牽出去遛一遛，朋友。」他以兄弟般柔和的語氣愉快地說道，高尚的年輕人在他們感到幸福的時刻，對所有的人都是這麼說話的。

「是，大人，」霍霍爾[90]愉快地點頭答應道。

「小心，好好地遛一遛！」

另一名驃騎兵也向馬跑了過來，不過邦達連科已經接過韁繩。看來這位士官給酒錢很大方，為他辦事是有好處可得的。羅斯托夫摸摸馬脖子，又拍拍馬的臀部，在臺階上停了下來。

「太好了，這會是一匹好馬！」他自言自語，又微笑著，手扶馬刀沿著臺階往上跑，馬刺叮叮作響。

德國房東穿著毛衣、戴著尖頂帽，拿著一把清除廄肥的叉子，從牛棚裡向外張望了一下。德國人一看到羅斯托夫，臉色驀地開朗了。他快活地笑了，並使了個眼色：「早安！早安！」[91]他反覆打招呼，對於向這個年輕人問好，他感到愉快。

「開工了啊！」羅斯托夫說，還是帶著那愉快、友愛的微笑，這微笑從未自他精神煥發的臉上消失過。「奧地利人萬歲！俄羅斯人萬歲！亞歷山大皇帝萬歲！」他衝著德國人，重複這個德國房東時常說的話。

德國人笑了起來，走出牛棚，一把扯下尖頂帽，在頭頂上揮舞一下，叫道：

「人類萬歲！」

羅斯托夫也像德國人，在頭頂上揮舞一下軍帽，笑著叫道「人類萬歲！」雖然對清掃牛棚的德國人和帶領一排人採購乾糧回來的羅斯托夫而言，沒有任何值得特別高興的理由，這兩人卻懷著幸福的喜悅和兄弟情誼彼此對看一眼，然後微笑分手——德國人回到牛棚，羅斯托夫則走進他和傑尼索夫共住的農舍。

「你的主人呢？」他問拉夫魯什卡，傑尼索夫那聞名全團的狡猾僕人。

「昨晚出去就沒回來，大概賭輸了，」拉夫魯什卡回答道。「我知道，他要是贏了，早就回來吹牛了，要是早上還不見人，一定是輸得精光，回來時氣呼呼的。您要咖啡嗎？」

「要，要。」

---

90 霍霍爾是對烏克蘭人的戲稱。
91 原文為德文。

十分鐘後，拉夫魯什卡端來咖啡。

「他回來了！」他說。「要倒楣了。」

羅斯托夫朝窗外一望，看到傑尼索夫回來了。傑尼索夫身材矮小，臉色赤紅，有一雙炯炯有神的黑眼睛，亂蓬蓬的黑鬍子、黑頭髮。他敞開驃騎兵披風，寬大的馬褲皺巴巴地往下墜，揉皺的軍帽戴在後腦勺上。他垂頭喪氣地來到門口。

「拉夫魯什卡，」他氣沖沖大喊道。「喂，來脫衣服，笨蛋！」

「我不是在脫嗎？」只聽拉夫魯什卡在回答。

「哦，你已經起床了。」傑尼索夫走進房間時說。

「早起床了，」羅斯托夫說，「我已經採購好糧草，還見到馬蒂爾達小姐。」

「是嗎！我輸得精光，輸得灰頭土臉！」傑尼索夫叫道，「倒楣透了！倒楣透了……你走了以後，就一直輸。喂，茶！」

傑尼索夫緊皺眉頭，似乎想笑，露出一口短而堅固的牙齒，開始用十指短小的雙手抓撓著像樹林一樣茂密的黑頭髮。

「鬼叫我去找這個大耗子（一名軍官的綽號），」他說，用雙手摩挲著自己的頭和臉，「你想想，他呀，連一張好牌，一張、一張好牌也沒給過我。」

傑尼索夫接過遞給他的菸斗，攥在拳頭裡，在地板上一敲，敲得火星四濺，接著嚷道：

「下單注他就讓，加倍下注就吃；下單注就讓，加倍下注就吃。」

他把火星敲得撒了一地，把菸斗敲斷，扔了。接著沉默了一會兒，突然，他那炯炯有神的黑眼快活地望著羅斯托夫。

「有女人就好了。要不，除了喝酒就沒什麼事了，還是趕快開戰吧……」

「喂，誰在那裡？」他轉頭望著門，他聽到有人穿著馬刺叮叮作響的厚重皮靴停住腳步，恭敬地咳嗽了一聲。

「是司務長。」拉夫魯什卡說。

傑尼索夫的眉頭鎖得更緊了。

「糟了。」他說，連忙把裝著幾枚金幣的錢包扔出來。「羅斯托夫，你數一數，好兄弟，還剩多少，再把錢包塞在枕頭底下。」他說完，就出去見司務長。

羅斯托夫拿起錢，未加思索便將新舊金幣分成兩小堆，數了起來。

「啊！捷利亞寧！您好！昨天他們讓我輸慘了。」從另一個房間傳來傑尼索夫的聲音。

「是誰？貝科夫，大耗子？我就知道。」另一道尖細的聲音說道，隨即捷利亞寧中尉走進房間，他是同連中身材矮小的軍官。

羅斯托夫把錢包丟在枕頭下，握住向他伸過來的濕潤小手。捷利亞寧是在出征前出於某種原因從近衛軍調過來的。他在軍團裡的表現很好；可是所有人都不喜歡他，尤其是羅斯托夫，他對這個名軍官懷有一種既無法克服，也無法掩飾的莫名厭惡。

「哎，如何，年輕的騎兵，我的小白嘴鴉還行吧？」他問。（小白嘴鴉是捷利亞寧賣給羅斯托夫的馬。）

中尉和別人交談時，從不正視對方的眼睛；他的一雙眼經常游移不定。

「我看到了，您今天騎過……」

「還不錯，是一匹好馬，」羅斯托夫答道，儘管他花七百盧布買下的這匹馬連這個價錢的一半也不值。「左前腿有點瘸了……」他加了一句。

「馬蹄裂了！沒關係。釘上馬蹄鐵就好了，我可以教您怎麼釘。」

「好，請您再教我。」羅斯托夫說。

「好，好，這不是什麼祕密。將來您會為這匹馬感謝我的。」

「那我去請人牽來。」羅斯托夫一逕想擺脫捷利亞寧，說完便出去吩咐牽馬。

此時，傑尼索夫人弓著背坐在屋外門口，一看到羅斯托夫，傑尼索夫皺起眉頭，用大拇指朝後方指指捷利亞寧所待的房間，疾首蹙額，厭惡得渾身哆嗦了一下。

「噢，我不喜歡這個傢伙。」他說，也不管司務長是否聽見。

羅斯托夫聳起雙肩，彷彿在說：「我也一樣，可是有什麼法子呢！」於是安排好馬匹的事情後，又回到捷利亞寧身邊去了。

捷利亞寧仍像羅斯托夫離開他時那樣懶洋洋地坐著，搓著一雙白淨的小手。

「真有這麼令人討厭的人。」羅斯托夫走進房間時心想。

「怎麼，吩咐牽馬了嗎？」捷利亞寧問道，一面站起來，漫不經心地四處張望著。

「吩咐了。」

「那我們這就去吧。我只是順便來向傑尼索夫打聽一下昨天的命令。您接到命令了嗎，傑尼索夫？」

「還沒有，您要去哪裡？」

「我要教這個年輕人釘馬蹄鐵。」捷利亞寧說。

他們來到外面的臺階上，走進馬廄，中尉先說明如何釘馬蹄鐵後，就回到屋裡了。

羅斯托夫回來時，只見桌上放著一瓶伏特加以及一根香腸。傑尼索夫坐在桌前，筆尖在紙上沙沙作響。他憂鬱地望看了一眼羅斯托夫。

「我正在寫信給她。」他說。

他把手臂支在桌上，拿著筆，顯然，很慶幸有機會把他要寫的一切說出來，便向羅斯托夫講述信件內容。

「你瞧，朋友，」他說。「在戀愛前，我們是麻木不仁的。我們是塵世之子……要是愛上一個人——那你就是神，如初生的嬰兒那般純潔……又是誰來了？把他轟走。現在沒空！」他朝拉夫魯什卡嚷道，拉夫魯什卡毫不膽怯地來到他面前。

「還有誰呢？您自己吩咐過的。司務長來要錢了。」

傑尼索夫又想叫嚷，終究沒吭聲。

「糟糕。」他自言自語道。「錢包裡還剩多少錢？」他問羅斯托夫。

「七枚新幣和三枚舊幣。」

「唉，糟了！喂，你幹麼還站在這裡，稻草人，去叫司務長啊！」傑尼索夫朝拉夫魯什卡嚷道。

「傑尼索夫，你用我的錢吧，我有錢。」羅斯托夫紅著臉說。

「我不喜歡向朋友借錢，不喜歡。」傑尼索夫嘟囔道。

「如果你不看在戰友的份上用我的錢，我會生氣的。我有錢。」羅斯托夫又說一遍。

「不要。」

傑尼索夫接著走到床前，想從枕頭底下把錢包拿出來。

「你放哪裡，羅斯托夫？」

「在枕頭下。」

「沒有啊。」

傑尼索夫把兩個枕頭都扔在地下。沒有錢包。

「太奇怪！」

「等等，不是掉在哪裡了吧？」羅斯托夫把枕頭一個個拎起來抖著。

他又掀起被子抖了一下。沒有錢包。

「難道是我忘了？不，我還想過，你當寶貝似地枕在頭底下。」羅斯托夫說。「我的確把錢包放在這裡。在哪裡呀？」他問拉夫魯什卡。

「我沒進來過。您放在哪裡，那就還在哪裡。」

「沒有啊。」

「您老是這樣，把東西扔到哪裡就忘了。您在口袋裡找找看。」

「不，要是我沒把這錢包當寶，我的確會忘記，」羅斯托夫說，「可是我記得，我是放在這裡的。」

拉夫魯什卡把床鋪翻遍了，朝床底下看，又朝桌子底下看，他翻遍整個房間，最後在房間中央站住了。傑尼索夫默默注視著拉夫魯什卡的一舉一動，等到拉夫魯什卡兩手一攤說，都沒有，他回頭看了一眼羅斯托夫。

「尼古拉，你別鬧脾氣了……」

羅斯托夫感覺到傑尼索夫看向自己的目光，他抬起眼睛，立刻又垂下眼。他憋在喉嚨下的滿腔熱血，一下子湧到臉上、湧進雙眼。他幾要窒息了。

「沒有人到房間裡來過，除了中尉和您自己。就在這裡的什麼地方。」拉夫魯什卡說。

「喂，你這個鬼東西，別站著不動，找啊。」傑尼索夫突然叫嚷起來，他滿面通紅，擺出威嚇的架勢朝僕人撲過去。「一定要找到，找不到，我劈了你，把你們全劈了！」

羅斯托夫避開傑尼索夫的目光，接著扣上軍服上衣，佩帶馬刀，戴上軍帽。

「我對你說，一定要找到錢包。」傑尼索夫叫道，抓著勤務兵的肩膀搖晃著，又把他往牆上撞。

「傑尼索夫，放開他；我知道是誰拿的。」羅斯托夫朝門口走去，頭也不抬地說道。

傑尼索夫住手，想了想，看來他明白羅斯托夫指的是誰，於是一把抓住他的手。

「胡鬧！」他大叫一聲，脖子和腦門上突起繩子般的青筋。「我對你說，你瘋了，我不允許。錢包就在這裡；我扒了這個壞蛋的皮，錢包就有了。」

「我知道是誰拿的。」羅斯托夫聲音顫抖又說了一遍，於是朝門口走去。

「我告訴你，不許你去。」傑尼索夫叫道，他向士官撲過去，企圖拉住他。

但羅斯托夫掙脫自己的手，堅定地直視他的眼睛，他惡狠狠地瞪著他，彷彿傑尼索夫是他不共戴天的仇人。

「你明白你在說什麼嗎？」他聲音顫抖地說道。「除了我，房間裡沒有人來過。顯而易見，不是他，那麼……」

他說不下去，跑出房間。

「隨你去吧，隨你們去吧。」這是羅斯托夫聽到的最後一句話。

羅斯托夫來到捷利亞寧的住處。

「老爺不在家，他到參謀部去了，」捷利亞寧的勤務兵對他說。「有什麼事嗎？」勤務兵問道，他對士官沮喪的神情感到訝異。

「不，沒什麼。」

「您來晚了一步。」勤務兵說。

參謀部離札爾采涅克三俄里。羅斯托夫並未返回住宿處，他要來一匹馬，前往參謀部。在參謀部駐紮的村子裡有一家小酒館，軍官們常聚在這裡。羅斯托夫來到小酒館；一到門口，便看見捷利亞寧的馬。

中尉坐在小酒館的第二個包廂裡。面前放著一碟小灌腸和一瓶葡萄酒。

「啊，您也來了，年輕人。」他高高揚起眉毛，微笑著說。

「來了。」羅斯托夫說，似乎費了好大力氣才說出這句話。他在鄰桌坐了下來。

兩人都未開口；包廂裡還有兩名德國人和一名俄國軍官。沒有人說話，只有餐刀碰在碟子上的響聲和中尉用餐時的咀嚼聲。捷利亞寧用完早餐，從口袋裡拿出一個雙層錢包，彎彎地翹起細小白淨的手指拉開錢包的扣環，取出一枚金幣，抬起眉毛將錢交給店員。

「請快點。」他說。

金幣是新的。羅斯托夫站起來，走到捷利亞寧身旁。

「請讓我看看錢包。」他用勉強聽得見的聲音悄聲說。

捷利亞寧目光游移，但還是那麼揚著眉毛把錢包遞了過去。

「是的，一個挺好的錢包……是的……是的……」他說，突然面色煞白。「您看看吧，年輕人。」他加了一句。

羅斯托夫把錢包拿在手裡，看看裡面的錢，又看看捷利亞寧。中尉習慣性地四處張望，突然，他一副盡興的樣子說道：

「要是我們到了維也納，我會把錢都花在那裡，可是現在，在這蹩腳的小鎮裡有錢沒處花。」他說。「好，錢包還我吧，年輕人，我要走了。」

羅斯托夫沒有說話。

「您怎麼？也要用早餐？餐點很不錯。」捷利亞寧接著說道。「還我啊。」

他伸手抓住錢包。羅斯托夫鬆開了手。捷利亞寧拿走錢包，往馬褲的口袋裡放，他的眉毛漫不經心地抬了起來，嘴微微張著，似乎在說：「是的，是的，我把自己的錢包放進口袋裡，就這麼簡單，這和誰都無關。」

「唉，怎麼了，年輕人？」他嘆了口氣，從抬起的眉毛下盯著羅斯托夫的眼睛看了一下說道。眼睛的一種光芒以電光石火的速度從羅斯托夫眼裡射進捷利亞寧的眼睛又反射過來，反射過去又反射過來，這一切都發生在剎那之間。

「您過來，」羅斯托夫抓住捷利亞寧的手說。他幾乎是把他拖到窗前。「這是傑尼索夫的錢，您拿了他的錢……」他在他的耳邊低聲說道。

「什麼……什麼……您竟敢這麼說？什麼……」捷利亞寧說。

但這些話聽起來像是絕望的哀號，又像是在祈求寬恕。羅斯托夫一聽到這聲音，他心裡的一塊石頭落地，不再有絲毫的懷疑。他感到滿意，同時又可憐站在他面前這個不幸的人；卻又必須做個了結。

「天知道這裡的人會怎麼想，」捷利亞寧喃喃自語，一把扯下軍帽，朝一個不大的空房走去，「有必要說清楚……」

「我知道，而且我有證據。」羅斯托夫說。

「我……」

捷利亞寧驚恐、蒼白的臉上每一塊肌肉顫抖了起來；眼睛還是游移不定，但在那下面，在不高於羅斯托夫臉部的什麼地方，響起了傷心啜泣的聲音。

「伯爵！……不要毀了我吧……我還年輕……這些倒楣的……錢，您拿去吧……」他把錢扔在桌上。

「我還有年邁的父親、母親！……」

羅斯托夫拿走錢，避開捷利亞寧的目光，一言不發地走出房間。但在門口他站住，又走了回來。

「我的天！」他含淚說道，「您怎麼會做出這種事？」

「伯爵。」捷利亞寧朝士官走過去說。

「別碰我，」羅斯托夫閃開說，「要是您缺錢用，就把這些錢拿去。」他把錢包扔給他，跑出小酒館。

五

當天晚上，騎兵連的軍官們在傑尼索夫的住處展開熱烈對話。

「我告訴您，羅斯托夫，您必須向團長道歉。」一名騎兵上尉對激動的羅斯托夫說，這名上尉身材高大，頭髮斑白，留著大鬍子的臉上布滿線條粗獷的皺紋。

基爾斯滕上尉曾兩次因決鬥被降為士兵，又兩次復職。

「我不許任何人對我說，我在說謊！」羅斯托夫吼道。「他對我說，我在撒謊，我也對他說，他在撒謊。情況就是這樣。我可以每天值班、我可以被關禁閉，但無論是誰，要我道歉，我辦不到。倘使他身為團長，認為接受我的決鬥要求有失尊嚴，那麼……」

「等一等吧，老弟；您聽我說，」上尉低沉的聲音打斷他，一面撫著自己長長的鬍鬚。「您當著其他軍官的面，對團長說，有個軍官偷了……」

「當著其他軍官的面談起這件事，錯不在我。也許，有他們在場，我不該說，但我可不是外交官。我之所以加入驃騎兵，正是因為在我看來，這裡不需要見風使舵，他卻對我說，我在撒謊……那就讓他和我決鬥吧……」

「這沒什麼不對，沒有人認為您是膽小鬼，可是問題不在這裡。您問問傑尼索夫，一名士官要求團長同意決鬥，這像話嗎？」

傑尼索夫輕咬鬍子，神情陰鬱地聽著他們的對話，看來他不想介入。對上尉的問題，他否定地搖搖頭。

「您當著軍官們的面，對團長說出這種無恥行徑。」上尉接著說。「而波格丹內奇（人們稱呼團長波格丹內奇）當下制止您。」

「不是制止，而是批評我造謠。」

「是啊，因為您對他說出許多不該說的話，理應道歉。」

「辦不到！」羅斯托夫吼道。

「我沒想到您是這種人，」上尉認真且嚴厲說。「您不願道歉，而您，老弟，不僅對不起他，也對不起整個軍團，對不起我們所有的人。一開始，您應該先想一想，再找人商量，如何處理這件事，結果呢，你直接說了出來，還當著所有軍官的面前。現在團長該怎麼辦？把一名軍官送交法庭審判，藉此玷汙全團名聲？為了一個無賴導致整團名譽掃地？這是您希望的嗎？我們認為，不應如此。波格丹內奇對您說，您在造謠，作法上沒有問題。你也許聽了不快，可是能怎麼辦呢，都是您自找的。現在，大家希望息事寧人，而您出於倨傲或任性，堅持不願道歉，反而想把內情和盤托出。要您值班，您感到忿忿不平；要您向一名正直的老軍官道歉，您也不願意！不管怎麼說，波格丹內奇畢竟是勇敢正直的老團長，您卻只覺得委屈，甚至認為，整團蒙羞也無所謂！」上尉的聲音顫抖了起來。「您啊，老弟，在團裡才幾天；你今天在這裡，明天就到那裡去當副官；哪會在乎別人說：『巴甫洛格勒團裡有小偷！』但對我們而言，這可不是無所謂的事啊。是吧，傑尼索夫！不是無所謂吧？」

傑尼索夫一直默不作聲，一動也不動，偶爾抬起他那閃亮的黑眼望望羅斯托夫。

「您很重視自身的倨傲，不願道歉，」上尉接著說，「然而我們這些老兵，是在團裡成長的，但願有機會在團裡老死，我們珍惜軍團的榮譽，波格丹內奇也了解這一點。噢，相當的珍惜啊，老弟！您這麼做相當不智、相當不智！我不怕您生氣，我向來實話實說。相當不智！」

上尉站起來，轉身不再理會羅斯托夫。

「說得對，太對了！」傑尼索夫跳起來吼道，「喂，羅斯托夫，喂！」

羅斯托夫臉上一陣紅、一陣白，看看這個軍官，又看看那個。

「不，先生們，不，……你們不要以為……我很理解，你們何必把我看成那樣的人呢……我……對我來說……我想維護軍團的榮譽……那又怎樣呢，我要用行動來表現，軍旗的榮譽對我……好吧，反正一樣，說真的，我錯了！……」他熱淚盈眶。「我錯了，完全錯了……你們還要我怎麼樣呢……」

「這就對了，伯爵。」上尉轉過身來大聲說道，拍拍他的肩膀。

「我告訴你，」傑尼索夫說道，「他是個好孩子。」

「這樣好多了，伯爵，」上尉又說，彷彿因為坦承錯誤而以封號尊稱他。「您去道歉吧，大人。」

「先生們，要我做什麼，我都照辦，我知沒有人願意再聽到我多說一句。」羅斯托夫以懇求的語氣說道，「可是，要我道歉，我辦不到，真的，我辦不到，隨便你們怎麼說！我怎麼能像個孩子一樣去道歉、求饒呢？」

傑尼索夫笑了起來。

「這樣更糟糕。波格丹內奇是愛記仇的，您會因為固執而付出代價。」基爾斯滕說。

「說真的，這不是固執，我無法向你們描述，這是什麼心情，我無法描述……」

「好了，您自己看著辦吧，」上尉說，「那個壞蛋躲到哪裡去了？」他問傑尼索夫。

「他說他生病了，已經確定了，明天會下達開除令。」傑尼索夫說道。

「只能說生病，否則無法解釋。」上尉說。

「不管是不是生病，不要讓我碰到他，否則我會殺了他！」傑尼索夫殺氣騰騰吼道。

此時，熱爾科夫走了進來。

「怎麼來了？」軍官們立刻向進來的人齊聲問道。

「要行軍打仗了，先生們，馬克率全軍投降，一切都完了。」

「胡說！」

「我親眼看到馬克。」

「怎麼？你見到活生生的馬克？有手有腳？」

「打仗了！打仗了！為這個消息該賞他一瓶酒。你怎麼到這裡來了？」

「我被派到軍團了，正是因為馬克這鬼東西。奧地利將軍告我一狀，因為我向他祝賀馬克光臨……你怎麼了，羅斯托夫，像剛洗澡一樣？」

「這兩天，老兄，我們這裡亂成一團。」

接著，團部副官走進來，他證實了熱爾科夫帶來的消息，同時命令明天出發。

「要打仗了，先生們！」

「謝天謝地，我們可是閒得發慌了。」

六

庫圖佐夫向維也納撤退，沿途炸毀印河（在布勞瑙）及特勞恩河（在林茨）的橋梁。十月二十三日，俄軍越過恩斯河。中午俄軍的輜重、砲兵和隊伍沿著大橋兩側在恩斯城魚貫而過。

那是秋季溫暖多雨的一天。掩護大橋的幾個砲兵連駐紮在一片高地上，廣闊的視野展現在高地前，忽而斜斜飄落的細雨猶如薄薄的紗幕，忽而視野開闊，在陽光的閃爍下，遠方的景物歷歷在目。腳下是小城白屋紅頂的民居、教堂和大橋，俄軍陣容龐大的部隊在大橋兩側川流不息。在多瑙河的轉彎處，船舶、小島、恩斯河以及多瑙河匯合處碧水環繞的要塞及公園一覽無餘，多瑙河左岸地勢陡峭，松林鬱鬱蒼蒼，在神祕的遠方，綠意盎然的群峰隱約可見，近處是淺藍色的峽谷。在看似人跡罕至的原始松林後方，高聳著修道院的尖塔，而正前方，在恩斯河彼岸的山上，屬於敵軍的騎兵偵察分隊遙遙在望。

在高處的砲群之間，一名指揮後衛部隊的將軍和侍從軍官站在前面，透過望遠鏡觀察地形。在稍後的地方，涅斯維茨基坐在砲架尾部，他是總司令派到後衛部隊來的。跟隨涅斯維茨基的哥薩克將軍背包和軍用水壺遞過來。涅斯維茨基便拿出餡餅和真正的茴香甜酒款待軍官們。軍官們興奮地圍在他身旁，有的雙膝著地，有的在濕漉漉的草地上盤腿而坐。

「是啊，在這裡建要塞的奧地利公爵真不簡單。這是個好地方。你們怎麼不吃，先生們？」涅斯維茨基說。

「非常感謝，公爵。」一名軍官回答道，很開心能和這麼一位參謀部的重要官員交談。「這地方真好。我們從花園旁經過，看到有兩隻鹿，房子也蓋得雅緻！」

「請看，公爵。」另一名軍官說道，他很想再拿一個餡餅，卻又覺得不好意思，便佯裝在堪察地形，「您看看，我們的步兵已經到那裡了。在那片草地上，村子那邊有三個人在抬著什麼。他們快把那座豪宅洗劫一空了。」他一副讚賞的樣子說道。

「的確是，」涅斯維茨基說道。「不過，我倒是希望，」他接著說，他那迷人的濕潤嘴裡，正咀嚼著餡餅，「能夠到那裡去。」

他指著山上那座尖塔修道院。他微微一笑，瞇眼直視，閃耀著光芒。

「可以的話，那就太好了，先生們！」

軍官們禁不住笑了起來。

「哪怕只是去嚇唬一下那些小修女。聽說裡面有些年輕的義大利女人，真的，我情願少活五年！」

「她們也寂寞嘛。」一名比較大膽的軍官笑說。

此時，站在前面的侍從軍官指著什麼給將軍看；將軍舉起望遠鏡觀察。

「果然如此，果然如此，」將軍放下望遠鏡，聳著雙肩說，「準備砲擊渡口了。他們在那裡磨蹭什麼呢？」

肉眼便能看見對面敵軍和砲兵連，那裡升起一團米白色的煙。

隨著白煙升起，傳來遠處的砲聲，於是便可看到，渡口上的部隊開始緊張地忙碌起來。

涅斯維茨基喘著氣站起身來，微笑著來到將軍面前。

「閣下要不要吃點東西？」他問。

「情況不妙。」將軍說，沒有回答他的問題，「我們的人慢了一步。」

「要去一趟嗎，閣下？」涅斯維茨基問。

「好，請您去一趟吧，」將軍說，又把詳細下達過的命令重複一遍，「告訴那些驃騎兵，要他們最後渡河，依照我的命令燒毀大橋，還有，再檢查一遍橋上的引火材料。」

「好。」涅斯維茨基回答道。

他命令哥薩克牽馬，吩咐他收拾好軍背包和水壺，他那沉重的身軀輕鬆地跨上馬鞍。

「我要去找修女了。」他對笑著看他的軍官們說道，便沿著蜿蜒的小徑下山了。

「喂，打到哪算哪，上尉，放他一砲！」將軍對砲兵軍官說。「消遣一下。」

「砲手，各就各位！」軍官命令道，片刻後砲兵們興高采烈地從營火旁跑了過來，並裝上砲彈。

「射擊！」

一砲手俐落地跳開。大砲發出震耳欲聾的鋼鐵聲，一發砲彈呼嘯飛過我軍頭頂，落向山下，離敵軍仍遙遠，一團白煙指明其落下的地點，隨即爆炸。

聽到這一聲爆炸，官兵們笑顏逐開；所有人站起身來，開始觀察山下我軍以及前方逐漸逼近的敵軍行動，一切皆在掌握中。就在此時，太陽穿透雲層，這唯一的一發砲彈悅耳聲響和太陽的燦爛光芒融合成一種朝氣蓬勃、樂觀向上的景象。

七

大橋上空已有兩枚敵軍的砲彈飛過，橋上擁擠不堪。涅斯維茨基公爵在大橋的正中間下馬，肥胖的身軀緊貼欄杆站著。他笑著回望哥薩克，只見他牽著兩匹馬，站在他後方幾步遠之處。只要涅斯維茨基公爵想朝前走，士兵和馬車就又擠了上來，將他擠在欄杆邊。他無可奈何，一逕苦笑。

「你呀，老弟！」哥薩克對駕車的輜重兵說，他擠向聚集在車輪和馬匹旁的步兵，「你呀！不行，你要等一下：你看，將軍要過去。」

然而，輜重兵完全未加理會將軍的頭銜，一逕對擋在他路上的士兵們嚷道：

「喂！鄉親們！往左邊靠，停一下！」

只見橋上所有人肩併肩、刺刀相互碰撞，看似擠成一片在橋上移動。涅斯維茨基公爵隔著欄杆往橋下一看，只見恩斯河低低的湍急、喧囂的波浪一浪趕過一浪地奔騰而前，在幾根橋樁旁，激浪交匯、翻騰、泛起粼粼波光。再望望橋上，他目睹由士兵匯成的活生生單調波浪，眼前盡是帽穗、套布罩的高帽、背包、刺刀、長槍和高帽下高顴骨、雙頰下陷、冷漠疲憊的臉，以及在橋板上遍地汙泥中移動的腳。有時在士兵的單調波浪中，彷彿恩斯河的波浪濺起的一片浪花，一名軍官披著斗篷，帶著不同於士兵的面容在人群中擠過；有時看似一片在河水中迴旋的木片，一個步行的驃騎兵、勤務兵或居民在橋上被步兵的浪潮席捲而去；有時又像一根河上的漂流木，一輛被裹在中間的連隊或軍官的馬車裝得滿滿的，覆蓋獸皮，在橋上流動。

「看看他們，好像決堤的洪水，」哥薩克停下來，絕望說道。「你們還有多少人啊？」

「大概一百萬！」一個身穿破舊軍大衣從旁走過的快活士兵擠眼說，他漸漸走遠；緊接走過的是一個年老的士兵。

「他們現在要是往橋上轟炸，」老兵陰沉地對同伴說，「你就顧不上搔癢了。」

老兵也走過去了。跟在他後面的是一個坐在大車上的士兵。

「見鬼，你把包腳布塞到哪裡了？」一名勤務兵追著大車喊，邊在大車後頭摸索。

他也跟著大車過去了。

接著迎面而來的，是一群快樂的士兵，看來是酒喝多了。

「他呀，朋友，就是用槍托對準對方的一口牙齒，捅了過去……」一名立領軍大衣的士兵使勁揮手說。

「可不是嘛，這條火腿味道不錯。」另一個士兵呵呵笑道。

他們也走了過去，以致涅斯維茨基完全不清楚，誰的牙齒挨了槍托，火腿指的又是什麼。

「看他們驚慌的樣子！他冷不防開一砲，就以為能炸死所有人。」一名軍士悻悻然責備道。

「那玩意從我身旁飛過，我說的是砲彈，大叔，」有一張大嘴的年輕士兵強忍著笑說，「簡直嚇壞我了。真的，嚇死了，有夠倒楣！」這個士兵說，比較像是在炫耀，但他確實相當害怕。

這個人也走過去了。他後面是一輛馬車，和此前經過的所有馬車都不一樣。這是一輛雙套德國大車，看似把全部家當都裝上了；一個德國人牽著馬，大車後拴著一頭滿身花斑、乳房肥大的漂亮乳牛。羽毛被褥上坐著一個抱著嬰兒的老婦人以及一個年輕、面色紅潤、活力四射的德國女人。顯然，這些移民是特准過橋的。所有士兵的眼睛都集中在女人身上，大車緩緩通過時，士兵們針對兩個女人品頭論足。所有人臉上一再浮現出對那個女人懷有的邪念微笑。

「看啊，德國佬也在逃難呢！」

「把女人賣給我吧。」另一個士兵對德國人說，德國人垂下眼，既氣惱又恐懼地大步往前走。

「打扮得真好看！這些鬼東西！」

「如果你可以住他們家，該有多好，費多托夫！」

「我見得多了，老兄！」

「你們要去哪裡？」一個啃著蘋果的步兵軍官問，似笑非笑地看著迷人的女性。

德國人只是閉上眼，意味著他聽不懂。

「想吃就拿去。」軍官把蘋果遞給女人說。

女人微笑接在手裡。涅斯維茨基也和橋上所有人一樣，目不轉睛地看著兩個女人，直到她們走過去為止。等到她們過去以後，又是同樣的士兵行進以及同樣的對話，最後人們停了下來。一如往常，連隊馬車那幾匹馬一到橋頭便不肯走了，一大群人只好等待著。

「怎麼停下來了？亂成一團！」士兵們說。「要擠到哪裡，見鬼！不能稍等一下嗎？要是他們把橋燒掉，那就更糟了。你看看，連軍官也被擋到了。」停下來的人群彼此互看，卻仍繼續往前擠。

涅斯維茨基回頭望橋下的恩斯河，突然，他聽到一種他未曾聽過的神奇聲音……某種巨大的東西迅速接近，又撲通落至水裡的聲音。

「你看，打到哪裡去了！」一個站在附近的士兵，望著發出響聲的方向警覺說道。

「這是在激勵我們快點過去呢。」另一人不安說道。

人群再次移動了起來。涅斯維茨基明白了，那是一枚砲彈。

「哎，哥薩克，牽馬過來！」他說。「喂，我說你們！閃開、閃開！讓路！」

他費了好大力氣才擠到馬旁。他不住地吆喝著往前闖。士兵們擠在一起，讓路給他，可是又擠了回來，甚至踩痛他的腳，可是又不能怪他身邊的那些人，因為他們被擠得更嚴重。

「涅斯維茨基！涅斯維茨基！你這個醜八怪！」這時從後方傳來沙啞的叫聲。

涅斯維茨基回頭一望，隔著一大群移動的步兵，他看見十五步外，站著臉色黑裡透紅、頭髮蓬亂、軍帽斜戴、英姿勃發披著驃騎兵披肩的瓦西卡·傑尼索夫。

「你命令他們讓路，這些鬼東西、惡魔。」傑尼索夫嚷道，看來他衝動的脾氣發作了，木炭般烏黑的眼在泛血絲的眼白中閃閃發亮地轉動，他揮舞著未出鞘的馬刀，握刀的手赤裸，和他的臉一樣通紅。

「哎，傑尼索夫。」涅斯維茨基高興回應道。「你怎麼了？」

「驃騎兵連走不過去，」瓦西卡·傑尼索夫惡狠狠露出雪白的牙吼道，一邊用馬刺催動自己漂亮的黑馬貝都因，牠抖動兩耳避開撞上的刺刀，同時噴著響鼻，銜鐵上白沫四濺，灑在馬的周圍，馬蹄鐵踏在橋板上叮噹作響，看來只要騎手允許，牠寧可從欄杆上跳過去。」

「這是怎麼了？像一群綿羊！簡直就是一群綿羊！滾開……讓路！站在那裡別動！你，大車，見鬼！我拿馬刀砍了你！」他叫嚷道，果真抽出馬刀揮舞了起來。

士兵們大驚失色，彼此簇擁在一起，傑尼索夫和涅斯維茨基總算會合了。

「怎麼今天你沒喝醉啊？」涅斯維茨基在傑尼索夫來到跟前時問道。

「連喝酒的時間都沒有！」傑尼索夫回答道。「整天拖著一個軍團被調來調去。要打就打。這樣算什麼！」

「你今天也真帥氣！」涅斯維茨基打量著他的新披肩和新鞍說。

傑尼索夫微微一笑，從軍背包裡拿出一塊散發香水味的手絹，塞到涅斯維茨基的鼻子底下。

「這可不行，有正事要辦！除了刮臉、刷牙，還灑香水。」

帶著一名哥薩克的涅斯維茨基的威嚴儀表，以及揮舞馬刀、拚命叫嚷的傑尼索夫的剛毅果敢發揮作用，他們總算抵達大橋的另一端，並且阻止了步兵。涅斯維茨基在橋頭找到團長，因為他必須傳達命令。完成任務後，涅斯維茨基便掉頭回去了。

傑尼索夫開道後，索性站在上橋的入口。他漫不經心地勒住掙扎著要去找同類的公馬，望著迎面而來的騎兵連。幾匹馬奔馳，橋板上因而響起清脆的馬蹄聲，軍官們走在前面，騎兵連四人一列，排成長長的隊伍，開始奔往對岸。

被擋住的步兵聚集在橋邊被踩得稀爛的汙泥裡，他們懷著一種冷漠、嘲諷的心情，冷眼看著從他們身邊列隊通過的整潔、神氣的驃騎兵，不同的兵種相遇時往往會出現這般情緒。

「小伙子們也太精心打扮！可以去參加博多諾文斯科耶園遊會了！」

「他們有什麼用！不過是做做樣子！」另一人說。

「步兵們，別發火！」驃騎兵調侃道，他的坐騎忽然頑皮了起來，濺了步兵一身泥。

「最好讓你揹著軍背包連續行軍兩晝夜，帶子可是會全部磨斷！」步兵擦去臉上的汙泥說，「到時，你可是人不像人，倒像是鳥在孵蛋！」

「的確，濟金，真該讓你騎馬，你一定是靈巧的騎手！」上等兵取笑那個被軍背包壓得彎腰曲背的瘦小士兵。

「你把兩腿之間的小棍子拿出來，你就有馬騎了。」驃騎兵回應道。

八

其餘步兵匆忙過橋，在橋口擠成漏斗形。馬車終於全數通過，橋上不再那麼擁擠，而最後一個營也接著上橋。僅傑尼索夫騎兵連的驃騎兵留在大橋另一頭阻擊敵軍。從對面山上可以清楚看見遠處敵軍，而下方的橋是看不見的，因為從河水流經的窪地望去，視線被對面不到半俄里的高地擋住了。前方是一片荒地，有些地方可見隸屬我軍騎兵偵察小分隊的幾個哥薩克小組在活動。突然，對面高地路上出現了身穿藍外套的部隊和砲兵。那是法軍。哥薩克騎兵偵察小分隊策馬小跑步退回坡下。傑尼索夫騎兵連的全體官兵雖然左顧右盼，竭力談些其他事，心裡卻一逕想著那邊山上的情況，不停地注視出現在地平線上的那些黑點，他們認定那是敵軍。午後，天氣再次放晴，燦爛的太陽墜落在多瑙河上以及周圍陰暗的群山之間。四下一片寂靜，偶爾從那邊山上傳來敵軍的號角聲和吶喊聲。在騎兵連和敵軍之間，除了小股騎兵偵察小分隊之外，已空無一人。兩軍之間隔著大約三百俄丈[92]的空曠地帶。敵人停止射擊，使人更加清晰地意識到敵我兩軍之間那嚴酷、恐怖、不可逾越且難以捉摸的分界線。

「這條線彷彿分隔生和死，越過一步，那——就是不可知的命運、災難和死亡。那邊有什麼？那邊有誰？就在這片田野、這棵樹、這沐浴在陽光下的屋頂那邊？誰都不知道，也不想知道，越過這條線是可怕的，可是又想越過；而且你知道，早晚不得不越過，並了解到在分界線那一邊有什麼，正如必然會了解到，在死亡的那一邊是什麼。而自己身強力壯，快樂而興奮，周圍也淨是健康、快樂又興奮的人們。」即使不是這麼認為，每個面對敵人的人都會意識到這一點，而這種意識一定會使此時此刻所發生的一切產生尤為燦爛、歡樂的鮮明印象。

敵軍山頭上騰起一股硝煙，一枚砲彈自驃騎兵連的頭上飛了過去。聚集在一起的軍官們分散，縱馬馳往各自的崗位。驃騎兵們竭力齊列戰馬。騎兵連裡鴉雀無聲。全體官兵不斷盯著前方敵人和騎兵連連長，同時等待命令。第二枚、第三枚砲彈飛了過去。顯然，敵方砲擊的目標是驃騎兵；然砲彈帶著呼嘯聲平穩而迅速飛越驃騎兵的頭頂，落到後方的某處。驃騎兵們沒有回頭看，只是每當聽到砲彈飛越而過的呼嘯聲，就彷彿聽到口令似的，全連官兵便帶著單一而多樣的表情，屏住呼吸，一旦砲彈還在頭頂上飛，他們就在馬鐙上欠起身來又重新坐下。士兵們並不左顧右盼，只是睇斜著眼彼此打量，好奇地想看出戰友的感受。從傑尼索夫到號手，每個人的雙唇和下巴旁無不形成一道相似的皺紋，顯示出憤怒和焦躁的神色。騎兵連連副皺著眉頭環顧士兵，彷若正以處分威脅。貴族士官米羅諾夫每逢砲彈飛過便彎下腰。羅斯托夫在左翼，騎著腿部有些問題的駿馬小白嘴鴉神情得意，猶如一個在大庭廣眾之下應試且自信成績突出的小學生。他開朗又愉快地環視周圍，看似要他們好好注意，他在砲火下是多麼平靜。但他臉上也有一道皺紋不由自主地出現在嘴邊，表現出一種嚴峻的全新感受。

「是誰在那裡鞠躬？米羅諾夫士官！那樣不好，看看我！」傑尼索夫吼道，他並非待在一個地方立定不動，而是騎馬在連隊前不停打轉。

傑尼索夫一如往常，鼻子微翹的臉上滿是汗毛，身材矮小結實，握著出鞘馬刀的手青筋暴露（短小的

92 俄國舊長度單位，一俄丈等於二點一三四公尺。

五指長著濃重的寒毛），尤其是在傍晚喝下兩瓶酒之後。他只是比平常臉色更紅，並且像鳥飲水時那樣，昂起亂髮蓬鬆的頭，短小的雙腿用馬刺無情地猛擊良駒貝都因兩肋，一副要向後倒下似的往騎兵連的另一翼疾馳而去，用嘶啞的嗓子大叫大嚷，要求所有人檢查槍枝。他來到基爾斯滕面前。騎兵上尉騎著背部寬闊的穩重母馬，慢步迎向傑尼索夫。蓄著長鬚的騎兵上尉，像平時一樣神情嚴肅，只是眼神比平常更是炯炯有神。

「怎麼樣？」他對傑尼索夫說。「看來不會交火了。你看著吧，我們一定又得撤退。」

「鬼才知道他們在幹什麼！」傑尼索夫嚷道。「啊！尼古拉！」他目睹士官那愉快的神情，便大聲說道。「總算等到了吧。」

他贊許似地微微一笑，看來他很高興見到這位士官。尼古拉相當心滿意足。此時，團長在橋上出現了。傑尼索夫縱馬迎了上去。

「閣下！讓我們進攻吧！我要把他們打得落花流水。」

「談什麼進攻。」團長顯得意興闌珊說道，一副看到討厭的蒼蠅一樣皺起眉頭。「你們怎麼待在這裡呢？您看，兩翼駐軍已經在撤退了。把騎兵連帶回去吧。」

騎兵連走過橋，脫離敵軍的砲火，無一人傷亡。隨後散兵線上的第二騎兵連也過橋，最後一批哥薩克也撤離了。

巴甫洛格勒團的兩個騎兵連過橋後，相繼往山上撤退。波格丹內奇團長騎馬來到傑尼索夫騎兵連，走在離尼古拉不遠處，對他絲毫未予理會，儘管此時此刻，是他們為捷利亞寧發生衝突後的初次相遇。尼古拉此時認為自己有錯，而在前線時，自己是處於他的控制之下，便目不轉睛地看著他那孔武有力的後背、長著淺色頭髮的後腦及通紅的脖子。尼古拉時而覺得，波格丹內奇只是假裝漫不經心，他目前唯一的目的是要考驗他的威嚴，於是便挺直腰，觀察左右；時而覺得，波格丹內奇是故意走在他身旁，藉此向他顯示自己的勇氣。時而又認為，這個仇人此際會故意派騎兵連投入狂熱的進攻，以便懲罰他。時而想，在進攻之後，團長會來到他面前，寬宏大量地向負傷的他伸出意味和解的手。

巴甫洛格勒團的官兵所熟悉的熱爾科夫（不久前他離開了該團）抬頭挺胸地來見團長。熱爾科夫被趕出總參謀部以後，並未留在團裡，他說，他不是在前線做苦差事的傻瓜，在參謀部什麼事不做，也能得到更多的報酬，便設法在巴格拉季翁公爵身邊謀得傳令官的職位。他是帶著後衛部隊首長的命令來見自己過去的長官。

「團長，」他帶著抑鬱而嚴肅的神情對尼古拉的仇人說，一邊環顧戰友們，「請命令你們停下來，並燒毀大橋。」

「誰的命令？」團長愁眉不展問道。

「團長，我也不知道是誰的命令[93]，」騎兵少尉嚴肅回答道，「不過公爵吩咐我：『去告訴團長，要驃騎兵趕快回去燒毀大橋』。」

在熱爾科夫之後，侍從軍官也來了，對驃騎兵團團長下達同樣的命令。在侍從軍官之後，肥胖的涅斯維茨基騎乘一匹不堪重負的哥薩克馬趕到。

「怎麼，團長，」他在馬背上大聲嚷道，「我對您說過要燒毀大橋，現在卻有人把話傳錯；所有人都

93 這是故意重複團長的原話。這句話在原文中有語法錯誤，騎兵少尉是在譏諷團長。

急瘋了，不知是怎麼回事。」

團長從容不迫地讓全團停下來，然後轉向涅斯維茨基。

「您對我說到過引火材料，」他說，「至於燒橋，您什麼也沒說。」

「怎麼會呢，老兄，」涅斯維茨基勒馬說道，一邊摘下軍帽，用一隻胖手捋著汗濕的頭髮，「怎麼會沒說要燒橋呢，既然引火材料也布置好了？」

「我不是您的『老兄』，校官先生，您沒有對我說過要燒橋！我知道自己的職責，而且向來嚴格執行命令。您說，橋要燒掉，可是由誰來燒橋呢，我可不知道，我可以對天發誓。」

「唉，怎麼老是這樣。」涅斯維茨基把手一揮說道。「你怎麼在這裡？」他問熱爾科夫。

「也是為這件事。你的衣服濕透了，我幫你擰乾吧。」

「校官先生，您說……」團長氣憤地接著說。

「團長，」侍從軍官打斷他的話，「必須抓緊時間，不然敵軍的大砲會推進到更近的距離發射霰彈。」

團長默不作聲地看了眼侍從軍官，再看了眼肥胖的校官和熱爾科夫，禁不住皺起眉頭。

「我去燒橋。」他語氣莊重地說，彷彿以此表示，儘管有這些令他不愉快的遭遇，他還是會善盡職責。

他用兩條肌肉發達的長腿把馬猛地一夾，似乎全是牠的錯。團長策馬向前，來到第二騎兵連，這便是尼古拉在傑尼索夫指揮下服役的連隊。他命令該連掉頭回到橋上。

「嘿，果然如此，」尼古拉想，「他是在考驗我！」他的心揪了起來，熱血沸騰湧現臉上。「那就讓他看看，我是不是膽小鬼。」他想。

騎兵連全體官兵愉快的臉上再次浮現嚴峻的皺紋，當他們處於敵軍砲火下時，臉上就曾出現這樣的皺紋。尼古拉目不轉睛地看著仇人團長，想在他臉上找到足以證實自己猜想的證據；未想團長對他不屑一顧，目光一如往常，嚴峻且莊重。傳來口令聲。

「快！快！」他身邊傳來好幾道聲音。

馬刀絆著韁繩，馬刺叮叮作響，驃騎兵匆忙下馬，全然不清楚現在要做什麼。驃騎兵們比畫十字。尼古拉不再緊盯團長，他無心多想了。他唯恐落在別人後面。他把馬交給馬夫時，手不住發抖，他感覺到血液正突突地湧入他的心臟。傑尼索夫身子後仰，大聲叫嚷著什麼自他身旁馳過。尼古拉什麼也沒有看見，只看見他周圍的驃騎兵們在狂奔，他們被馬刺絆倒，馬刀鏗鏘作響。

「擔架！」後方一道聲音在叫喊。

尼古拉並未多想，要擔架是什麼意思。他在奔跑，竭力要衝到所有人前面；卻在橋邊，他一不留神，踏進黏稠、稀爛的汙泥，腳下一絆，跌得兩手著地。其他人超越他了。

「靠兩邊走，上尉。」他聽到團長的聲音，團長已繞到前面，騎乘馬匹意氣風發地停在離橋不遠的地方。

尼古拉在馬褲上擦拭滿是汙泥的雙手，向仇人看了一眼，想繼續朝前跑，覺得往前跑得愈遠愈好。波格丹內奇根本沒有看他，也沒有認出他，卻對他吼了起來。

「誰在橋中央奔跑？靠右！士官，回來！」他氣憤叫道，並轉向傑尼索夫，對他說：「您為何要冒險，上尉！還是下馬吧。」

「哎！砲彈專找犯錯的人。」傑尼索夫在馬鞍上轉過身來回答道。

與此同時，涅斯維茨基、熱爾科夫和侍從軍官一起站在大砲射程之外，他們有時看著一群為數不多的人在橋旁活動，他們頭戴黃色高軍帽，身穿鑲有絲帶的深綠色軍服和藍色馬褲，有時看著對面從遠處漸漸逼近的一群群身穿藍外套、帶著馬匹的軍人，一望而知那是砲隊。

「他們來得及燒橋嗎？誰能搶先一步呢？是他們先跑到那裡縱火燒橋，還是法軍趕到近處，發射霰彈擊斃他們？」這支龐大部隊的每個人都不由自主地向自己提出這些問題，他們站在大橋附近望著大橋和驃騎兵、望著對面帶著刺刀和大砲漸漸逼近的藍外套法軍。

「噢！驃騎兵要倒楣了！」涅斯維茨基說。「已經在霰彈的射程內。」

「他不該帶那麼多人去。」侍從軍官說。

「的確，」涅斯維茨基說。「派兩個人過去，也是一樣的。」

「唉，閣下，」熱爾科夫插嘴道，目不轉睛地遠望那些驃騎兵，但仍然帶著他那天真的神態，讓人猜不透他說的究竟是不是真話。「唉，閣下！看看您說的！派兩個人過去，那麼誰會頒發弗拉季米爾勳章給我們呢？現在呢，雖然會有傷亡，卻可以為騎兵連請功，自己也能獲得勳章。波格丹內奇是深知其中奧妙的。」

「看，」侍從軍官說，「這是霰彈！」

他指著法軍從前車卸下並匆忙移開的幾門大砲。

在法軍陣地上、在有大砲的人群中出現一股硝煙，又是一股，又是一股，三股硝煙幾乎同時出現，就在第一聲砲響傳來的瞬間，又出現了第四股硝煙。砲聲一聲接一聲，隨即又是第三聲砲響。

「噢，哎喲！」涅斯維茨基抓住侍從軍官的手，猶如忍受著劇痛似的呻吟著。「您看，倒下了一個，倒下了，倒下了！」

「好像是兩個吧？」

「我要是沙皇，永遠也不要打仗。」涅斯維茨基轉身說道。

法軍大砲又在忙著裝填砲彈。身穿藍外套的步兵衝向大橋。又出現一股股硝煙，不過間隔的時間長短不一，霰彈在大橋上劈劈啪啪地炸響。但這一次，涅斯維茨基看不清橋上的情況了。大橋上冒起一陣濃煙。驃騎兵們終於燃燒大橋，法軍砲隊因此向他們開砲，這一次，已經不只是為了阻止燒橋，而是瞄準了橋上的人，準備射擊。

在驃騎兵回到馬夫身邊之前，法軍共發射三枚霰彈。其中兩枚未射準，偏離目標，未想最後一枚卻落在一群驃騎兵當中，三人因此中彈。

尼古拉此際一味的擔心他和波格丹內奇的關係，站在橋上不知如何是好。既無人可以砍殺（他總是把戰爭想像為砍殺），也無法協助燒橋，因為他並未如其他士兵一樣帶上乾草。他站在原地四處張望，猝地橋上響起劈劈啪啪的聲音，好似散落的核桃，離他最近的一名驃騎兵呻吟著倒在欄杆上。尼古拉和別人一起跑到他身邊。又有人在喊：「擔架！」四人托著驃騎兵，要把他抬起來。

「哎──喲……快放下，看在老天爺分上。」傷兵叫道；但他依舊被抬起來放上擔架。

尼古拉．羅斯托夫轉過身去，似乎在尋覓什麼，他看向遠方、多瑙河河水、天空、太陽！天空顯得多麼美好，那麼藍、那麼寧靜、深邃！夕陽如此明媚而莊嚴！遠處，多瑙河的粼粼波光柔和而璀璨！更美的是多瑙河那邊遙遠的青翠山巔上，修道院、神祕峽谷、霧靄瀰漫的松林……那裡一片靜謐、幸福……「但願我能到那裡去，我便一無所求，一無所求了……」尼古拉心想。「在我心裡，在這陽光下，便有無限幸福，而這裡……呻吟、痛苦、恐懼以及這迷茫，這匆促……人們又在叫嚷什麼，又紛湧向後面的什麼地方，而我要和他們一起逃跑，看吧，這就是了，這就是了，死亡，死亡在我頭上、在我周圍……轉瞬之間，我就再也看不見這太陽、這流水、這峽谷……」

這時，太陽漸漸隱入烏雲；在尼古拉前面出現了其他擔架。於是，對死亡和擔架的恐懼，對太陽和生命的愛，全融為一種病態的、惶惶不安的感受。

「主啊！天上的主啊，拯救我、寬恕我、保佑我吧！」尼古拉悄聲暗自說道。

驃騎兵們跑到馬夫面前，人們的說話聲總算響亮些、平靜些了，幾個擔架已從眼前消失。

「怎麼樣，老弟，聞到火藥味啦？……」傑尼索夫的嗓音在他的耳際響起。

「一切都結束了；而我是個膽小鬼，是的，我是膽小鬼，」尼古拉心想，沉重地嘆息著，他從馬夫手裡接過瘸腿的小白嘴鴉，準備上馬。

「剛才那是什麼，霰彈？」他問傑尼索夫。

「是啊，好猛烈的霰彈！」傑尼索夫叫道。「小伙子們幹得漂亮！可是這行動太窩囊了！進攻才痛快。你就只顧砍吧，可是剛才，鬼知道這算什麼，讓人當靶子打。」

傑尼索夫調馬走向離尼古拉不遠處的幾個人身邊，他們是團長、涅斯維茨基、熱爾科夫和侍從軍官。

「哎，看來沒人發現。」尼古拉暗自惴想。確實，沒有人發現什麼，因為每個人都很了解，一名沒有經過戰火洗禮的士官，初上戰場會是什麼樣的體驗。

「關於您的戰功，會上呈嘉獎的，」熱爾科夫說，「看來我也要晉升陸軍少尉了。」

「請報告公爵，大橋是我燒的。」團長激動又興奮地說道。

「要是公爵問起損失呢？」

「微不足道！」團長以低沉的聲音說道，「兩名驃騎兵負傷，一名當下陣亡。」他喜形於色，按捺不住幸福的微笑，響亮且斷然說出一個文縐縐的字眼——陣亡。

九

後方有拿破崙統率的法國十萬大軍追擊，而沿途一再遭遇不信任盟軍的他國民眾的敵意，軍糧短缺，加上得在不可預見的戰爭條件下採取軍事行動，三萬五千名俄軍在庫圖佐夫的統帥下向多瑙河下游緊急撤退，只能在敵軍迫近之處停留，投入後衛部隊進行防禦作戰，僅僅是為了不致損失輜重和重裝武器。在蘭巴赫、阿姆施泰滕和梅爾克都曾經歷過戰事；俄國人在戰場上的英勇頑強，連敵人也承認，儘管如此，這些戰果只是加速眼下的撤退。在烏爾姆城下逃脫被俘命運，而在布勞瑙附近和庫圖佐夫會合的奧地利部隊，如今已脫離俄軍單獨行動，於是庫圖佐夫只能依靠麾下這弱小、疲憊之師。想保衛維也納已無可能。庫圖佐夫在維也納期間，奧地利御前軍事會議曾交給他一份依最新學科戰略學所制定的縝密計畫，準備進行攻勢作戰，然而現在，在庫圖佐夫面前唯一、幾乎是無法達成的目標只有避免像馬克在烏爾姆城下那樣全軍覆沒，並與正從俄國趕來的部隊會師。

十月二十八日，庫圖佐夫率軍轉移陣線至多瑙河左岸，第一次停留，與法軍主力隔岸對峙。三十日，他向位於多瑙河左岸的莫蒂埃師發動進攻並將之擊潰。俄軍在此戰役中初次俘獲戰利品：一面軍旗、數門大砲以及敵軍的兩名將領。在兩週連續撤退之後，俄軍第一次駐紮，經過戰爭不僅守住陣地，而且驅逐了法軍。儘管部隊缺少衣裝，疲憊不堪，也因為脫隊、傷亡和染病而少了三分之一兵員；儘管傷兵帶著庫圖佐夫要求敵人給予人道待遇的一封信留在多瑙河彼岸；儘管克雷姆斯的大醫院和改成野戰醫院的民房已容納不下所有傷兵——儘管如此，在克雷姆斯駐紮並戰勝莫蒂埃師高度提升部隊士氣。司令部和全軍都流傳著極其樂觀卻有失事實的謠言，傳言來自俄國的幾支部隊即將抵達，奧軍打了一場勝仗，驚慌失措的拿破崙正在撤退。

交戰之際，安德烈公爵正待在因此役陣亡的奧地利將軍施密特身邊。他的坐騎受傷，手臂也被子彈稍微擦傷。為了表達總司令特殊的知遇，他受命帶著這次勝利的捷報前往奧地利宮廷，此時奧地利宮廷已不在維也納，而是布爾諾。在交戰的那一天，他情緒十分激動，但並不感到疲乏（安德烈公爵的體格看來並不強壯，但他比那些極其強壯的人更能忍受生理上的疲憊），星夜帶著多赫圖羅夫的報告騎馬趕往克雷姆斯去見庫圖佐夫。當夜，安德烈公爵就以信使的身分被派往布爾諾，除了受獎，更是日後晉升的重要一步。

夜色昏暗，滿天星斗。昨天，即交戰之日下了一場雪，道路在閃耀白光的積雪中顯得黑黝黝的。時而逐一回想這次戰役中的種種景象，時而愉快地想像他帶去的勝利消息所產生的影響，回憶庫圖佐夫和戰友們送行的情景，安德烈公爵坐在飛馳的驛車裡，體驗著一個人久久期盼，而終於到達夢想中幸福起點時的快感。他一閉上眼，耳邊便響起槍聲和大砲的轟鳴，槍砲聲、車輪的轔轔聲以勝利的觀感融為一體。他時而覺得，俄軍在潰逃，他本人被擊斃；但他匆匆醒來，滿懷喜悅彷彿重新認識到，這一切並未發生，逃跑的其實是法國人。他重又回憶起勝利的細節，回憶起自己在戰事中從容不迫的英勇氣概，索性安心地打起瞌睡來……昏暗的、滿天星斗的夜晚過去，燦爛的、充滿希望的黎明降臨。白雪在陽光下融化，馬兒在疾馳，無論是從左面還是右面過去，過往的都是嶄新多姿多彩的森林、田野、村莊。

在一個驛站上，他趕上運送俄國傷兵的車隊，一名帶領車隊的俄國軍官躺在第一輛大車上高聲謾罵，用粗話斥責一個士兵。那些車身很長的德國馬車，每一輛都載滿至少六名或更多的傷兵，他們在石子路上顛簸著，面色蒼白，包裹著繃帶，滿身汙垢。有些人在說話（他聽出是俄國話），其他人在吃麵包，傷勢最重的那些人溫順、虛弱、帶著孩子般的興趣默默望著一旁駛過的信使。

安德烈公爵吩咐停車，問一名士兵是在哪次戰役中負傷的。「前天在多瑙河邊。」士兵回答。安德烈公爵拿出錢包，給士兵三枚金幣。

「這是給大家的，」他對走上前來的軍官說。「早日康復，弟兄們，」他對士兵們說，「還有很多仗要打。」

「有什麼消息嗎，副官先生？」軍官問，看來他想攀談幾句。

「好消息！走吧。」他對車夫吆喝道，於是疾馳而去。

直到天黑，安德烈公爵才進入布諾爾市區，只見周圍高樓林立，沿街的商鋪、路燈、家家窗口燈光燦然，一輛輛華麗的轎式四輪馬車在馬路上轔轔駛過，繁華都市所特有的氛圍對來自軍營的軍人永遠那麼有魅力。安德烈公爵雖然經過長途奔波和不眠之夜，但在駛近皇宮時，他覺得自己比昨天更有活力。只是眼睛閃耀著狂熱的光芒，思想的嬗變迅速而清晰。他想像著戰役的所有細節，這種想像不再含糊不清，而是十分明確，形成了簡明扼要的陳述，這就是他要向弗蘭茨皇帝稟報的內容。生動想像著皇帝或許會向他提出出乎意料的問題，以及他要做出的回答。他認為，他會立刻被帶去覲見皇帝。可是在宮廷的大門外，一名官員急忙出來見他，得悉他是信使，便把他送到另一扇門前。

「從走廊向右轉，在那裡，大人[94]，您會見到值班的侍從武官，」這名官員對他說。「他會帶您去見陸

94 原文為德文。

軍大臣。」

迎接安德烈公爵的侍從武官請他稍候，便去通知陸軍大臣。五分鐘後，侍從武官回來，恭敬地彎腰行禮，禮讓安德烈公爵先行，送他經過走廊前往陸軍大臣的辦公室。侍從武官一副彬彬有禮的樣子，看來是要避免俄國副官親暱的表現。安德烈公爵來到陸軍大臣辦公室門口時，興奮感已大為減弱。他覺得自己受到侮辱，而受辱的感覺剎那間連他自己也沒有覺察便轉化成毫無理由的蔑視感覺。他敏銳的頭腦在同一瞬間暗示他，他大可蔑視那名侍從武官以及陸軍大臣。「他們沒有聞過火藥味，大概會覺得，戰勝敵人是輕而易舉的！」他心想。他的眼睛不覺瞇了起來，流露出蔑視的神情；他緩緩走進陸軍大臣的辦公室。一見陸軍大臣坐在寬大的辦公桌前，在最初的兩分鐘對進來的人絲毫不予理睬，他的蔑視感就更加強烈了。陸軍大臣在兩支蠟燭之間低著兩鬢斑白的禿頂閱讀文件，一邊用鉛筆做記號。在房門打開、響起腳步聲之際，他頭也不抬，繼續看資料。

「把這拿去傳閱。」他對自己的副官說，同時遞給他幾份資料，對信使依舊未加理會。

安德烈公爵覺得，或許在陸軍大臣所經手的所有事務中，他最不感興趣的就是庫圖佐夫的軍事行動，或者他認為，有必要讓俄國信使留下這個印象。「不過這一切對我來說，完全是無所謂的。」他想。陸軍大臣收攏並對齊手邊其餘資料，接著抬起頭來。他的長相看起來聰明又有個性。然而在他轉向安德烈公爵的瞬間，陸軍大臣臉上聰明而堅定的表情倏地變了：他的臉上只留下愚蠢、虛偽且毫不掩飾其虛偽的微笑，就像一個人不得不接二連三地接待許多前來求告的人。

「是庫圖佐夫元帥派來的嗎？」他問。「我希望，是好消息吧？和莫蒂埃師發生軍事衝突？勝利了？早該這樣了！」

他接過緊急通報，神情憂鬱地看了起來。

「唉，我的上帝！我的上帝！施密特！」他用德語說道。「多麼不幸，多麼不幸！」

他把緊急通報瀏覽一回，便放在桌上。若有所思地看向安德烈公爵。

「唉，多麼不幸！您說，這次戰役是決定性的？可是，莫蒂埃沒有被俘。（他沉吟了一下）我很高興，您帶來好消息，儘管施密特的犧牲是為勝利付出的沉重代價。陛下想必要見您，但不是在今天。謝謝您，好好休息一下吧。請您在明天閱兵後覲見。不過，到時我會通知您的。」

談話時消失的愚蠢微笑，再次出現在陸軍大臣的臉上。

「再見，非常感謝您。皇帝陛下想必會接見您的。」他又重述一遍，於是頷首送客。

安德烈公爵走出宮廷後，深感勝利帶給他的利益和幸福，如今都被他留在那裡了，留在陸軍大臣和彬彬有禮的侍從武官那冷酷無情的手中。他的思緒轉瞬間驟變：戰役對他來說，已是時過境遷的遙遠回憶。

十

安德烈公爵在布爾諾時，借住俄國友人外交官比利賓的居所。

「噢，親愛的公爵，沒有更受歡迎的客人了，」出來迎接安德烈公爵的比利賓說。「弗蘭茨，把公爵的行李拿到我的臥室去！」他對引領鮑爾康斯基進屋的僕人說。「怎麼，帶來捷報？好極了。您瞧，我生病了呢。」

安德烈公爵洗臉更衣後，來到外交官豪華的書房，坐下來享用已經準備好的午餐。比利賓安靜地坐在壁爐旁。

安德烈公爵不僅歷經長途跋涉，而且經歷過完全失去高貴、優雅、舒適生活的軍旅生活，此刻感受著在自幼熟悉的豪華生活環境中休息片刻的愉悅。此外，在受到奧地利官方的接待後，他很慶幸能和一個俄國人談談，儘管不是說俄語（而是法語），而且他猜想，比利賓同樣抱持著俄國人對奧地利人的那種普遍憎惡感（此刻，他的憎惡之情尤為強烈）。

比利賓三十五歲左右，獨身且與安德烈公爵出身在一樣的社會階層。他們在彼得堡就相識了，進一步認識則是在安德烈公爵和庫圖佐夫最近一起來到維也納期間。正如安德烈公爵是軍事舞臺上前程遠大的青年，比利賓在外交舞臺上也是如此，且有過之而無不及。他還年輕，卻已是頗有閱歷的外交官，因為他從十六歲起便開始任職，曾待過巴黎、哥本哈根，目前在維也納占有一席之地。外交大臣和我國駐維也納公使都認識他、倚重他。他不屬於那種為數眾多的外交官之列，他們不過是被動地以奉命行事為己任，不碰觸眾所周知的負面消息，而且只講法語，期待有朝一日成為名副其實的外交官。反之，他屬於熱愛工作且有能力的外交官之一，儘管懶散，有時卻通宵達旦地伏案工作。不論工作的實質如何，成果皆相當出色。他感興趣的不是「為何而做」的問題，而是「如何做」的問題。外交事務的意義何在，他覺得無所謂；函件、備忘錄或公文，他都能夠草擬得巧妙、準確、文采斐然，並在其中獲得極大的滿足感。比利賓的表現之所以受到器重，除了案頭工作外，還因為他在上層社會的周旋手腕以及談吐。

比利賓像熱愛工作一樣熱愛交談，不過只有在進行優雅而機智的談話時。在社交場合，他往往等待時機，發表一些令人驚豔的想法，否則，他是不會加入談話的。比利賓的談吐往往充滿別緻、機智、令人印象深刻的佳句。這些佳句是比利賓在心裡預先準備的，彷彿刻意帶有言簡意賅的特點，以便於社交場合中那些無聊的人們記住，並將這些佳句從一次宴會帶到另一次宴會中，誠如人們所言，比利賓的佳句在維也納的社交場合裡廣泛流傳，而且經常對所謂的重要事件有所影響。

他瘦削、憔悴、微微泛黃的臉上布滿深刻的皺紋，但總是乾乾淨淨的，如同沐浴後的指尖。這些皺紋的變化構成他的面部表情。他時而皺起前額，好似一層層寬闊的褶子，眉毛時而高高抬起，時而下垂，於是雙頰頓時布滿粗大的皺褶。一雙深陷的小眼總是愉快地坦然直視。

「好吧，跟我說說你們的豐功偉績吧。」他說。

安德烈異常謙虛，絕口不提自己，只敘述了戰況和陸軍大臣的接待。

「他們對我以及這個消息的態度，就像對待跑進禁區的狗一樣。」他總結道。

比利賓冷然一笑，舒展面部皺紋。

「然而，我的好友，」他說，一邊遠遠打量自己的一根指甲，皺起左眼上方的皮膚，「雖然我對『信奉東正教的俄羅斯戰士』滿懷敬意，但是我認為你們的勝利並不是那麼輝煌。」

他仍然用法語繼續說下去，俄語不過是要鄙視時，用來強調的語言。

「不是嗎？你們以全軍之眾猛攻僅有一個師的倒楣莫蒂埃，而莫蒂埃卻從你們的手裡逃脫。試問勝利何在？」

「不過，說真的，」安德烈公爵回答道，「我們總可以毫不誇張地說，這比烏爾姆之戰略勝一籌……」

「為什麼你們不抓個俘虜來，哪怕只有一個？」

「因為並不是一切都能如預期，也無法像進行閱兵般按部就班。我對您說過，我們預計在早上七點前深入敵人後方，可是直到傍晚五點，都還沒有到達目的地。」

「為什麼不在早上七時前到達呢？你們必須在早上七時到達，」比利賓微笑著說，「必須在早上七點到達。」

「為什麼你們不透過外交途徑說服拿破崙放棄熱那亞？」安德烈公爵以同樣的聲調問道。

「我知道，」比利賓打斷他的話，「您在想，坐在壁爐前的沙發上奢談俘虜元帥是很容易的，沒錯，但我仍要問，你們究竟為什麼未俘獲元帥？您不要驚訝，不僅陸軍大臣，至尊的弗蘭茨皇帝兼國王也不會因為你們的勝利而歡欣鼓舞；即便是我這個倒楣的俄國使館祕書，也不感到特別振奮……」

他坦然地看著安德烈公爵，驀地舒展前額。

「現在該輪到我問您『為什麼』了吧，我的朋友？」安德烈說。「我承認，我不明白，也許這其中有我的薄弱智力所難以理解的外交微妙之處，但我就是不明白：馬克全軍覆滅，斐迪南大公和卡爾大公毫無奮發的跡象，甚至失誤連連，最後只有庫圖佐夫獲得真正的勝利，打破了法國人不可戰勝的神話，而陸軍大臣甚至不想多了解實際情形。」

「原因就在這裡，我的朋友。您看：歡呼！為了沙皇，為了俄羅斯，為了信仰！這一切都很好，可是你們的勝利與我們，我指的是奧地利宮廷，有什麼關係呢？您要是帶來的，是卡爾大公或斐迪南大公——您是知道的，兩位大公是難兄難弟——的勝利消息，哪怕只是戰勝拿破崙的消防隊，情況可不同了，我們可是會鳴砲慶祝。而如今，反而像是存心讓我們難堪，只會激怒我們。卡爾大公無所作為，斐迪南大公蒙受恥辱。你們卻要放棄維也納，不再保護維也納，像是對我們說：上帝保佑我們，而你們，你們的首都就聽天由命吧。我們敬愛的將軍施密特，你們帶他去挨槍彈，卻向我們祝賀勝利！您就承認吧，想不出還有什麼比您帶來的消息更令人憤慨的。簡直是存心的、存心的。再說，即便你們真的取得輝煌的勝利，甚至是卡爾大公取得勝利，有助於扭轉情勢嗎？現在為時已晚，維也納已被法軍占領了。」

「您說什麼，維也納被占領了？」

「不僅被占領，而且拿破崙已在美泉宮[95]，而伯爵，我們尊敬的弗爾布納[96]伯爵即將出發，前去聽命於他了。」

安德烈歷經旅途的勞頓和觀察，在受到接待之後，尤其是在用餐之後，深感對自己所聽到的這些話仍無法透徹其意。

---

95 拿破崙的軍隊占領維也納後，將皇帝的美泉宮選作自己的駐蹕之處。

96 弗爾布納（一七六一—一八二五），奧地利國務卿，維也納被占領後，曾參與奧地利政府和法國的談判。

「今天早上，利希特費爾斯伯爵曾來到這裡，」比利賓繼續說道，「他讓我看一封信，信中詳細描述法國人在維也納的閱兵式。繆拉[97]親王以及其他等……您看，你們的勝利並不那麼令人高興，您不可能被當作救星來接待……」

「說真的，我覺得無所謂，完全無所謂！」安德烈說，他逐漸明白，考慮到奧地利首都淪陷之類的事件，關於克雷姆斯戰役的消息確實無關緊要。「維也納怎麼會淪陷呢？大橋呢，還有著名的防禦工事、奧爾施佩格公爵呢？聽說，奧爾施佩格在保衛維也納。」他說。

「奧爾施佩格在河的這一邊，他在保衛我們；我想，他是靠不住的，但畢竟是在保衛我們。而維也納在河的另一邊。不，大橋還沒有失守，而且我希望不會失守，因為大橋已布上地雷，一旦下令便會炸毀。否則我們早就在波希米亞山區了，而您和你們的軍隊就會在雙方的砲火下度過最慘烈的時刻。」

「但這並不意味著，戰爭已經結束。」安德烈公爵說道。

「而我想已經結束了。這裡的大人物也都這麼認為，只是沒有勇氣說出來。情況正如我在會戰初期所說的，不是你們在狄倫施泰因[98]的互相射擊便能解決問題，總之，不是由前線的砲彈解決問題，而是應由高瞻遠矚的那些人來解決。」比利賓重複著自己的話語，他的前額舒展開來，這時他略微停頓一下。「問題取決於亞歷山大皇帝和普魯士國王在柏林的會晤。萬一普魯士加入反法同盟，他們就會迫使奧地利就範，於是便會開戰。否則問題僅僅在於協定、在何處擬定新的坎波福米奧[99]和約的初步條款。」

「多麼了不起的天才！」安德烈公爵突然緊握自己的手擊桌驚歎。「這個人多麼傑出！」

「您是說布拿巴[100]？」比利賓反問，他的前額再次布滿皺紋，意味著馬上就會再出現佳句。「布拿巴？」他說，特別加重『布』的讀音。「不過我認為，現在，當他在美泉宮制定奧地利法律同時，應當為他換掉這個『布』字。我堅決用新的稱呼，只稱他波拿巴。」

「不，說真的，」安德烈公爵說道，「您真的認為，戰爭結束了？」

「我的看法的確如此。奧地利被愚弄了，而且很不甘心。奧地利一定會報復。之所以被愚弄，是因為各省經濟遭到嚴重破壞（他們說，信奉東正教的俄軍大肆劫掠），軍隊潰敗，首都淪陷，而這一切僅僅是由於對薩丁尼亞國王的偏袒[101]。因而，我們私下說就好，我的朋友，我憑政治嗅覺感覺到，他們在欺騙我們，我感覺到，他們正勾結法國，單獨祕密協商[102]。」

「不可能！」安德烈公爵說。「那太卑劣了！」

「我們等著瞧吧。」比利賓說，他臉上的皮膚再次舒展開來，意味著談話結束。

安德烈公爵走進為他準備的房間，身穿清潔的內衣在羽毛褥子和溫暖、芬芳的枕頭上躺下，頓覺他帶來捷報的那場戰爭已離他非常遙遠。他思考的是普魯士的結盟、奧地利的背叛、拿破崙的全新勝利以及明天弗蘭茨皇帝上朝、閱兵和接見。

他閉上眼，耳裡立刻響起砲聲、槍聲和車輪的滾動聲，火槍手的散兵線又從山上下來了，法國人在射

97 繆拉（一七七一—一八一五），法國元帥。

98 狄倫施泰因，奧地利地名，原文為德文。

99 坎波福米奧是義大利的村莊。一七九七年在此簽訂法奧和約，被認為是奧地利在軍事和政治上的重大失敗。

100 俄國上流社會依義大利語的發音稱拿破崙為布拿巴（Buonaparte），有輕蔑之意。

101 一七九六年，拿破崙占領薩丁尼亞王國，薩丁尼亞國王在反法同盟中的盟邦堅決要求拿破崙恢復薩丁尼亞王國，或至少賠償國王的損失。

102 比利賓的猜測是對的，奧地利在戰爭開打後不久，曾與拿破崙密會，進行談判。

擊，他感覺到自己的心臟怦怦跳動，於是他和施密特並轡衝向前去，子彈在他周圍雀躍呼嘯，他體驗到升級十倍的歡樂，這是他自幼年起從未體驗過的感覺。

他醒了……

「是的，這一切都曾經發生過……」他說，暗自露出幸福孩子的微笑，沉入年輕人的酣睡。

十一

第二天他很晚才醒來。在重溫往事時，他先想到今天要覲見弗蘭茨皇帝，想起了陸軍大臣、彬彬有禮的奧地利侍從武官、比利賓和昨晚的談話。他為了前往宮廷穿上好久未曾穿過的全套禮服，神采奕奕，英俊挺拔，一隻手裹著繃帶，走進比利賓的書房。書房裡有外交使團的四位先生，其中包括安德烈認識的伊波利特．庫拉金公爵，他目前擔任使館祕書；比利賓為他介紹其他幾人。

這些人常來比利賓住所聚會，都是上流社會富有又樂觀的年輕人，無論在維也納或是在這裡，總是組成一單獨的社交圈，比利賓稱之為自己人，他算是之中的意見領袖。看來，這個幾乎全是外交官的小圈子，具有上流社會那種對特定女性、官場上的官樣文章有興趣，但都與戰爭和政治毫無關係。這些人顯然樂於視安德烈公爵為自己人（這是他們只給予少數人的榮譽）並接納進自己的小圈子。出於禮貌，也做為開始交談的對象，他們向安德烈提出幾個關於軍隊和戰爭的問題，接著談話便分散為漫無邊際的愉快戲謔和閒聊。

「不過，巧的是，」其中一人說，他正提及外交界一個同事所遭到的挫折，「特別巧的是，外交大臣索性對他說，派他到倫敦任職是重用他，要他也要這麼看待。你們能想像他這時的模樣嗎？」

「不過，最糟糕的是，先生們，我要向你們揭發伊波利特：人家慘遭不幸，而這個唐璜[103]，這個可怕的人，卻利用這一點！」

伊波利特公爵躺在扶手椅上，兩條腿擱在一邊扶手上。他笑了起來。

「講啊，講啊。」他說。

「噢，唐璜！噢，毒蛇！」幾個人說。

「您不知道，安德烈，」比利賓對安德烈公爵說道，「比起這個人在女人當中所造的孽，法軍（我差點兒說成俄軍）的所有惡行都算不了什麼。」

「女人是男人的伴侶嘛。」伊波利特公爵說，他舉起帶柄眼鏡望著自己蹺起的腿。

比利賓和那些自己人無不對著伊波利特大笑。安德烈公爵看得出來，這位伊波利特，他（應當承認）曾為自己的妻子幾乎對他產生妒意的這個人，在這個圈子裡是個小丑。

「不，我要讓您欣賞一下伊波利特，」比利賓小聲地對安德烈說道，「他在談論政治時，那畫面很有趣，你應該看看他的那副神氣的樣子。」

他坐到伊波利特身旁，皺起前額，和他談起政治話題。安德烈公爵和其餘人圍繞他們兩人。

「柏林的內閣不能表達自己對反法同盟的意見……」伊波利特開始了，一本正經地環視大家，「既然如此……正如在其最近的照會中那樣……你們是了解的……你們是了解的……不過，萬一皇帝陛下不改變我們同盟的實質……」

「請等一等，我還沒有說完呢……」他抓起安德烈公爵的手對他說道，「我認為，干涉比不干涉更可靠。而且……」他沉默了一會兒。「不接受我國十一月二十八日的緊急建議[104]，不能認為這便是問題的結束……這一切的結果正是如此。」

於是他放開安德烈的手，表示他說完了。

「狄摩西尼[105]，憑你迷人的嘴裡含著的石頭，我就認出你了！」比利賓說，興奮得甩動滿頭頭髮。

所有人也都笑了起來。伊波利特笑得尤為響亮。他幾乎是喘不過氣來了，可是，他就是忍不住狂笑，笑得他那緊繃的臉總算放鬆了下來。

「喂，聽我說，諸位，」比利賓說，「在家也好，在布爾諾也好，安德烈都是我的客人，我要盡我所能地款待他，讓他在這裡盡情享樂。若是在維也納，這根本輕而易舉；可是在這裡，在這般封閉可惡的摩拉維亞，就不大容易了。所以我請大家幫助我。讓他不虛此行。你們負責帶他進劇院，我負責社交，而您，伊波利特，不言而喻，負責女人。」

「請他帶阿梅利來，太迷人了！」自己人之一吻著指尖說。

「總之，要讓這名嗜殺成性的大兵，」比利賓說，「更富有人情味。」

「諸位，我未必能接受你們的殷勤款待，我先離開了。」安德烈看著鐘說。

「到哪裡去？」

「覲見皇帝。」

「噢，噢！噢！」

---

103 唐璜，中世紀西方傳說中的人物，此處意為好色之徒。

104 沙皇亞歷山大一世曾致函普魯士國王（史載，注明的日期是一八〇五年十二月三日，而不是十一月二十八日），要求普魯士援助奧地利，在必要時向法國宣戰，俄國將「全力」支持。但這一呼籲未獲柏林的回應。

105 狄摩西尼（西元前三八四—三二二），雅典著名演說家，民主派政治家。據說，幼年立志成為演說家，為克服口吃，每天嘴裡含著石頭在海邊練習演說。

「好吧，再見，安德烈！再見，公爵；早點回來用餐，」他們說。「我們來招待您。」

「對皇帝說話時，盡可能多讚揚在軍需供給和行軍路線的安排。」比利賓送安德烈到前廳時提醒道。

「我是想讚揚，可是沒辦法，因為我了解實際情況。」安德烈笑答。

「好吧，那就盡可能多說話，他的癖好是接受朝覲；而他本人不愛說話，也不善於說話，您會見識到的。」

十二

在弗蘭茨皇帝上朝期間，安德烈公爵站在奧地利軍官中的指定位置，皇帝只是對他凝神注視，長臉對他點頭示意。不過，上朝後，昨天那名侍從武官彬彬有禮地轉告他，皇帝要接見。弗蘭茨皇帝接見他時，站在房間中央。展開談話前，安德烈公爵非常驚訝，皇帝看似侷促不安，不善與人交談，臉不覺脹紅了起來。

「告訴我，戰爭是什麼時候開始的？」他倉促問道。

安德烈公爵接著回答。緊接著是一些同樣簡潔的問題：庫圖佐夫身體好嗎？他什麼時候離開克雷姆斯的……等等。皇帝說話時的神情，彷彿他的目的只是為了提出一定數量的問題。顯然，這些問題的回答不可能引起他的興趣。

「戰爭是幾點開打的？」皇帝問。

「我無法向陛下奏明，前線戰場的戰爭是幾點鐘開打，不過，我所在的狄倫施泰因，部隊是在傍晚五點多發動攻勢。」安德烈說，他興致勃勃的，以為這時他能胸有成竹地將自己的所見所聞如實描述一番。

皇帝卻只是微微一笑，打斷他的話：

「多少哩？」

「從哪裡到哪裡，陛下？」

「從狄倫施泰因到克雷姆斯。」

「三哩半，陛下。」

「法國人放棄左岸？」

「據偵察兵報告，最後一批敵軍是在夜裡乘木筏過河的。」

「克雷姆斯的軍需充足嗎？」

「軍需未依規定供應……」

皇帝打斷他的話：

「施密特將軍是幾點陣亡的？」

「好像是七點鐘。」

「七點鐘？太可悲了！太可悲了！」

皇帝說，他很感謝，便點了點頭。安德烈公爵一離開，便被宮廷權貴團團圍住。人們自四面八方親切地望著他，說著親切的話語。昨天那名侍從武官埋怨他，為什麼在宮裡留宿，並請他光臨自己的府邸。陸軍大臣上前來祝賀他榮獲皇帝授予的瑪麗亞特蕾西亞三級勳章。皇后的高級侍從邀請他覲見皇后陛下。太子妃也要見他。他不知該回答誰的問候。俄國公使攬著他的肩，帶他到窗邊，和他交談起來。

和比利賓的說法背道而馳，他帶來的消息受到熱烈歡迎，甚至決定舉行感恩祈禱。庫圖佐夫被授予瑪麗亞特蕾西亞大十字勳章，全軍皆獲嘉獎。安德烈得到各方邀請，整個上午都不得不去拜會奧地利幾名重臣。安德烈公爵在傍晚四點多結束拜訪，在回到比利賓住處的途中構思著給父親的信，內容談及戰爭和自己的布爾諾之行。在駛往比利賓住處之前，安德烈公爵來到書店，購置在軍旅中閱讀的書籍，並在書店裡耽擱許久。比利賓住處的臺階旁停著一輛裝載半車物品的輕便馬車，比利賓的僕人弗蘭茨正吃力地拖著一個皮箱從屋子裡出來。

「怎麼回事？」安德烈安德烈問。

「啊，大人！」弗蘭茨說，一邊費勁地把皮箱堆到馬車上，「我們又要離開了。那個惡棍又跟在我們後面追上來了。」[106]

「什麼？怎麼回事？」安德烈問。

比利賓出來迎接安德烈，他向來平靜的臉上異常驚慌。

「不，不，您得承認，簡直太厲害了，」他說，「塔博爾橋（維也納的一座橋）事件啊。他們沒有遇到任何抵抗就順利過橋。」

安德烈公爵一臉莫名。

「您是從哪裡回來的，連城裡的馬夫都知道的事，您居然不知道？」

「我從太子妃那裡來。我什麼也沒有聽說。」

「也沒有看見四處都在收拾行李？」

「沒有……究竟出了什麼事？」安德烈公爵焦急問道。

「出了什麼事？法國人過了奧爾施佩格守衛的大橋，橋也沒有炸掉，眼下繆拉的部隊正在通往布爾諾的大路上迅速推進，今天或明天就會到達這裡。」

---

106 原文為德文。

「到達這裡？既然大橋已埋了地雷，怎麼會沒有炸掉呢？」

「我倒想問您呢。這件事誰也不清楚，甚至拿破崙本人也不知道。」

安德烈聳聳肩，不置可否。

「既然大橋失守，軍隊也就完了，因為退路已被切斷。」他說。

「問題就在這裡，」比利賓回答道。「聽我說吧。法國人進入維也納，我對您說過，一切都很好。第二天，也就是昨天，幾名元帥，包括繆拉、拉納[107]和貝利亞爾騎馬向大橋出發。（請注意，他們三人都是加斯科涅人[108]。）『諸位，』其中一人說道，『你們知道，塔博爾橋埋了地雷和排雷裝置，橋前有恐怖的橋頭堡，還有一萬五千人的部隊奉命炸橋，阻擋我們過橋。如果我們拿下這座橋，我們的拿破崙皇帝陛下會高興的。我們三人去拿下這座橋吧。』『那就走吧。』其他兩人說；於是他們就去攻占大橋，過橋後，此時，全軍正朝我們、你們和你們的交通線撲來。」

「別開玩笑了。」安德烈公爵憂鬱而嚴肅說道。

這個消息使安德烈公爵備感痛苦，也感到高興。當他了解到俄軍正處於如此絕望的境地時，他當即想到，正是他注定要擔負起自這般險境中挽救俄軍的使命，這便是他的土倫[109]之戰，此役將使他從眾多默默無聞的軍官中脫穎而出，為他開闢第一條榮譽之路！他一面聽比利賓描述，一面已經在考慮，回到部隊以後，他將在軍事會議上提出唯一能夠挽救俄軍的見解，由此，他將受命獨自執行這項計畫。

「別開玩笑了。」他說。

「我沒有開玩笑，」比利賓繼續說道，「沒有更真實、更可悲的了。這些人來到橋頭，舉著白手絹；表面說是休戰了，他們來，是為了和奧爾施佩格公爵談判。一名值班軍官送他們進橋頭堡。他們對該軍官滔滔不絕說著加斯科涅人的胡言亂語：他們說，戰爭結束了，弗蘭茨皇帝決定和拿破崙會晤，他們希望能見到奧爾施佩格公爵等。軍官派人去請奧爾施佩格；這些先生們和軍官們擁抱、說笑、坐在大砲上，這時，法軍的一個營悄悄上橋，把裝有引火材料的麻袋拋進河裡，並向橋頭堡逼近。中將本人，我們親愛的奧爾施佩格．馮．毛特恩公爵終於出現了。『親愛的敵人！奧地利軍隊之花，土耳其歷次戰爭的英雄！敵對狀態結束了，我們可以握手言和了……拿破崙皇帝熱切期望和奧爾施佩格公爵結識。』總之，這些先生不愧是騙子，他們對奧爾施佩格花言巧語，而他為自己和法國元帥們一見如故的親切感所迷惑，對繆拉的外套和鴕鳥花翎目眩神迷，以致他只看到他們熱情似火，卻忘記自己的職責是向敵人開火。（儘管話說得生動流暢，比利賓卻沒有忘記，在講了這句佳句後停頓一下，讓人有時間品味。）法軍軍營跑進橋頭堡，釘死大砲，大橋被占領了。不，最神奇的是，」他接著說道，因為自己傳神的敘述而激動的情緒平靜了下來，「一名中士所管理的那門大砲一旦發出信號，便會引爆地雷，炸毀人橋，這名中士眼看法軍衝上大橋，準備要發射信號，拉納卻支開他的手。顯然，中士比自己的將軍聰明，他走到奧爾施佩格面前說：『公爵，他們在欺騙您，看哪，法國人上來了！』繆拉明白，一旦讓中士說下去，他們就必敗無疑。他佯裝震驚（真正的加斯科涅人），轉身對奧爾施佩格說：『這就是舉世聞名的奧軍紀律嗎？』他說，『您居然讓下級這樣和您說話！』這是優秀的應變能力。奧爾施佩格公爵備感羞辱，於是下令逮捕中士。您不得

---

107 拉納（一七六九—一八〇九），法國將軍，第一帝國元帥。

108 加斯科涅，法國一省，該地居民被認為是愛吹牛的人。

109 一七九三年十二月十七日，拿破崙率領所部參加攻克土倫之役。原來默默無聞的年輕科西嘉上尉被授予陸軍準將的軍銜。這一年，他才二十四歲。

不承認，這簡直是妙招，塔博爾橋這整個荒唐的故事真是精采至極。這不是愚蠢，也不是卑劣……」

「也許是背叛。」安德烈公爵說，他生動地想像灰大衣、傷口、硝煙、密集的槍砲聲和等待著他的榮譽。

「也不是。這使得宮廷的處境十分險峻，」比利賓繼續說道。「這不是背叛，不是卑劣，不是愚蠢；這和烏爾姆城下的情況一樣……」他似乎在沉思、尋找更為恰當的說法：「這……這是**馬克現象**。我們**馬克化**了。」他總結道，深感自己說了佳句，而且令人耳目一新，是必將眾口傳頌的佳句。

緊蹙的前額此時迅速舒展開了，意味著他感到很滿意，於是他面帶笑意，審視起自己的指甲。

「您要去哪裡？」他突然問道，轉頭望向安德烈公爵，因為他已經站起來，走向自己的房間。

「我要走了。」

「去哪裡？」

「回部隊。」

「您不是想再停留兩天嗎？」

「但我得立刻動身。」

於是，安德烈公爵完成動身的安排後，回到自己的房間。

「您要知道，我的朋友，」比利賓走進他的房間說道，「我為您衡量了一下。您有必要離開嗎？」為了證明他的理由是無可辯駁的，他面色更是舒坦，毫無皺紋。

安德烈公爵一臉疑問地看了看對方，沒有回答。

「您何必離開呢？我知道，您認為目前軍情危急，您的職責便是火速趕回部隊。我理解，親愛的朋友，這是英雄主義。」

「完全不是。」安德烈公爵說。

「但您是哲學家，那就成為徹底的哲學家吧，從另一個角度來看這件事，您就會明白，您的職責，正好相反，是要自重。這種事有勞他人吧，他們是沒有其他用處的……您並沒有接到返回部隊的命令，而這裡也尚未准許您離開，因而您可以留下來和我們一起走，隨不幸的命運帶我們前行。據說，他們要去奧洛穆茨。奧洛穆茨是座親人的城市。我和您大可悠閒地乘坐我的馬車離開。」

「不要開玩笑了，比利賓。」安德烈說。

「我對您說這些話，是出於誠摯的友情。考慮考慮吧。您是可以留下的，那麼您為什麼要走，又去哪裡呢？等待您的無非是兩種情況（他左邊太陽穴上方出現皺紋），要不在您還沒有到達部隊的時候，和約已經簽訂，要不庫圖佐夫的軍隊已蒙受戰敗的恥辱。」

比利賓鬆開臉上的皺紋，覺得這兩種論點中的其中之一是無可辯駁的。

「我不能這麼想，」安德烈公爵冷淡回應道，卻在心裡想：「我要走，因為我要去挽救軍隊。」

「親愛的朋友，您是英雄。」比利賓說道。

十三

當夜安德烈公爵便向陸軍大臣告辭，並返回部隊，不過他自己也不知道在何處能找到部隊，而且，他擔心在前往克雷姆斯的途中會被法國人抓住。

在布爾諾，宮裡的人都在收拾行裝，笨重的物品已運往奧洛穆茨。安德烈公爵來到埃采爾斯多夫附近的一條大路，俄軍正沿著這條路倉皇撤退，秩序極其混亂。路上塞滿大車，四輪轎式馬車已無法通行。安德烈公爵向哥薩克部隊的長官要來一匹馬和一名哥薩克，忍著飢餓和疲倦趕過一輛輛大車，尋找總司令和自己的行李車。他一路上聽聞有關戰爭形勢的種種可怕傳聞，而軍隊倉皇逃跑的情形似乎證實這些流言蜚語。

「英國人的黃金把俄國軍隊從天涯海角運到這裡，我們要讓俄軍遭到同樣的命運（烏爾姆城下奧軍的命運）。」他想起拿破崙在戰前向自己的軍隊下達命令時所說的話，這些話在他心裡同樣激起對天才英雄人物的讚歎、受傷的自尊和對榮譽的渴望。「倘若只剩下死路一條呢？」他想。「也好，既然非死不可！我絕不落人後。」

安德烈公爵輕蔑地看著那一望無際、混亂不堪的軍隊、大車、砲車和大砲，接著又是形形色色的馬車、馬車、還是馬車，車輛爭先恐後，三輛一排、四輛一排，泥濘的道路被擠得水洩不通。四面八方，前前後後，只要用心聆聽，四處是車輪的轔轔聲、馬車、大車和砲車的隆隆聲、馬蹄噠噠聲，鞭子的劈啪聲、趕馬的吆喝聲以及士兵、勤務兵和軍官的叫嚣聲。道路兩旁，不斷映入眼簾的或是已剝皮和未剝皮的死馬，或是損壞的馬車和坐在車旁等待著什麼的孤單士兵，或是離開隊伍的士兵，他們成群結隊湧向鄰近村莊或從村裡出來，拎著雞、牽著羊、抱著乾草或扛著裝滿物資的麻袋。在上坡處和下坡處，人群更加稠密，痛苦的哀號聲響成一片。士兵們踩著齊膝深的汙泥，雙手抬起大砲和載貨馬車；鞭子在揮舞，馬蹄不斷打滑，套索時經常綳斷，人們發出撕心裂肺的呼號。指揮交通的軍官們騎馬在車流中往返奔波。他們的聲音在人聲鼎沸、車馬喧囂聲中顯得那麼微弱，他們的臉上流露出對恢復秩序力不從心的絕望。

「這就是他們，親人的信仰東正教的軍隊。」安德烈尋思，他想起了比利賓的話。

為了向這些人打聽總司令的所在，他來到車隊旁。正對著他駛來的是一輛陌生馬車，看來是軍人就地取材手工製造的，樣子介於大車、輕便馬車和轎式馬車之間。趕車的是一名士兵，皮車篷和布簾後坐著一個用幾條披肩裹得嚴實的女人。安德烈公爵縱馬上前，準備向士兵問路，此時，坐在馬車上的女人的絕望叫喊吸引了他的注意。看管車隊的軍官正在抽打在馬車上駕車的士兵，原因是他要趕超其他車輛。鞭子落在車廂布簾上。女人尖叫起來。一看到安德烈公爵，她便從布簾後探出頭來，從毯子似的披肩裡伸出一雙削細的胳膊揮舞著叫道：

「副官！副官先生！看在上帝分上……保護我們吧……這算什麼啊？我是第七騎兵團軍醫的妻子……他們不讓我過去；我們脫隊了，和自己人失散了……」

「我揍扁你，馬上掉頭！」軍官向士兵惡狠狠吼道。「帶著你的婊子滾回去！」

「副官先生，保護我們吧。這是怎麼一回事啊？」女人叫道。

「請放這輛馬車過去。難道您沒看見是婦女嗎？」安德烈公爵上前對軍官說。

軍官瞄了他一眼，不予理睬，又回頭對士兵說：

「我看你超車……回去！」

「我告訴您，放行。」安德烈公爵抿緊嘴唇又說了一遍。

「你是什麼人？」軍官突然帶著醉漢的暴怒對他說道。「你是什麼人？你（他特別加重你字）是長官嗎？這裡的長官是我，不是你。你，回去，」他重複道，「看我揍扁你。」

看來軍官很喜歡講這句話。

「讓這小副官有得瞧。」後面有人說道。

安德烈公爵看到，軍官處於醉漢無緣無故怒氣勃發的狀態，這種人，通常自己也不知道在說什麼。他目睹到，他為馬車裡的軍醫妻子出頭，將陷自己於世界上最可怕的危險之中，那便是所謂的惹人笑話。但他的本能不以為然。未等軍官把話說完，神情扭曲的安德烈公爵便縱馬上前，並且舉起馬鞭：

「請您——放——行！」

軍官把手一揮，急忙調馬離開。

「都是這些人，這些參謀部的人，搞得一團糟，」他嘟囔道。「您就看著辦吧。」

安德烈公爵眼也不抬，急忙離開稱他為恩人的軍醫妻子，厭惡地仔細回憶這有損尊嚴的情景，同時向一個村莊疾馳而去，有人告訴他，總司令在那裡。

進入村莊後，他下馬走向第一棟房舍，想至少休息片刻，吃點東西，清理一下這些令他備感受辱和痛苦的思緒。「一群渾蛋，不算是軍人。」他想，來到第一棟房舍的窗前，這時一道熟悉的聲音喊著他的名字。

他回頭看了一下。涅斯維茨基從一個小窗伸出他那俊俏的臉蛋。涅斯維茨基紅潤的嘴正咀嚼著什麼，一邊揮舞雙手，招呼他過去。

「安德烈，安德烈！你聽不見是嗎？快來。」他叫道。

安德烈公爵走進房舍，看見正在用餐的涅斯維茨基和另一名副官。他們急忙向安德烈打聽，是否知道什麼消息。安德烈公爵在他們如此熟悉的臉上看出驚慌不安的神情。這神情在涅斯維茨基總是笑容可掬的臉上格外顯眼。

「總司令在哪裡？」安德烈問。

「在這裡，在那棟屋子裡。」副官回答道。

「喂，情況如何，真的談和投降了嗎？」涅斯維茨基問道。

「我正想問你們呢。我什麼也不知道，好不容易才來到你們這裡。」

「而我們這裡，老兄，說什麼呀！太恐怖了！我很後悔，老兄，不該嘲笑馬克，如今我們的處境還不如他。」涅斯維茨基說。「坐啊，吃點吧。」

「公爵，現在找不到大車，什麼也找不到，您的彼得也不知下落。」另一名副官說。

「司令部在哪裡？」

「我們要在茨納伊姆[110]過夜。」

「我叫人把我需要的物品都打包好，由兩匹馬馱著。」涅斯維茨基說。「馱裝實在是個好方法。即使行走在波希米亞山區也很方便。不對勁喔，老兄。怎麼了，你在打哆嗦，生病了嗎？」涅斯維茨基問，他

110 即現在捷克的茲諾伊莫。

發覺安德烈公爵像觸電似的抽搐了一下。

「沒什麼。」安德烈公爵回答道。

此刻他想起不久前與軍醫妻子和輜重兵軍官的相遇。

「總司令在這裡做什麼？」他問。

「我完全不知道。」涅斯維茨基說。

「我只知道一些，一切都很糟糕、很糟糕、相當糟糕。」安德烈公爵說著便到總司令所在的屋子去了。

安德烈公爵經過庫圖佐夫的馬車、侍從們疲乏的坐騎和高聲交談的哥薩克們，接著走進門廊。庫圖佐夫本人，正如人們對安德烈公爵所說的，在農舍裡和巴格拉季翁公爵以及魏羅特[111]在一起。奧地利將軍魏羅特是接替陣亡的施密特。門廊裡，矮小的科茲洛夫斯基蹲在文書官面前。文書官捲起軍服袖口，趴在倒扣的小木桶上振筆疾書。科茲洛夫斯基滿面倦容，顯然，他也是通宵未眠。他抬頭看了眼安德烈公爵，甚至未點頭致意。

「另起一行……寫好了嗎？」他繼續向文書官口授。「基輔擲彈兵團，波多利斯克團……」

「太快了，我跟不上，閣下。」文書官打量著科茲洛夫斯基，怠慢而氣憤說道。

這時，從門後傳來庫圖佐夫熱烈卻不滿的聲音，他的話不斷被一道陌生的聲音打斷。根據這些話語聲，根據科茲洛夫斯基對他漫不經心的一瞥，根據疲憊不堪的文書官怠慢的態度，根據文書官和科茲洛夫斯基在離總司令那麼近的地方蹲在小木桶旁的地板上，根據牽馬的哥薩克們在屋子窗下大聲哄笑——根據這一切，安德烈公爵感到，一定是發生了什麼重大而不幸的事件。

安德烈公爵執著地向科茲洛夫斯基提出問題。

「等一下，公爵，」科茲洛夫斯基說。「這是給巴格拉季翁的書面命令。」

「要投降？」

「沒有的事；已經擬定了作戰計畫。」

安德烈公爵朝傳出說話聲的那扇門走去。但他正要推門之際，房裡的談話聲停止，門開了，虛胖的臉上長著鷹鉤鼻的庫圖佐夫出現在門口。安德烈公爵正好站在庫圖佐夫面前；從總司令獨眼的表情來看，他是那麼專注在自己的思緒和煩惱，致使他視而不見。他直視自己副官的臉，卻沒有認出他來。

「怎麼，寫完了嗎？」他問科茲洛夫斯基。

「馬上就好，殿下。」

巴格拉季翁隨總司令出來了，他個子不高，長著一副堅定而呆板的東方人臉型，身材乾瘦，仍未顯老態。

「榮幸地向您報到。」安德烈公爵大聲重複了一遍，一面把一只信封呈遞給他。

「啊，從維也納回來了？好。等一下、等一下！」

庫圖佐夫和巴格拉季翁來到門口臺階上。

「好吧，公爵，再見，」他對巴格拉季翁說。「願主保佑你。祝福你建立豐功偉績。」

庫圖佐夫的神情突然變得柔和，眼裡含著淚水。他用左臂把巴格拉季翁攬在懷裡，戴著戒指的右手彷彿習慣性的動作為他畫了十字，並把虛胖的面頰湊近他，巴格拉季翁親他，不過親的不是面頰，而是脖

---

111 魏羅特（一七五四—一八〇七），奧地利將軍，曾任奧軍參謀長。

子。

「願主保佑你！」庫圖佐夫又說了一遍，隨即走向四輪馬車。「跟我走。」他對安德烈說道。

「將軍，我希望在這裡效力，請允許我留在巴格拉季翁公爵的部隊裡。」

「坐下，」庫圖佐夫說，他發覺安德烈有些遲疑，「我自己需要優秀的軍官，我自己需要。」

他們坐上馬車，默默前行好幾分鐘。

「前面還會發生很多、很多難以預料的事。」他帶著老者洞悉一切的神情說道，一副對安德烈的心思瞭若指掌的樣子。「如果他這支部隊明天能有十分之一回來，我就要感謝上帝了。」庫圖佐夫又說，猶如自言自語。

安德烈公爵望了望庫圖佐夫，不由地看到近在咫尺的庫圖佐夫鬢角上洗得很乾淨的傷疤上那幾道皺紋，伊茲梅爾的一顆子彈便是由此擊穿他的腦袋，也看到了那隻失去眼球的眼睛。「是啊，他有權利如此平靜地談論那些人的犧牲！」安德烈想。

「因此我才請求派我到那支部隊去。」他說。

庫圖佐夫並未搭理。他似乎已經忘記剛才所說的話，陷入了沉思。過了五分鐘，在馬車上輕輕搖晃著，庫圖佐夫向安德烈公爵轉過頭來。他的臉上已毫無激動的痕跡。他帶著微妙的嘲諷，向安德烈公爵詢問他和皇帝會見的詳情、在宮廷聽到的對克雷姆斯戰事的反映，還問起他們都認識的幾個女人。

十四

十一月一日，庫圖佐夫收到偵察兵情報，得悉他所統帥的軍隊幾乎處於絕境。偵察兵報告，法國人過維也納大橋之後，以重兵撲向庫圖佐夫和來自俄國境內部隊之間的交通線。假如庫圖佐夫決定屯兵克雷姆斯，拿破崙的十五萬大軍會當即切斷他的所有交通線，將他四萬疲憊不堪的俄軍團團圍住，那麼他的處境就是當初馬克在烏爾姆的處境。假如庫圖佐夫決定離開主要道路，放棄與來自國內部隊聯絡的交通線，就非得在荒野中跋涉，在敵軍優勢兵力的追擊下退入情況不明的波希米亞山區，從而放棄和布克斯赫韋登聯絡的任何希望。假如庫圖佐夫決定，沿著主要道路從克雷姆斯向奧洛穆茨撤退，與來自國內的部隊會師，那麼越過維也納大橋的法軍有可能搶先占據這條通道，那樣就不得不帶著所有輜重在行進中迎戰，被三倍於己的敵軍兩面夾擊。

庫圖佐夫選擇了最後的方案。

據偵察兵報告，法軍越過維也納大橋，即以強行軍的速度向茨納伊姆推進，此處位於庫圖佐夫撤退途中，離俄軍一百多俄里。若在法軍之前搶先趕到茨納伊姆，意味著軍隊可望得救；法國人先到茨納伊姆，軍隊必將蒙受類似烏爾姆之役的恥辱，甚至全軍覆沒。只是率領全軍搶先趕到是不可能的。法國人從維也納到茨納伊姆的道路，比俄國人從克雷姆斯到茨納伊姆的距離更短，路況也較好。

在獲知情報的當夜，庫圖佐夫派遣巴格拉季翁的四千先行部隊從右方翻山越嶺自克雷姆斯茨納伊姆大道插向維也納茨納伊姆大道。巴格拉季翁理應不眠不休走完這段路程，同時面向維也納背對茨納伊姆駐紮下來。一旦他成功搶在法軍之前，他就得竭盡全力阻滯法軍前進。庫圖佐夫亦親自帶重裝備向茨納伊姆出發。

率領忍飢挨餓、沒有鞋穿的士兵在荒野的山區、在暴風雨之夜走了四十五俄里，由於脫隊而減員三分之一，巴格拉季翁終於來到維也納茨納伊姆大道上的霍拉布倫，比從維也納向霍拉布倫趕來的法軍提前數小時抵達。庫圖佐夫帶著重裝備，仍需一晝夜才能趕到茨納伊姆，因此，為了挽救軍隊，巴格拉季翁要在這一晝夜率四千飢餓疲憊之師擋住在霍拉布倫相遇的敵軍，這顯然是不可能的。只是奇特的命運使不可能變成可能。法國人成功不戰而奪取維也納大橋的欺騙行動促使繆拉故技重施，企圖欺騙庫圖佐夫。繆拉在茨納伊姆大道上遭遇巴格拉季翁的弱小部隊後，以為那就是庫圖佐夫的全部軍隊。為了殲滅這支軍隊，他要等待從維也納出發的後續部隊，為此他建議停戰三天，條件是雙方軍隊不得改變態勢，也不得離開原地。繆拉說，和談已在進行，為了避免無謂的流血，他建議停戰。駐守前哨陣地的奧地利將軍諾斯蒂茨伯爵相信繆拉軍使帶來的訊息，退出陣地，將巴格拉季翁的部隊暴露在敵人面前。另一名軍使來到俄軍散兵線，同樣宣布了和談消息，並建議俄軍停戰三天。巴格拉季翁回答說，他無權同意或拒絕停戰，於是派副官帶著有關停戰建議的報告去見庫圖佐夫。

對庫圖佐夫來說，停戰是唯一辦法，至少可以贏得時間，讓巴格拉季翁疲憊的部隊得到休整，讓輜重和重裝備（它們的移動是祕密進行的）再向茨納伊姆多走一程也好。停戰建議為挽救軍隊提供了唯一且意料之外的機會。庫圖佐夫一得到消息，立刻派遣屬下的將軍銜副官溫岑格羅德前往敵方軍營。溫岑格羅德不僅同意停戰，還提出投降條件。與此同時，庫圖佐夫派副官們回去，督促全軍輜重部隊沿克雷姆斯茨納伊姆大道盡速行進。巴格拉季翁又飢又乏的部隊不只得獨自掩護輜重隊和全軍行動，還得面對兵力超過我軍八倍的敵軍而屹立不動。

庫圖佐夫的預料都實現了，他曾預料，沒有任何約束力的停戰建議能為運送部分輜重贏得時間，他還預料，繆拉的失誤很快就會被發覺。離霍拉布倫二十五俄里的美泉宮裡的拿破崙，一接到繆拉的報告以及停戰和投降的草約，便發現其中有詐，並寫了一封信給繆拉，內容如下：

致繆拉親王。美泉宮，一八〇五年

霧月二十五日晨八時

我找不到適當的言詞來表達我對您的不滿。您只是指揮我的先行部隊，沒有我的命令，您無權停戰。您使我喪失了整個戰役的勝利果實。立即撕毀停戰協定，並發動攻勢。您向他宣布，簽署投降書的將軍無權這麼做，除了俄國皇帝，誰也沒有這個權力。

不過，倘若俄國皇帝同意相關條件，那麼我也同意；然而這只是一個詭計而已。立即前進，消滅俄國軍隊……您可以俘獲俄軍的輜重和大砲。

俄國皇帝的將軍銜副官是個騙子……沒有得到授權的軍官什麼也做不了的；他也沒有獲得授權……奧地利人在通過維也納大橋這件事上被騙了，而您則上了俄皇副官的當。

拿破崙

拿破崙的副官帶著這封嚴厲的信件策馬飛馳而去。拿破崙信不過自己的將軍，親自率領近衛軍直撲戰場，唯恐會失去到手的獵物。而巴格拉季翁四千人部隊則快活地燃起營火，他們正在烤火取暖，烘烤身上潮濕的衣服，三天來第一次熬粥，部隊裡誰也不知道，誰也不去想，部隊會有什麼遭遇。

十五

安德烈公爵堅決的請求獲得庫圖佐夫的批准，於是，他在下午三點多來到葛蘭特，向巴格拉季翁報到。拿破崙的副官尚未抵達繆拉的部隊，戰爭也還沒有開始。巴格拉季翁的部隊對戰局毫無所知，他們談論和平，但不相信會有和平；談論戰爭，也不相信戰爭迫在眉睫。

巴格拉季翁知道，安德烈是受到信任的副官，接待他時，表現出長官的特別優待和寬厚，並向他說明，也許今天或明天就會開戰，戰爭時，他可以自行決定，留在他身邊，或是在後衛部隊監督退卻的秩序，「這也是很重要的」。

「不過，今天也許不會有戰事。」巴格拉季翁說，彷彿在安慰他。

「如果他是參謀部裡一般的富少爺，被派到這裡來是為了獲得十字勳章，那麼他在後衛部隊也能受獎，要是他想和我在一起，也行……只要他是勇敢的軍官，就能派上用場。」巴格拉季翁心想。安德烈公爵什麼也沒有回答，只要求讓他到陣地上到處走走，了解一下部隊的部署，以便在執行任務時知道該往哪裡去。部隊的值班軍官是個面容姣好的男子，衣著講究，食指上戴著鑽石戒指，愛說法語，程度卻很差，他自願為安德烈公爵帶路。

四面八方都看得到汗水淋漓、臉色憂鬱、似乎在尋找什麼的軍官和拖著門板、長凳和柵欄從村裡出來的士兵。

「您看，公爵，我們周圍總是有這種人，」校官指著那些人說道。「長官們太放縱他們了。您再看看這裡，」他指向隨軍商販搭的帳篷，「都聚集在這裡。今天早上，我趕走所有人。你看看，現在又坐滿人。我要過去，公爵，轟走他們。一下子就好。」

「我們一起去吧，我要買點乾酪和麵包。」安德烈公爵說，他都還沒進食呢。

「您怎麼不早說，公爵？我會招待您的。」

他們下馬走進隨軍商販的帳篷。幾個臉色通紅、滿面倦容的軍官坐在桌旁飲酒吃食。

「哎，怎能這樣呢，諸位！」校官以責備的語氣說道，看來他已經多次重複過這句話了。「隨便離開崗位可不行。公爵下過命令，不准任何人到這裡來。喂，還有您，上尉先生。」他對一個矮小瘦削、滿身汙垢的砲兵軍官說。這個軍官沒有穿靴子（他把靴子交給隨軍商販，讓他拿去烘乾），只穿著一雙長襪，在他們面前站了起來，不大自然地微笑著。

「喂，圖申上尉，您怎麼不覺得丟臉？」校官繼續說道，「您身為砲兵軍官，應該成為表率，卻不穿靴子。要是突然拉警報，您沒有靴子，那就有得瞧了。（校官微微一笑。）諸位，請回到自己的崗位上吧，都走，都走。」他以長官的語氣補充道。

安德烈公爵看了上尉一眼，不禁莞爾。圖申微笑地沉默著，倒換著赤裸的兩腳，充滿疑問地睜著一雙聰明和善的大眼，時而望望安德烈公爵，時而望望校官。

「士兵們說：不穿靴子更靈活。」圖申上尉帶著靦腆的微笑說，看來他想用玩笑的口吻來轉圜尷尬的處境。

不過，話未說完，他就感到玩笑不合時宜，沒有人理睬。他反而感到難為情。

「請大家回去吧。」校官說，竭力保持嚴肅的態度。

安德烈公爵再次對這個身材矮小的砲兵軍官看了一眼。他的身上有某種特別的、完全不像軍人的特質，有點滑稽，卻非常引人注目。

校官和安德烈公爵上馬，繼續往前走。

出了村莊，他們不斷超越不同部隊的官兵，或遇到官兵們迎面而來，他們目睹左邊正在建造的防禦工事，新翻的泥土泛著紅色。有幾個營的士兵不顧寒風刺骨，只穿著襯衣，像白色的蟻群在這些工事上忙碌著；土堤後方看不見是哪些人在不斷地揮動鐵鏟，抛出紅土。他們走近一處工事，參觀後又繼續趕路。就在工事後，他們碰到幾十名士兵，交替地不斷從工事上跑下來。他們不得不催動坐騎，掩鼻而過，逃離這汙濁的空氣。

「這就是軍營中煞風景的地方，公爵。」值班的校官說。

他們登上對面的山岡，在這座山上已經看得見法國人。安德烈公爵勒馬觀察。

「我們的砲兵連就在那裡，」校官指著制高點說，「這就是不穿靴子的那個怪人的砲兵連；在那裡什麼都看得見：我們去吧，公爵。」

「非常感謝，我一個人去就行了。」安德烈公爵說，他想擺脫這名校官，「請您放心。」

校官留下了，安德烈公爵則獨自前往。

他愈向前走，離敵人愈近，部隊愈是秩序井然，士氣也愈是高昂。最混亂、最抑鬱的是早上安德烈公爵在茨納伊姆之前趕上的輜重隊，他們離法國人有十俄里之遙。在葛蘭特亦能感覺到某種驚恐不安的情緒。但安德烈公爵愈是接近法軍散兵線，只見部隊愈是充滿自信。列隊的士兵穿著軍大衣，連副和連長在清點人數，戳著排頭兵的胸脯，命令他舉起手。分散在周圍地區的士兵拖來木柴和樹枝，搭建臨時的小板棚，熱烈談笑；坐在一堆堆營火旁的士兵，有的穿著衣服，有的赤裸上身，正在烘烤襯衣、包腳布，或修補靴子和軍大衣，有的士兵聚集在行軍鍋和炊事兵旁。有一個連隊已經準備開飯，士兵們熱切地望著冒熱氣的大鍋，等管理員以小木碗盛一碗送給坐在板棚對面一根原木上的軍官檢驗。

另一個連隊比較幸運，因為並不是每一個連隊都能取得伏特加，士兵們聚在圓腰的麻臉連副身邊，他扳倒酒桶往輪流遞過來的軍用水壺杯形蓋裡斟酒。士兵們如獲至寶地把水壺舉到嘴邊傾倒，把酒含在嘴裡，用軍大衣的袖子擦拭嘴唇，喜形於色地從連副身邊走開。人人神情都那麼平靜，彷彿這一切不是發生在敵軍虎視眈眈之下，不是在部隊至少有一半官兵將倒在戰場的戰爭前夕，而是在祖國某處等待平靜的宿營。安德烈公爵騎馬經過輕步兵團，在剽悍的基輔擲彈兵隊伍裡，官兵們也正忙於日常事務，在離團長與眾不同的高大板棚不遠處，他碰上擲彈兵一個排的佇列，佇列前趴著一名赤裸的人。兩名士兵按住他，還有兩個人揮動柔韌的樹條有節奏地抽著他裸露的脊背。受罰者裝腔作勢地號叫著。胖少校在佇列前走來走去，不理會他的叫嚷，不住聲地說道：

「士兵偷竊是可恥的，士兵應當正直、高尚、勇敢；偷戰友的東西，就是沒有正直的品格。再打、再打！」

於是只聽枝條著肉的抽打聲和呼天搶地的號叫聲，不過那號叫聲是裝出來的。

「再打、再打。」少校號令道。

一個年輕的軍官臉上帶著困惑和痛心的神情離開受罰者，一面望著從旁經過的副官。

安德烈公爵來到前線，沿著戰線視察。敵我雙方的散兵線在左右兩翼都相距甚遠，但在中央，在軍使們早上通過的地方，卻如此接近，以致看得清對方的臉，甚至可以彼此交談。在這種地方，除了散兵線上的士兵，兩邊還站著好奇的民眾，他們一邊取笑，一邊打量著奇怪而陌生的敵人。

從清早起，儘管禁止靠近散兵線，長官們卻始終無法驅散好奇的民眾。處於散兵線上的士兵，好像向觀眾展覽稀罕物的人，已經不看法國人，而是自己在觀看那些觀眾，由於乏味，不耐煩地等待換崗。安德烈公爵停下來，仔細觀察法國人。

「看呀，你看。」一個士兵指著俄軍一個火槍兵對同伴說，火槍兵和一名軍官走到散兵線上，和法軍的一個擲彈兵快速而熱烈地說著什麼。「你瞧，他嘰哩咕嚕地講得好流利！啊，那個法國人跟不上他了。喂，你也來露一手，西多羅夫……」

「別急，你聽。好流利！」西多羅夫說，他被認為是法語能手。

人們笑著指點的那個士兵便是多洛霍夫。安德烈公爵認出他，便仔細聽他在說什麼。多洛霍夫和他的連長是從左翼來到散兵線的，他們的團駐紮在那裡。

「喂，再講，再講！」連長鼓舞他，他向前弓著腰，竭力不漏過每一句話，儘管一句也聽不懂。「請你說得再快些。他在說什麼？」

多洛霍夫未搭理連長；他正在和法國擲彈兵進行熱烈的爭論。他們理所當然地在談論戰爭。法國人混淆了奧地利人和俄國人，硬說俄軍在烏爾姆城下繳械了，逃跑了；多洛霍夫說，俄軍沒有繳械，而是打敗了法國人。

「我們奉命在這裡驅趕你們，我們一定能趕走你們。」多洛霍夫說。

「那就試試吧，可別和你們的哥薩克一齊當了俘虜。」法國擲彈兵說。

在一旁看著、聽著的法國人忍不住笑了起來。

「我們要像當年蘇沃洛夫那樣，打得你們像熱鍋上的螞蟻。」多洛霍夫說。

「他在那裡嘮叨什麼？」一個法國人問。

「一個古老的故事，」另一個回答，他猜到是在說以前的戰事。「皇帝會像教訓別人那樣教訓你們的蘇瓦拉……」

「拿破崙……」多洛霍夫剛想說，法國人打斷了他的話。

「不是什麼拿破崙。是皇帝！見鬼……」他氣憤叫道。

「該死，你們的皇帝！」

多洛霍夫用士兵的粗話謾罵了一通，揹起長槍離開了。

「走吧，伊萬．尼基奇。」他對連長說。

「這才是法語。」散兵線上的士兵們說。「喂，西多羅夫，你也說上幾句！」

西多羅夫眨眨眼，轉身面對法國人，開始連珠炮似的嘀咕著誰也聽不懂的話。

「卡利，馬拉，塔法，薩費，穆特，卡斯卡。」他嘰哩咕嚕、有腔有調地說道。

「呵呵呵！哈哈哈哈！嗚！嗚！」士兵們充滿朝氣的哄然大笑，這笑聲不由地也感染了散兵線對面的法國人，在此之後，似乎應該趕快退出槍彈，銷毀彈藥，各回各的家鄉。

然而依舊是子彈上膛，房屋和工事的槍眼仍威嚴地注視前方，卸下前車的大砲也仍像過去一樣瞄準對方。

十六

安德烈公爵騎馬從右翼到左翼視察了所有戰線，登上砲兵連所在的高地後，那名校官說，在這片高地上，看得見整體戰場。他在這裡下馬，站在卸去前車的四門大砲靠邊的大砲旁。大砲前，一名值崗的砲兵來回走動，見了軍官正要立正，但看到軍官的示意，他恢復了步履均勻單調的走動。大砲後是幾輛前車，再往後，是拴馬的地方和砲兵們升起的幾堆營火。左邊，離靠邊的大砲不遠處，有一個新搭的棚屋，那裡傳來軍官們熱烈的談話聲。

的確，站在這砲兵陣地上，俄軍和多數敵軍的態勢幾乎一覽無餘。陣地的正前方，在對面山岡的地平線上便是申格拉伯恩村；在這個村莊的左邊和右邊可分辨出，有三處隱約可見大批法國部隊在他們營火的煙霧中，顯然，這支部隊大多集中在村子裡和山後。在村子左邊，似乎有一支砲隊，只是肉眼看不清楚。我們的右翼位於一片異常陡峭的高地上，對法軍陣地居高臨下。部署在高地上的是我們的步兵，在高地的前沿可以看見龍騎兵。中央是圖中的砲兵連，也就是安德烈公爵觀察陣地的所在，有一道非常平緩的筆直下坡和上坡，通往我軍和申格拉伯恩村之間的小河。左邊我們的部隊緊挨著樹林，我軍步兵在樹林裡砍伐木柴，他們的營火煙霧升騰。法軍的戰線比我軍戰線長，顯然，他們輕易便能自兩面包抄我軍。我們的陣地背後是既陡又深的峽谷，砲兵和騎兵很難從峽谷撤退。安德烈公爵手臂支在砲彈上，取出資料夾，為自己畫了一張軍隊部署圖。他用鉛筆在兩處記下觀感，準備向巴格拉季翁報告。他設想，首先，把砲兵集結在中央，其次，將騎兵撤回峽谷的另一邊。安德烈公爵經常追隨總司令左右，留心大部隊的移動和整體布局，經常研究戰爭的歷史記述，因而面對當前戰事，不覺只是從大體上考慮各種軍事行動的過程。「如果敵軍對右翼發起進攻，」他自言自語道，「基輔擲彈兵團和波多利斯克步兵團應當堅守陣地，直到中央的預備隊前來支援。在這種情況下，龍騎兵可以突擊側翼，將他們擊退。如果中央陣地受到攻擊，我方就把中央砲隊布置在這片高地上，並在砲隊的掩護下收編左翼，成梯隊退往峽谷。」他暗自策畫……

他站在大砲旁的這段期間，像往常一樣，他雖然不斷聽到棚裡軍官們的談話聲，對他們的話卻一句也不明白。突然，棚裡談話的一種親切語調打動了他，使他不由自主地傾聽起來。

「不，親愛的朋友，」一道悅耳的、聽似熟悉的聲音說道，「我說，要是能知道死後的情況，我們就沒有人會害怕死亡了。是吧，親愛的朋友。」

另一道比較年輕的聲音打斷了他的話。

「害怕也好，不害怕也好，反正都一樣，總逃不了一死。」

「但還是會害怕！你們這些鑽牛角尖的人啊，」第三道洪亮的聲音把兩人的話都打斷了。「你們這麼愛鑽牛角尖，就因為你們是砲兵，能隨身帶著伏特加和下酒菜。」

於是這道聲音洪亮的人笑了，他想必是步兵軍官。

「但還是會害怕，」第一道熟悉的聲音接著說道。「你害怕的是不可知的情況，這才是你所害怕的。不管怎麼喋喋不休地說，靈魂會進入天堂，可是我們知道，根本沒有天堂，有的只是大氣層。」

聲音洪亮的人再次打斷步兵的話。

「喂，還是請我喝點你們的草藥酒吧，圖申。」他說。

「啊，這就是那個不穿靴子待在隨軍商販那裡的上尉。」安德烈公爵心想，他心情愉悅的認出那悅耳的高談闊論的聲音。

「要喝酒可以，」圖申說，「可是領悟未來的生活……」他的話沒有說完。

這時空中傳來呼嘯的聲音；近了，更近了，愈來愈快，也愈來愈清楚，愈來愈清楚，也愈來愈快，一枚砲彈彷彿沒有說完要說的話，以非人的力量猛地炸得彈片橫飛，栽進離棚不遠處的地裡。大地猶如遭受到致命的一擊而驚叫了一聲。

就在這一瞬間，矮小的圖申咬緊叼在嘴角的菸斗，首先跳出棚；他那和善聰明的臉上微微發白。跟著他出來的是聲音洪亮、英姿勃勃的步兵軍官，他向自己的連隊跑去，邊跑邊扣著鈕扣。

十七

安德烈公爵勒馬站在砲臺上，遙望砲彈發出的一股硝煙。他放眼廣闊的空間，只見原本不動的大批法軍騷動起來，左邊果然有砲隊。砲隊上的硝煙還未散盡。兩個騎馬的法國人大概是副官，自山上馳過。法軍一支排成縱列的小部隊正往山下移動，想必是為了加強散兵線。第一次射砲的硝煙還未散盡，就出現了第二次射砲的硝煙。開戰了。安德烈公爵調轉馬頭，馳往葛蘭特，去找巴格拉季翁公爵。他聽到背後此起彼伏的砲聲更密集響亮。顯然，我軍已開始還擊。下方，在有幾個軍使經過的地方，則傳來槍聲。

拿破崙副官帶著措詞嚴厲的信件適才趕到繆拉所在之處，深感愧疚的繆拉想彌補自己的過失，立刻命令部隊向中央推進，並迂迴兩翼，要在傍晚之前、在皇帝駕臨之前，粉碎弱小的當面之敵。

「開戰了！看這態勢！」安德烈公爵想，感到熱血沸騰湧入他的心房。「可是在哪裡呢？我的土倫會如何表現出來？」他想。

在馳過一刻鐘前仍在用餐飲酒的那些連隊時，他目睹士兵們皆以同樣敏捷的動作列隊、拿起槍枝，人人臉上都看得出在他的心裡湧現的那種興奮情緒。「開戰了！看這態勢！既可怕，又振奮！」每個官兵的神情無不如此表達。

他還沒抵達構築工事的地方，便看見在陰沉沉的秋天暮色裡，有一隊騎馬的人迎面而來。為首者身披斗篷，頭戴羔皮帽，騎乘一匹白馬。那是巴格拉季翁公爵。安德烈公爵停了下來，等著他。巴格拉季翁公爵勒住馬，認出是安德烈公爵，便對他點了點頭。在安德烈公爵向他陳述自己所目睹的情況時，他繼續望向前方。

「開戰了！看這態勢！」的表情甚至也出現在巴格拉季翁公爵的臉上，他那堅強的淺褐面龐上渾濁的眼半閉，彷彿未睡醒似的。安德烈公爵帶著忐忑不安的好奇心注視這凜然的面孔，他想知道，這個人有想法、有感受嗎？此刻他又在想什麼，又有何感受呢？「究竟有沒有什麼思緒隱藏在這凝然靜止的臉後面？」安德烈公爵望著他反問自己。巴格拉季翁公爵低下頭，表示同意安德烈公爵所說的話，他說「好」，他的表情像是在說，所發生的一切以及人們所告訴他的一切，都在他的意料之中。安德烈公爵由於一路策馬飛奔，喘息不已，話說得飛快。巴格拉季翁的語調帶有東方口音，速度特別慢，似乎在暗示，不必那麼著急。不過，他催動坐騎小跑往圖中的砲臺去了。安德烈公爵和侍從們緊跟在後。騎馬跟在巴格拉季翁公爵後面的包括侍從軍官、公爵本人的副官、熱爾科夫、傳令官、騎乘英國駿馬的值班校官和任職於軍事法庭的檢察官，這名文官出於好奇也請求上戰場。檢察官身軀肥胖，胖嘟嘟的臉上帶著天真的微笑四處張望，他身穿厚實條紋軍大衣騎在輜重隊的馬鞍上顯得怪模怪樣，周圍淨是一群驃騎兵、哥薩克和副官。

「他想看看戰火紛飛的場面，」熱爾科夫指著檢察官對安德烈說，「這下子卻已經心驚膽跳了。」

「饒了我吧，您啊。」只見檢察官容光煥發，帶著天真又狡黠的微笑說，看似成為熱爾科夫嘲笑的對象，使他感到得意，又似乎是故意裝傻。

「真有趣，公爵先生（mon monsieur prince），」值班校官說。（他記得，法語中對公爵這個封號有一個特殊的稱法[112]，卻怎麼也想不起來。）

此時，他們來到圖中的砲臺，一枚砲彈正好在他們前面爆炸。

「什麼東西掉下來了？」檢察官天真笑問道。

「法國餡餅。」熱爾科夫說。

「他們就是用這種東西打仗，是嗎？」檢察官問。「好可怕啊！」

他顯得樂不可支。只是他的話語剛落，又意外響起駭人的呼嘯聲，緊接著猛地傳來在柔軟物品上拍擊的聲響，啪——嗒，檢察官後方靠左的一名哥薩克連人帶馬倒在地上。熱爾科夫和值班校官伏在馬鞍上調馬就走。檢察官則停在哥薩克面前，好奇地仔細端詳他。哥薩克死了，馬仍在掙扎。

巴格拉季翁公爵瞇眼回頭看了一下，明白引起驚慌的原因以後，漠然地轉頭不顧，似乎在表達：「值得大驚小怪嗎？」他以優秀騎手的動作勒住馬，微微彎腰，調正絆住斗篷的佩劍。這是一柄古老佩劍，不是現今人們經常佩帶的款式。安德烈公爵想起蘇沃洛夫在義大利將自己的佩劍贈與巴格拉季翁的故事，此刻這段回憶令他備感雀躍。他們來到砲兵連，安德烈公爵曾在此觀察戰地。

「誰的連隊？」巴格拉季翁問站在砲彈箱旁的連副。

他表面上問：「誰的連隊？」實際上則是問：「你們在這裡不會膽怯吧？」連副完全理解其意義。

「是圖申上尉的連隊，大人。」深褐頭髮、滿臉雀斑的連副挺直身軀，高聲回覆道。

「好，好。」巴格拉季翁若有所思地說，他從前車旁來到靠邊的大砲旁。

就在他們走近的時候，這門大砲響起發射的金屬聲，震得他和侍從們的耳際嗡嗡作響，而在突然瀰漫於大砲周圍的濃煙中，可以見到砲兵們托起砲身，急忙使盡全力將大砲推回原位。圓腰的一號砲手帶著砲刷，邁步趕到輪子旁。二號砲手則用一隻顫動的手把砲彈填進砲口。身材矮小，稍顯駝背的軍官圖申在砲架上絆了一下，向前跑去，他並未發覺將軍，只顧著用手搭著涼棚瞭望。

「再高兩俄分[113]，那就正好。」他高聲喊道，竭力使自己的聲音聽起來有氣勢，而這氣勢又和他的身材不相稱。「二號，」他高聲叫道。「給我狠狠地打，梅德維傑夫！」

巴格拉季翁呼喚軍官，於是圖申畏縮且笨拙地把三個手指貼在帽檐上，完全不像軍人敬禮，反而像牧師在祝福似的，他就這麼走到將軍面前。雖然圖申的幾尊大砲任務是轟擊谷地，他卻向前面的申格拉伯恩村發射燃燒彈，因為村前有大批法軍正在向前推進。

沒有人命令圖申應該發射何種砲彈或轟擊哪裡，他便和他非常尊重的連副札哈爾欽科商量後，決定最好是直接燒毀村子。「好啊！」巴格拉季翁聽了圖申的報告後說，便觀察起暴露在他面前的戰場，同時一副在思考著什麼的樣子。右方的法軍距離最近。在基輔團駐守的高地下、小河河谷裡，驚心動魄的密集槍聲響成一片，侍從軍官向公爵指示，在更靠右的地方，在龍騎兵的那一邊，一隊法軍正向我軍側翼迂迴。左方的視界只到附近的樹林為止。巴格拉季翁公爵命令中央兩營增援右方部隊。侍從軍官大膽向公爵指出，這兩營調離後，幾門大砲便會失去掩護。巴格拉季翁公爵朝侍從軍官轉過頭來，面無表情的看看他，並未有任何回答。安德烈公爵覺得，侍從軍官的意見是對的，的確沒有什麼話好說。但這時副官從據守谷地的團長身邊疾馳而來，他所帶來的消息是，法軍一支龐大部隊從窪地蜂擁而來，該團已潰不成軍，正向基輔擲彈兵防地撤退。巴格拉季翁低下頭，表示同意和贊許。他調轉馬頭向右走去，派副官命令龍騎兵進

112 這個「特別的稱法」是mon prince，「先生」（monsieur）一詞則是多餘的。
113 俄制長度單位，一俄分等於十分之一吋。

攻法軍。但派去的副官半小時後帶回消息，龍騎兵團長已將部隊撤退至峽谷的那一邊，因為敵人向該團集中強大火力，使之遭到不必要的傷亡，因此已命令一批射擊手下馬進入樹林。

「好！」巴格拉季翁說。

在他離開砲臺之際，左方樹林也響起槍聲，由於離左翼太遠，無法親自及時趕到，巴格拉季翁公爵便將熱爾科夫派去，告訴那名曾率領他的團在布勞瑙接受庫圖佐夫檢閱的老將軍，要盡快撤退到峽谷那一邊，因為右翼對敵人的阻擊也許無法持久。圖申和掩護他的一個營卻就此被遺忘。安德烈公爵仔細傾聽巴格拉季翁公爵和長官們的談話以及他所發出的命令，不覺發現，他其實未曾下達任何命令，巴格拉季翁公爵只是竭力佯裝，看似所有由於必然性、偶然性和個別官長的意志而發生的事，雖然不是遵循他的命令的結果，卻符合他的意圖。安德烈公爵發覺，由於巴格拉季翁公爵這種適得其所的表現、儘管事態發展帶有偶然性且並不取決於長官的意志，他的親臨卻發揮了極大作用。驚慌失措的長官們來到巴格拉季翁公爵身旁，就變得泰然自若，士兵和軍官亦熱烈歡迎他，有他在場，官兵們更加士氣高昂，看來是為了在他面前炫耀自己無所畏懼的勇氣。

十八

巴格拉季翁公爵登上我軍右翼的制高點，開始往下走，由下方傳來陣陣密集的槍聲，只是硝煙瀰漫，什麼也看不見。他們離下方河谷愈近，愈是一無所見，然而愈是強烈感覺到真正的戰場近在眼前。他們開始見到傷兵了。一個滿頭是血、未戴帽的傷患由兩名士兵架著走。他聲音嘶啞，滿口鮮血。看來子彈擊中他的嘴或喉嚨。他們遇到的另一個傷兵則精神抖擻的獨自走著，沒有帶槍，他大聲呻吟，一隻手臂由於新傷的劇痛而揮動著，傷口流出的血猶如從小玻璃瓶裡倒出來一樣，流淌至軍大衣上。他的表情多是恐懼而不是痛苦。他不久前才受傷。橫穿大路以後，他們沿著陡坡往下，在斜坡上目睹幾個躺在那裡的人；他們又遇到一群士兵，其中也有尚未負傷的。士兵們喘著粗氣往山上走，儘管見到將軍，仍揮舞著手臂高聲交談。在前面的硝煙裡已經看得見穿灰色軍大衣的隊伍，一名軍官一見到巴格拉季翁，連忙叫喊著跑去追趕那些三五成群的士兵，呼喊他們回來。巴格拉季翁來到隊伍附近，隊伍裡此起彼落地迅速響起槍聲，淹沒了說話聲和口令聲。空氣裡瀰漫硝煙。士兵們的臉都被火藥熏得烏黑，人人都很亢奮。有的在裝填火藥，有的在火藥池裡添加火藥、從布袋裡取出炸藥，有的則在射擊。可惜看不清他們是在向誰射擊，因為硝煙還沒有被風吹散。不時能聽到悅耳的嗖嗖聲和呼嘯聲。「這是怎麼回事？」安德烈公爵漸漸走近這群士兵時心想。「這不可能是散兵線，因為他們擠在一起！不可能是衝鋒，因為他們沒有向前推進；不可能是方陣，因為他們的站位不對。」

團長看上去是個瘦弱的老頭，面帶愉快的微笑，一雙老眼大半被眼皮遮住了，以致他看起來相對溫和。他來到巴格拉季翁公爵面前，對待他如同主人款待貴賓一樣。他向巴格拉季翁公爵報告，法國騎兵曾向他的軍團進攻，雖然進攻被擊退了，但他的軍團傷亡過半。團長說，進攻被擊退了，是打定主意要以這類軍事用語來說明他的軍團裡所發生的實情；但實際上他並不知道，他所指揮的部隊在這半個鐘頭裡究竟發生了什麼，他無法確切地說，是進攻被擊退了，或是他的軍團被進攻所擊潰。在戰爭開始之際他只知道，砲彈和榴彈紛紛向他的全團陣地飛來，造成不少傷亡，後來有人大吼：「騎兵！」於是我軍開始射擊。射擊連續不斷，此時，他們射擊的已不是消失的騎兵，而是在河谷裡出現並向我方射擊的法軍步兵。巴格拉季翁公爵低下頭，表示這一切完全符合他的願望和預期。他朝副官轉過身來，命令他從山上調來第六步兵團的兩個軍營，他們剛才是從這兩營旁經過的。這時巴格拉季翁公爵臉上所發生的變化，令安德烈公爵很是震驚。他的面部表現出一種專注和欣慰的決心，看似一個人在大熱天準備縱身下水，而且正在進行最後的助跑。那雙未睡醒的、黯淡無神的眼睛消失了，那種假裝深思熟慮的神態也消失了，他那瞪圓的、堅定的、鷹隼般銳利的眼睛興奮而略帶幾分輕蔑地望向前方，目光顯然未停留在任何地方，而他的動作依然如此緩慢、從容不迫。

團長懇求巴格拉季翁公爵往回走，因為這裡太危險。「怎麼可以呢，大人，看在上帝分上！」他說，他瞅著侍從軍官，希望尋求支持，他卻轉頭不理。「請您看看吧！」他要公爵留意就在他們身旁不停呼嘯著、咻咻作響的子彈。他是以請求和責備的語氣表達，如同木匠對操起斧頭的老爺說：「我們習慣這工作，對您而言，手會磨出繭的。」他這麼說，彷彿自己不會被這些子彈打死似的，他那半閉著的眼睛使他的話顯得更具說服力。校官也和團長一齊來勸說；但是巴格拉季翁公爵完全不予理會，僅下令停止射擊並整隊，為前來增援的兩營騰出空間。在他說話時起風了，彷若有一隻無形的手自右向左拉開了遮蔽谷地的煙幕，於是對面的山以及在山上移動的法軍便暴露在他們面前。所有人的目光皆不由自主地注視正向他們推進的一支縱隊法軍，並隨地勢而改變隊形。已經看得見士兵毛茸茸的帽子；已經分得清士兵和軍官；可以看到，他們的旗桿上飄拂的旗幟。

「他們的隊伍真整齊！」巴格拉季翁的侍從中有人說。

法軍縱隊的前鋒已經下到谷底。衝突應當發生在這邊的山坡上……

剛才在作戰的我軍一個軍團的殘部匆忙整隊趕往右翼；在他們後面，第六步兵團的兩營驅趕著脫隊的官兵，步伐整齊地過來了。他們尚未走到巴格拉季翁面前，就聽見全體官兵邁開沉重威猛的步伐、齊步行進的聲音。走在左側離巴格拉季翁最近的是連長，他體格勻稱、圓臉、面帶傻氣的幸福表情，他就是剛才自窩棚裡跑出來的那個人。顯然，這時他什麼也不想，一心只想雄赳赳地從長官身邊走過。

連長帶著走在前列的自豪感，輕鬆邁動強健的雙腿，彷彿游泳般毫不費力地挺直身姿，這種輕鬆自如不同於士兵們合著他的腳步行進的沉重步伐。他腿邊掛著一柄出鞘又薄又窄的佩劍（一柄不像兵器的彎曲短劍），時而望向長官，時而望向後方，腳步卻一絲不苟，柔韌扭動著強而有力的身軀。他似乎一心只想著，要以最出色的姿態經過長官。他覺得自己表現得不錯，感到很滿意。「左！左！左！」他似乎每隔一步便在心裡這麼喊著，士兵們帶著不盡相同的嚴峻面容，身影像一堵牆似的也合著節拍向前推進，這數以百計的士兵人人看似每隔一步便在心裡喊著「左！左！左！」胖胖的少校喘息著，腳步錯亂地繞過路邊的一叢灌木；一名落在後面的士兵氣急敗壞，因為自己一時疏忽而神色驚慌，小跑著追趕連隊；一枚砲彈衝破空中，從巴格拉季翁公爵和侍從們的頭頂上飛過，也合著節拍：「左——左！」擊中了隊伍。「靠攏！」

響起了連長花哨的口令聲。士兵們在砲彈落下之處成弧狀繞著某些障礙走，一名動章獲得者因身為排頭的老士官停留在陣亡者身旁而落後隊伍了，他連忙趕上隊伍，輕輕一跳，整步合上節拍，並氣憤地回頭看了看。在緊張的沉默中、在同時整齊踏在地上的單調腳步聲中，彷彿也聽得見「左！左！左！」的聲音。

「很好，弟兄們！」巴格拉季翁公爵說。

「為了……噢呵──呵──呵！」隊伍裡響起雷鳴似的轟鳴。一個走在左側的陰沉士兵大聲喊著，一邊留意巴格拉季翁，他的表情彷彿在說：「我們知道為誰而戰」；另一個士兵沒有轉頭看，似乎唯恐分心，張大嘴邊喊邊走。

下令停止前進，放下行軍背包。

巴格拉季翁公爵越過在他身旁行進的隊伍並下馬。他把韁繩交給一名哥薩克，又脫下斗篷交給他，伸展一下雙腿，調整頭上的軍帽。法軍縱隊的前鋒在山下出現了，軍官們走在隊伍前面。

「上帝保佑！」巴格拉季翁堅定地高聲說道，轉身向隊伍注視片刻，於是微微擺動雙手，邁著騎士不靈巧的步伐，吃力的在坑坑窪窪的田野中前進。安德烈公爵感到有一股不可抗拒的力量正催他向前，體驗到一種無上的幸福感[114]。

法軍距離很近了；走在巴格拉季翁身邊的安德烈公爵已能清晰分辨法國人的肩帶、紅肩章，甚至他們的面部。（他清楚看到一名法國老軍官，穿著皮鞋的腳呈現外八，費勁地攀爬灌木叢。）巴格拉季翁沒有下達新的命令，仍舊默默地走在隊伍前面。在法國人當中，突然砰地響起槍聲，第二聲、第三聲……隊形已亂的敵軍隊伍中到處硝煙瀰漫，密集的槍聲響成一片。我們的幾個軍人倒下了，其中之一便是適才在行進中情緒極為振奮的圓臉軍官。但就在第一聲槍響的瞬間，巴格拉季翁回頭大吼：「衝啊！」

「衝啊！」我們的戰線上響遍悠長的吶喊聲，我們的人有的衝到巴格拉季翁前面，我軍不再保持隊形，爭先恐後、鬥志昂揚地向山下撲去，追逐潰不成軍的法國人。

114 作者注：梯也爾在談到這次進攻時說：「俄國人表現得非常英勇，這類情況在戰爭中相當罕見，雙方的步兵無不堅決地向對方進攻，直到直接廝殺都各不相讓。」而拿破崙在聖赫勒拿島上說：「俄國的幾個軍營表現出無畏精神。」梯也爾（一七九七—一八七七），法國政治家、新聞記者和歷史學家。這段話見於其著作《執政府和帝國時代的歷史》。

十九

第六步兵團的進攻保障了右翼的撤退。被遺忘在中央的圖申砲兵連及時擊中申格拉伯恩村，使之起火，這次行動阻止了法軍出擊。法國人忙於撲滅隨風蔓延的大火，俄國人因此贏得撤退的時間。中央部隊自峽谷撤退，倉促而忙亂；然而在撤退時，部隊的指揮系統並未被打亂。但左翼同時遭到拉納指揮下的法軍優勢兵力的進攻和包圍，由亞速步兵團、波多利斯克步兵團和巴甫洛格勒驃騎兵團所組成的左翼被打亂了。巴格拉季翁派熱爾科夫到左翼去，命令左翼的將軍立即撤退。

熱爾科夫敬禮的手不離帽檐，果斷地一催戰馬，疾馳而去。但一離開巴格拉季翁，便覺渾身乏力。不可克制的恐懼控制了他，不敢前往任何危險的地方。

接近左翼部隊後，他不是馳往交火的前方，而是到不可能有將軍和指揮官的地方找他們，因而命令未及時送達。

依資歷，掌握左翼指揮權的是一名團長，正是他的軍團曾在布勞瑙接受庫圖佐夫檢閱，士兵多洛霍夫便在這個軍團裡。而尼古拉所在的巴甫洛格勒驃騎團的指揮官奉命指揮左翼一側，由此發生了爭執。兩名團長之間激起了強烈的憤怒，正當右翼的戰事早已開打，法軍發動進攻之際，兩名團長卻忙著交涉，其目的便是侮辱對方。無論是騎兵團或是步兵團，都對當前的戰事準備不足。兩團的官兵，從士兵到將軍，都沒料想到會有戰事，因而平靜地處理著日常事務，騎兵在餵馬，步兵在拾柴火。

「他的軍銜比我高呀。」擔任驃騎兵團長的德國人臉紅脖子粗地對前來的副官說道，「那就讓他為所欲為吧。我可不能讓自己的驃騎兵白白送死。號手！吹號撤退！」

只是情況緊急。右翼和中央槍砲齊鳴，響成一片，拉納手下的法軍射擊手已越過磨房的堤壩在這邊列隊，射程僅兩個步槍。步兵團長走到馬旁，他騎上馬背，顯得挺拔高大，策馬來到巴甫洛格勒團尋找指揮官。兩名團級指揮官騎著馬，有禮地點頭相迎，心裡卻暗懷忌恨。

「還是那句話，上校，」將軍說，「我不能把一半官兵丟在樹林裡。我請求您，我請求您，」他反覆說，「進入陣地，準備進攻。」

「而我要請求您，不要干涉別人的事。」上校衝動回答道。「如果您是騎兵……」

「我不是騎兵，上校，我是俄國將軍，如果您不了解……」

「我非常了解，閣下，」上校突然面紅耳赤地嚷道，一面催動坐騎。「願不願到前線去呢，我們挑戰看看就知道，這個陣地是毫無用處的。我不願為了讓您幸災樂禍而毀了自己的軍團。」

「您忘乎所以了，上校。我不是為了幸災樂禍，也不允許別人這麼說。」

將軍接受上校競爭誰更勇敢的邀請，他挺起胸膛，緊蹙雙眉，與上校一齊向前線馳去，彷彿他們的一切爭端應當在那裡，在散兵線上的槍林彈雨中得到解決。他們來到散兵線，幾顆子彈從他們頭頂上飛過，於是他們默默勒馬。在散兵線上沒有什麼可看的，因為從他們剛才所站的位置便一望而知，騎兵不可能在灌木叢和峽谷中展開行動，而且法軍正在向左翼包圍。將軍和上校神態嚴峻而鄭重，像兩隻好鬥的公雞彼此對峙，徒勞等待膽怯的跡象。雙方都經過考驗。因為無話可說，而且誰也不願讓對方有理由說他首先從槍彈下逃跑，所以他們一定會久久站在原地，相互考驗對方的勇氣，可是，這時在樹林裡，幾乎就在他們的背後，響起密集的槍聲和低沉的吶喊聲。法軍襲擊了那些在樹林裡拾柴的士兵。驃騎兵已經不可能和步兵一同撤退。法軍散兵線切斷驃騎兵向左撤退的道路。現在不管地形多麼不利，都不得不發動攻擊，為自己打開一條通道。

尼古拉所在的騎兵連官兵剛上馬，便被敵軍迎面擋住。又像在恩斯河大橋上一樣，在騎兵連和敵軍之間已空無一人，他們之間又有了那條可怕的界線、不可知和恐懼的界線，那似乎是生與死之間的界線。所有人都感覺到它的存在，他們是否要跨過這條界線以及如何跨過的問題始終困擾他們。

上校來到前線，對軍官們的問題怒氣衝衝地回答了什麼，而且這個極端固執的人發出一道什麼命令。任誰也沒有明確地說過什麼，但要發動攻勢的流言卻傳遍連隊。響起了列隊的口令，然後刷地馬刀出鞘。但還是沒有人動。左翼的部隊，無論步兵或驃騎兵都感覺到，長官們自己也不知如何是好，於是兩名團長的猶豫不決亦感染了部隊。

「快點，快點吧。」尼古拉想，覺得品味進攻快感的時刻終於到了，關於這種快感，驃騎兵戰友曾對他描述過多少次啊。

「上帝保佑，弟兄們，」傳來傑尼索夫上尉的聲音，「小跑步，前進！」

前排的馬臀晃動起來。小白嘴鴉扯動一下韁繩也出發了。

尼古拉看見右側我軍前幾排的驃騎兵，前方更遠處是黑壓壓的一片，他看不清楚，但認為那就是敵軍。可以聽到射擊聲，不過很遠。

「加快速度！」發出了口令，尼古拉感覺到，他的小白嘴鴉一抬臀部，奔馳起來。

他預先就能猜到牠的行動，心情愈來愈好。他發覺前面有一棵孤零零的樹。這棵樹起先在前面，在那條非常可怕的界線中間。現在他們越過這條線，不僅沒有發生任何可怕的事，反而愈來愈亢奮。「啊，我要勇猛殺敵。」尼古拉緊握馬刀的刀柄想道。

「衝啊！」響起一片低沉的吶喊聲。

「哼，現在不管碰上誰。」尼古拉心想，一面用馬刺緊夾小白嘴鴉，放馬飛奔，一路趕超別人。前面已經看到敵人。突然，好像有一把大掃帚朝騎兵連掃過來時掃到了什麼。尼古拉舉起馬刀，準備砍殺，卻在這時，前方奔馳的士兵尼基堅科離他遠去，而尼古拉彷彿在夢裡，覺得他仍以非凡的速度向前飛馳，卻又始終停留在原地。相識的驃騎兵班達爾丘克從後方向他撞了上來，悻悻然瞪了一眼。班達爾丘克的馬閃了一閃，從他旁邊繞過去。

「這是怎麼回事？我不能動了？——我倒下了，被打死了……」尼古拉剎那間自問自答。他已是孤獨地留在曠野。他在自己周圍所看到的不是奔騰的馬匹和驃騎兵的背影，而是靜止的大地和麥穗。他身下是溫暖的鮮血。「不，我受傷了，馬也被打死了。」小白嘴鴉想支起前腿站起來，可是又倒下了，壓著騎手的一條腿。馬的頭部在流血。馬掙扎著，就是站不起來。尼古拉想站起來，也倒下了：背包掛在馬鞍上。我們的人在哪裡，法國人在哪裡，他不知道。周圍一個人也沒有。

他抽出腿，站了起來。「現在，那條把雙方部隊截然分開的界線在哪裡，在哪一邊呢？」他問自己，卻回答不了。「我該不是發生了什麼不光彩的事吧？怎麼會這樣，遇到這種情況，又該怎麼辦呢？」他反問自己；這時他覺得，有個多餘的東西掛在他麻木的左臂上。他的手好像不是自己的。他仔細察看手臂，徒勞地尋找上面的血跡。「啊，有人來了，」他看到有幾個人向他跑過來，興奮地想。「他們會幫助我的！」跑在這些人前面的，是一個戴著陌生高帽、身穿藍色軍大衣、曬得黝黑的臉上長著鷹鉤鼻子的人。

還有兩個，還有很多人在後面跟著。其中一人說了一種陌生的語言，不是俄語。後面那些人也戴著同樣的高帽，一個俄國驃騎兵站在他們當中。他被人抓住雙臂；在他後方則有人牽著他的馬。

「想必是我們的人被俘了吧……是的。難道也要抓我？他們是什麼人？」尼古拉一直在想，不敢相信自己所見。「難道是法國人？」他望著漸漸走近的法國人，儘管在片刻之前他縱馬疾馳，就是為了趕上這些法國人，砍殺他們，而現在，他們近在眼前，他卻感到恐懼，簡直不敢相信眼前所見。「他們是什麼人？為什麼他們要奔跑呢？難道是衝著我來的？難道他們是朝著我跑過來？為什麼？要殺死我？殺死人人喜愛的我？」他回憶起母親、家庭、朋友對他的愛，覺得敵人要殺死他似乎是不可能的。「也可能會殺死我呢！」他站了十幾秒鐘，沒有移動一步，始終不明白自己的處境。前面那個長著鷹鉤鼻子的法國人那麼接近了，連他臉上的表情都看得一清二楚。這個人端著刺刀，屏住呼吸，輕快朝他跑過來，那激動的異族容貌令尼古拉害怕。他一把抓住手槍，沒有射擊，而是朝法國人砸了過去，拔腿就朝灌木叢裡跑。他跑的時候，不是帶著他過恩斯河大橋時的彷徨和紊亂思緒，而是帶著被一群獵犬追逐的兔子的心情。為自己年輕幸福的生命而擔心的這種唯一的、割捨不掉的感覺控制了他的身心。他迅速跳過一條又一條田埂，帶著玩捉人遊戲時逃跑的急切心情在田野上飛奔，不時轉過蒼白、善良、年輕的面龐，於是恐懼的寒顫掠過他的背脊。「不，最好不看，」他想，不過跑到灌木叢前時，他又回頭看了一下。法國人落在後面，甚至就在他回頭的時候，法國人更是放慢了腳步，轉頭對後面的同伴使勁叫嚷著什麼。尼古拉停了下來。「有點不對勁，」他想，「他們不可能想殺我。」他的左臂如此沉重，猶如有一個兩普特[115]重的秤砣懸掛在上面。他不能再跑了。法國人也停了下來，正舉槍瞄準他。尼古拉瞇起眼，彎下腰。一顆又一顆子彈颼颼地從他身旁飛過。他集中最後的力氣，用右手托著左臂，跑進灌木叢裡。灌木叢裡則是一批俄軍射擊手。

二十

兩個步兵團在樹林裡遭到猝不及防的突襲，連忙奔出樹林，各連隊與其他連隊混雜在一起倉皇逃跑，成為一群毫無秩序的烏合之眾。一個士兵在驚慌中說出一句話，這句話在戰爭時期聽來更是令人恐慌，但其實是不具任何意義的：「我們被切斷了！」於是這句帶著恐慌的情緒話語在所有官兵中傳遍。

「我們被包圍了！被切斷了！完蛋了！」逃跑的人們叫嚷著。

團長在聽到背後槍聲和吶喊聲的那一刻終於明白了，他的軍團處境非常危險，他想到自己是從軍多年、從未犯錯的模範軍官，如今，很可能會在長官面前犯下怠忽職守、貽誤軍情之罪，這個想法令他惶惶不安，他當下忘記桀驁不馴的騎兵團長，也忘記身為將軍的傲慢，更重要的是，他忘記危險和自衛，緊緊抓住鞍橋，冒著冰雹似的子彈策馬向自己的軍團疾馳而去，幸而未被擊中。他只有一個希望：了解情況，採取因應措施，無論如何也要糾正他指揮上的失誤。他，從軍二十二年、從未受過指責的模範軍官，絕不能成為罪人。

他幸運地在法國人之間疾馳而過，來到樹林後的田野，我們的部隊正在田野上逃難，完全不聽號令，只顧往山下逃。此時，精神狀態將決定戰爭的勝負：這些烏合之眾到底是聽從指揮官的召喚，或是回頭看

115 一普特約十六點三公斤。

看又繼續逃。儘管團長那曾令士兵懾服的威嚴聲音正在聲嘶力竭地吼叫，儘管團長由於暴怒而臉色脹紅、形容愀變、不斷揮舞佩劍，士兵們仍繼續逃、交談、朝上空鳴槍，對命令置若罔聞。決定戰爭勝負的精神狀態，顯然是恐懼占了上風。

將軍由於嘶吼和硝煙而咳嗽了起來，他絕望地站在原處。看來一切已無可挽回。可是就在這時，向我方進攻的法軍不知出於何故，猝地轉身逃跑，自林邊消失，而在樹林裡出現的是俄軍射擊手。那是季莫欣的連隊，只有這個連隊全盤堅守在樹林裡，他們埋伏在林邊溝渠裡，猛然向法軍發動攻勢。季莫欣那般絕望地吶喊、撲向敵人，如此狂熱而忘我地握著一柄佩劍毅然決然衝向敵人，以致法國人驚慌失措，棄槍而逃。和季莫欣並肩作戰的多洛霍夫迎面擊斃了一個法國人，率先抓住一個投降軍官的衣領。於是，適才逃跑的人都回來了，各營集合，企圖將左翼部隊自中切開的法軍已被擊退。後備部隊集結在一起，逃兵也都停了下來。團長和埃科諾莫夫少校騎馬站在橋邊，撤退的各連從身旁通過，這時一名士兵向他走過來，抓住他的馬鐙，幾乎是緊靠著他。士兵穿著藍呢軍大衣，沒有背包和高帽，頭部包紮著，肩上掛著法軍的子彈袋。他拿著一把軍官的佩劍。一雙藍眼肆無忌憚地望著團長，而嘴角含著微笑。團長儘管正忙於向埃科莫諾夫少校下達命令，卻無法不注意到這個士兵。

「大人，請看，這是兩件戰利品。」多洛霍夫指指法軍的佩劍和子彈袋說。「我俘虜了一名軍官。是我讓連隊留守在樹林裡的。」多洛霍夫累得直喘粗氣；他斷斷續續地說話。「全連可以作證。請求您不要忘記，大人！」

「好的，好的。」團長說，又轉向埃科諾莫夫少校。

然而，多洛霍夫沒有走開；他解開包頭的手巾，扯了下來，露出頭髮裡凝結的血痂。

「這是刺刀傷的，但是我沒有下火線。請不要忘記我啊，大人。」

圖申的砲兵連被遺忘了，只是在戰爭快結束時，巴格拉季翁公爵繼續聽到中央的砲擊聲，便先後派值班校官和安德烈公爵前往，命令砲兵連盡速撤退。駐紮在圖申的幾門大砲旁的掩護部隊在戰爭中被調走；但砲兵連繼續發射砲彈，他們之所以未被俘，僅僅是因為敵人不可能料到，沒有任何掩護的四尊砲彈竟敢發射。反之，敵人根據這個砲兵連的堅決行動預測，在中央處集中了俄軍的主力，而兩次試圖攻占這個據點，兩次都被駐紮在這片高地上孤立無援的四門大砲發射霰彈擊退。

在巴格拉季翁公爵離開後不久，中格拉伯恩村就被圖申擊中起火。

「看吧，他們慌亂的樣子！燒起來了！看吧，冒煙了！打得好！厲害！冒煙啦、冒煙啦！」砲兵們興奮說道。

不用下命令，所有大砲一再對準火場轟擊。彷彿在助威似的，每射出一砲，士兵們就跟著叫喊：「打得好！就是要這樣！你看哪……厲害！」火借風勢，迅速蔓延開來了。從村後出來的法軍隊伍退了回去，不過，敵人好像為了報復，在村子右邊架設了十門大砲，向圖申發射。

我們的砲兵沉浸在大火所激起的童趣中，沉浸在成功射擊法軍的狂喜，等到他們發覺那支砲隊時，兩枚砲彈以及隨後另外四枚已經在我們的大砲之間炸響，其中一枚擊潰兩匹馬，另一枚炸掉彈藥車車夫的一條腿。不過，凝聚起的激動氛圍並沒有冷卻，只是情緒有了變化。倒地的馬為後備砲車的馬匹所取代，傷兵抬走了，四門大砲轉過砲口對準十門大砲。擔任圖申副職的軍官在戰爭一開始便犧牲了，一個小時之內，四十個砲兵之中，失去了十七名戰力。但砲兵們仍亢奮。他們有兩次發覺在下方距離很近的地方出現法國人，於是向他們發射霰彈。

一個身材矮小、行動軟弱、不靈巧的人不斷要求自己的勤務兵為此再裝上一斗菸，他確實是這麼說的，然後一路上菸斗的火星四濺，他跑到前面，手搭在涼棚上觀察法國人。

「消滅他們，弟兄們！」他說，親自托起大砲輪子，旋動螺旋。

硝煙瀰漫，連續不斷的砲擊聲震耳欲聾，每次砲擊都使他哆嗦一下，圖中拿著短菸斗，從一門大砲跑向另一門大砲，有時瞄準，有時清點砲彈，有時命令換掉死傷的馬匹，以他那細弱、乏力的聲音吆喝著。他的神情愈來愈亢奮。只是在有人死傷的時候，他才皺起眉頭，轉頭不看死者，氣憤地大聲斥責那些總是磨蹭著不抬走傷者或死者的人。士兵多是俊俏的小伙子（他們比自己的長官高兩頭、肩寬一倍，這是砲兵連的常態），他們無一不像困境中的孩子那樣望著指揮官，而他臉上的表情一定會照映在他們臉上。

由於這種可怕的轟鳴聲、喧鬧聲，由於需要集中注意力採取行動，他沒有一絲不愉快的恐懼感，也不會想到他可能會被打死或受重傷。相反的，他的心情愈來愈舒坦。他覺得，他看見敵人並發射第一砲，好像是很久以前的事了，幾乎就像是在昨天，而他腳下的這一小片場地，是他早已熟悉、萌生親情的土地。儘管他一切都記得，一切都明白，凡是最優秀的軍官在他的地位上所能做的一切，他也都做了，他卻處於一種和狂熱或醉酒相似的狀態。

由於四面八方都是自己的幾門大砲所發出的震耳欲聾響聲，由於敵軍砲彈的呼嘯聲和爆炸聲，由於看到砲手們汗流浹背、滿臉通紅、圍著大砲忙碌的樣子，由於看到人和馬的鮮血，由於看到敵方的硝煙（每次冒煙之後，都有砲彈飛來，落進地裡，擊中人、砲或馬）——由於看到這些景象，他的腦海裡形成一個幻覺的世界，此刻這個世界令他感到喜悅。敵人的大砲在他的想像中不是大砲，而是菸斗，一個隱身的癮君子正斷斷續續地噴出縷縷青煙。

「看吧，又噴煙了。」圖申輕聲自言自語道，因為他看見，山上躥出一團煙，被風吹得向左飄去，猶如一條飄帶，「現在小球就要飛來了——把它拋回去。」

「您有什麼吩咐，長官？」砲兵士官問，他站得離他很近，聽見他正嘟囔著什麼。

「沒什麼，一顆榴彈……」他回答說。

「喂，我們的馬特維夫娜。」他在自言自語，在他的想像中，靠邊的那門古砲是馬特維夫娜。他把那些在自己的大砲旁的法國人想像成螞蟻。第二門砲的一號砲手，一個美男子和酒鬼，在他的幻覺世界裡是大叔；圖申最常看的就是他，他喜歡他的每一個動作。山下互相射擊、時弱時強的射擊聲，被他想像為某個人的呼吸。他傾聽這些時起時伏的聲音。

「咦，又在呼吸了，在呼吸了。」他又在自言自語。

在他的想像中，他自己是用雙手向法國人投擲砲彈的男子漢，高大、強壯有力。

「喂，馬特維夫娜，大小姐，要爭氣啊！」他走開時說道，這時在他的頭頂響起一道格格不入的陌生聲音：

「圖申上尉！上尉！」圖申吃驚地回過頭來。這是在葛蘭特將他趕出隨軍商販帳篷的校官。他氣喘吁吁地向他嚷道：

「怎麼，您瘋了嗎？兩次命令您撤退，可是您……」

「唉，他們幹麼這樣對我……」圖申暗自思忖，畏縮地望著長官。

「我……沒什麼……」他說，一邊用兩根手指貼近帽檐。「我……」

可惜上校沒有把想說的話說完。周邊飛馳而過的一枚砲彈嚇得他一低頭便伏在馬背上。他不吭聲了，才又要說什麼，又一枚砲彈使他住口。

「撤退！全部撤退！」他從遠處喊道。

士兵們哈哈大笑。片刻後一名副官帶著同樣的命令前來。

那是安德烈公爵。他來到圖申的大砲所在，首先映入眼簾的，是一匹已卸套的馬，牠的一條腿被打斷了，而套在車上的幾匹馬在附近嘶鳴。牠的腿上鮮血像泉水般流淌。在幾輛前車中間躺著幾匹死馬。當他騎馬走近時，砲彈一枚接一枚在他的頭頂上飛過，一陣戰慄掠過他的脊背。但一想到他竟心生恐懼，他便重新振作起來。「我不能害怕。」他想，便在大砲之間緩緩下馬。他傳達了命令，但沒有離開砲兵連。他決定親自監督砲兵連將大砲撤出陣地並帶走。他和圖申在法軍砲火攻擊的險境中，跨過一具具屍體，他著手拆卸大砲。

「實際上剛才也有一名長官來過，很快就溜了。」砲兵士官對安德烈公爵說，「他不像您，大人。」

安德烈公爵沒有和圖申說過一句話。他們兩人忙得不可開交，彷彿沒有看見對方似的。等到把四門砲中完好的兩門掛上前車，他們便動身下山（一門被擊毀的大砲和獨角獸火砲被丟棄了），這時安德烈騎馬來到圖申面前。

「好，再見。」安德烈公爵把手伸給圖申說道。

「再見，親愛的朋友，」圖申說，「多好的人！再見了，好友。」圖申含淚說道，不知為什麼，淚水驀地湧上他的雙眼。

二十一

風停了，戰場上烏雲低垂，與地平線上的硝煙融合在一起。天色暗了下來，因而兩處大火的火光顯得更加明亮，砲聲漸弱，但背後和右側的槍聲卻更是密集而迫近。圖申帶著兩門大砲，一路上不斷繞開傷兵又不斷遇到傷兵，終於脫離火線，剛從高地上來到峽谷，迎頭就碰上首長和副官們，其中就有那名校官和兩次奉命前來、一次也沒有抵達圖申砲兵連的熱爾科夫。兩人無不搶著發出命令、傳達命令，要他到哪裡去、該怎麼走，對他又是埋怨又是責備。圖申置之不理，沉默著不敢開口，因為不知為什麼一開口就想哭，他騎乘砲兵連的一匹駑馬跟在後頭。雖然命令要求丟下傷兵，仍有很多傷兵掙扎著跟在部隊後面，要求搭上砲車。開戰之前，從圖申的板棚裡衝出去的那名步兵軍官腹部中彈，被放在馬特維夫娜砲架上。在山腳下，一名面色蒼白的驃騎兵士官，一隻手托著另一隻手，走到圖申面前要求搭車。

「上尉，我懇求您，我的手臂被砲彈震傷，」他羞愧說道，「懇求您，我不能走了。懇求您！」看得出這名士官曾一再要求搭車，總是遭到拒絕。他猶豫不決、可悲地請求道：

「吩咐他們讓我上車吧，懇求您了。」

「讓他上來，讓他上來。」圖申說。「你為他鋪上軍大衣，大叔，」他對自己欣賞的一個士兵說道。

「那個受傷的軍官在哪裡？」

「抬下去了，他死了。」有人回答。

「讓他上來。您坐，朋友，您坐。你為他鋪一件軍大衣，安東諾夫。」

這個士官是尼古拉。他用一隻手托著另一隻手，面色蒼白，像害熱病似的下巴直哆嗦。圖申讓他坐上馬特維夫娜，死去的軍官正是從這門大砲上抬下去的。在鋪著的軍大衣上有血，尼古拉的馬褲和雙手都沾上了。

「怎麼，您受傷了，朋友？」圖申朝尼古拉坐的大砲走去問道。

「不，是震傷。」

「砲架上的血是哪來的呢？」

「長官，是那個軍官的血。」一個砲兵回答道，一邊用軍大衣的袖子擦拭鮮血，好像在為弄髒了大砲表示歉意似的。

靠步兵的幫助，總算將大砲運到山坡上，到貢特斯多夫村便駐紮下來。天色已經很黑，距離十步就分辨不出士兵的軍服，槍聲亦沉寂了下來。突然，在右邊近處，再次傳來吶喊聲和密集的槍聲。黑暗中也看得見射槍時的閃光。這是法軍最後一次進攻，士兵們躲在村子的民房裡還擊。大家又從村子裡衝了出去，但圖申的大砲卻動不了，砲兵們、圖申和士官都面面相覷，聽天由命。槍聲沉寂了下來，熱烈交談的士兵們從側面的一條街道上蜂擁而出。

「沒受傷吧，彼得羅夫？」一個士兵問。

「夠他們受的，老兄。不敢再來了，」另一個說。

「什麼也看不見。他們自己人火拚起來！看不見啊，天色太黑了，弟兄們。有酒嗎？」

法軍最後一次進攻被擊退了。於是在漆黑的夜裡，圖申的大砲在喧鬧的步兵簇擁下又向某處挺進了。

黑暗中彷彿有一條看不見的陰沉大河，始終朝同一個方向奔流，發出低沉的絮語聲、談話聲和馬蹄、車輪的聲響。在這一片低沉的嗡嗡聲響中，傷兵們在黑夜中的呻吟聲和說話聲顯得更加清晰可辨。他們的呻吟彷彿充塞在部隊周圍的夜色。他們的呻吟和那漆黑的夜色融為一體。過了一會兒，在行進的人群中出現騷動。有人騎乘白馬，帶著侍從走過，並在經過時開口。

「他說了什麼？現在要到哪裡去？要夜宿這裡，是嗎？向大家表示了感謝，是嗎？」四面八方響起迫切的詢問。整個行進的大軍開始互相擠壓（顯然，前面的人站住了），於是風聞有命令停止前進。他們走在泥濘的道路上，也就停留在泥濘的道路中間。

燈火亮起，談話聲更顯清楚了。圖申上尉安排連隊的事，派了一個士兵去為士官尋找包紮站或軍醫，士兵們便在大路上燃起的火堆旁坐了下來。尼古拉也拖著腳步來到火邊。疼痛、寒冷和潮濕所引起的熱病似戰慄震撼全身。他忍不住想睡，可是不知如何安放的傷臂所傳來的劇痛使他無法入眠。他時而閉上眼睛，時而看看他備感炙熱、赤紅的火焰，時而望望圖申那有點駝背的虛弱身影，他如土耳其人般盤腿坐在他身旁。圖申那和善、聰明的大眼帶著感同身受的同情注視著他。他明白，圖申一心一意想幫助他，卻無能為力。

四面八方都聽得到步行或騎馬經過的軍人以及安置在四周的步兵的腳步聲和談話聲。人聲、腳步聲和馬匹在泥濘中踐踏的馬蹄聲，或遠或近的柴火劈劈啪啪聲響匯集成一片起伏不定的低沉嗡鳴。

現在已不像剛才彷彿有一條看不見的大河在黑暗的夜色中奔流，倒像是暴風雨過後的幽暗大海漸漸平息、微微顫動。尼古拉百無聊賴地觀看、聆聽在他面前和在他周圍的所有動靜。一個步兵來到營火邊，蹲下來伸手向火，把臉轉向一邊。

「可以嗎，長官？」他疑惑看向圖申說，「我和連隊失散了，長官；自己也不知道是在哪裡失散的。倒楣！」

一個下巴包紮的步兵軍官帶一名士兵來到營火旁，他請圖申下令稍微移動一下大砲，好讓大車通過。有兩個士兵闖到營火旁來找連長。他們肆無忌憚地謾罵扭打，只為爭奪一隻靴子。

「什麼，是你撿到的！你真敢說！」其中一人聲嘶力竭地叫嚷道。

隨後來了一個士兵，身體瘦弱、面色蒼白，脖子上裹著一條血跡斑斑的包腳布，悻悻地向砲兵們索水。

「什麼意思，難道就該像狗一樣死掉？」他說。

圖申吩咐給他水。後來，一個充滿活力的士兵跑過來，替步兵要火種。

「給步兵火種吧！祝福你們好運，好伙伴，謝謝，我們會連本帶利償還你們的。」他說完後，帶著一團紅豔豔的火球鑽進黑暗裡。

這個士兵走後，四名士兵抬著墊有軍大衣的沉甸甸物品，從營火旁走過。其中一人被絆了一下。

「見鬼，把柴火堆在路上。」他嘟囔道。

「人都死了，幹麼還抬他？」他們中的一人抱怨。

「哼，那就抬你們！」

他們抬著死者隱沒在黑暗中。

「怎麼樣？痛嗎？」圖申輕聲地問尼古拉。

「痛。」

「長官，將軍要見您。他們在農舍裡。」砲兵士官來對圖申說。

「馬上去，好伙伴。」

圖申站起來離開營火，邊走邊扣上軍大衣、整理軍容……

離砲兵的營火不遠處，巴格拉季翁公爵正在為他準備的農舍裡用餐，一邊同幾名聚集在他身邊的部隊首長談話。其中有個老頭，他半閉著眼睛，貪婪地啃食羊骨頭，有位二十二年無可指責的將軍，他喝下伏特加，飽餐一頓後滿臉通紅，有戴著刻名戒指的校官，有不安地環顧所有人的熱爾科夫，有安德烈公爵，他面色蒼白，抿緊嘴唇，兩眼激動得閃閃發光。

一面繳獲的法軍軍旗倚在農舍角落，檢察官面帶天真撫摩著軍旗的布面，困惑地搖搖頭，可能真的是因為他對軍旗的樣式感興趣，也可能是由於飢腸轆轆的檢察官望著滿桌菜有而沒有為他準備餐具而感到難受。在相鄰的農舍裡，則關著一名被龍騎兵俘虜的法軍上校。一群軍官站在一旁端詳他。巴格拉季翁公爵向某些長官表示感謝，問起戰況和損失。曾在布勞瑙接受檢閱的團長向公爵報告，戰事一開始他就撤出樹林，把砍柴的人集合起來，讓他們從自己身旁撤走，然後率領兩個營的兵力拚刺刀，擊退法軍。

「大人，我一看第一營被擊潰，便站在路上考慮：『讓這些人撤走吧，以一個營的火力迎擊敵人』；就這麼做了。」

團長其實很想這麼做，卻因為沒有這麼執行而感到惋惜，以致他誤以為當時就是這麼進行的。是呀，說不定真是這麼進行的吧？在那麼混亂的情況下，誰能說得清究竟是怎麼進行的呢？

「此外，大人，應當指出，」他繼續報告，一邊回憶起多洛霍夫和庫圖佐夫的談話，以及自己最後一次與他見面的情況，「我親眼看見，被降為士兵的多洛霍夫俘虜了一名法軍軍官，他的表現尤為突出。」

「大人，我就是在這裡看到巴甫洛格勒團驃騎兵進攻，」熱爾科夫插嘴道，一面不安地左顧右盼，這一天他根本沒看見驃騎兵，只是從一個步兵軍官的口中聽說過他們。「他們擊潰了兩個方陣。」

有些人一聽熱爾科夫開口便微微一笑，像平時一樣，以為他又要說笑話；可是隨即發覺，他談話的內容同樣是為了頌揚我國武裝力量在這一天的光榮戰績，於是換上一副嚴肅的表情，雖然很多人都非常清楚，熱爾科夫所說的話全是毫無根據的謊言。巴格拉季翁公爵轉向老頭少校。

「感謝大家，諸位，所有的部隊，步兵、騎兵和砲兵都英勇作戰。中央的兩門大砲是怎麼弄丟的？」他問，一面用眼睛在找人。（巴格拉季翁公爵沒有問起左翼的大砲；他已經知道，戰爭一打響，左翼的大砲就全扔下了。）「我好像請您去過那裡。」他對值班校官說。

「其中一門被打壞了。」值班校官回答道，「另一門的情況我不清楚；我一直待在那裡指揮，剛離開那裡……打得很激烈，真的。」他謙虛地添了一句。

有人說，圖申上尉就在門外，已經派人去叫他了。

「不過您是去過的。」巴格拉季翁公爵轉頭對安德烈公爵說。

「當然，我們差點兒就碰上了。」值班校官說，對安德烈公爵愉快地微笑著。

「可惜我未能見到您。」安德烈公爵生硬冷然說道。

所有人都不說話了。圖申出現在門口，畏縮地從將軍們的背後往前擠。他在狹小的農舍裡避讓著將軍們，像平常一樣，看見長官便手足無措，圖申沒有看見旗桿，因而絆了一下。有幾個人笑了起來。

「大砲是怎麼弄丟的？」巴格拉季翁問，他皺起了眉頭，主要不是針對上尉，而是針對那些發笑的人，其中笑得最大聲的是熱爾科夫。

圖申只是此刻在看到威嚴的長官時，才駭然意識到自己的過錯和恥辱，他丟了兩門大砲，自己居然還活著。直至此刻，他竟然沒有想到過這一點，這使他如坐針氈。軍官們的笑聲使他更加惶恐不安。他站在巴格拉季翁面前，下巴在顫抖，勉強說道：

「我不知道……大人……人手不夠，大人。」

「你可以從掩護部隊調人哪！」

沒有掩護部隊，這一點圖申沒有說，雖然這是千真萬確的事實。他唯恐這件事會使其他長官受到牽連，於是默默地木然直視巴格拉季翁，就像一個考砸了的學生望向主試者的眼睛似的。

沉默持續了很久。巴格拉季翁公爵顯然不願太嚴厲，一時語塞；其餘人不敢插嘴。安德烈公爵皺眉看著圖申，他的手指神經質地悸動著。

「大人，」安德烈公爵打破沉默，厲聲說道，「您曾派我去圖申上尉的砲兵連。我到了那裡，看到三分之二的人和馬被打死，兩門大砲被擊毀，而且沒有任何掩護部隊。」

巴格拉季翁公爵和圖申同時目不轉睛地看著語氣克制且激動的安德烈。

「大人，如果您允許我發表自己的看法，」他繼續說道，「我們今天的戰績首先要歸功於這個砲兵連的行動和圖申上尉及其連隊英勇頑強的精神。」安德烈公爵說，他不等回答，立刻站起身來離開了餐桌。

巴格拉季翁看了圖申一眼，看來他不願表示，他不相信安德烈斬釘截鐵的斷語，同時也覺得自己不能完全相信他的話，於是低下頭對圖申說，他可以走了。安德烈公爵跟著他走了出去。

「謝謝，你救了我，親愛的朋友。」圖申對他說。

安德烈公爵對圖申打量了一下，一言不發地走開了。安德烈公爵的心情苦悶而沉重。這一切太奇怪了，完全不如他所期望的。

「他們是誰？他們這是為什麼？他們要幹麼？這一切何時才能結束？」尼古拉看著眼前的幢幢人影想道。手臂的疼痛愈來愈難以忍受。睡意難以克制，眼冒金星。對這些聲音、這些人臉的印象和孤獨感都與疼痛的感覺混在一起了。就是他們，就是這些士兵，負傷的和沒有負傷的——就是他們在壓他、擠他、抽他的筋，在烘烤著他的斷臂和肩膀的肌肉。為了擺脫他們，他閉上了眼睛。

他陷入片刻的夢幻。但在這短暫的夢幻中，無數往事歷歷在目：他夢見母親和她白皙的手，夢見索尼婭削瘦的雙肩，娜塔莎的眼睛和笑聲，夢見傑尼索夫以及他的嗓音和小鬍子，還有捷利亞寧，以及自己與捷利亞寧和波格丹內奇之間的故事。這故事和嗓音刺耳的士兵動作就是同一個東西，就是這些故事和士兵在無止境地揪著、勒著而且總是向同一個方向拉扯他的手臂，他因而痛苦不堪。他試圖避開他們，可是他們緊緊攫住他的肩膀，一刻也不鬆手。如果他們不拉扯他的肩膀，就不會痛了，也就康復了；可是，他怎麼也無法擺脫他們。

他睜開眼睛，往上看。黑濛濛的夜幕低垂，離炭火一俄尺。在這火光中細細的雪花在飛舞。圖中沒有回來，軍醫也不曾露面。他獨自一人，現在只有一個小兵坐在火堆的另一邊，烘烤著他那瘦弱發黃的身體。

「誰也不需要我！」尼古拉想。「沒有人幫助我、憐憫我。而我也曾在家裡，健康、快樂、備受疼愛」。他長嘆一聲，不覺在嘆息中呻吟起來。

「很痛吧？」小兵問，一邊在火堆上抖著自己的襯衣，他不等回答，乾咳一聲又說：「這一天有多少人受罪啊，太可怕了！」

尼古拉沒在聽。他望著在火光上空飄舞的雪花，回憶著俄羅斯的冬天和溫暖、明亮的家、毛茸茸的皮襖、飛快的雪橇、健康的身體和家庭無微不至的疼愛和關懷。「為什麼我要到這裡來？」他想。

第二天法軍未再發動攻勢，於是巴格拉季翁的殘部和庫圖佐夫的部隊會師了。

第三章

瓦西里公爵從未刻意計畫，更不想做損人利己的事情。他只是一名在上流社會獲至成功並習於追求成功的上流人士。他經常根據現況，根據和人們的關係形塑各種計畫和想法，他自己並未認真加以衡量，然而這些計畫和想法卻是他生活中的興趣所在。他心中這些計畫和想法，不是一個、兩個，而是數十個，其中有的開始形成，有的正在實現，有的正在結束。例如他不會對自己說：「這個人如今有權有勢，我要爭取他的信任和友誼，透過他取得一筆津貼。」他也不對自己說：「皮埃爾很有錢，我要引誘他娶我的女兒，然後向他借我急需的四萬盧布。」只是他一遇到有錢有勢的人物，本能便立刻悄聲告訴他，這個人可能有用，於是瓦西里公爵接近他，而且一旦有了機會，無需準備便自然而然地阿諛奉承、接近，並提出需求。

皮埃爾待在莫斯科時就在他身邊，瓦西里公爵為他謀得宮廷侍從的任命，這在當時相當於五等文官的職位，並堅持要這個年輕人和他一起前往彼得堡，暫住在他的居所。瓦西里公爵做了所有需要做的事，以便皮埃爾娶他的女兒為妻，他行事看似漫不經心，同時又懷有無可置疑的信心，認為理應如此。倘使瓦西里公爵事先周嚴考慮過，那麼在和地位高於或低於自己的人交往時，就不會那麼自然，也不會那麼單純而灑脫。比他有勢力或比他有錢的人總是像磁石一般吸引著他，而他也具有一種罕見的本領，善於抓住需要而且能夠利用他人的時機。

皮埃爾意外成為富翁和別祖霍夫伯爵，在不久前的孤獨和無憂無慮之後，開始感到自己如此受人尊重且繁忙，唯有在躺進被窩時才能獨處。他必須簽署各式文件，同他不大了解其職責的政府機關打交道，過問總管的事務，前往莫斯科郊外的莊園並接見許多人，這些人過去無視他的存在，如今他要是不願接見，他們便深感委屈和傷心。各式各樣的人——辦事人員、親戚、老朋友等，全對這個年輕的遺產繼承人懷有好感、和顏悅色；顯然，無一對皮埃爾的高尚品德有所質疑。他不斷聽到有人說：「以您非凡的善良」，或「憑著您美好的心地」，或「您本人十分純潔，伯爵……」，或「如果他和您一樣聰明」等，以致他真心實意地開始相信自己非常善良、聰明，何況他在內心深處向來覺得，他確實很善良、很聰明。甚至過去兇狠且對他顯然懷有敵意的那些人，也變得親切、友善起來。脾氣暴躁的公爵大小姐，就是腰身很長、頭髮光滑得像布娃娃的那位，在葬禮後來到皮埃爾房間。她垂下眼，臉上不時泛起紅暈，對他說，她為過去彼此之間的誤會深感遺憾，如今她覺得自己沒有權利提出任何要求，只要求在她遭到這次打擊之後，允許她在家裡暫住幾個星期，她很愛這個家，也為這個家盡過不少力。她忍不住邊說邊哭了起來。這位雕像般冷漠的公爵小姐如此變化，皮埃爾大為感動，皮埃爾握著她的手，請求她的原諒，自己也不知道請她原諒什麼。從這天起，公爵小姐開始為皮埃爾編織條紋圍巾，完全改變了對他的態度。

「你為她做件好事吧，我的朋友；她畢竟曾為去世的伯爵受過不少苦。」瓦西里公爵對他說，請他在一份對公爵小姐有利的文件上簽字。

瓦西里公爵決定，還是應該把這根骨頭——一張三萬盧布的期票——扔給可憐的公爵小姐，以免她將瓦西里公爵參與爭奪公事包的實情說出去。皮埃爾在期票上簽名，從此公爵小姐更為和善了。兩個妹妹對他也親切起來，尤其是那個容貌姣好、臉上有顆痣的小妹，她那嫣然微笑和相見時靦腆的神態，經常使皮埃爾窘態畢露。

皮埃爾覺得，大家愛他是很自然的，要是有人不愛他，他反而覺得反常，所以他不可能懷疑周圍人們的真誠。何況他根本沒有時間考慮這些人是否真誠。他的時間向來不夠，總覺得自己處於一種溫柔、喜悅的陶醉狀態。他認為自己是某個重要活動的核心；人們對他經常有某種期望；他要是不做某件事，就會使很多人傷心、失望，要是做了這件事和那件事，一切就好了，於是他便依大家的要求行事，可是仍有好多事在前頭等著他。

在最初的時期，瓦西里公爵對皮埃爾的事務及其本人的控制，無人能及。從別祖霍夫伯爵去世那一刻起，他就把皮埃爾緊抓在手。瓦西里公爵的事務似乎太繁忙，因而神情倦怠、精疲力竭，但出於同情，他不能把這個無助的青年索性扔給命運和騙子擺布，他畢竟是朋友的兒子啊，而且擁有巨額財產。他在別祖霍夫伯爵去世後、待在莫斯科的幾天裡，不是邀請皮埃爾前往自己住處，便是自己去找他，指點他該怎麼做，他那疲憊而自信的語調，彷彿每一次都在說：

「你知道，我忙得不可開交；可是扔下你不管，未免太殘忍；而且你知道，我對你所說的，是唯一可行的啊。」

「好了，我的朋友，明天我們終於要離開了。」有一天，他閉上眼對皮埃爾說道，一邊拍拍他的胳膊，聽他的語氣，好像這是他們早已決定的，而且不可能有其他選擇。

「我們明天動身，我在自己的馬車裡留了座位給你。我很高興。我們在這裡的重要任務都已了結。而我早就該離開。我收到外交大臣的答覆。我為你求過他，你被外交使團錄用，成為宮廷侍從。現在外交官的道路已經在你的面前開展。」

儘管以疲憊又自信的語氣所說的這些話很是有力，皮埃爾卻對自身的前途猶豫良久，他想提出異議，但瓦西里公爵用私下談心的低沉、柔和語調絮絮不休，使人無法打斷他的話，他總是在非把人說服不可的情況下才使用這種語調的。

「不過，我的朋友，我這麼做是為了自己、為了自己的良心，不必感謝我。從來沒有人會因為別人太愛他而抱怨的；再說，你是自由的，哪怕明天就辭職也行。你到彼得堡便能親自了解一切。何況你早該遠離這些可怕的回憶了。」瓦西里公爵長嘆一聲。「就這樣吧，我的朋友，就讓我的隨從坐你的馬車。哎，差點兒忘了，」瓦西里公爵補充道，「你要知道，我的朋友，我和已故伯爵有一筆舊帳，所以我收到梁贊莊園的錢就直接留下了：這筆錢你是用不著的。我們以後再結算。」

瓦西里公爵所說的「梁贊莊園的錢」是幾千盧布的代役租，公爵留給了自己。

在彼得堡也和在莫斯科一樣，皮埃爾被溫柔友愛的氛圍圍繞。他無法拒絕瓦西里公爵為他爭取的職務，或者不如說頭銜（因為他什麼也不用做），而交往、應酬和社會活動又那麼多，皮埃爾比在莫斯科更加迷惘、匆忙，感到某種幸福正在逼近，卻總是沒能實現。

他過去的伙伴大多不在彼得堡。近衛軍去打仗了，多洛霍夫被降職，阿納托利在部隊而且是在外省，安德烈公爵在國外，所以皮埃爾既不能像過往那樣度過漫漫長夜，也不能與自己敬重如兄長的朋友促膝談心、暢抒胸臆。他所有時間都耗在宴會、舞會，主要是在瓦西里公爵的宅邸，與他肥胖的妻子老公爵夫人和美麗的海倫為伴。

安娜·帕夫洛夫娜·舍列爾也和其他人一樣，對皮埃爾表現出上流社會對他看法的轉變。

從前，有安娜·帕夫洛夫娜在座時，皮埃爾總覺得自己的談吐不雅、不得體、不合時宜；有些在他心裡醞釀多時的想法似乎是睿智的，然而勇敢說出來之後，竟變成愚不可及，反之，伊波利特的愚不可及卻成為既聰明又討人喜歡的話。如今不管他說什麼，都非常動人。即使安娜·帕夫洛夫娜沒有這麼說，他也看得出，她很想這麼說，只是為了尊重他的謙虛，才強忍著未說出口。

一八〇五年初冬，皮埃爾收到安娜·帕夫洛夫娜邀請他的粉紅色便箋，上面附加了一句話：「美貌得令人為之傾倒的海倫將光臨寒舍。」

讀畢，皮埃爾第一次感覺到，在他和海倫之間有了某種得到他人認可的關係，這想法令他又驚又喜，驚訝的是，這似乎為他平添他承受不起的義務，欣喜的是，這畢竟是一個饒富趣味的猜測。

安娜·帕夫洛夫娜的晚宴和上一次完全一樣，不過安娜·帕夫洛夫娜特別款待的對象不是莫特瑪律子爵，而是來自柏林的外交官，他帶來關於亞歷山大皇帝駕臨波茨坦的最新消息，兩位至高無上的朋友在當地發誓，要結成牢不可破的同盟，共同捍衛、對抗人類公敵的正義之舉。安娜·帕夫洛夫娜接待皮埃爾時略顯憂傷，這憂傷顯然和這個年輕人近日的喪父之痛有關、和別祖霍夫伯爵的亡故有關（所有人皆自以為有義務提醒皮埃爾，他因為父親逝世而悲痛萬分，然而他對父親幾乎不了解），這憂傷和她提到皇太后瑪麗亞·費多羅夫娜陛下時所流露的高尚憂傷毫無二致。皮埃爾因為受到這般奉承而感到欣慰。安娜·帕夫洛夫娜以她慣用的手段在宴會廳裡安排了幾組小圈子。較大的圈子有瓦西里公爵和幾位將軍，那名備受款待的外交官就交給了他們。另一個小圈子在茶桌旁。皮埃爾想加入第一個圈子，安娜·帕夫洛夫娜則正處於戰場上的統帥那種亢奮狀態，有千百個出色的新主意湧上心頭，勉強來得及一一應付，因而當她一看見皮埃爾，便碰了一下他的衣袖：

「等一下，今晚我把希望寄託在您身上。」她看了海倫一眼，對她微微一笑。

「我親愛的海倫，您要善待我可憐的姑媽啊，她非常愛您。您就去陪她十來分鐘吧。為了讓您不至於太過寂寞，我向您推薦伯爵，他會跟您一起過去的。」

美人到姑媽身邊後，安娜·帕夫洛夫娜卻依然把皮埃爾留在身邊，她似乎還要進行最後的安排。

「她很迷人，不是嗎？」她指指嫋嫋婷婷、儀態萬方的美人對皮埃爾說道。「你看她那風采！這麼年輕的女性，舉止如此得體、善於保持優雅的風度！這是心靈的表現！誰能擁有她就是幸運！和她在一起，最粗俗的丈夫也不難在上流社會占有一席榮耀的地位。不是嗎？我只想知道您的看法。」於是安娜·帕夫洛夫娜放開了皮埃爾。

對於安娜·帕夫洛夫娜言下所提海倫的風采，皮埃爾由衷肯定。他不論何時，一想到海倫，他想到的正是她的美貌以及她善於行若無事地在社交場合顯得嫻靜而莊重的態度。

姑媽在角落接待兩個年輕人，不過她似乎想掩飾自己對海倫的寵愛，更希望表現出對安娜·帕夫洛夫娜的懼怕。她望望姪女，好像在問，對這些人她該怎麼辦。要離開他們的時候，安娜·帕夫洛夫娜又碰了一下皮埃爾的衣袖說：

「希望以後不要再說我這裡很乏味了。」同時瞟了海倫一眼。

海倫嫣然一笑，她的神情彷彿在說，看到她而不著迷是不可能的。姑媽輕咳一聲，她嚥下唾沫用法語說，她很高興能見到海倫；然後轉向皮埃爾說了同樣的話以示歡迎，也帶著同樣的表情。在這枯燥乏味的談話中，海倫打量一下皮埃爾，對他嫣然一笑，這是燦爛動人的笑，她對所有人都是如持。皮埃爾慣於這樣的微笑，這微笑對他來說早已失去傳情達意的效果，所以他絲毫未多加留意。姑媽這時談起皮埃爾先父別祖霍夫伯爵所蒐藏的鼻菸壺，並且拿出自己的鼻菸壺。海倫公爵小姐要求細看鼻菸壺上的肖像，那是姑媽的丈夫。

「這大概是維內斯的作品。」皮埃爾說出了著名微型彩繪家的名字，他從桌子上探身去拿鼻菸壺，一邊傾聽著另一桌的談話。

他欠起身來，想繞過桌子，但姑媽越過海倫背後，直接把鼻菸壺遞給他。海倫稍微向前彎腰讓些空間，同時回眸一笑。她在晚宴上向來穿著當時流行的低胸露背連身裙。皮埃爾總覺她的胸部是大理石雕，此時離他的眼睛那麼近，連他的一雙近視眼也清楚看見她的雙肩和脖子的撩人之美，離他的嘴唇也是那麼近，他只要略微彎身便會碰觸到。他感覺到她的體溫、香水的氣息，聽到她呼吸時緊身胸衣傳出的輕微聲響。他看見的不是和她的連身裙構成一個整體的大理石般的美，他看見的、感覺到的是她的肉體之美，而她的肉體僅蒙上一層衣裳。一旦看見了，他就再也看不見其他的了。正如謊言一旦被拆穿，我們就不會再相信謊言。

她回過頭來直視著他，漆黑的眸子閃閃發亮，燦然一笑。

「您不曾發覺我有多美嗎？」海倫彷彿如此說道。「您沒有發覺我是一個女人？是的，我是一個女人，有可能屬於任何人，甚至屬於您。」她的眼神如此傳達。於是，皮埃爾立刻感覺到，海倫不是可能而是一定會成為他的妻子，不可能有其他結果。

此刻，他對這件事確信不疑，如同和她舉行婚禮也會確信不疑一樣。何時實現、如何實現，他不知道；甚至不知道，這究竟好或不好（他甚至覺得，這似乎不是一件好事），他唯一知道的是，她將成為他的妻子。

皮埃爾垂下眼，又抬起眼，想再次將她視為一名疏遠的、和自己格格不入的美人，過去每一天他都是這麼看待她的；但是事到如今，他已經做不到了。他做不到，正如一個人看到霧裡的一株草以為那是一棵樹，看清了是一株草之後，再也無法將之看成樹。他和她太親近了。她已經控制了他的心。他和她之間已經沒有任何障礙，除了他心理上的障礙。

「好吧，我就讓你們待在你們的角落裡。我看，你們在那裡滿好的。」安娜．帕夫洛夫娜的聲音說著。皮埃爾駭然意識到，他是不是做了什麼見不得人的事，他脹紅了臉，環視周圍。他覺得，大家像他一樣，也都明白他的處境。過了一會兒，他來到較多人的圈子裡，安娜．帕夫洛夫娜對他說：

「聽說，您在裝修彼得堡的自宅。」

（這是真的，建築師說，他有必要裝修一下，皮埃爾自己也不知道為什麼，便開始裝修位在彼得堡的宅邸了。）

「這很好，但不要搬離瓦西里公爵的住所。有這麼一個朋友是好事。」她說，一面對瓦西里公爵微笑著。「這方面我多少清楚。不是嗎？您還太年輕。您時刻需要忠告。我倚老賣老，您別見怪。」她沉默了一會兒，女人在談到自己的年紀之後，總是默默等待，確認他人的反應。「一旦你們結婚，一切就不同了。」於是她同時看向兩人。皮埃爾沒有看海倫，她也沒有看他。但他覺得，她和他仍是那麼親近。他嘟囔了一聲，臉上不覺泛起紅暈。

回家以後，皮埃爾久久無法入睡，一心想著發生在他周圍的事。究竟發生了什麼事？什麼也沒有發生。這個女人他自小就認識，當別人說海倫是個美女時，他總是漫不經心地回一句：「是的，她很美。」而如今，他只明白一件事，這個女人有可能屬於他。

「但她很蠢，我自己就曾評斷，她很蠢，」他想。「這可不是愛情。反之，她在我心裡所激起的感覺，有些是可憎的，是無法容許的。我聽說，她的二哥阿納托利愛上她，她也愛上他，他們有過一段醜聞，因此阿納托利被打發走了。伊波利特是她的大哥，瓦西里公爵是她的父親。這不好。」他想；就在他如此衡量之際（他的思考還沒結束呢），他發覺自己在笑，並且意識到，在這些想法之中，浮現出另一種截然不同的想法，他想著她的渺小的同時，也夢想著她會成為他的妻子、會愛上他，也許她並不是那麼蠢的人，他所想到、聽到的有關她的一切可能是訛傳。於是，他所目睹的不再是瓦西里公爵的女兒，而是只有灰色連身裙遮掩全身的她。「不，為什麼這念頭從未出現在我腦中？」於是他又對自己說，這是不能允許的，這段婚姻充斥可惡的、違反自然的、看似有不正派之處。他回憶起她適才的話語，以及看到他們在一起的那些人的話語和眼神。他回憶起安娜．帕夫洛夫娜對他談到住所時的話語和眼神，回憶起瓦西里公爵和其他人無數同樣的暗示，於是一陣恐懼的情緒襲來，他是不是已經受到了某種束縛，必須接受這段婚姻，這看來不是好事，他不應當接受。可是，就在他暗自下決心時，內心的另一個角落浮現她那光彩奪目的女性美形象。

二

一八〇五年十一月，瓦西里公爵動身前往四個省份巡視。執行這項任務的同時，可順便到自己那些殘破的莊園待一陣子，之後再到兒子阿納托利駐紮的軍團，和他一起去拜訪尼古拉．安德烈耶維奇．鮑爾康斯基公爵，並向這名老富翁提親。但是動身前去處理這些新問題之前，瓦西里公爵必須先解決皮埃爾的問題，不錯，他整天待在家裡，也就是待在他寄居的瓦西里公爵宅邸，在海倫面前顯得可笑、激動，傻乎乎的（戀人本應如此），但仍然沒有求婚。

「這一切都很好，但總得有個結果。」一天早上，瓦西里公爵對自己說，發愁似地嘆了口氣，認為皮埃爾能有今天都多虧他（唉，不和他計較了！）可是在這個問題上他的所作所為不太得體。「年輕……輕浮……唉，隨他去吧。」瓦西里公爵想，為自己的善良感到寬慰，「必須，必須做個了斷。後天是海倫的命名日，我要宴客，要是他不明白自己該怎麼做，那就是我的事了。不錯，是我的事。我是——父親！」

離開安娜．帕夫洛夫娜的宴會，皮埃爾在隨後異常激動的不眠之夜裡，斷定迎娶海倫為妻會帶來不幸，他必須迴避她、盡速搬離。在做出這個決定之後，一個半月過去了，他並沒有搬出瓦西里公爵宅邸，而且他驚訝地察覺到，他和她的關係在旁人看來正日益親密，他再也無法像從前一樣看待她了，他已經離不開她，這是非常可怕的，但他非得將自己的命運和她聯繫在一起。也許他有辦法克制自身情感，可是瓦西里公爵（以前他很少招待客人）沒有一天不舉辦晚宴，而他都必須參加，否則會讓大家掃興並大失所望。瓦西里公爵在家的時間很少，經過皮埃爾身邊時，便朝下扯扯他的手，漫不經心地把剃得極為乾淨的皺臉湊過去讓他親，再說聲「明天見」，或是「回來吃飯，否則我就見不到你了」，或是「我是為你留在家裡的」等。可是，儘管瓦西里公爵為皮埃爾留在家裡（如他所說），卻和他說不上兩句話。皮埃爾覺得自己不能使他失望。他每天總對自己叨念一些同樣的話：「再怎麼說，我也該理解她，要想清楚，她究竟是什麼樣的人？我是以前看錯了，還是現在看錯了？不，她並不蠢；不，她是非常優秀的女人！」有時他這般自言自語。「她從未犯錯，從未說過什麼蠢話。她很少開口，一旦開口，總是那麼簡潔明快。可見她並不蠢。她從不覺心虛羞慚，現在也一樣。可見她不是壞女人！」他經常不期然地和她攀談起來，喃喃自語地思考什麼，她每每有所反應，或者簡短而適當地表達意見，表示她不感興趣，或報以默默的微笑和一瞥，這微笑和目光最能讓皮埃爾感覺到她的優越。她是對的，和這微笑相比，一切議論都是廢話。

她對他總是露出愉快、信任、只對他才有的微笑，這比向來令她的容貌顯得更靚麗的一般微笑更具深義。皮埃爾知道，大家都在等待，希望他爽快說出那句話，並跨過那條界線，他也知道，這條界線他遲早要跨過去；但一想起這可怕的一步，他便油然生起莫名的恐懼。在這一個半月裡，他總感覺，自己在恐怖的深淵裡愈陷愈深，他曾千百次自問：「這是怎麼了？必須下決心！難道我是優柔寡斷的人嗎？」

他想下決心，但是他驚恐地感受到，在這件事情上，他缺乏決心。有些人只有在感到自己高尚純潔的時候才顯堅強，而皮埃爾正是這種人。那天在安娜・帕夫洛夫娜的宴會廳裡，他彎腰細看鼻菸壺時，為情欲所控制，從那時起，情欲所引起的不自覺罪惡感便癱瘓了他的決斷能力。

海倫命名日這一天，來到瓦西里公爵宅邸參加晚宴的，是為數不多的親友，正如公爵夫人所言，他們都是至親好友。這些至親好友亦得到暗示，這一天將決定度過命名日的那位少女的命運。來賓皆已入席。

庫拉金公爵夫人，那位體態臃腫，曾經美麗、端莊的婦人，安坐在主位。她的兩旁坐著最尊貴的客人——一位老將軍及其夫人、安娜・帕夫洛夫娜。餐桌的另一端坐著比較年輕和次要的賓客，皮埃爾和海倫也以家人的身分並肩而坐。瓦西里公爵未入席，他圍繞餐桌走來走去，心情愉悅地不時坐到這位或那位客人一旁，對每個人隨意說上幾句盡興的話，唯有對皮埃爾和海倫例外，他彷彿沒有看到他們似的。瓦西里公爵使氣氛更是活絡。燦爛的燭光下，銀質和水晶餐具、女士的盛裝和金質、銀質的肩章閃閃發亮；穿著紅色束腰長衫的僕人們在餐桌四周忙碌；響起了餐刀、杯盤碰撞聲和餐桌周圍熱烈的交談聲。在餐桌的一端，年老的宮廷高級侍從正在向老男爵夫人表達對她的熱烈愛戀之情，而她在笑；另一端正在聊著瑪麗亞・維克托羅夫娜情場失意的故事。餐桌中央，瓦西里公爵在自身周圍聚集了一些聽眾。他嘴角含著戲謔的微笑，正對女士們談起星期三舉行的樞密院會議，會議上，新任彼得堡戰時總督謝爾蓋・庫茲米奇・維亞濟米季諾夫收到並宣讀亞歷山大皇帝自軍中發出的知名聖諭，皇上在聖諭中對謝爾蓋・庫茲米奇說，他從各地收到人民的效忠宣言，彼得堡的宣言令他尤為欣慰，他為有幸成為這個國家的元首而自豪，並將努力無負於國家。聖諭的開頭是這麼寫的：謝爾蓋・庫茲米奇！從各地傳來消息等等。

「讀到『謝爾蓋・庫茲米奇』後，就讀不下去了嗎？」一名女士問道。

「真的，真的，一句也宣讀不下去了，」瓦西里公爵笑著回答道。「『謝爾蓋・庫茲米奇……從各地。從各地，謝爾蓋・庫茲米奇……』可憐的維亞茲米季諾夫怎麼也讀不下去。他有好幾次重新讀信，可是一讀到謝爾蓋……便哽咽難言……庫……茲米……奇，淚如雨下……號啕大哭，無法再讀。然後又是手絹，又是『謝爾蓋・庫茲米奇，從各地』，又眼淚汪汪……結果只好請別人讀了。」

「庫茲米奇……從各地……於是淚如雨下……」有人笑著重複道。

「不要這麼刻薄。」安娜．帕夫洛夫娜從餐桌的另一端舉起手指威嚇道，「他是非常好的人，我們善良的維亞茲米季諾夫……」

所有人忍不住放聲大笑。在餐桌上位的人，看來也都很盡興，被各種熱烈情緒所感染；唯有皮埃爾和海倫默默不語，坐在餐桌尾端的兩人一逕的面露燦爛的微笑，這笑容和謝爾蓋．庫茲米奇無關——那是為自己的感情而羞澀的微笑。不論別人說什麼，不論他們如何笑語喧嘩、津津有味地品嚐萊茵葡萄酒、享用美味佳肴和冰淇淋，不論他們的目光如何刻意迴避這一對年輕人，看似漠不關心，卻又不知為何，根據偶爾向他們投來的瞥視總能感覺到，談論謝爾蓋．庫茲米奇的趣聞也好、飲酒談笑也好，全是假裝的，其實所有在座的人無不將全部心力關注在皮埃爾和海倫身上。瓦西里公爵適才表演謝爾蓋．庫茲米奇哽咽難言的樣子，就在那瞬間，卻對女兒掃了一眼；在他笑的時候，他的表情卻在說：「不錯，不錯，一切都很好；今天就能把事情定下來了。」安娜．帕夫洛夫娜正因我們善良的維亞濟米季諾夫而威嚇他時，瓦西里公爵卻在她對皮埃爾匆匆一瞥的目光中看出，她正在為他未來的佳婿和愛女的幸福向他表示祝賀。老公爵夫人憂鬱地嘆息一聲，向鄰座敬酒，氣惱地看了女兒一眼，這嘆息聲彷彿在說：「是啊，現在除了喝甜酒，就沒我們的事啦，親愛的；現在是這些年輕人的時代了，可以如此目中無人、肆無忌憚地卿卿我我。」「我講的那些話多無聊，好像我是真的感興趣似的，」外交家望著那對戀人幸福的神態想道，「這才叫幸福啊！」

在這些人矯揉造作、瑣碎的趣味中，正上演著一對漂亮、健康的青年男女彼此傾慕的純真感情。這種人類感情勝過一切，超越一切矯揉造作的閒聊而飛翔於美好的境界。笑話很無趣，新聞沒意思，活躍顯然是虛假的。不僅他們，那些在餐桌旁伺候的僕人們，似乎也感覺到這一點。他們忘記伺候的規矩，個個打量著容光煥發的美人海倫和皮埃爾那緋紅、豐滿、幸福且局促不安的面容。燭光似乎也集中在兩人滿面春風的面龐。

皮埃爾感到自己是這一切的中心，這現實令他既快樂又拘謹。他全神貫注在自己的思緒裡，對一切視而不見、聽而不聞，更不知所以然。他的心裡只是偶爾驀地閃過和現實有關的片段思緒和印象。

「一切都結束了！」他想。「怎麼會走到這一步呢？一切發展得這麼快！現在我知道了，不只是為了她，不只是為了我自己，也是為了所有人，這件事無論如何一定要完成。他們都在等待這件事，深信這件事一定會發生，以致我已經不能再令他們失望了，絕對不能。可是這件事會怎麼發生呢？我不知道；但一定會發生，一定！」皮埃爾心想，一邊望著眼前冰肌雪膚的雙肩。

有時他突然感到羞愧。他覺得不好意思，因為他一個人吸引所有人的注意，因為在別人眼裡他是幸運的，因為其貌不揚的他成為獨占海倫的帕里斯[116]。「不過，這想必是常有的事，理應如此。」他自我安慰。「然而，我為此做過什麼？這到底是什麼時候開始的？我是和瓦西里公爵一起從莫斯科出發的。當時什麼也未曾發生。再說，為什麼我不能借住他的宅邸？後來我和她打牌，有一回替她撿起手提包，經常和她騎馬遊玩。這是什麼時候開始的，這一切是什麼時候發生的呢？」此刻，他正以未婚夫的身分坐在她身旁；他聽得到、看得到、感覺得到她的親密、她的呼吸、她的動作和她的美貌。有時又突然覺得，容貌出眾的並不是她，而是他自己，所以別人才會如此注視他，他因為受到讚賞而深感幸福，於是抬頭挺胸，並為自己的幸福而喜形於色。不期然某道熟悉的聲音傳來，並一再的對他說話。可是皮埃爾心裡有事，不明白對方正在對他說什麼。

「我在問你，安德烈公爵的信，你是什麼時候收到的。」瓦西里公爵連問了三次。「你真是神不守舍啊，親愛的朋友。」

瓦西里公爵笑了，皮埃爾發覺，所有人、所有人皆含笑望著他和海倫。「也好，既然你們全知道了，」皮埃爾自言自語。「有什麼關係呢？反正是事實。」於是他自己亦謙和天真地笑了，海倫也笑了。

「你是什麼時候收到的？是從奧洛穆茨來的信嗎？」瓦西里公爵又問了一次，一副他很需要知道的樣子，以便解決一場紛爭。

「這等小事也值得提、值得放在心上嗎？」皮埃爾暗忖。

「是的，是從奧洛穆茨來的。」他嘆口氣回答道。

晚宴結束後，皮埃爾和自己的女伴隨其他人來到客廳。客人漸漸散去，有的未向海倫告辭便離開了。好像是不願妨礙她似的，有的人只來了一會兒便匆忙離去，堅決不讓她送。外交官在走出宴會廳之際，一逕悶悶不樂地沉默著，和皮埃爾的幸福相比，他深感自己的外交生涯是如此空虛。老將軍在妻子問起他的腿時，只是悻悻地嘟囔著。「唉，老傻瓜。」他想。「看看海倫，她到五十歲也還會是美人。」

「看來我可以向您祝賀了，」安娜．帕夫洛夫娜對公爵夫人悄聲說道，使勁地親了她一下。「要不是患偏頭痛，我就留下來了。」

公爵夫人什麼也沒有回答；女兒的幸福令她嫉妒得痛苦不堪。

在家人忙於送客之際，皮埃爾和海倫獨坐在小客廳良久。在過去的一個半月來，他也經常和海倫獨處，但是從來沒有和她談及愛情。此時此刻，他覺得非談不可了，可是他怎麼也無法斷然跨出最後一步。

---

116 帕里斯（Paris）為希臘神話中的特洛伊王子，因誘拐斯巴達王墨涅拉奧斯的妻子海倫而引起特洛伊戰爭。

他感到羞愧；他覺得，他在海倫身邊是占著別人的位置。「這幸福不是屬於你的，」他內心一道聲音對他說，「而是屬於那些沒有你所擁有的財富的人們。」但總得說點什麼，於是他開口了。他問她，對今天的晚宴滿意嗎？她一如往常，簡潔答道，今天的命名日是她最快樂的命名日之一。

幾名近親尚未離開。他們待在大廳。瓦西里公爵懶洋洋地來到皮埃爾面前。皮埃爾站起來說，時候不早了。瓦西里公爵帶著嚴峻的疑問表情看了他一眼，彷彿他說了莫名的話，教人聽不懂。但嚴峻的表情隨即和緩了下來，瓦西里公爵拉拉皮埃爾的手臂要他坐下，親切地微微一笑。

「怎麼樣，我的海倫？」他立刻向女兒問道，那是自幼便受到父母親寵愛的子女經常感受到的溫柔、隨和語調，但瓦西里公爵不過是在模仿他人的語調罷了。

於是他又轉向皮埃爾。

「謝爾蓋·庫茲米奇，從各地。」他邊說邊解開背心最上面的鈕扣。

皮埃爾莞爾一笑，而從他的微笑可以看出，他明白，此時瓦西里公爵感興趣的並不是謝爾蓋·庫茲米奇的趣聞；瓦西里公爵也明白，皮埃爾是明白他的心意的。瓦西里公爵突然嘟囔一聲便走了出去。皮埃爾看出來了，連瓦西里公爵這樣的人也會難為情。上流社會的這名老者難為情的樣子引起皮埃爾的同情；他回頭望望海倫，她似乎也很尷尬，她的目光猶如在說：「看什麼，都怪您。」

「一定得跨過去了，可是我辦不到，辦不到啊。」皮埃爾想，於是又談起別的，談起謝爾蓋·庫茲米奇，他問這段趣聞是什麼意思，因為他沒有聽清楚。海倫笑說，她也不知道。

瓦西里公爵走進宴會廳時，公爵夫人正和一名上年紀的太太悄聲談論皮埃爾。

「當然，他們兩人是很出色的一對，至於幸福，親愛的……」

「緣分是上天安排的。」上年紀的太太回答道。

瓦西里公爵似乎不想聽太太們的談話，他走到遠遠的角落裡，在沙發上坐了下來。他閉上眼，好像在打盹。他的頭不期然重重垂下，醒了過來。

「阿琳娜，」他對妻子說，「妳去看看，他們在做什麼？」

公爵夫人走過去，若無其事地從門口走過，朝小客廳張望了一下。皮埃爾和海倫依然坐著談話。

「還是一樣。」她對丈夫說。

瓦西里公爵皺起眉頭，嘴角撇向一邊，臉上的肌肉抽動起來，帶著他獨特的厭煩、粗魯神情；他抖擻著站了起來，昂首邁開堅定的步伐，留下太太們，朝小客廳走去。他愉悅快步走到皮埃爾面前。公爵不同以往的愉悅態度令皮埃爾一見到他，便緊張地站了起來。

「謝天謝地！」他說。「我太太全對我說了！」他一手摟著皮埃爾，一手摟著女兒。「親愛的海倫！我非常、非常高興。我景仰令尊……她會成為你的好妻子的……願上帝祝福你們！」

他擁抱女兒，接著又擁抱皮埃爾，用老年人乾癟的嘴唇親吻他。他真的淚痕滿面。

「公爵夫人，妳來呀。」他大聲喊道。

公爵夫人進來，也哭了。上年紀的太太也用手絹擦著眼淚。她們一一親吻皮埃爾，於是他執起美麗的海倫的手親吻了幾次。過了一會兒，他們再次單獨留下他們兩人。

「這一切都理當如此，不可能有其他結果，」皮埃爾想，「因此不必問，這樣好還是不好？好，因為已成定局，不像過去那麼舉棋不定、令人苦惱不堪。」皮埃爾默默握著未婚妻的手，細看她起伏不定的美麗的胸脯。

「海倫！」他叫道，又住口不說了。

「多數人在這種場合總會說些特別的話。」他想，可是他怎麼也想不到，究竟該說些什麼。他看了看她。她挪動身子，和他挨得更近了。她的臉上泛起紅暈。

「哎，摘下來……這個……」她指著眼鏡說。

皮埃爾摘下眼鏡，他的一雙眼睛不僅和所有摘下眼鏡的人一樣古怪，更顯得驚疑不定。他想彎身親吻她的手；可是她的臉以迅速而魯莽的速度迎上他的嘴唇，兩人的嘴唇緊貼在一起。她那令人望而生厭、卻又意亂情迷的神態令皮埃爾大吃一驚。

「如今為時已晚，一切已成定局；何況我也愛她。」皮埃爾想。

「我愛您！」他說，終於想起了在類似場合該說的話；可是這句話聽起來那麼蒼白無力，他為自己感到羞愧。

一個半月以後舉行了結婚典禮，於是他住進翻修過的別祖霍夫家族豪宅，並幸福擁有嬌妻和數以百萬計的家產。

三

老公爵尼古拉．安德烈耶維奇．鮑爾康斯基於一八〇五年十二月收到瓦西里公爵的來信，通知他將帶兒子前來拜訪：(「我要到各地視察，不言而喻，為了登門拜訪尊敬的恩人，對我來說，繞道一百俄里不算什麼，」他寫道，「我的阿納托利也與我同行，他即將前往部隊；他和他的父親一樣，對您懷有深深的敬意，我希望您允許他親自向您致敬」。

「瑪麗不用出門了，求婚的人自己上門了。」小公爵夫人聽到消息，不小心說道。

鮑爾康斯基公爵禁不住皺起眉頭，一言不發。

收到信的兩個星期之後的一天傍晚，瓦西里公爵的手下人先到，而他本人和兒子則在第二天抵達。

老鮑爾康斯基對瓦西里公爵的品行一向評價不高，尤其是最近，這個時期瓦西里公爵在兩朝皇帝保羅和亞歷山大治下仕途得意，備受榮寵。現在根據來信和小公爵夫人的暗示，他明白了實情。於是在公爵的心裡，對瓦西里公爵低劣的評價變成懷有厭惡感的鄙視。談到他時，他總是嗤之以鼻。在瓦西里公爵預定到達的那一天，鮑爾康斯基公爵尤其不滿，而且心情惡劣。不知他是因為瓦西里公爵要來而心情不好，還是因為心情不好才對瓦西里公爵的來訪不滿，反正他心情不好，吉洪一早便曾勸阻建築師，不要帶著例行報告去見公爵。

「您聽聽，大人走路的姿態。」吉洪說，他要建築師留意公爵的腳步聲。「整個腳掌著地——我們就知道……」

不過，一如往常，公爵在八點多鐘出門散步，身穿貂皮衣領的天鵝絨短大衣，頭戴貂皮帽。前一天下了一場雪。鮑爾康斯基公爵所走的那條通往花房的小道已經打掃乾淨，掃過的雪地上仍留有掃帚的痕跡，一把鐵鍬插在沿小道兩旁的鬆軟雪堆上。公爵走過花房，走過僕人的住處，走過工地，他皺眉蹙額，一聲不吭。

「雪橇過得來嗎？」他問陪他來到住宅前，神情、態度都像極主人的恭謹管家。

「雪很深，大人。我已經吩咐打掃那條大路了。」

公爵低下頭，踏上階梯。「謝天謝地，」管家想，「烏雲總算過去了！」

「那條大路不打掃是很難通行的，大人，」管家補充道。「大人，聽說有一位大臣要來拜訪？」

公爵轉身面向管家，一雙陰沉的眼睛緊盯著他。

「什麼？大臣？什麼大臣？是誰說的？」他以尖銳、生硬的口氣說道。「不是為我的女兒公爵小姐而清掃道路，而是為一個大臣？我不認識什麼大臣！」

「大人，我以為……」

「你以為！」公爵咆哮，愈說愈急，口不擇言。「你以為……土匪！混蛋！我教你以為。」他舉起手杖，朝阿爾派特奇揮去，要不是管家下意識地躲開，這一下就打到了。「以為……混蛋！」他氣急敗壞叫道。儘管阿爾派特奇因為自己竟敢躲開手杖而大吃一驚地走到公爵面前，順從地低下頭，或許正因如此，公爵雖然繼續大喊：「壞蛋！把雪掃回去！」至少沒再舉起手杖，隨即快步進屋。

午餐前，公爵小姐和布里安娜小姐知道公爵心情不好，無不站著等他：布里安娜小姐神情開朗，如在說：「我什麼也不知道，我仍像平時一樣。」而瑪麗亞公爵小姐卻面色蒼白、惶恐不安、兩眼低垂。瑪麗亞公爵小姐最難受的是，她明知在這種情況下，應該表現得像布里安娜小姐那樣，卻怎麼也做不到。她覺得：「要是我視若無睹，他會認為我對他沒有同理心；要是我悶悶不樂，情緒低落，他會責備我（這是常有的事）垂頭喪氣。」諸如此類。

公爵看向不知所措的女兒，不滿地哼了一聲。

「真是……小傻瓜！」他說。

「那個人又沒來！她聽到風聲了！」公爵想到此刻人不在飯廳的小公爵夫人。

「公爵夫人呢？」他問。「躲起來了嗎？」

「她不大舒服，」布里安娜小姐愉悅答道，「她不來了。以她的狀況，是可以理解的。」

「哼！哼！」公爵哼了幾聲，在餐桌旁坐了下來。

他嫌碟子不乾淨；他指指汙漬，把碟子扔了。吉洪連忙接住，交給伺候的僕人。小公爵夫人沒有不舒服；但她對公爵懷有一種無法克制的恐懼，一聽說他心情不好，便決定不露面了。

「我為孩子擔憂，」布里安娜小姐說，「天知道，恐懼會引起什麼結果。」

小公爵夫人住在童山，對老公爵向來懷有恐懼和反感，她其實沒有意識到反感，因為恐懼太過強烈，以致完全體驗不到反感。公爵對她也很反感，但這種反感被鄙視所壓倒。公爵夫人在童山住久了，特別喜歡布里安娜小姐，整天和她在一起，夜晚請她陪自己睡，常常和她談論公公，講他的是非。

「有客人要來了，公爵，」布里安娜小姐說，一邊用粉色的雙手打開雪白的餐巾。「據我所知，是庫拉金公爵大人和他的兒子吧？」她打聽道。

「哼，這個大人是個不懂事的孩子……是我把他提拔到部裡的，」公爵悔恨說道。「至於他兒子為什麼要來，我就不明白了。公爵夫人麗莎和公爵小姐瑪麗亞也許是知道的；但是我不知道，他為什麼要把兒子帶來這裡。我不需要他。」他看了看臉色緋紅的女兒。

「不舒服還是怎麼了？是害怕大臣吧？阿爾派特奇這個混蛋竟然稱呼他大臣呢。」

「不，爸爸。」

不管布里安娜小姐提起的話題多麼不合時宜，她都沒有住口，一逕絮絮叨叨地談花房、談新開的花朵多麼美麗，公爵喝了湯之後，情緒也就緩和了下來。

午餐後他去探視麗莎。小公爵夫人坐在小桌旁，正和女僕瑪莎聊天。她一看見公爵，臉都白了。

小公爵夫人變好多。現在，與其說她漂亮，不如說她變醜了。雙頰下陷，嘴唇翹起，眼皮下垂。

「是的，感覺有點不舒服。」公爵問她狀況，她如此回答。

「需要什麼嗎？」

「不，謝謝，爸爸。」

「那好，好。」

他出了房間，來到侍者室。阿爾派特奇站在侍者室裡。

「把雪掃回路上了嗎？」

「掃回去了，大人；請您務必原諒我。」

公爵打斷他的話，不自然地笑了。

「那好，好。」

他伸手讓阿爾派特奇親吻，便走進書房。

傍晚，瓦西里公爵到了。在大路上迎接他的是車夫和侍僕們，他們吆喝著把他的行李和雪橇沿著故意灑滿雪的路拉進廂房裡。

瓦西里公爵和阿納托利被安排在獨立的房間裡。

阿納托利脫下無袖短上衣，雙手叉腰坐在桌前，一雙漂亮的大眼心不在焉地盯著桌子的一角。在他看來，他的一生就是連續不斷的遊戲，自會有人為他安排得好好的。現在也一樣，來看望一名兇惡的老頭和富有醜陋的女繼承人，這也是一場遊戲。他預料，一切都會很精采、有趣。「為什麼不娶她呢，既然她很有錢？」阿納托利暗忖。

他細心而講究地刮了臉、灑了香水，這已成為他的習慣，然後帶著天生和善、勝利者的表情，昂首走進父親房間。瓦西里公爵身旁總有兩名侍候起居的僕人，此刻正忙著為他著裝；他本人興高采烈地打量周遭，對進來的兒子愉快點頭示意，似乎在說：「我要的就是你的這個樣子！」

「不，說正經的，爸爸，她真的很醜嗎？」他用法語問道，一副繼續旅途中曾一再提起的話題的樣子。

「夠了，廢話！主要是，對老公爵要有禮、通情達理。」

「要是他罵人，我就離開，」阿納托利說。「我受不了這些老頭。」

「記住，這一切，關乎著你的未來。」

這時在女僕的房裡，不僅人人知道大臣帶兒子來了，而且對他們的外表已經有了詳盡的描述。瑪麗亞公爵小姐獨自坐在房裡，徒勞地希望能夠克制內心的激動。

「為什麼他們要寫信來，為什麼麗莎要告訴我這件事？這是不可能的！」她自言自語，望著鏡子裡的自己。「我該怎麼走進客廳？即使我喜歡他，我現在也不可能與他自然相處。」一想到父親的目光，她便不寒而慄。

小公爵夫人和布里安娜小姐已經從女僕瑪莎口中得知她們想了解的一切，大臣的兒子是面色紅潤、眉毛濃黑的美男子，他的父親則勉強拖著腳步上樓，而他，則像一隻雄鷹，一步跨三級，跟著他奔了上來。小公爵夫人和布里安娜小姐收到這些消息，便雙雙來到公爵小姐房裡，從走廊裡便傳來兩人熱絡交談的聲音。

「他們來了，瑪麗亞，您知道嗎？」小公爵夫人說道，她擺著自己的大肚子，沉重跌坐在扶手椅裡。她的身上已不是早上那件寬大的短衫，而是一身漂亮的連身裙；頭上則細心裝飾過，臉上流露出活潑的神情，不過這神情掩飾不住鬆弛枯槁的面容。她身穿平常在彼得堡社交場合的衣裳，更顯得比過去難看多了。布里安娜小姐的衣著打扮也有了難以察覺的變化，無不令她清秀、嬌豔的容貌更添嫵媚。

「哎，您還穿著原來的衣服嗎，親愛的公爵小姐？」她說。「馬上就會有人來，說他們出來了。那就得下樓，您要不要稍微打扮一下呢！」

小公爵夫人自扶手椅上站起身，搖鈴喚來女僕，急忙滿心歡喜地為瑪麗亞公爵小姐設計穿著打扮。瑪麗亞公爵小姐深感自尊心受到傷害，因為求婚者的到來居然令她激動，然而，更使她受傷的是，她的兩位女伴從未多想，也許根本不是那麼一回事。萬一向她們坦誠，她為自己也為她們感到害臊，無非是暴露自己的激動；此外，拒絕她們所建議的穿著打扮，會引起無休止的嘲弄和糾纏。她的臉脹得通紅，美麗的眼睛黯淡了，臉上佈滿斑點，於是帶著時常在她臉上出現的那種受難者悲傷神情，任憑布里安娜小姐和麗莎的擺布。兩個女人都真心誠意地想將她打扮得漂漂亮亮的。她太醜了，她們誰也不會想到要和她爭風吃醋；因此她們真心誠意為她挑選服飾，女人們都天真、堅決地相信，衣容足以美化面容。

「不，真的，親愛的朋友，這件連身裙不好看，」麗莎說，她從側面遠遠打量著公爵小姐，「妳有一件紫紅色的，請人拿來！說實話！這也許就是決定一生命運的大事啊。這件顏色太暗淡，不好看，不，不好看！」

並不是連身裙不好看，而是公爵小姐的容貌和身材不好，布里安娜小姐和小公爵夫人都未發現這一點；她們總覺得，只要高高的髮型配上藍色緞帶，並在褐色連身裙上披淺藍色圍巾之類的，就會變好看了。她們忘了，驚慌的面容和身材是無法改變的，因而不論如何改變這張臉的輪廓和裝飾，臉仍然顯得可悲而難看。瑪麗亞公爵小姐順從地讓她們進行了兩、三次改變，她梳了個高高的髮式（由此完全改變了她的臉型，破壞了她的容貌），並在優雅的紫紅色連身裙上披上淺藍色圍巾。這時小公爵夫人圍著她轉了一、兩圈，用她的小手在這裡撫平衣裙上的褶子，在那裡拉一拉圍巾，低頭從這邊看看，又從那邊瞧瞧。

「不，這樣不行，」她兩手輕輕一拍，斷然說道。「不，瑪麗亞，這完全不適合。我更喜歡您平常穿的那件灰色連身裙；您就為我試試吧。卡佳，」她對女僕說，「拿那件灰色連身裙來，布里安娜小姐，等我安排好了，您來看看。」她邊說邊嫣然一笑，彷彿藝術家在預先品嘗成功的喜悅。

可是等到卡佳把那條連身裙拿來，瑪麗亞公爵小姐仍動不也動地坐在鏡子前，望著自己的臉，她在鏡子裡看到，自己雙眼含淚、嘴唇顫抖，幾乎要失聲痛哭了。

「哎，公爵小姐，」布里安娜小姐說，「再努力一下。」

小公爵夫人從女僕手裡接過衣服，來到瑪麗亞公爵小姐面前。

「不，現在我們要打扮得又樸素又可愛。」她說。

她和布里安娜小姐的說話聲，以及卡佳不知為什麼笑起來的聲音，匯成一片快活的喧鬧，如一群小鳥吱吱喳喳的。

「不，別管我了。」公爵小姐說。

她的聲音聽起來是那麼嚴肅且痛苦，於是群鳥的啼聲立刻沉寂了。她們看到，那雙充滿淚水和憂思的美麗大眼正清澈地祈求她們。她們明白了，再堅持下去也是枉然，甚至是殘忍的。

「至少改一改髮型吧，」小公爵夫人說。「我對您說過，」她轉身對布里安娜小姐埋怨道，「這種髮型完全不適合瑪麗亞的臉型。您就改一改吧。」

「別管我了，我無所謂。」她強忍著淚水說。

布里安娜小姐和小公爵夫人都暗自承認，瑪麗亞公爵小姐的樣子很醜，比平時還不如；但為時已晚。她看著她們，臉上的表情她們也都理解，那是拿定主意和滿懷憂傷的神情。這個表情並未使她們對瑪麗亞公爵小姐感到畏懼。（她從來沒有令人畏懼的感覺。）但她們知道，她的臉上一旦出現這樣的表情，她便默默不語，且決心是不可動搖的。

「您想改髮型，不是嗎？」麗莎問，瑪麗亞公爵小姐一言不發，麗莎便離開房間。

瑪麗亞公爵小姐獨自留下。她沒有滿足麗莎的願望，不僅未改變髮型，也不想再看鏡子裡的自己。她無力地垂下眼和雙手，默默地坐著想心事。她想像著自己的丈夫，一個男人，一個強有力的、極普通卻具有莫名吸引力的男人，突然把她帶到他自己那截然不同的幸福世界。有一個自己的孩子，就像昨天在保母的女兒家裡看到的，她想像中，將孩子摟在懷裡。丈夫站在一旁，溫柔地看著她和孩子。「不，這是不可能的，我長得太醜了。」她想。

「請您去用茶。公爵馬上就要出來了。」女僕站在門外說。

她清醒了過來，對自己剛才的那些想法大為震驚。在下樓之前，她站起來走進供奉聖像的禮拜室，面朝救世主巨大聖像上被燈火照亮的黝黑面容，雙手懷抱胸前，在聖像前默默站了幾分鐘。瑪麗亞公爵小姐的心裡有某種懷疑正折磨著她。她能擁有愛情、擁有對一個男人的塵世愛情的歡樂嗎？在她對婚姻的遐想中，瑪麗亞公爵小姐幻想有家庭的幸福、有孩子，但最重要且強烈而隱祕的幻想，是她渴望塵世的愛情。她愈是想對別人，甚至對自己隱瞞這種感情，這種感情就愈強烈。「上帝啊，」她說，「我該如何壓抑自己心裡這些惡魔的念頭呢？我該如何拋棄這些罪惡的想法，才能安心地遵循祢的意志呢？」她剛提出這個問題，上帝便在她的心裡回答她，說：「妳不要為自己祈求什麼；不要尋覓，不要激動，不要忌妒。人們的未來和妳的命運不應為妳所知。妳就這樣生活，隨時準備接受一切。如果上帝願意在婚姻的義務中考驗妳，妳要遵循祂的意志。」帶著這令人安心的想法（但仍懷抱希望，想實現自己被禁止的塵世幻想），瑪麗亞公爵小姐嘆息一聲，畫了十字，下樓去了，她既不去想衣著和髮型，也不想如何走進客廳、該說什麼話。這一切，和上帝的旨意相比，算得了什麼呢，沒有上帝的旨意，一根頭髮也不會掉下來的。

四

瑪麗亞公爵小姐來到客廳時，瓦西里公爵和他的兒子已經在客廳裡與小公爵夫人和布里安娜小姐聊天。當她邁著沉重的步伐進來，兩個男人和布里安娜小姐都欠了欠身，小公爵夫人指著她對客人們介紹：「這就是瑪麗亞！」瑪麗亞公爵小姐看到所有人，而且是一一過目。她看到瓦西里公爵，他一見到她便臉色一愣，當即又換上一副笑臉，也留意到小公爵夫人，她好奇地審視客人們的臉色，揣測著瑪麗亞給他們留下的印象。她也看到了布里安娜小姐頭髮上紮的緞帶、嫵媚的容貌，她正以前所未見的興奮目光凝視著她；但是她看不見他，她看到的，只是一道閃亮的、非常美好的高大身影在她進屋時向她靠近。瓦西里公爵先來到她面前，她在他低頭湊近她的手時，親了親他的微禿的頭，並回覆他的提問，說，她仍清楚記得他。然後，阿納托利走到她面前。她仍然沒有看見他。她只覺得有一隻溫柔的手緊握她的手，她的手微微觸及他白皙的前額，前額上是一頭梳得光亮的漂亮淡褐色頭髮。她朝他看了一眼，他的美貌使她大為驚恐。阿納托利把右手大拇指伸入軍服的某個鈕扣下方，抬頭挺胸、微微抖動伸在前面的長腿，低頭默默地、神情愉悅地看著公爵小姐，一副完全沒有想著她的樣子。阿納托利談話不機靈、不敏捷，也不善詞令，但他具有上流社會非常看重的性格，那便是保持鎮靜和絕不動搖的自信心。一個缺乏自信的人在初次見面時，假如默不作聲，卻又覺得沉默不免失禮而不安地想找話題，那就不太合宜了；但阿納托利就是不說話，他抖著腿，興趣盎然地瞅著公爵小姐的髮型。顯然，他能這樣滿不在乎地沉默良久。「誰要是覺得沉默難堪，那你們就儘管聊天吧，我就是不想說話。」他的神情如此表達。此外，在和女人交往時，阿納托利有一種自以為優越而看不起人的態度，這種態度最能打動女人的好奇心，激起她們的惶恐甚至愛戀。他的樣子彷彿在告訴她們：「我了解妳們，太了解了，何必向妳們獻殷勤？妳們倒是求之不得呢！」也許他在遇到女人時不是這麼想（甚至可以斷定他根本沒在思考，因為他很少動腦），但他的神情和態度便是如此。公爵小姐感覺到這一點，也許是為了向他表明，她想都不敢想要吸引他的注意，便朝老公爵轉過身去。所有人都聊得很盡興，這得歸功於小公爵夫人清脆的嗓音和在一排雪白的牙齒上微翹的嘴唇。她對瓦西里公爵採取一種戲謔的方式，這種方式常見於那些快活而饒舌的人，他們假定在對方和自己之間有某些早已存在的笑話和愉快的、顯為人知的有趣回憶，其實根本沒有這些回憶，在小公爵夫人和瓦西里公爵之間自然也沒有。瓦西里公爵很樂意順著她；小公爵夫人甚至吸引了她幾乎不認識的阿納托利，一起參與這虛無的可笑回憶。布里安娜小姐也分享了這些共同的回憶，甚至瑪麗亞公爵小姐也慶幸自己被捲入這種快活的回憶之中。

「看看，現在我們總算能和您好好聊聊了。」小公爵夫人對瓦西里公爵說，使用的自然是法語，「不像我們在安娜的晚會上那樣，您總是半途離開。您一定記得那個可愛的安娜！」

「啊，您可不要像安娜那樣，異想天開地對我談什麼政治！」

「我們的那張小茶桌，還記得嗎？」

「那還用說！」

「您怎麼從來沒有去過安娜的宴會？」小公爵夫人問阿納托利。「啊！我知道了，我知道，」她眨眨眼說，「您哥哥伊波利特對我說過您的事。噢！」她用小小的手指嚇唬他道。「您在巴黎玩的那些花樣我都知道！」

「可是他，伊波利特，沒有對你說過嗎？」瓦西里公爵對兒子說，一把抓住小公爵夫人的手，好像她要逃走，好不容易才被他逮住似的，「他沒有對妳說過，他，伊波利特自己，如何為可愛的小公爵夫人而日漸憔悴，卻被她趕出屋子嗎？」

「噢！她真是冰清玉潔的女性啊，公爵小姐！」他對公爵小姐說道。

布里安娜小姐一聽說巴黎，怎麼也不肯放過機會，立刻加入共同回憶的談話。

她冒昧詢問阿納托利，他離開巴黎很久了嗎，對這座城市的印象如何。阿納托利非常樂於回答這位法國小姐，他面帶微笑看著她，同她談起她的國家。看到美麗的布里安娜，阿納托利斷定，在童山這個地方再也不會感到寂寞了。「好漂亮！」他看著她暗忖。「公爵小姐的這個女伴很漂亮，希望她嫁給我的時候能帶她一起來，」他想，「非常、非常漂亮！」

老公爵在書房不急不徐地穿衣服，皺著眉頭思考，他該怎麼辦。這兩個客人的到來令他氣憤。「瓦西里公爵和他的那個兒子和我有什麼關係？瓦西里公爵愛說空話，無聊至極，那個兒子大概也好不到哪裡去。」他暗自嘀咕著。他生氣，是因為這兩個客人的到來在他心裡引起一個未能解決、經常被忽略的問題，對這個問題老公爵總在欺騙自己——他究竟能否下決心和瑪麗亞公爵小姐分離，讓她嫁出去。公爵從來不敢向自己直接提出這個問題，因為他預先知道，他的回答一定是合情合理的，而這合情合理的回答不僅和他的情感相矛盾，更重要的是，和他生活的依戀相矛盾。對老公爵而言，失去瑪麗亞公爵小姐的生活是不可想像的，儘管看起來，他似乎不是那麼珍惜她。「結婚對她有什麼好處？」他想。「一定會不幸的。麗莎嫁給安德烈（如今看來，他是難得的好丈夫），難道她滿意自己的命運嗎？誰會出於愛情來娶她呢？又難看又笨拙。娶她只是為了上流社會的關係、為了財富。難道沒有終身不嫁的女人嗎？那還更幸福些！」老公爵邊想邊著裝，而一直拖延的問題卻急需解決。瓦西里公爵把自己的兒子帶來，顯然有求婚的意願，大概今天或明天就要做出明確的答覆。名望、社會地位都相當不錯。「也好，我不反對，」公爵對自己說，「不過他要配得上她。這一點我們還得觀察。」

「這一點我們還得觀察，」他說了出來。「這一點我們還得觀察。」

於是他像平常一樣，矯健地步入客廳，迅速掃視在座所有人，同時留意到小公爵夫人衣著的改變、布里安娜的緞帶、瑪麗亞公爵小姐奇醜無比的髮型，也注意到布里安娜和阿納托利的微笑，以及自己的女兒在人們交談時的孤獨。「打扮得像個傻妞！」他心中暗忖，同時惱怒地看了女兒一眼。「也不覺得丟臉！他理也不想理她！」

他來到瓦西里公爵面前。

「啊，你好，你好，很高興見到你。」

「為了好朋友不惜遠道而來，」瓦西里公爵說道，一如往常，他說話飛快，顯得自信而自在。「這是我的次子，請多多關照。」

老公爵打量一下阿納托利。

「好的，好的！」他說。「好，親我打個招呼吧。」於是，阿納托利面頰向他湊過去。阿納托利親了老頭子，好奇又平靜地望著他，他想知道，老公爵會不會像父親所說的，出現什麼令人難以理解的言行。

老公爵在自己習慣的位置坐下，那是沙發的一處角落，為瓦西里公爵將扶手椅挪到自己身邊，指了指扶手椅，示意瓦西里公爵入座，隨後便問起政治形勢和新聞。他看似傾聽瓦西里公爵說話，卻不斷地瞥視瑪麗亞公爵小姐。

「已經從波茨坦寫信來了？」他重複了瓦西里公爵的最後一句話，突然站起來，走向女兒。

「妳是為客人而這麼打扮的嗎？」他說。「漂亮，真是漂亮。妳為了客人而梳了個新髮型，但我要當著客人的面對妳說，以後沒有我的許可，不准妳改變裝扮。」

「這是我的過錯，爸爸。」小公爵夫人紅著臉為小姑辯護。

「您大可一切自便，夫人，」老公爵說，他兩足一併，向媳婦微微鞠躬，「但她沒必要醜化自己，畢竟，她本來就夠難看的了。」

接著，他再次坐下，不再留心被他惹得眼淚汪汪的女兒。

「我不這麼認為，我覺得，這髮型很適合公爵小姐。」瓦西里公爵說。

「咳，老弟，你的小公爵，他叫什麼名字？」老公爵問，又轉向阿納托利說：「你過來，我們聊聊，認識認識。」

「好戲要開場啦。」阿納托利想，微笑坐到老公爵身旁。

「嗯，是這樣的，親愛的，聽說你在國外受過教育。不像我和你父親是跟隨教堂執事學識字的。告訴我，親愛的，你現在是在騎兵近衛軍裡服役嗎？」老人逼近似地凝視阿納托利。

「不，我轉到普通陸軍。」阿納托利回答道，忍著沒有笑出聲來。

「啊！這是好事。怎麼，你是想為沙皇和國家服務吧？戰爭時期嘛。這等好青年應該服役，應該服役。怎麼，是在前線？」

「不，公爵，我們的軍團已經出發。我剛列入編制。是哪一個編制呢，爸爸？」阿納托利笑問父親。

「完美的從軍，太完美了。『是哪一個編制呢』？哈哈！」老公爵放聲大笑。

阿納托利卻笑得更響亮。老公爵赫然皺起眉頭。

「好了，你去吧。」他對阿納托利說。

阿納托利微笑著到女士們身邊。

「瓦西里公爵，你讓他們在國外受教育？」老公爵轉向瓦西里公爵。

「我盡力了；而且我想告訴您，那裡的教育比國內的教育好得多。」

「是的，現在全不同了，一切都是新式的！好，到我書房去吧。」

他挽著瓦西里公爵的手臂，領他進書房。

瓦西里公爵和老公爵獨處後，便立即向他說明自己的來意和希望。

「怎麼，你以為，」老公爵氣憤說道，「我會留住她，不放她走？異想天開！」他悻悻然說。「明天走也行！不過我要告訴你，我對自己未來的女婿還要多了解一些。你知道我的規矩：一切公開！明天我當著你的面問她，要是她願意，那就讓他住下來。你到時就讓他住下來吧，我要再觀察。」公爵從鼻子裡哼了一聲。「讓她出嫁吧，我無所謂。」他像和兒子分別時那樣，尖聲叫嚷起來。

「我對您直說吧，」瓦西里公爵說道，那是一個老謀深算的人深信在洞察一切的對手面前不必耍花招的語氣。「您對人向來看得很透徹。阿納托利不是天才，卻是誠實、善良的小伙子，是好兒子，也是好親人。」

「行，行，那好吧，看看再說。」

長期未曾和男性交往的孤獨女性往往如此，老公爵宅邸的這三個女人，在阿納托利出現時都同時感受到，在此之前，她們的生活簡直不是生活，這些女人的思維、感覺、觀察能力在剎那間增強十倍，彷彿她們的生活在此之前是在黑暗中度過，突然被前所未有的、充滿意義的光輝所照亮。

瑪麗亞公爵小姐根本不去想，也完全忘記自己的容貌和髮型。可能成為她丈夫的那個男人那漂亮、坦誠的面容完全吸引了她。她覺得他善良、勇敢、堅毅，有男子漢的氣概和氣度。她對此深信不疑。有關未來家庭生活的千百種幻想不斷在她的想像裡出現。她驅趕這些幻想並竭力加以掩飾。

「我對他是不是太冷淡了？」瑪麗亞公爵小姐心想。「我是在努力克制自己，因為在內心深處覺得自己已經和他十分親近了；可是他並不知道我對他的想法啊，也許，他會以為我不喜歡他吧。」

她很想親切地對待這位新來的客人，卻未能做到。

「可憐的女人！醜陋得像個鬼。」這是阿納托利對她的想法。

阿納托利的來訪，也使布里安娜小姐的興奮達到高點，她的想法就不一樣了。一個沒有一定社會地位、沒有親人和朋友，甚至沒有國家的年輕美貌女性，不想一輩子只侍候老公爵，為他讀書，並和瑪麗亞公爵小姐為友。布里安娜小姐早就期待一位俄國公爵能賞識她，看出她勝過那些容貌平庸、衣著不雅、舉止笨拙的俄國公爵小姐，而後對她一見鍾情並將她帶走；眼前，這名公爵終於來了。布里安娜小姐有一個故事，是她從姑媽口中聽來、由她自己編撰並在自己想像中反覆敘述的故事。故事內容是一個被騙失身的少女，她可憐的媽媽來到她面前，責備她還沒結婚就委身於人。布里安娜小姐在自己的想像中對他，那個誘惑者講述這個故事時，經常感動到流淚。現在這個他，真正的俄國公爵出現了。他將把她帶走，然後她可憐的媽媽出現了，於是他娶了她。就是在她和他談論巴黎的時候，在她心裡形成屬於她的未來的故事。

布里安娜小姐並沒有什麼算計（她甚至從來不曾考慮過她該怎麼辦），這一切在她心裡早已存在，如今只是用來套在不久前出現的阿納托利身上，她希望並盡可能地取悅他。

小公爵夫人如同一匹久經沙場的戰馬，一聽到號角聲便不由自主的忘記自己的身孕，習慣性賣弄風情，她沒有不可告人的用意和內心交戰，有的只是天真、輕佻的愉快心情。

在婦女的圈子裡，雖然阿納托利經常處於對女人的追逐感到厭煩的狀態，但是看到自己對這三個女人的影響，仍油然生起一種虛榮心得到滿足的快感。此外，他開始從布里安娜的美色和挑逗中感受到一種熱烈的獸性情欲，這情欲出現得異常迅速，促使他採取最魯莽、最大膽的行動。

喝茶後，所有人來到安放沙發的休息室，大家要求公爵小姐彈奏古鋼琴。阿納托利在她面前以手臂支著，站在布里安娜小姐身旁，他的眼睛含笑且愉悅看著瑪麗亞公爵小姐。瑪麗亞公爵小姐懷著既苦惱又快樂的激動心情感覺到他望著自己的目光。心愛的奏鳴曲將她帶進動情、充滿詩意的世界，而停留在自己身上的目光更使這個世界洋溢著詩情畫意。阿納托利的目光雖然對著她，但他注意的並不是她，而是布里安娜小姐的單腳動作，這時他正在鋼琴下用自己的腳撩撥她的腳。布里安娜小姐也望著公爵小姐，她那美麗的眼裡也有一種使瑪麗亞公爵小姐感到新奇的驚喜和希望表情。

「他是多麼愛我啊！」瑪麗亞公爵小姐想。「我現在多麼幸福，而且有這樣的朋友和丈夫，我會有多幸福呀！難道他會成為我的丈夫嗎？」她想，她不敢看他，仍感覺到那專注於自己的目光。

晚上，大家在晚餐後漸漸散去，阿納托利親了公爵小姐的手。她自己也不明白，她的勇氣是哪裡來的，居然對離她的近視眼已經很近的那俊美面龐正眼看了一下。然後他湊近布里安娜小姐的手（這是不合禮節的，但他做得那麼自信而自在），布里安娜小姐滿面緋紅，驚懼地看了眼公爵小姐。

「多麼有禮貌，」公爵小姐想。「難道布里安娜以為我會忌妒她、不珍惜她對我的純潔柔情和忠誠嗎？」她走到布里安娜小姐面前，緊緊親吻她。阿納托利湊近了小公爵夫人的手。

「不，不，不！等您的父親寫信告訴我，您行為高尚，那時我再讓您親我的手。在此之前不行。」

於是她舉起一根手指微笑著，離開了房間。

五

所有人漸漸離去，這一夜僅阿納托利一躺上床就睡著了，其他人則久久無法成眠。

「難道我的丈夫是他，就是這個陌生、英俊、善良的男人；重要的是他很善良。」瑪麗亞公爵小姐想，這時她幾乎從來不曾有過的恐懼向她襲來。她不敢回頭看；她覺得好像有人就站在屏風後黑暗的角落裡。這個人是他——一個魔鬼，而他就是有白皙的前額、黑色眉毛、紅潤嘴唇的這個男人。

她搖鈴喚來女僕，要她睡在自己房裡。

這天晚上，布里安娜小姐在冬季花房裡久久來回踱步，枉然地等候著一個人，時而對這個人微笑，時而想像可憐的母親會怎麼責備她墮落而激動落淚。

小公爵夫人抱怨女僕未鋪好床。她既不能側臥，也不能仰躺。怎麼都覺得難受、不舒服。她的肚子妨礙了她，而且比任何時候都更妨礙她，正巧是因為今天阿納托利的出現，將她更真實的帶到往昔的一段時光，那時沒有這身肚腹，她總是輕鬆而愉快。她穿著短上衣，戴著睡帽坐在扶手椅上。睡眼惺忪、髮辮散亂的卡佳正第三次拍打和翻動沉重的被褥，一邊嘀咕著什麼。

「我對你說過了，床上坑坑窪窪的，」小公爵夫人強調說，「我自己是很想睡著的嘛；不能怪我。」她的聲音發顫，像想哭的孩子。

老公爵也沒有睡。吉洪在睡夢中聽到，他悻悻地跨著大步，鼻子不停哼氣。老公爵覺得，他為女兒受到侮辱。這是最讓他痛心的侮辱，因為這侮辱不是針對他，而是針對另一個人、針對他的女兒，他愛女兒勝過愛自己。他對自己說，要重新考慮這件事，要找到一個合理且應當採取的步驟，可是他卻適得其反，更是激怒自己。

「遇到第一個男人，就把父親和一切都忘了，就急忙迎上去，為自己梳了個高高的髮型，搖著尾巴，不像個人樣！她很樂意丟下父親！她知道我會發覺的……嘿……嘿……嘿……難道我看不出來，那個蠢貨一逕盯著布里安娜（一定要把她趕走）！怎麼這麼沒有自尊心，竟然不明白這一點！連自尊心都沒有的話，那麼即使不為自己，至少也該為我想想。我必須直接跟她說，這個混蛋心裡根本沒有她，只盯著布里安娜。她毫無自尊心，可是我要直接告訴她這個事實……」

老公爵很清楚，要是對女兒說她看錯了人，阿納托利想追求的是布里安娜，便能激起瑪麗亞公爵小姐的自尊心，他的心事（不願與女兒分離）就能解決，由此他安心了。他叫來吉洪，開始脫衣服。

「是鬼把他們帶來的！」他想，此時吉洪正拿一件睡衣往他年老乾瘦、胸前長滿灰白寒毛的身上套。「我沒有請他們來。他們打亂了我的生活。我剩下的日子不多了。」

「見鬼！」睡衣仍套在頭上時，他這麼說。

吉洪知道公爵有個習慣，就是偶爾會把自己的想法說出口，所以從睡衣裡鑽出來的那張臉充滿疑問且憤怒地看著他時，他木然地迎向那目光。

「他們睡了嗎？」公爵問。

吉洪像所有優秀的僕人一樣，能夠領悟老爺的思路。他猜得到，老爺詢問的，是瓦西里公爵和他的兒子。

「都睡了，燈也熄了，大人。」

「隨便問問，隨便問問……」公爵旋即說道，他腳伸進便鞋、手伸進睡衣的袖子，朝沙發走去，他總是睡在沙發上。

儘管阿納托利和布里安娜小姐什麼話也沒有說，但完全了解彼此在可憐的母親出現之前的愛情故事第一部中的關係，明白彼此有許多祕密要交換，因而從早上起，兩人便尋找單獨見面的機會。在公爵小姐按時去見父親的時候，布里安娜小姐和阿納托利已經在冬季花房裡會面了。

這一天，瑪麗亞公爵小姐走到書房門口時更是膽戰心驚。她覺得，不僅人人都很清楚，今天是決定她命運的日子，而且也知道她的想法。她在吉洪的臉上、在瓦西里公爵的僕人的臉上，一再看到這種表情，一名僕人端著熱水在走廊裡遇見她，深深地鞠了一躬。

老公爵這天早上對自己的女兒展現出異於往常的親切及熱心。而瑪麗亞公爵小姐對父親熱心的表情向來熟悉。當他面露這種表情時，往往是因為瑪麗亞公爵小姐解不開數學題，而他氣得把一雙乾瘦的手緊緊握成拳頭，並且站起來自女兒身邊走開，一連幾次地低聲嘀咕著幾句同樣的話。

他立即談起正事，對女兒以「您」相稱。

「有人向我提起您的婚事，」他說，不自然地微笑著。「我想，您已經猜到了，」他繼續道，「瓦西里公爵帶著自己的學生到這裡來（不知為何，公爵稱阿納托利稱為學生），並不是出於對我的好感。並在昨天對我提起您的婚事。您知道我向來的規矩，我是找您來商量的。」

「我該如何理解您的話呢，爸爸？」公爵小姐說，臉上一陣紅一陣白。

「如何理解！」父親氣憤吼道。「瓦西里公爵覺得，他很樂意妳成為他的媳婦，並為自己的學生向妳求親。就這麼理解。如何理解！我倒要問問，妳的想法。」

「我不知道，您是什麼意思，爸爸。」公爵小姐低聲說道。

「我？我？我算什麼？您把我晾在一邊吧。不是我要嫁人。您的意思是什麼？這才是我想知道的。」

公爵小姐看出，父親是不贊成這件婚事的，但她同時又想到，她一生的命運此時不解決，就沒有機會了。她垂眼未直視他，因為在父親目光的注視下，她無法思考，只能服從，於是，她說道：

「我只有一個願望，就是服從您的意志，」她說，「不過，如果一定要說出我的願望的話……」

她的話還沒說完，公爵打斷了她的話。

「好極了！」他大聲吼道。「他將帶走您和您的嫁妝，順便帶走布里安娜小姐。她會是妻子，而妳……」

公爵不說了。他發覺這些話在女兒身上所產生的影響。她垂下頭，幾乎哭了出來。

「好了，好了，開玩笑，我開玩笑的。」他說。「你要記住一點，公爵小姐：我遵守的規則是，女孩有選擇的充分權利。我給妳選擇的自由。記住：妳一生的幸福取決於妳的決定。至於我，沒有什麼可說的。」

「可是我不知道……爸爸。」

「沒有好說的！他是奉命行事，根本不在乎娶妳或是娶任何人；而妳可以自由選擇……回房吧，好好想一想，一個小時後到我這裡來，當著他的面說：願意還是不願意。我知道，妳要祈禱。好，那就祈禱吧。不過，最好還是多想想。去吧。」

「願意還是不願意，願意還是不願意，願意還是不願意！」他持續叫嚷，而這時公爵小姐彷彿身在霧裡，搖搖晃晃地走出書房。

她的命運已決定，而且結果會是幸運的。父親曾提到布里安娜小姐，這個暗示是可怕的。就算不是真的，但畢竟很可怕，她不能不考慮這一點。她筆直穿過花房朝前走，什麼也看不見、什麼也聽不見，突然布里安娜小姐那熟悉的低語聲驚醒她。她抬起頭，就在兩步之內看見阿納托利，他正摟著法國女人對她悄聲低語。阿納托利俊俏的臉上流露出駭然，轉頭看見瑪麗亞公爵小姐，在最初的剎那，他仍摟著沒有看到她的布里安娜小姐的腰。

「什麼人？想做什麼？等一下！」阿納托利的臉色彷彿這麼說。瑪麗亞公爵小姐默默望著他們。她無法理解這種事。最後布里安娜小姐驚叫，轉頭便逃離。阿納托利面帶愉快，向瑪麗亞公爵小姐微微鞠躬，猶如邀請她對這莫名的事件嘲笑一番，隨後他聳聳肩，走向通往他住處的門口。

一個小時後，吉洪來請瑪麗亞公爵小姐去見公爵，並告訴她，瓦西里公爵也在書房。吉洪來的時候，公爵小姐坐在房間沙發上，把哭泣的布里安娜小姐摟在自己懷裡。瑪麗亞公爵小姐輕撫她的頭。公爵小姐美麗的眼睛流露出安詳和光輝，溫柔的愛惜和憐憫看著布里安娜小姐美麗的臉龐。

「不，公爵小姐，我永遠失去您的好感了。」布里安娜小姐說。

「為什麼呢？我比過去更愛您了，」瑪麗亞公爵小姐說，「我會為了您的幸福竭盡全力。」

「可是您會鄙視我；您那麼純潔，的確應該鄙視我，您永遠不會理解這種情欲的誘惑。啊，我可憐的母親……」

「我都明白，」瑪麗亞公爵小姐回答道，憂傷地微笑著。「您放心，我的朋友。我去見父親了。」說著她出去了。

瓦西里公爵蹺著腿，拿著鼻菸壺，彷彿深受感動，彷彿在為自己的多愁善感而抱歉、訕笑，並激動地坐著。瑪麗亞公爵小姐進來時，他急忙捏了一小撮鼻菸塞到鼻下。

「啊，我親愛的，我親愛的，」他說，站起來緊握她的雙手。他嘆息一聲又說：「我兒子的命運就掌握在您手裡了。您決定吧，我可愛的、親愛的、溫柔的瑪麗亞，我一直像愛女兒一樣愛您。」

他走到一邊去，眼裡的確含著淚水。

「哼……哼……」老公爵哼著氣。

「公爵代表自己的學生……兒子向妳求婚。妳是否願意成為阿納托利．庫拉金公爵的妻子？妳說，願意還是不願意！」他高聲說道，「此外，我保留發表意見的權利，是的，我的意見，不過是我的意見。」老公爵轉向瓦西里公爵補充了一句，這是對他臉上的懇求表情的答覆。「願意還是不願意？」

「我的希望是，爸爸，永遠不離開您，永遠不把我的生活和您的生活分開。我不想結婚。」她堅決說道，以她那美麗的眼睛看向瓦西里公爵和父親。

「荒唐、胡說！荒唐、荒唐、荒唐！」老公爵皺起眉頭嚷道，他握著女兒的手，把她拉過去，不是要親她，只是微彎，將自己的前額湊近她的前額挨了一下，他緊握著她的手，以致她痛得皺起眉頭叫了起來。

瓦西里公爵站了起來。

「親愛的，我要對您說，這個時刻我將畢生難忘，可是，最善良的女孩，哪怕讓我們抱有一線希望，能感動這顆如此善良而豁達的心。告訴我們，還有可能……來日方長。告訴我們，還有可能。」

「公爵，剛才我已說出心裡的話。我感謝您的厚愛，但我永遠不會成為令郎的妻子。」

「好吧，到此結束，親愛的公爵，見到你非常高興，非常高興。回房去吧，公爵小姐，去吧，」老公爵說，「見到你非常、非常高興。」他擁抱瓦西里公爵，又說了一遍。

「我的使命是不同的，」瑪麗亞公爵小姐暗自想，「我的使命是以另一種幸福為幸福，以博愛和奉獻的幸福為幸福。不論要付出多大代價，我也要為可憐的布里安娜小姐創造幸福。她那麼熱烈地愛著他。她那麼真心地懺悔。我要盡力成全她和他的婚姻。如果他不富有，我就給她錢，我會求父親、求安德烈。等到她成為他的妻子，我會感到幸福。她是那麼不幸，流落異鄉，孤苦無依！我的上帝，她是多麼愛他啊，簡直忘記自己的身分。如果我是她，或許也會像她那樣吧！……」瑪麗亞公爵小姐想。

六

羅斯托夫一家很久沒有收到尼古拉的消息了；直到冬季中旬，伯爵才接到一封信，他認出信上的地址是兒子的筆跡。收到信後，伯爵神色驚慌，唯恐被人發覺，他躡手躡腳的快步進自己的書房，關上門便讀起信。德魯別茨基公爵夫人一得知有來信（家裡發生的事她全知道），腳步輕輕地進去找伯爵，只見他拿著信，又是哭又是笑。

德魯別茨基公爵夫人儘管家境有所好轉，仍繼續住在羅斯托夫宅邸。

「怎麼了，我親愛的朋友？」德魯別茨基公爵夫人憂愁問道，準備表示由衷的同情。

伯爵更是慟哭失聲。

「尼古拉……信……受……傷……傷了……我親愛的……受傷了……我的孩子……伯爵夫人……提升為軍官了……謝天謝地……該怎麼向伯爵夫人說呢？……」

德魯別茨基公爵夫人坐到他身邊，用自己的手絹擦乾他的眼淚，擦去滴在信紙上的淚水，又擦乾自己的眼淚，她看了信，並安慰伯爵，決定從午餐到晚茶的這段時間，她前去和伯爵夫人談談，讓她有所準備，晚茶後再說明一切，願上帝保佑她。

午餐時，德魯別茨基公爵夫人談到戰爭消息、談到尼古拉；她連問兩次，他的最後一封信是什麼時候收到的，雖然她早就知道，她還說寄信是很容易的，也許今天就能收到信。每每聽到這類暗示，伯爵夫人便驚慌起來，忐忑不安地望向伯爵，又望向德魯別茨基公爵夫人，德魯別茨基公爵夫人便不著痕跡地把談話扯到無關緊要的瑣事上。全家就數女兒娜塔莎最懂察言觀色，從午餐一開始，她便豎起耳朵，清楚知道父親和德魯別茨基公爵夫人有什麼事瞞著所有人，而且和哥哥有關，德魯別茨基公爵夫人正在蘊釀說出真相。不論她多麼有勇氣（娜塔莎知道，她母親對所有和尼古拉有關的消息是多麼敏感），她也不敢在餐桌上提出疑問，由於不安，她什麼也不吃，不安的坐著，對家庭教師的指責置之不理。餐後她飛快追趕德魯別茨基公爵夫人，在休息室裡撲上去摟住她的脖子。

「姑姑，親愛的，告訴我，出了什麼事？」

「沒什麼，我的朋友。」

「不，好姑姑，親姑姑，可愛的、最疼我的姑姑，我不說我絕不罷休，我知道，您一定知道。」

德魯別茨基公爵夫人搖搖頭：

「唉，妳這個小機靈鬼。」

「尼古拉來信了？一定是！」娜塔莎叫道，她在德魯別茨基公爵夫人的臉上讀出肯定的回答。

「可是，妳千萬要小心；妳也知道，這會讓妳的媽媽受到多大的傷害。」

「一定會的，您說吧。不說？好，那我就去告訴媽媽。」

德魯別茨基公爵夫人對娜塔莎簡單地說了一下信的內容，但交換條件是不能告訴任何人。

「我保證，」娜塔莎畫著十字說道，「不對任何人說。」隨後，立刻跑去找索尼婭。

「尼古拉……受傷……有信……」她激動、興奮地說道。

「尼古拉！」索尼婭只說了這麼一句，陡地臉色煞白。

娜塔莎看到哥哥負傷的消息對索尼婭所造成的影響，才第一次感覺到這個消息令人痛苦的一面。她撲向索尼婭，摟著她哭了起來。

「一點小傷，可是被提升為軍官了；他現在康復了，是他的親筆信。」她含著眼淚說。

「看看妳們，女人就是愛哭，」彼佳說，他堅定地邁步在房裡踱步。「我太開心了，真的，非常開心，哥哥這麼出色。妳們卻只知道哭！什麼也不懂。」

娜塔莎含著眼淚笑了。

「妳看過信了嗎？」索尼婭問。

「沒有，不過她說，一切都過去了，他已經成為軍官……」

「謝天謝地，」索尼婭畫著十字說。「不過，她也許是騙妳吧？我們去找媽媽。」

彼佳仍默默地在房裡踱步。

「要是我處於尼古拉的情況，我一定會殺死更多法國人，」他說，「他們太可惡了！我要殺得他們屍體成堆。」彼佳接著說。

「你住口吧，彼佳，你是個大傻瓜！」

「傻瓜不是我，那些為一點小事就哭的人才是傻瓜。」彼佳說。

「妳還記得他嗎？」片刻沉默後，娜塔莎赫然問道。索尼婭嫣然一笑。

「記不記得尼古拉？」

「不，索尼婭，你記得他，是不是清清楚楚地記得，是不是一切都記得。」娜塔莎說，還做了個有力的手勢，顯然是為了使自己的話更具份量。「我也記得尼古拉，我記得，可是，我卻不記得鮑里斯了，完全不記得了……」

「什麼?不記得鮑里斯了?」索尼婭驚訝問道。

「不是說不記得，我知道他的樣子，但不像記得尼古拉那樣記得他。尼古拉我閉上眼睛也記得，卻不記得鮑里斯（她閉上眼），是的，不記得了，什麼也不記得了!」

「啊，娜塔莎!」索尼婭激動且嚴肅地說道，她未直視自己的女伴，彷彿認為她不配聽她所想要說的話，彷彿她是在對另一個人說，而對這個人是開不得玩笑的。「我既然愛上妳哥哥，那麼不管他或我發生什麼事，我都不會不愛他，我對他的愛是堅貞不渝的。」

娜塔莎好奇且驚訝地注視索尼婭，一逕默默不語。她感到，索尼婭對她所說的都是真心話，索尼婭所說的那種愛情確實存在;但是娜塔莎還從來沒有這般體驗。她相信愛情，但她仍無法理解。

「妳會寫信給他嗎?」娜塔莎問。

索尼婭沉吟起來。寫什麼給尼古拉，要不要寫，這是令她感到苦惱的問題。現在，當他已成為軍官且又是曾經負傷的英雄時，以她的角度來看，寫信會令他想起自己，猶如提醒他，不要忘記自己對她所做過的承諾，這樣好嗎。

「我不知道。我想，要是他寫給我，我也會寫。」她羞紅著臉說。

「妳寫信給他，不會覺得害羞嗎?」

索尼婭微微一笑。

「不。」

「我寫信給鮑里斯的話，會害羞的，所以我不會寫。」

「為什麼會害羞？」

「是呀，我不知道。會覺得不好意思，覺得害羞。」

「我知道她為什麼會害羞，」彼佳說，娜塔莎剛才罵他大傻瓜讓他很生氣。「因為她愛上那個戴眼鏡的胖子（彼佳如此稱呼最近才成為別祖霍夫伯爵的皮埃爾）；現在又愛上了那名歌手（彼佳說的是一個義大利人，娜塔莎的聲樂老師）：所以她才害羞。」

「彼佳，你很無聊。」娜塔莎說。

「沒有妳無聊，親愛的。」九歲的彼佳說，那口氣就像個老旅長。

德魯別茨基公爵夫人午餐時的種種暗示使伯爵夫人有了心理準備。回房以後，她坐在扶手椅上，目不轉睛地看著鑲嵌在鼻菸壺上兒子的畫像，淚水湧上眼眶。德魯別茨基公爵夫人拿著信，輕聲來到伯爵夫人的門口後，便站住不動了。

「您不要進去，」她對跟在她後面的老伯爵說。「等一會兒。」於是隨手帶上了門。

伯爵把耳朵湊近鎖孔偷聽。

起先他聽到平靜交談的聲音，然後只聽見德魯別茨基公爵夫人的聲音，她說了很長的一段話，然後是一聲驚叫，隨後是靜默，而後又是兩道聲音在說話，語調充滿歡樂，接著是腳步聲，德魯別茨基公爵夫人為他打開房門。她臉上帶著自豪，好像外科大夫完成一次困難的手術，請參觀者進去欣賞他高超的醫術。

「沒問題了！」她對伯爵說，以勝利的姿態指著伯爵夫人，伯爵夫人一隻手拿著有畫像的鼻菸壺，一隻手拿著信，親親這個，又親親那個。

她一看見伯爵，便向他伸出雙手，摟著他的禿頭，越過禿頭又看看信和畫像，於是為了親吻它們，又稍微推開禿頭。薇拉、娜塔莎、索尼婭和彼佳來了，於是又開始讀信。信裡簡短描述了行軍和尼古拉參加的兩次戰爭，以及提升為軍官的情況，接著說他親吻媽媽和爸爸的手，請他們為他祝福，並親吻薇拉、娜塔莎、彼佳。此外，他問候謝林先生，問候紹斯太太和保母，又請求代他親吻親愛的索尼婭，他還是那麼愛她，那麼思念她。聽到這裡，索尼婭臉上泛起紅暈，熱淚盈眶。她無法承受向她投來的目光，逃到大廳去了，她逃得愈來愈急，不住旋轉了起來，衣裙像氣球一樣鼓了起來，她滿面緋紅，微笑坐倒在地板上。伯爵夫人哭了。

「你們哭什麼呢，媽媽？」薇拉說。「從他的信上看，要高興才對，不該哭啊。」

這話說得完全沒錯，可是伯爵、伯爵夫人和娜塔莎全責備似地看了她一眼。「她這是像誰呢！」伯爵夫人想。

尼古拉的信被讀了幾百次，凡是被認為有資格聽的人，都必須到伯爵夫人身邊，因為她攥著信不放手。其中包括家庭教師、保母、德米特里和一些相識的人，而伯爵夫人每讀一次，都感受到全新的喜悅，都能從信裡發現自己的尼古拉全新的優點。她覺得多麼新奇、多麼不可思議、多麼快樂，她的兒子——就是二十年前用難以覺察的小小肢體在她自己的身體裡蠕動的那個兒子，就是她和嬌慣孩子的伯爵為之爭吵的那個兒子，就是先學會說「梨子」，後學會叫「奶奶」的那個兒子，而這個兒子此刻在異國他鄉成為英勇的軍人，無需幫助和教導，獨立地在異地完成男人的事業。全世界古往今來的經驗再再說明，孩子都是不知不覺間，從搖籃裡成長為男人，而對伯爵夫人來說，這種經驗還是第一次。在她看來，兒子在每一段發育過程的成長都是不可思議的，彷彿她從來不知道，千百萬、千百萬的人也是這麼成長的。正如二十年前難以相信，存在於她心臟下面的什麼地方的小生命，有一天會哭、會喝奶、會說話；現在她也難以相信，正是這個小生命成為堅強、勇敢的男人，成為子弟和軍人的楷模，從這封信看來，他現在正是這麼一個人。

「多優美的文筆，寫得多感人！」她在信裡看到描述細節的段落時說道。「多麼高尚的心靈！對自己隻字不提……隻字不提！卻談到什麼傑尼索夫，而他自己一定比他們所有人都勇敢！沒有一句話提到自己所經歷的苦難。這心胸！我太了解他了！他心裡惦記所有人！沒有忘記任何人。我總是、總是說，在他還這麼一點大的時候，我總是說……」

長達一個多星期，全家都在醞釀、打草稿、謄寫給尼古拉的信；在伯爵夫人的監督和伯爵的關懷下為剛晉升的軍官準備必需品以及添購服裝和日常用具的費用。德魯別茨基公爵夫人極為能幹，她甚至在軍隊中為自己和兒子找到通信的方式。她曾利用機會將自己的信寄給指揮近衛軍的康斯坦丁·巴甫洛維奇[117]大公。羅斯托夫認為，國外俄國近衛軍是十分明確的地址，只要信件能送到指揮近衛軍的大公手裡，就沒有理由送不到巴甫洛格勒軍團，軍團應該就在附近；因而決定透過大公的信使將信和現金寄給鮑里斯，鮑里斯就可以交到尼古拉手裡。寫信的有老伯爵、伯爵夫人、彼佳、薇拉、娜塔莎和索尼婭，除了他們的信件，還有伯爵寄給兒子添購服裝和各式用品的六千盧布。

七

十一月十二日，駐紮在奧洛穆茨附近的庫圖佐夫戰鬥部隊正準備在第二天接受俄國和奧地利兩位皇帝的閱兵。甫自俄國抵達的近衛軍宿營地離奧洛穆茨十五俄里，第二天上午十時前進入奧洛穆茨閱兵場，直接參加閱兵。

尼古拉・羅斯托夫這天接到鮑里斯傳來的紙條，通知他伊茲梅洛夫軍團在不到奧洛穆茨十五俄里的地方駐紮，鮑里斯會在此等候，要把信和錢轉交給他。羅斯托夫現在特別需要錢，部隊從行軍作戰中歸來，駐紮在奧洛穆茨附近，營地裡到處是備貨充足的隨軍商販和奧地利猶太人，他們兜售各種誘人的商品。巴甫洛格勒軍團的官兵宴會不斷，以慶祝因軍功受獎的軍人，他們時常騎馬到匈牙利人卡洛琳娜那裡去，她來到這裡開了一家有女招待的酒店。尼古拉不久前設宴慶祝自己晉升為騎兵少尉，他買下傑尼索夫的戰馬貝都因，對戰友和隨軍商販負債累累。接到鮑里斯的便條，尼古拉便和一名同伴前往奧洛穆茨，他在那裡吃了午飯、喝了一瓶葡萄酒，然後獨自到近衛軍營房尋找童年伙伴。這時尼古拉還不曾換上軍官服裝。他穿的是佩戴士兵十字勳章的破舊士官上裝和同樣破舊的、補丁的馬褲，佩一柄帶刀穗的軍官用馬刀；他騎

117 康斯坦丁・巴甫洛維奇（一七七九—一八三一），俄國大公，亞歷山大一世的弟弟，一八〇五年任近衛軍總監，因亞歷山大一世沒有子嗣，他被視為皇位繼承人，並封為皇儲。

乘從哥薩克手中順便買來的頓河馬；揉皺了的驃騎兵帽剽悍地歪戴著。在駛近伊茲梅洛夫軍團營地時，他想，自己這副久經沙場的驃騎兵模樣一定會令鮑里斯和所有近衛軍大吃一驚。

近衛軍的行軍好像是參加隆重的慶祝活動，不時炫耀自身的齊整和紀律。每天的行程不長，背包放在馬車上，奧地利當局在每一站都為軍官們準備精緻的飲食。各軍團奏樂出入城市，整個行軍過程（近衛軍軍人無不為自己的行軍感到自豪），根據大公的命令，士兵一律齊步走，軍官必須在自己的位置上步行。鮑里斯在行軍期間一直和貝格同行同住，貝格如今已是連長了。他在行軍途中接任連長後，以其幹練和盡職贏得長官的信任，而且個人財務狀況也處理得井然有序；鮑里斯在行軍期間結識了很多可能對他有幫助的人，透過他帶來的皮埃爾的介紹信，他認識了安德烈·鮑爾康斯基公爵，並希望藉由他在總司令的參謀部裡獲得一官半職。貝格和鮑里斯經過最後一天的行軍，略事休息後，在分配給他們的氣派房間裡，儀容整潔地坐在圓桌旁對弈。貝格在兩膝之間握著點燃的菸斗。鮑里斯以他慣常的細心，正用白皙秀氣的雙手把棋子排成金字塔，等著貝格下棋，他望著對手的臉，看來在考慮棋局，他向來如此，面對任何事都是心無旁騖。

「看看您如何擺脫困境？」他說。

「得想想辦法。」貝格回答道，動了動卒子，又放了下來。

這時門開了。

「總算找到了！」尼古拉大叫道。「貝格也在這裡！喂，你聽，孩子們，快去睡覺覺！」他叫道，學保母說話，他們小時候常在一起嘲笑她這句話。

「老天爺！你變好多啊！」鮑里斯起身迎接尼古拉，但站身時，並未忘記托住落下的棋子，並放回原處，他想擁抱朋友，尼古拉卻避開了他。他帶著年輕人特有的討厭老規矩的情緒，不願模仿別人，而要用新的、自己的方式來表達自身的感情，他不願模仿長輩那種往往虛假的表達，尼古拉和朋友見面時，只想做出某種特別的舉動：他想掐他一下、搗他一下，無論如何，就是不要像一般人那樣親吻。鮑里斯卻相反，平靜而友好地擁抱尼古拉並親了他三次。

他們幾乎有半年不曾見面了；而且正值年輕人在人生征途上跨出最初幾步的年紀，彼此都發現對方有了巨大的變化，這是他們在其中邁出人生最初步伐的社會環境的嶄新反映。從最後一次見面以來，他們都變了很多，兩人無不急於將自己身上所發生的變化向對方展現出來。

「嘿，你們吶，該死的公子哥兒！光鮮亮麗，神氣活現，好像剛參加慶功會似的，不像我們這些倒楣的大頭兵。」他指著自己濺滿汙泥的馬褲，用鮑里斯感到新奇的男中音說道，擺出一副大兵的派頭。

德國女房東聽到尼古拉的高聲大嗓，從門外探進頭來。

「如何，她很漂亮吧？」他眨眨眼說。

「何必這樣大吼大叫？你會嚇到他們的，」鮑里斯說。「我沒有想到你今天會來。」他補充道。「昨天我才請庫圖佐夫的副官鮑爾康斯基把紙條交給你，想不到你這麼快就收到了……說來聽聽，你的情況怎樣？頂過槍林彈雨了？」鮑里斯問。

尼古拉沒有回答，他搖一下掛在軍服上的士兵聖喬治勳章[118]，指著包紮的手臂，微笑瞥了貝格一眼。

「看見了吧。」他說。

118 一七六九年，葉卡捷琳娜女皇設立聖喬治十字勳章，獎勵戰功卓著的軍官和將軍；一八〇七年起，用於獎勵士兵和士官。

「原來如此，真厲害，太厲害了！」鮑里斯微笑著說。「我們也完成了一次完美的行軍。你要知道，皇儲總是和我們軍團待在一起，所以我們得到所有的方便和優待。在波蘭，接待、宴會、舞會，簡直無法形容！皇儲對我們所有軍官都很仁慈。」

於是，兩個朋友交談各自的情況，一個講驃騎兵縱酒狂歡和戰爭生活，一個講在高官顯貴的統帥下服役的愉快心情和種種好處，諸如此類。

「啊，近衛軍！」尼古拉說。「如何，我們去喝一杯吧。」

鮑里斯皺起眉頭。

「既然你一定要喝嘛。」他說。

他走到床邊，從乾淨的枕頭下取出一個小錢包，喚人去拿一瓶葡萄酒來。

「啊，要把你的錢和信交給你。」他又說道。

羅斯托夫接過信，把錢扔在沙發上，雙手臂肘支在桌子上開始讀信。他看了幾行，惱怒地瞥了貝格一眼。一迎上他的目光，尼古拉不覺用信紙擋住臉。

「寄給您的錢真不少，」貝格說，盯著那沉甸甸、把沙發壓陷下去的錢包。「而我們，伯爵，就只能靠這薪餉打發日子。我跟您聊聊我自己吧……」

「我說，貝格，親愛的朋友，」尼古拉說。「要是您接到家裡的來信，又遇到自己人，很想向他打聽種種情況，而我正好在場，我會馬上離開，以免妨礙你們。聽我說，請您走開吧，去哪裡都行，哪裡都行……見鬼去吧！」他吼道，又一把攫住他的肩膀，溫和地看著他，一副竭力想緩和自己粗魯的語氣，說：「您了解我，別生氣；親愛的朋友，好伙伴，我對您是有什麼說什麼，我們認識很久了啊。」

「啊，請原諒，伯爵，我能理解。」貝格說，一邊站起來低沉說道。

「您到房東那裡去吧，他們找過您。」鮑里斯補充道。

貝格穿上一件最乾淨的、一塵不染的常禮服，對著鏡子把鬢角梳得往上翹，如皇上亞歷山大，從尼古拉的角度來看，他的常禮服已受到注目了，隨後，他帶著愉悅的微笑走出房間。

「哎呀，我真是畜生！」尼古拉讀著信說。

「怎麼了？」

「哎呀，我是頭豬，我一封信也不寫，簡直嚇壞他們了。哎呀，我是頭豬！」他反覆說道，突然臉上一紅。「喂，叫加夫里洛去買酒來！我們痛飲一番吧！」他說。

在親人的信裡還夾著一封給巴格拉季翁公爵的介紹信，這封信是老伯爵夫人依德魯別茨基公爵夫人的建議，託熟人寄給兒子的，要他交給收件人並善加利用。

「荒唐！我才不需要呢。」尼古拉說，把信扔到桌子底下。

「你怎麼扔了？」鮑里斯問。

「是一封介紹信，我要介紹信幹麼！」

「什麼，要介紹信幹麼？」鮑里斯拾起信，看著收件人的姓名說道。「這封信對你非常有利。」

「我不需要，我絕不會擔任任何人的副官。」

「為什麼？」鮑里斯問。

「那是奴僕的差使！」

「我看，你還在幻想。」鮑里斯搖搖頭說。

「而你還是外交家。不過，問題不在這裡……說說吧，你最近如何？」尼古拉問。

「就這樣，你看見了。到目前為止還不錯；可是我想、非常想成為副官，不想留在前線。」

「為什麼？」

「因為既然從軍，可能的話，就要爭取步步高升。」

「原來如此！」尼古拉說，看來他想到其他事了。

他疑惑的凝視朋友的臉，似乎在徒勞地尋求一個問題的答案。

加夫里洛老頭拿來葡萄酒。

「要不要馬上派人去把貝格叫來？」鮑里斯說。「他能陪你喝，我不行。」

「去叫他，去叫他！喂，這個德國佬如何？」

「他非常、非常好，是個誠實友善的人。」鮑里斯說。

尼古拉又一次凝視著鮑里斯，長嘆了一聲。貝格回來後，三名軍官面前放著一瓶葡萄酒，熱絡交談起來。兩名近衛軍軍官說著行軍，他們在俄國、波蘭和國外受到隆重的歡迎。聊著他們的指揮官——康斯坦丁·巴甫洛維奇大公的言談舉止，說著他仁慈和脾氣暴躁的笑話。貝格一如往常，只要談話不涉及他本人，便默然不語，可是談起大公脾氣暴躁的笑話，他便津津有味地說起他在加里西亞曾有機會和大公說話，當時他正在巡視各團，因為動作未符合規範而大發脾氣。他面帶微笑說，勃然大怒的大公來到他的連隊，大聲叫道：「阿爾納烏特人[119]！」（阿爾納烏特人是大公憤怒時的口頭語），並且命令連長來見他。

「您相信嗎，伯爵，我一點也不害怕，因為我知道，我沒有任何過錯。知道嗎，伯爵，我不是吹牛，我可以說，下達給本團的各項命令我背得爛熟，條令也背得像『我們在天上的父』一樣。因此，伯爵，我的連隊是不會出差錯的。我問心無愧。我來了。（貝格欠身站了起來，維妙維肖地表演他如何舉手貼近帽檐站在大公面前。確實，要表現出比他更恭敬、更得意的樣子是很難的。）他罵了我一頓，像俗話說的，把我罵得狗血淋頭；又是『阿爾納烏特人』，又是『鬼東西』，又是『流放到西伯利亞去』。」貝格面帶深沉的微笑說道。「我知道，我沒有過錯，所以我默不作聲，我做得不對嗎，伯爵？『怎麼，你啞巴了？』他吼道。我就是不說話。你猜如何，伯爵？第二天的命令裡，提也沒提；看吧，沉得住氣有多麼重要！情況便是如此，伯爵。」貝格說，他抽著菸斗，吐著煙圈。

「是啊，這太精采了。」尼古拉微笑說道。

但鮑里斯發覺，尼古拉準備嘲笑貝格，便巧妙岔開話題。他要求尼古拉談談，他是在哪裡受傷的、是怎麼受傷的。尼古拉滿臉興奮說了起來，他愈說愈興奮。他對他們談起自己在申格拉伯恩的戰爭，完全像多數軍人談論起自己參加過的戰爭，也就是說，把戰爭描述得像自己所希望的那樣，像從其他軍人那裡聽來的那樣，愈說愈動聽，可惜完全不是真實的情況。尼古拉是誠實的年輕人，絕不刻意說假話。一開始，他的確想說出事實，卻在不知不覺間，他情不自禁且無可避免地說了假話。要是他對眼前的聽眾說真話，他們正如他自己一樣，都已經多次聽過衝鋒陷陣的故事，對什麼是衝鋒陷陣早有定見，因而希望從他口中也聽到相同的故事，否則，他們就不會相信他，更糟的是，他們會認為，尼古拉的經歷之所以和一般騎兵衝鋒的軍人不同，一定是由於他本人的過錯。他不可能只是簡單描繪，所有人縱馬疾馳，他從馬上摔下，扭傷了手臂，為了躲避法國人就拚命朝樹林裡狂奔。何況為了如實講述一切，他必須努力克制自己。說真

119 阿爾納烏特人是古代土耳其人對阿爾巴尼亞人的稱呼。後來隨詞義演變，帶有諸如「野蠻人」之類的罵人義涵。

話是很難的，年輕人往往難以做到。他們希望聽到的故事是，他如何全身冒著火焰，像一陣風暴忘我地撲向敵人；如何突入敵陣，左砍右劈；如何揮刀喋血，精疲力竭而墜落馬下等。他當然也就對他們說這些。

故事說到一半，他說：「你很難想像，衝鋒陷陣之際，你會有一種難以理解的瘋狂情緒。」此時，安德烈．鮑爾康斯基公爵走進房間，鮑里斯正在等他。安德烈公爵樂於以庇護的態度對待年輕人，很高興有人請託他處理事情，對昨天博得他喜愛的鮑里斯甚有好感，但願能滿足他的願望。庫圖佐夫派他帶著文件來見皇儲，他順道來探視鮑里斯，希望和他單獨見面。進來以後，一見到一名普通陸軍[120]的驃騎兵（這是安德烈公爵最無法容忍的一類人）正口沫橫飛的描述他的戰爭奇遇，他先對鮑里斯親切地微微一笑，皺起眉頭、瞇眼看了看尼古拉，稍微點點頭，疲憊地、懶散地在沙發上坐下。對於有粗野的人在座，他面露不悅。尼古拉看出這一點，旋即勃然大怒。不過，他覺得無所謂，這畢竟是外人。可是他看了眼鮑里斯，發覺他也為普通陸軍的驃騎兵感到丟臉。儘管安德烈公爵嘲諷的態度令人不快，儘管尼古拉根據自己普通陸軍的戰爭觀點，蔑視參謀部那些小副官，剛進來的這個人顯然也被他歸於此類，但他依舊局促不安，紅著臉一言不發。鮑里斯詢問參謀部裡有什麼新聞，適可而止地問起有什麼關於我軍意圖的消息。

「大概還要繼續進攻。」安德烈答道，顯然不願當著外人的面多說。

貝格乘機極其有禮地問，現在會不會像傳說所言，發雙餉給普通陸軍的連隊。安德烈公爵面帶微笑答道，對國家如此重要的決策，他不便議論。貝格盡興似地放聲大笑。

「您的事，」安德烈公爵又對鮑里斯說，「我們以後再談。」他打量一下尼古拉。「閱兵後，您來找我，我們先談好事情，一切都有可能。」

他環視房間，轉向尼古拉，他那孩子氣般無法克制的窘態已轉為惱怒，他不予理會，說道：

「您剛才好像在提申格拉伯恩的戰事？您當時在場？」

「我在場。」尼古拉惡狠狠說道，似乎想以此來侮辱這個副官。

安德烈注意到驃騎兵的情緒，這使他覺得好笑。他不屑微微一笑。

「是啊！關於這次戰爭，如今流傳著很多故事。」

「對，故事！」尼古拉高聲說道，突地狂怒直視鮑里斯以及安德烈。「對，很多故事，但我們的故事，是親歷敵軍槍林彈雨的人的故事，我們的故事是有分量的，不是參謀部裡那些花花公子的故事，他們拿著國家的獎賞，什麼也做不成。」

「您認為我也是這種人？」安德烈公爵問道，他平靜、神情愉悅地微笑著。

與此同時，尼古拉心裡對這個心平氣和的人有了一種惱怒和尊重兼具的奇特感覺。

「我不是說您，」他說，「我不認識您，坦白說，也不想認識。我是泛指那些參謀部裡的人。」

「我要告訴您，」安德烈公爵打斷他，聲音流露出一種平靜的力量。「您想侮辱我。我願意向您承認，這輕易便能達成，既然您缺乏足夠的自尊；不過您得承認，時間和地點都很不合適。最近我們所有人都即將參加一場更嚴峻的決戰，此外，鮑里斯對我說過，他是您的老朋友，至於我的嘴臉惹您不快，也不能怪他。不過，」他邊說邊站起來，「您知道我的姓名，也知道在哪裡可以找到我；可是您不要忘記，」他接著說，「我並不認為自己受到侮辱，您也一樣，我比您年長，我的忠告是：息事寧人。好，星期五閱兵以後我等您，鮑里斯；再見。」安德烈公爵最後說，向兩人微微鞠躬，走了出去。

120 普通陸軍泛指不屬於近衛軍的陸軍。

尼古拉只是在他出去以後才想起該用什麼話來回敬他。更令他氣惱的是，他沒有及時把話說出來。尼古拉立刻吩咐把他的馬牽來，向鮑里斯冷淡告辭後，便騎馬回去了。明天他要到司令部，向這名裝腔作勢的副官提出決鬥，或是真的息事寧人算了？這個問題一路上折磨著他。他有時惡狠狠地想，他多麼樂意看到這矮小、虛弱、傲氣的人在他槍口下的恐懼，有時又驚訝地感到，在他所有相識的人之中，他最想結為知己的正是他所憎恨的這名小副官。

八

鮑里斯和尼古拉見面的第二天舉行了閱兵，接受閱兵的有奧地利部隊和來自俄國的生力軍，以及作戰歸來的庫圖佐夫部隊。兩位皇帝，俄皇偕同皇儲、奧皇偕同大公，檢閱了八萬之眾的盟軍。

清晨起，服飾整潔、英姿勃發的部隊開始行動，在要塞前的閱兵場上列隊。時而成千上萬人、刺刀在湧動，軍旗飄飄，部隊在軍官們的口令下立正、轉身，繞過身穿另一種軍服、但也同樣人山人海的步兵，保持一定間隔列成隊伍；時而盛裝的騎兵，身穿藍色、紅色、灰色繡花軍服，蹄聲蹚蹚而來，發出勻整的鏗鏘聲，以服飾華麗、騎乘黑馬、棕紅馬、灰色馬的軍樂隊為前導；時而浩浩蕩蕩的砲兵在步兵和騎兵之間緩緩行進，在指定的位置排開，連綿不絕的擦得鋥光瓦亮的大砲，在砲車上顛簸得鏗鏘作響，空氣中瀰漫著火槍的氣味。將軍們無不隆重地穿上閱兵服，將或粗或細的腰部勒得異常的緊，發紅的脖子為硬領所支撐，武裝帶和所有動章全披掛整齊。軍官們的頭髮油光閃亮，英姿颯爽，每個士兵都新刮了鬍子、洗了臉，裝具擦得錚亮。每匹馬都經過細心照料，毛色像緞子一樣閃亮，馬鬃一絲不亂。不僅將軍和軍官們，而且每一名士兵、每一匹馬都感覺到了，他們正在經歷一個非同小可、莊嚴而隆重的時刻。每一名將軍和士兵都感覺到自己的渺小，意識到自己只是這人海的一粒沙，同時也感覺到自身的強大，意識到自己是這雄偉整體的一部分。

清晨起便開始了緊張的忙碌和努力。上午十點，一切按照要求準備就緒。巨大的閱兵場上已整隊完畢。全軍分兵種排成橫隊。騎兵在前，其後是砲兵，再後是步兵。

在不同兵種之間彷彿形成一條街道。這支軍隊的三個部分有明顯的區別：庫圖佐夫英勇善戰的部隊（巴甫洛格勒軍團位於其右翼前列）、來自俄國的普通陸軍和近衛軍以及奧地利軍隊。但他們紛紛站在一致的列隊裡，服從指揮，遵循同一序列。

激動的低語彷彿一陣輕風掠過樹葉：「來了！來了！」響起了彷徨的叫聲，於是最後的匆忙準備如浪花般波及全軍。

前面出現了從奧洛穆茨來的一群騎馬的人。儘管這是個無風的天氣，卻有一陣輕風拂過全軍，微微吹動長矛上的旗幟，軍旗隨風招展、拍擊旗杆。看來是軍隊本身正用這般輕微的動作表達自己在看到君王時的喜悅。傳來了口令聲：「立正！」此後如報曉的雄雞，四處響起這道聲音。於是，萬籟俱寂。

在死一般的沉寂中，只聽聞馬蹄噠噠聲響成一片。那是兩位君主的侍從。君主們來到側翼，第一騎兵團的號手們吹響進行曲。那似乎不是軍號演奏的樂音，而是部隊滿懷喜悅歡迎君主駕臨而自然發出的樂音。在這些聲音中可清楚聽出亞歷山大皇帝朝氣蓬勃的親切話語聲。他正向部隊問好，第一團高呼：「烏拉！」聲音是那麼洪亮、悠長、充滿活力，以致人們不禁驚訝於自己置身於如此眾多、有力的人群裡。

尼古拉站在庫圖佐夫部隊的前幾排，皇上率先來到這支部隊，尼古拉和這支部隊的每一名官兵都有著同樣的感受：一種奮發忘我的精神、對強大的自豪感、對駕臨盛大閱兵式的皇上的無限愛戴。

他感到，這個人的一句話便能使眼前這一龐大隊伍（而他不過是一顆微不足道的沙粒）赴湯蹈火，去犯罪、去赴死或是去完成最偉大的英雄壯舉，因此一想到即將聽聞到這麼一句話，他無法扼抑的渾身戰慄、屏息凝神。

「烏拉！烏拉！烏拉！」四面八方響起雷鳴般的吶喊，一個又一個軍團相繼以進行曲的聲浪迎接皇上，然後是「烏拉」、進行曲，接著又是「烏拉」和「烏拉」，這聲浪愈來愈雄壯而洪亮，匯合成一片震耳欲聾的轟鳴。

在皇上尚未臨近的時刻，所有軍團毫無聲息、凝然不動，猶如失去生命的屍體；一旦皇上來到面前，軍團便活躍起來，不僅響起雷鳴般的歡呼，和皇上已經走過的整個佇列的吼聲融成一片。在這令人震懾的、震耳欲聾的吼聲中，在石頭一樣凝然不動、列成方陣的大軍之中，幾百名侍從自由地騎馬穿越其中，而在他們前面的則是兩位皇帝。整個大軍沉著而激情洋溢的注意力全集中在皇帝們的身上。

年輕、容光煥發的亞歷山大皇帝身穿近衛軍騎兵軍服，頭戴三角帽，他那愉悅的面容和清新、低沉的聲音吸引了所有人的注意。

尼古拉站在離號手們不遠之處，遠遠地就敏銳的認出皇上，追隨著他漸漸親臨的身影。在相距二十步時，尼古拉入神地看清皇上年輕俊美而欣喜的面龐，他體驗到一種從未有過的溫柔狂喜。他覺得皇上的一切，他的一言一笑、一舉一動都那麼美。

勒馬停在巴甫洛格勒軍團前面時，皇上用法語對奧地利皇帝說了什麼，又微微一笑。

親眼目睹這個笑容，尼古拉也不由自主地笑了，對自己的皇上油然升起更為強烈的愛戴。他渴望用什麼來表達自己對皇上的愛。他知道這是不可能的，於是直想哭。皇上召喚團長，對他講了幾句話。

「天哪！要是皇上對我說話，我會有什麼反應啊！我會幸福到死！」

皇上對軍官們說：

「先生們（在尼古拉聽來，字字句句都是來自天上的聲音），我由衷地感謝你們。」

如果現在尼古拉能為自己的沙皇而死，會是多麼幸福的事啊！

「你們被授予聖喬治軍旗，一定是當之無愧。」

「我只想為他赴死、去赴死！」尼古拉想。

皇上還說了什麼，尼古拉完全聽不清楚，只聽聞士兵們高呼「烏拉」。

尼古拉也把身子俯向馬鞍，使勁吼叫起來，幾乎是喊破嗓子，只想充分表達自己對皇上狂熱的愛戴之情。

皇上面對驃騎兵佇立片刻，看似猶豫不決。

「皇上怎麼會猶豫不決？」尼古拉暗忖，隨即他便覺得這猶豫不決也像皇上的所有舉止一樣莊嚴而迷人。

皇上只猶豫了一會兒。他身穿當時流行的尖頭皮靴，單腳碰了碰他所騎乘的英式棗紅色母馬的腹部；皇上戴著白手套的手一提起轡繩，他動身了，後方是隨行的侍從們，猶如毫無規律的人海。他走得愈來愈遠，且不時在其他各軍團前停留一下，最後，隔著簇擁在兩位皇帝身旁的侍從們，尼古拉只看得見他帽頂上的白色羽飾了。

在一群侍從中，尼古拉也看見慵懶騎在馬上的安德烈。他想起昨天和安德烈之間的爭吵，最後浮現出一個問題，該不該和他決鬥。「當然不該，」尼古拉此刻如此認為，「在這關鍵時刻，這種事值得花心思討論嗎？在這充滿愛、充滿狂熱和奉獻精神的時刻，我們的爭吵和委屈算得了什麼？此時此刻，我愛所有人、寬恕所有人。」尼古拉想。

皇上幾乎巡視了所有軍團，部隊開始以分列式在他身旁通過，尼古拉騎乘近日向傑尼索夫買來的貝都因，行走在騎兵連的末尾，也就是說，他在皇上面前處於引人注目的位置。

接近皇上的時候，出色的騎手尼古拉兩次以馬刺猛踢貝都因，幸運地讓牠發狂似的奔馳起來，貝都因被激怒時總是如此狂奔。貝都因噴著白沫的馬嘴彎向胸脯，揚起馬尾，看似蹄不點地凌空飛行，牠姿態優美地高高奮起馬蹄，疾馳而過，貝都因亦感受皇上投向自己的目光。

尼古拉自己雙腿後縮、收腹，深感自己已和駿馬融為一體，緊蹙眉頭，然而面帶幸福的神情，如同傑尼索夫所說，魔鬼般地從皇上身旁馳過。

「巴甫洛格勒軍團的軍人真是優秀！」皇上說。

「我的天！要是他命令我立刻去赴湯蹈火，我該是何等幸福啊。」尼古拉想。

閱兵結束後，剛來的軍官以及庫圖佐夫所部的軍官三三五成群地聚集在一起，談論獎賞、談論奧地利軍隊以及他們的服裝和戰線、談論拿破崙和他眼前的艱難處境，尤其是因為埃森[121]的軍團即將抵達，而普魯士將和我們站在同一陣線。

但在所有的圈子裡談得最多的是亞歷山大皇帝，人們轉述他的每一句話、談論他的一舉一動，並且為之陶醉。

人人都只有一個願望：立刻在皇上的統率下向敵軍發動攻勢。陛下親臨指揮，必將戰勝任何敵人。尼古拉和多數軍官在閱兵後都是這麼想的。

閱兵後，所有人對勝利所充滿的信心，更甚於打了兩場勝仗之後。

---

121 埃森（一七五九—一八一三），俄國將軍。一八〇五年十一月初，埃森軍團與聯軍會師。

九

閱兵式的第二天，鮑里斯穿上最好的軍服，帶著戰友貝格祝福他成功的祝願，騎馬前往奧洛穆茨去找安德烈，希望透過他的好意幫忙，能為自己謀得最好的差事，尤其是重要人物的副官，這是他在軍隊中夢寐以求的。「尼古拉的父親不時為他寄來一萬盧布，他大可輕鬆說，他不願巴結任何人，也絕不當任何人的僕從；而我除了自己的頭腦外，一無所有，必須自謀前程，一有機會非但不能放過，更要善加利用。」

這一天，他在奧洛穆茨未見到安德烈公爵。但是司令部、外交使團和帶著眾多侍從的兩位皇帝駐地奧洛穆茨裡，高官顯貴雲集的景象促使他躋身於這個上層世界的欲望更加強烈了。

他不認識任何人，儘管他身穿光鮮的近衛軍軍服，可是那些上層人物在大街上絡繹不絕，不時炫耀著華麗的馬車、羽飾、綬帶、勳章的高官顯貴，看來和他這個近衛軍的小軍官可謂天壤之別。他們不願，也不可能承認他的存在。他在總司令庫圖佐夫的駐地打聽安德烈的消息，然而，所有軍官甚至勤務兵所投來的目光，彷彿要告訴他，像他這樣的軍官在這裡竄來竄去，真教人厭煩。儘管如此，不妨說正因如此，第二天，即十五日，午餐後，他又騎馬來到奧洛穆茨，並走進庫圖佐夫所在的房舍打聽安德烈。安德烈公爵正好在，他被領進一處大廳，以前大概是舉行舞會的場所，如今卻安置了五張床和各式家具：若干桌椅和一架古鋼琴。近門的一名副官身穿波斯式長袍，坐在桌旁寫字。另一個副官正是臉色紅潤的胖子涅斯維茨基，他躺在床上，雙手放在腦後，正和一名坐到他身邊來的軍官說笑。第三人在古鋼琴上彈奏〈維也納圓舞曲〉，第四人倚著古鋼琴伴唱。不見安德烈。這些人一見到鮑里斯，沒有一個願意動一動。鮑里斯向寫字的副官詢問，他不耐地回過頭來對他說，安德烈在值班，要找他可以從左門前往接待室。鮑里斯謝過他之後，直接前往接待室了。接待室裡有一來個軍官和將軍。

鮑里斯一走進去，安德烈公爵鄙夷地瞇眼（這是一種特殊的謙恭且又倦怠的態度，明明白白地表達出，要不是我的職責所在，我連一分鐘也不會和您談話），聆聽一名佩戴幾枚勳章的俄國老將軍談話，將軍幾乎踮起腳，身姿筆挺，赤紅的臉上帶有士兵的巴結神情，正在向安德烈公爵報告什麼。

「好，請稍候。」他用法語腔調的俄語對將軍說道，當他有意表示鄙夷的態度時便是這麼說話。安德烈公爵看見鮑里斯，索性不再理會那位將軍（將軍趕緊跟在他後面，請求他繼續聽下去），面帶愉快的微笑，向鮑里斯點頭致意。

鮑里斯此時已完全明白，他以前便曾預感到，除了本軍團官兵都知道、他也知道的軍事條令中明文規定的級別制度和紀律之外，還有另一個更重要的等級制度，而正是那不成文的級別制度迫使這位受到冷落的赤臉將軍恭敬地在一旁等候。這時上尉安德烈公爵卻隨興以為，和鮑里斯少尉交談是合適的。鮑里斯比任何時候都更堅決地打定主意，今後在履行軍務時要遵循這不成文的級別制度，而不是遵循軍事條令中的明文規定。他如今感覺到，僅僅由於他被介紹給安德烈公爵，他的地位馬上就高於將軍，然而在其他場合、在戰場上，這位將軍對他這個近衛軍少尉是握有生殺大權的。安德烈公爵上前握住他的手。

「很遺憾，昨天讓您白跑了。我整天在應付德國人。陪奧地利魏羅特將軍檢閱兵力部署。德國人一旦認真起來，真是沒完沒了！」

鮑里斯露出會心的微笑，彷彿他很了解安德烈公爵在暗示什麼眾所周知的事情。其實魏羅特的名字，甚至部署這個詞，他還是第一次聽到。

「如何，親愛的朋友，還是想擔任副官？在這段時間裡，我一直在思考您的事。」

「是的，我想。」鮑里斯說，不由地脹紅了臉，「向總司令提出請求。我有庫拉金公爵給他的推薦信；我想提出請求，只是因為，」他歉疚似的補充道，「我擔心，近衛軍不會上前線。」

「好吧！好吧！我們必須認真商量一下，」安德烈公爵說，「不過請讓我先為這位先生的事通報一聲，然後我就有時間陪您聊聊了。」

在安德烈公爵前去為赤臉將軍通報之際，這位將軍看來並不贊同鮑里斯對不成文級別制度的見解，因而目不轉睛地緊盯著妨礙他和副官談話的放肆少尉，鮑里斯因而備感尷尬。他轉過身，焦急地等候安德烈公爵從總司令的辦公室出來。

「聽我說，親愛的朋友，我已經為您通盤想過了。」安德烈公爵和他來到放置古鋼琴的大廳時說道。「您不必去找總司令，」安德烈公爵接著說，「他會對您說上一大堆客套話，甚至請您用餐（「就那種級別制度而言，這就算不錯的了。」鮑里斯想），可是這不會有任何結果；我們這些副官和傳令官即將成立軍營。不過，我們可以這麼辦：我有一個好朋友，侍從將軍多爾戈魯科夫公爵[122]，為人親切；儘管有些情況您不必知道，可是問題在於，現下庫圖佐夫及其參謀部和我們都無法作主，一切皆由皇上掌控。我們還是去找多爾戈魯科夫，我也有事要去一趟，我先前對他提起過您；我們不妨去看看，他是否有可能將您安排在他身邊，或安排到更接近太陽的地方。」

安德烈公爵向來熱心指引年輕人，幫助他們在上流社會獲致成功。在幫助他人的藉口下——儘管他出於高傲，自己永遠不會接受這類幫助，他大可置身於高層，那是可以提供成功機遇並吸引他的地方。他很高興為鮑里斯奔走，當即帶他去見多爾戈魯科夫公爵。

天色已經很晚，他們才走進兩位皇帝及其近臣所居住的奧洛穆茨行宮。

這一天舉行了軍事會議，與會的有奧地利御前軍事會議全體成員和兩位皇帝。和庫圖佐夫和施瓦岑貝格公爵[123]兩位老者的意見相左，會議當下決定即刻進軍，向拿破崙決戰。軍事會議才剛結束，安德烈公爵便在鮑里斯的陪同下來到行宮找多爾戈魯科夫公爵。這時司令部所有人仍處於少壯派在今天的軍事會議上大獲全勝的陶醉狀態。主張暫不進軍、等待時機的穩健派則遭到一致反對，他們的理由被進攻有利的無可辯駁論據所推翻，以致會議上所說的話、眼前的戰役和無可質疑的勝利似乎已不是對未來的展望，而是既成事實。一切有利條件都在我們一方。我們強大的兵力無疑超越拿破崙，不只早已集結在一起，由於兩位皇帝親臨，部隊士氣更是高昂、求戰心切。指揮部隊的魏羅特將軍對行將展開軍事行動的戰略要地瞭若指掌（似乎是幸運的巧合，去年奧地利軍隊進行演習的地方，正好是現在要對法軍作戰的戰場）；瞅著軍事地圖，對於擺在面前的地形所有細節皆一目了然，而顯然已被削弱的拿破崙卻毫無動靜。

多爾戈魯科夫是最熱切的主戰者之一，剛開完會回來雖疲憊不堪，卻是異常興奮，因主戰派的成功而感到自豪。安德烈公爵向他介紹受他庇護的軍官鮑里斯，多爾戈魯科夫只是有禮地緊握一下他的手，對鮑里斯什麼也沒多說，看來他忍不住要把此刻最想一吐為快的想法說出來，便用法語對安德烈公爵說道：

「啊，親愛的朋友，我們打贏了一場多麼艱難的戰爭！但願這場爭論所導致的結果也會是一場輝煌的

122 多爾戈魯科夫（一七七七—一八〇六），駐庫圖佐夫司令部的侍從將軍，亞歷山大一世的親信之一，深得皇帝的信任。

123 施瓦岑貝格（一七七一—一八二〇），奧地利元帥，一八〇五年任御前軍事會議副主席。

勝利。不過，親愛的朋友，」他斷斷續續地、熱情地說道，「我應當承認，我錯怪奧地利人，尤其是錯怪魏羅特。他是那麼的言簡意賅、詳盡無遺、了解地形地物，他如此深具前瞻性，一切可能性、條件以及最微之處的細節，全考慮到了！不，親愛的朋友，再也想不出比我們所擁有的條件更有利的情況了。奧地利人的認真搭配俄國人的勇敢，除此之外，您還會想要什麼呢？」

「那麼，最後的決定是要進攻？」安德烈問道。

「您知道嗎，親愛的朋友，我覺得拿破崙的確驚慌失措了。您要知道，今天收到他寫給皇上的信。」

多爾戈魯科夫意味深長地微笑道。

「是嗎！他寫了些什麼呢？」安德烈問。

「他有什麼可說的？東拉西扯而已，不過是為了拖延時間。我告訴您，他已經落在我們手裡了，這是肯定的！不過最有趣的是，」他說，突然寬厚地笑了，「大家怎麼也想不出，回信時該怎麼稱呼他。既然不能稱他執政，自然也不能稱他皇帝，我覺得那就只好稱他拿破崙將軍了。」

「可是，不承認他是皇帝和稱他拿破崙將軍，這兩者是有區別的。」安德烈說。

「問題就在這裡，」多爾戈魯科夫笑著打斷他，很快說道。「您認識比利賓，他是個很聰明的人，他建議信上寫：『致篡位者和人類公敵』。」

多爾戈魯科夫興奮得哈哈大笑。

「就這樣？」

「不過，比利賓還是想出一個正經的頭銜。這個人真是聰明又機智……」

「是什麼？」

「致法國政府首腦。致法國政府首腦，」多爾戈魯科夫公爵嚴肅且愉悅說道。「這樣很好，是吧？」

「好，不過他是不會高興的。」安德烈說。

「啊，他會很不高興！我的兄長認識他，在巴黎時不止一次和這位皇帝用餐，他告訴我，他沒有遇過比他更敏感、更狡獪的外交家：您要知道，那是法國人的機靈和義大利人的表演才能的結合。您聽說過他和瑪律科夫伯爵之間的笑話[124]嗎？只有瑪律科夫伯爵能對付他。您知道手絹的故事嗎？簡直太妙了！」

於是饒舌的多爾戈魯科夫時而轉向鮑里斯，時而轉向安德烈公爵大放厥詞了起來。拿破崙為了探試我們的公使瑪律科夫，故意把手絹掉在他面前，並停下來看著他，大概是等瑪律科夫為他效勞，瑪律科夫隨即亦讓自己的手絹掉落一旁，他拾起自己的手絹，卻未拾起拿破崙的。

「妙極了！」安德烈說。「不過，公爵，我來是為這個年輕人向您求情的。您看，是這樣的……」

可惜未等安德烈公爵說完，一名副官走了進來，說皇上召見多爾戈魯科夫公爵。

「噢，真糟糕！」多爾戈魯科夫說，連忙站起來向安德烈公爵和鮑里斯握手。「您知道，我很樂意略盡綿薄，無論是為您，還是為這可愛的年輕人。」他再一次向鮑里斯握手，面帶和藹、真誠、熱情的輕率應付的神情。「可是您看看……只好下次了！」

這時，鮑里斯很是激動，因為他覺得自己與至高無上的權力已近在咫尺。在這裡，他感覺到自己碰觸到那指揮千軍萬馬、規模浩大的行動的權力中心，反觀在自己的軍團裡，他覺得自己只是這行動中，一個微不足道、唯命是從的組成部分。他們隨多爾戈魯科夫來到走廊，遇到一名（他剛從皇上的房間出來，多

124 此處所說的「笑話」，意指一八〇一年至一八〇三年期間，俄國駐巴黎公使莫爾科夫伯爵（一七四七—一八二七）的真實故事。

爾戈魯科夫將從那同一扇門進去）身材不高的文官，他有一張聰明的臉，下巴明顯地向前突出，但無損於他的容貌，反而使他的表情顯得更有活力。這名矮小的人像自己人一樣向多爾戈魯科夫點點頭，並以冷峻的專注神情凝視安德烈公爵，朝他迎面而來，顯然，他以為安德烈公爵會向他行禮或讓路給他。安德烈公爵既不行禮，也不讓路；只見他的面帶惱怒，於是對方轉身自走廊的一側走了過去。

「這是什麼人？」鮑里斯問。

「這是最引人矚目、也是我最不喜歡的人之一。他是外交大臣，亞當・恰爾托雷日斯基公爵[125]。」

「就是這些人，」安德烈忍不住長嘆一聲說道，這時他們正要走出行宮，「就是這些人決定各國人民的命運。」

第二天，部隊出征，直到奧斯特利茨戰役之前，鮑里斯都未能再去探訪安德烈或多爾戈魯科夫，暫時仍留在伊茲梅洛夫軍團。

十

尼古拉所在的傑尼索夫騎兵連隸屬於巴格拉季翁公爵的部隊，十六日黎明，正如人們所言，該連自營地出發作戰，可是跟隨其他縱隊行走大約一俄里，便奉命在大道上停下了。尼古拉眼看哥薩克、驃騎兵一連和二連、幾個步兵營帶著砲兵部隊從他身旁走過，巴格拉季翁和多爾戈魯科夫兩位將軍和他們的副官也紛紛騎馬走過。他一如往常，在戰前感受到恐懼，為了克服這種恐懼而內心交戰，他要在這次戰爭中以驃騎兵的身分立功的夢想全落空了。他們的騎兵連被留在預備隊裡，這一天，尼古拉覺得既無聊又煩悶。上午九點，他聽到前方密集的槍砲聲、「烏拉」的吶喊聲，看到了抬下來的傷兵（傷兵不多），最後又目睹哥薩克騎兵連押送長長的一隊法國騎兵。顯然，戰事結束了，這是一次小規模的戰爭，卻很成功。折返的官兵們從旁經過，正談論著輝煌的勝利，他們提到攻克維紹，而法軍的一個騎兵連全部被俘。這是寒夜之後陽光明媚的白天，秋日賞心悅目的光輝以及勝利的消息同時來臨，不僅參戰官兵的敘述傳達出這個訊息，士兵、軍官、將軍和副官們神氣的表情也傳達出勝利的喜悅。尼古拉因而更感到揪心的痛苦，他兀自忍受戰前那種恐懼，無所事事地虛度了這值得歡慶的一天。

「尼古拉，你過來，我們來借酒澆愁！」傑尼索夫喚道，他坐在路邊，面前放著軍用水壺和下酒菜。

---

125 恰爾托雷日斯基公爵（一七七〇—一八六一），波蘭人，亞歷山大一世的親信，時任俄國外交大臣。

軍官們在傑尼索夫的補給箱旁圍成一圈，邊吃邊聊。

「看看，又押來一個！」一名軍官指著被俘的法國騎兵說道，負責押送的則是兩個步行的哥薩克。一名哥薩克牽著從俘虜手裡繳獲的高大法國馬。

「這匹馬賣給我們！」傑尼索夫對哥薩克說。

「好吧，長官……」

軍官們紛紛站了起來，圍繞哥薩克和法國俘虜。法國騎兵是個年輕的小伙子，阿爾薩斯人，說一口帶德國口音的法語。他激動得氣喘吁吁、臉色脹紅，一聽到有人說法語，便急忙對軍官們說起話來，一會兒對這個說，一會兒又對那個說。他說，他本來不會被俘的；他被俘不能怪他，只能怪下士，下士派他去拿幾條被毯，他曾提醒，已經有俄國人在那邊了。他每講一句，都會加上一句：請你們愛護我的馬啊，甚至憐惜地撫摸自己的馬。看得出來，他不大清楚自己身在何處。他有時為自己被俘辯解，有時又以為面對的是自己的長官，想表現身為士兵的勤懇和盡職。他為我們的後衛部隊帶來法軍的清新活力，這種氛圍對我們來說是那麼陌生。

兩個哥薩克要價兩個金幣，於是尼古拉買下這匹馬，收到家裡的錢以後，他如今是最富有的軍官了。

「您要愛護馬啊。」馬交給尼古拉之後，阿爾薩斯人對驃騎兵好心地囑咐道。

尼古拉微笑安慰法國騎兵，又給了他一些錢。

「走吧，走吧！」一個哥薩克說，碰了碰俘虜的手臂，要他往前走。

「皇上！皇上！」突然驃騎兵當中有人喊道。

所有人匆忙地跑動了起來，尼古拉看到後面的大道上，有幾個帽子上帶有白色羽飾的騎士過來了。轉眼間，所有人各就各位，耐心等候著。

尼古拉不記得，也沒有感覺到，他是怎麼跑回自己的崗位並上馬。剎那間，他未能參戰的遺憾沒有了，在看慣了的人們之間那種無聊至極的感覺沒有了，所有關於自己的想法都在瞬間消失：他由於皇上駕臨而完全沉浸在幸福中。他覺得自己虛度的一天，在皇上的親臨之後而獲得補償。他感到幸福，如戀人等候久已期盼的約會。他在佇列中不敢回頭張望，不過，即使不回頭，他也極度興奮地感覺到他的來臨。他感覺到這一點，不只是根據一群騎者馳近的馬蹄聲，而且是因為隨著他們的來臨，他的周圍變得愈來愈光明、歡樂、隆重而充滿節日的氣氛。尼古拉心目中的太陽漸漸逼近，閃耀著謙和、莊嚴的光輝，他覺得自己沉浸在這道光輝之中，他聽得見他的聲音，那親切、安詳、莊嚴又那麼質樸的聲音。尼古拉覺得，四周正如應有的那般鴉雀無聲，就在這寂靜中響起了皇上說話的聲音。

「這是巴甫洛格勒軍團的驃騎兵？」他問道。

「是預備隊，陛下！」有人回答道，在聽到「這是巴甫洛格勒軍團的驃騎兵」這非人間的聲音之後，這回答的聲音顯得那麼平凡。

皇上來到尼古拉面前停住了。亞歷山大的臉比三天前閱兵時更好看了，他的臉煥發著愉悅和青春的光彩，那天真無邪的青春令人想起十四歲孩子的活潑，然而那畢竟是莊嚴的皇帝。在偶爾打量騎兵連之際，皇上和尼古拉四目相對，皇上的目光注視他的眼睛不過兩秒鐘。皇上明白尼古拉此刻的心情嗎（尼古拉覺得，他都明白），不過他的一雙藍眼對尼古拉的臉看了一兩秒鐘。（他的眼睛放射著柔和、親切的光輝。）而後，他不期然揚起眉毛，用左腳猛地一踢坐騎，向前疾馳而去。

聽到前線密集的槍砲聲，年輕的皇帝克制不住親臨戰場的渴望，不顧近臣的勸阻，於十二點離開他所在的第三縱隊，向前線飛馳而去。還沒有到達驃騎兵那裡，幾名副官迎面而來，帶來戰事已勝利的消息。

僅僅俘虜法軍一個騎兵連的戰爭，被認為是對法軍的輝煌勝利，因此皇上和全軍，尤其是在戰場上的硝煙還沒散盡的時候，深信法國人已慘敗，正被迫撤退。皇上離去幾分鐘後，巴甫洛格勒軍團的一個營奉命向前推進。在德國小城維紹，尼古拉又見到皇上一次。在皇上到來之前，城裡的廣場上經歷過十分激烈的槍戰，留下的幾名死者和傷兵還來不及運走。皇上在文武侍從的簇擁下，騎著另一匹英國式短尾棗紅色母馬，向一側彎下身子，以優美的姿態舉起金質帶柄眼鏡，看向一個趴在地上的士兵，他沒有戴帽子，滿頭血汙。這名傷兵那麼骯髒、粗魯、噁心，尼古拉覺得，他離皇上那麼近簡直是褻瀆。尼古拉看到皇上拱著的肩膀彷彿受寒似的顫抖了一下，他的左腳用馬刺痙攣地側擊馬的腰部。訓練有素的馬冷漠地回頭望望，站在原地不動。幾個副官下馬架起傷兵，將他放在趕來的擔架上。傷兵呻吟了起來。

「輕一點，輕一點，不能輕點兒嗎？」皇上說，看來他比將死的士兵還要痛苦，他走開了。

尼古拉目睹皇上熱淚盈眶，聽見他在離開時用法語對恰爾托雷日斯基說：

「戰爭多麼可怕啊，多麼可怕啊！戰爭多麼可怕啊！」

前衛部隊部署在維紹前方，看得到敵軍的散兵線，稍一交火，敵人便把地方讓給我們，整天都是如此。皇上宣布嘉勉前衛部隊，答應獎賞，士兵們領到了雙份伏特加。野營的營火比昨夜更盡興地劈啪作響，士兵的歌聲也更加嘹亮。這天夜裡，傑尼索夫設宴慶祝自己升為少校，醉醺醺的尼古拉在宴會要結束時提議為皇上的健康乾杯，但「不是像在正式宴會上為身為帝王的皇上乾杯，而是為我們的皇上，一位善良的、有魅力的、偉大的人乾杯；讓我們為他的健康，為我軍必將戰勝法國人乾杯！」

「既然我們以前也曾打仗，」他說，「而且讓法國人嘗到苦頭，就像在申格拉伯恩那樣，那麼現在皇上親臨前線，情況會怎樣？我們要為他而死，心甘情願地為他而死。是吧，諸位？也許我形容得不大恰當，我喝多了；可是，這是我的感覺，你們也一樣。為亞歷山大一世的健康！烏拉！」

「烏拉！」軍官們熱情洋溢地歡呼起來。

老騎兵上尉基爾斯滕也熱情地喊著，他的真誠絲毫不亞於二十歲的尼古拉。

軍官們乾了酒、摔碎了杯子，基爾斯滕又斟滿其他杯子，他只穿著襯衫和馬褲，端起一杯酒走到士兵們的營火旁，他擺出莊嚴的姿態，高高揚起一隻手，頦下飄著長長的花白鬍子，敞開的襯衫露出白淨的胸膛，站在營火的火光裡。

「弟兄們，為皇帝陛下的健康、為我們的勝利，烏拉！」他以老驃騎兵的豪邁男低音呼喊道。

驃騎兵聚攏了過來，以高聲的呼喊和諧地回應他。

深夜大家都散了。傑尼索夫用他的短手拍拍他喜愛的尼古拉的肩膀。

「在行軍作戰中沒有戀愛的機會，於是愛上皇上。」他說。

「傑尼索夫，你不要開這種玩笑，」尼古拉叫道，「這是那麼崇高、那麼完美的情感，是那麼……」

「我相信，我相信，老弟，我贊同而且欣賞……」

「不，你不懂！」

尼古拉倏地站了起來，在營火間漫步，幻想著要是能為皇上而死，不是為救駕而死（這是他想也不敢想的），只要能死在皇上面前，那是多幸福啊。他的確是愛上皇上、愛上俄國軍隊的榮譽、愛上戰勝敵人的希望。在奧斯特利茨戰役之前那些難忘的日子裡，懷有這般感情的不只是他：當時俄軍百分之九十的官兵都愛上自己的沙皇和俄國軍隊的榮譽，儘管不像他愛得如醉如痴。

十一

第二天，皇上駐蹕在維紹。御醫維利埃幾次奉詔前往探視。司令部和附近的部隊盛傳聖體欠安。據近臣說，皇上沒有進食，睡眠不佳。聖體欠安是因為兵員死傷的情景對皇上敏感的心靈產生劇烈的影響。

十七日黎明，一名法國軍官自前哨被帶往維紹，他是打著軍使的旗號來的，他要求覲見俄國皇帝。這名軍官便是薩瓦里[126]。皇上才剛入睡，因此薩瓦里只能等待。中午他獲准覲見皇上，並於一個小時後和多爾戈魯科夫公爵一起前往法軍前哨部隊。

據說，薩瓦里此行的目的是議和，並提議亞歷山大皇帝和拿破崙會晤。令全軍感到高興和自豪的是，會晤的建議遭拒，維紹之戰的勝利者多爾戈魯科夫公爵奉旨隨薩瓦里前往法軍處，若真以謀求和平為宗旨的話，他將代表皇上和拿破崙進行談判。

傍晚，多爾戈魯科夫返回，直接去見皇上，並和皇上獨處良久。

部隊在十一月十八日、十九日兩天又連續向前推進，敵軍的前哨常常在短暫的交火之後隨即撤退。軍隊上層自十九日中午起，便展開強而有力、迅雷不及掩耳的行動，一直延續到第二天十一月二十日上午，這一天發生了令人難忘的奧斯特利茨會戰。

十九日中午之前，所有活動、熱烈的交談、奔走、副官們的派遣行動，這一切都只集中在兩位皇帝的總司令部；這一天的午後，行動傳遞到庫圖佐夫的司令部和各縱隊長官的參謀部。傍晚，行動透過眾多副官而擴散到全軍各個角落，十九日夜，全軍自營地出發，到處響起嗡嗡的談話聲，於是盟軍的八萬之眾人潮湧動，形成了長達九俄里的雄偉畫卷。

清晨，兩位皇帝的總司令部所展開的行動進而推動了後續行動，如同鐘樓大鐘中心的齒輪最初轉動時那樣。一個齒輪慢慢地轉動了，第二個、第三個也轉動了起來，於是所有的齒輪、滑輪和輪子的啟動速度愈來愈快，自鳴鐘開始敲響鐘點，報時的數字跳出來，時針穩定移動，意味著行動的結果。

軍事機械和鐘表的機械一樣，一經啟動的行動直至最後的結果，是不可遏止的，尚未輪到的機械零件，在被傳動之前也都寂然不動。在輪子掛住齒輪時，輪軸嗞嗞作響，滑輪飛快地旋轉而發出吱吱的響聲，而鄰近的輪子仍靜止不動，彷彿要靜止幾百年；可是時間一到，這個輪子被槓桿帶動，便吱吱作響地旋轉起來，進而融入整體的運動，然而，對運動的結果和目的卻一無所知。

鐘表裡無數齒輪和滑輪複雜運動的結果，只表示時針緩慢而平穩的移動，同樣，這十六萬俄國人和法國人——這些人的一切激情、願望、悔恨、屈辱、痛苦、高傲的衝動、恐懼、狂喜——所投入的複雜行動，其結果不過是所謂三皇會戰的奧斯特利茨會戰的失敗，也就是世界歷史的時針在世界歷史的鐘面上的緩慢移動。

安德烈公爵這一天值班，始終未離開總司令部。

傍晚五點多鐘，庫圖佐夫來到兩位皇帝的總司令部，覲見皇上後不久，順便去見宮廷事務總管大臣托

---

126 薩瓦里（一七七四—一八三三），公爵，曾任拿破崙副官，時任法軍師長。薩瓦里的使命是一項精心策畫的軍事計謀。拿破崙蓄意散布流言，渲染法軍處境艱難，他在尋求和平等。派遣薩瓦里到俄軍陣地議和，依拿破崙的意圖，便是要使亞歷山大一世及其近臣對流言深信不疑。

爾斯泰伯爵。

安德烈利用這段時間，去找多爾戈魯科夫了解詳細戰況。安德烈公爵覺得，庫圖佐夫情緒低落，心懷不滿，司令部裡的人也都對他不滿，而皇帝司令部裡所有和他交談的人似乎都知道一些別人所不了解的情況，因此他很想找多爾戈魯科夫談一談。

「您好，親愛的朋友，」多爾戈魯科夫說，他正和比利賓喝茶。「明天是個重要的日子。你們的老頭怎麼了？心情不好？」

「不能說他心情不好，但他好像希望別人多少聽聽他的意見。」

「大家在軍事會議上聽過他的意見了，以後也會聽，只要他說得有道理，只是目前拿破崙最害怕的是決戰，在這種時候拖延和觀望是不能容許的。」

「對了，您見到他了嗎？」安德烈公爵說。「拿破崙如何？您對他的印象如何？」

「見到了，而且我確信，在這個世界上，他最害怕的就是決戰，」多爾戈魯科夫又重複一遍，看來他極其看重和拿破崙會見後所得出的結論。「如果他不怕交戰，那麼他何必要求會晤、要求談判，主要是，他何必退卻呢？要知道，退卻是完全違背他的作戰準則的。請您相信：他害怕、害怕決戰，他的末日到了。我相當確定。」

「請您談談，他是怎麼樣的一個人？」安德烈公爵又問。

「這個人身穿灰色常禮服，很希望我對他以『陛下』相稱，可是，令他無法接受的是，他從我嘴裡未聽到任何頭銜。他就是這樣的人，沒有什麼可說的了。」多爾戈魯科夫回答道，回頭對比利賓微微一笑。

「儘管我十分尊敬老庫圖佐夫，」他繼續說道，「可是，眼下拿破崙已經在我們的掌握之中，這是毋庸置疑的，如果我們還要觀望，給他機會逃走或欺騙我們，那麼我們這些人也未免太蠢了。不，千萬不可忘記蘇沃洛夫和他的準則：不要陷自己於挨打的位置，而是要主動進攻。請您相信，在戰爭中，年輕人旺盛的精力往往比優柔寡斷的老將的經驗更能指明制勝之道。」

「可是我們在什麼地方發動攻勢呢？今天我到過前哨陣地，卻無從判斷，他的主力究竟在哪裡。」安德烈公爵說。

他想對多爾戈魯科夫公爵陳述自己所擬定的進攻計畫。

「噯，這完全是無所謂的，」多爾戈魯科夫旋即說道，他站起來在桌上展開地圖。「一切情況都可預見：一旦敵人在布呂恩……」

於是多爾戈魯科夫公爵迅速且含糊地陳述了魏羅特的側翼圍攻計畫。

安德烈公爵開始反駁，並證明自己的計畫可以和魏羅特的相媲美，只是有一個缺點，那便是被魏羅特的計畫搶先獲得認可。當安德烈公爵開始說明魏羅特計畫的弊端和自身計畫的優點時，多爾戈魯科夫公爵就不想聽了，他連看也不看地圖，而是漫不經心地望著安德烈公爵。

「不過，庫圖佐夫今天要召開軍事會議，您大可在會議中暢所欲言。」多爾戈魯科夫說。

「我的確打算這麼做。」安德烈公爵邊說邊離開地圖。

「你們何必這麼操心呢，各位先生？」比利賓說，他一直面帶笑容地聽著兩人的談話，顯然，此刻他想緩和氣氛，「明天勝也好、敗也好，反正俄國軍隊的榮譽是有保障的。除了你們的庫圖佐夫，沒有一位縱隊司令是俄國人，其他擔任縱隊司令的包括維姆普芬將軍先生[127]、朗熱隆伯爵[128]、利希滕施泰因公爵、霍恩洛厄公爵[129]以及一個普爾什普爾希普爾什[130]，波蘭人的名字都是這樣的。」

「閉嘴，刻薄鬼。」多爾戈魯科夫說。「您說得不對，現在已經有兩個俄國人，分別是米洛拉多維奇[131]和多赫圖羅夫，本來還有第三個，阿拉克切耶夫伯爵[132]，只可惜他精神狀況不佳。」

「我想，是庫圖佐夫出來了，」安德烈公爵說。「祝你們一切順利，先生們。」他補充了一句，並和多爾戈魯科夫以及比利賓握手後，便走了出去。

在回去的路上，安德烈公爵忍不住向坐在身旁默不作聲的庫圖佐夫問起他對明天會戰的看法。

庫圖佐夫嚴肅地看了看副官，沉默了一會兒回答道：

「我認為我們會失敗。我就是這麼對托爾斯泰伯爵說的，並請他把我的話轉告皇上。你猜猜，他怎麼回答我？『噢，親愛的將軍，我管我的米飯和煎肉排，您管您的軍事吧。』是的……這就是他給我的回答！」

十二

晚上九點多時，魏羅特帶著計畫書來到庫圖佐夫的住處，預定在此召開軍事會議。所有縱隊司令都必須向總司令報到，除了拒絕前來的巴格拉季翁公爵，其他全準時抵達。

魏羅特是擬議中的會戰的全權指揮官，他的活躍和匆忙與心懷不滿、昏昏欲睡的庫圖佐夫形成鮮明的對比，後者無可奈何地扮演軍事會議的主席和領導者角色。顯然，魏羅特覺得自己是一場失控運動的領導者。他像一匹拖運載貨大車的馬朝山下狂奔。他到底是在拉車，或是被迫不得不跑，他自己也不知道；但是他以極快的速度飛奔，已經沒有時間考慮會有什麼結果了。這天晚上，魏羅特兩次親臨敵軍散兵陣線進行考察，兩次向俄國皇帝和奧地利皇帝報告和說明情況，並在自己的辦公室口授德文的作戰部署。此際，他疲憊不堪地來到庫圖佐夫休息處。

---

127 原文為德文。維姆普芬（一七七〇—一八五一）和下文的利希滕施泰因（一七六〇—一八三六）均為奧地利人。
128 朗熱隆（一七六三—一八三一），法國古老家族的後裔，將軍，曾在法國軍隊中服役。
129 霍恩洛厄（一七四六—一八一八），普魯士將軍。
130 比利賓不過是誇張地渲染波蘭人名字的發音。他說的是普爾熱貝舍夫斯基（一七五五—？），波蘭人，俄國將軍。
131 米洛拉多維奇（一七七一—一八二五），俄國將軍。
132 阿拉克切耶夫（一七六九—一八三四），俄國將軍，亞歷山大一世愛將。

看來他是太忙，甚至忘記對總司令應有的禮貌：他打斷總司令，自顧自的，說明得又快又含糊，他既未直視對方，也不回答向他提出的問題，他身上沾滿汙泥，一副可憐、疲憊、倉皇失措的樣子，同時又傲慢且自以為是。

庫圖佐夫占用奧斯特拉利茨附近一座規模不大的貴族城堡。此時，在總司令做為辦公室的大客廳裡有庫圖佐夫本人、魏羅特以及軍事會議的與會者。他們正在用茶，只等巴格拉季翁公爵了，他一到會議便可開始。七點多鐘，巴格拉季翁的傳令官來通知，公爵無法前來。安德烈公爵向總司令報告這個消息後留下不走了，因為庫圖佐夫事先曾准許他列席會議。

「既然巴格拉季翁公爵不來，我們這就開始吧。」魏羅特說，他連忙站起來走到桌前，桌上鋪開一幅布呂恩周邊地形的大地圖。

庫圖佐夫穿著解開鈕扣的軍服，肥胖的脖子彷彿得到救贖，從軍服裡露了出來。他坐在伏爾泰式安樂椅裡，一雙屬於老年人鬆弛的手臂對稱地放在兩邊扶手上，幾乎快睡著了。他一聽到魏羅特的聲音，勉強睜開他的那隻獨眼。

「對，對，開會吧，否則就太晚了。」他點點頭說，隨即垂下頭，再次閉上眼睛。

如果說與會者起初以為庫圖佐夫在裝睡，那麼後來在宣布作戰部署時他的鼾聲卻足以證明，這時對總司令來說，對作戰部署和任何其他事情表示蔑視的企圖只是次要的，遠為重要的是，他必須滿足人的不可遏止的生理需求——睡眠。他是真的睡著了。魏羅特太忙，一分鐘也不能浪費，對庫圖佐夫匆匆一瞥，發現他睡著了，便拿起文件，以響亮而單調的聲調讀起未來會戰的部署，連標題也讀了：

《關於進攻科別爾尼茨和索科爾尼茨後方之敵軍陣地的部署，一八〇五年十一月二十日》。

部署很複雜也很難懂。原文如下：

「由於敵軍的左翼以森林密布的群山為根據地，而其右翼沿科別爾尼茨和索科爾尼茨延伸，位於此處的幾個池塘之後，而我方則相反，我軍左翼對敵之右翼占有優勢，故利於進攻敵之該翼，尤其是在我軍占領科別爾尼茨和索科爾尼茨這兩個村莊之後，我軍便有可能攻擊該翼側面，並在施拉帕尼茨和蒂拉薩之間的平原上予以追擊，避開施拉帕尼茨和別洛維茨之間有敵軍掩護的隘口。為此目的必須……第一縱隊的行進路線……第二縱隊的行進路線……第三縱隊的行進路線[133]……凡此種種。」魏羅特讀道。

將軍們似乎不樂於聆聽這種難懂的部署。淺色頭髮、個子高人的布克斯赫韋登將軍背倚著牆站著，眼睛望向燭火，看似沒在聽，甚至不想裝樣子讓人以為他在聽。在魏羅特的正對面，面色紅潤的米洛拉多維奇一雙閃亮的眼睛坦然地注視著他，氣勢洶洶、手臂朝外放在膝蓋上，他坐在那裡，鬍子和兩肩都微微翹起。他緊盯魏羅特的臉固執地三緘其口，只有在這位奧地利參謀長暫不作聲時才移開視線。這時米洛拉多維奇意味深長地環視其他將軍。但是從這意味深長的日光來看，無從得知他對部署是否贊同或滿意。離魏羅特最近的是朗熱隆伯爵，宣讀部署時，他那法國南方人的臉上始終帶著含蓄的微笑，望著自己細長的手指快速地轉動嵌有肖像的金質鼻菸壺。在一個極長的段落讀到一半期間，他停下旋轉鼻菸壺的動作，抬起頭，薄嘴唇的唇角上掛著一絲勉為其難的謙恭打斷魏羅特，想說些什麼；但奧地利將軍不住聲地讀著，手臂一擺，似乎在說：等一會兒、等一會兒您再談自己的想法，現在請看著地圖聽下去。朗熱隆困惑地抬起眼睛，望望米洛拉多維奇，彷彿在尋求解釋，可是，他一看到米洛拉多維奇意味深長卻又毫無反應的目

133　原文為德文。

光，便愁悶地垂下眼，又轉動起鼻菸壺。

「一堂地理課。」他似乎自言自語，但聲音很大，想讓所有人都聽見。

普爾熱貝舍夫斯基謙恭卻不失尊嚴地用手掌朝魏羅特窩著耳朵，一副全神貫注的樣子。矮小的多赫圖羅夫坐在魏羅特對面，一副勤奮而謙虛的樣子，在展開的地圖前彎下身子，認真地研究作戰部署和他所不了解的地形。他一再請魏羅特重複一遍他沒有聽清楚的詞句和難記的村名。魏羅特總是滿足他的要求，多赫圖羅夫便用筆記下來。

持續一個多小時的宣讀總算結束，朗熱隆又停下鼻菸壺，他不看魏羅特，也不看任何人說道，這種部署難以執行，其中設想敵人的位置是已知的，可是我們可能並不知道敵人的位置在哪裡，因為敵人在移動之中。朗熱隆的反駁有充分根據，但顯而易見，他反駁的目的主要是想提醒魏羅特將軍，他那麼自信地像對小學生一樣宣讀作戰部署，然而他所面對的並不是一群傻子，這些人在戰爭問題上也是能教他一些有用的。魏羅特單調的聲音停止後，庫圖佐夫睜開了眼睛，好像磨房主在水磨輪子那令人昏昏欲睡的聲音暫停時醒來一樣，他一聽到朗熱隆所說的話，又趕緊閉上眼，彷彿在說：「你們還在講這些廢話啊！」他的頭垂得更低了。

朗熱隆竭力想挖苦這個人在軍事上的自以為是，他提出證明，拿破崙輕易便能發動攻擊，而不是被動挨打，從而使這種部署一無是處。魏羅特對所有反駁皆報以堅定的鄙夷微笑，顯然，他早已胸有成竹，要用微笑對付任何異議，不管別人對他說什麼。

「要是他能進攻我們，今天早就進攻了。」他說。

「這麼說，您認為他兵力不足？」

「他充其量僅四萬人的部隊。」魏羅特回答道，好像醫生看到小護士要教他治病那般微笑。

「在這種情況下，他坐等我們進攻，便是自尋死路。」朗熱隆面帶含蓄嘲笑說道，又回看離他最近的米洛拉多維奇，希望獲得他的支持。

可是，米洛拉多維奇此時最不感興趣的，就是眼前兩位將軍的爭論。

「真的，」他說，「我們明天到了戰場上就一清二楚了。」

魏羅特又冷冷地一笑，表示他感到莫名、可笑，竟然遭到俄國將軍們的反對，而要費盡口舌來證明不僅他本人深信不疑，而且他使兩位皇帝也心悅誠服的看法。

「敵人熄滅全部燈火，而他們的陣營卻發出連續不斷的喧鬧聲，」他說。「這意味著什麼？或者他們要逃走，這是我們最擔心的，或者是要轉移陣地（他冷冷地一笑）。不過，即使他們轉移到蒂拉薩的陣地，那也只能省去我們的許多麻煩，而所有的命令，甚至最細微的細節都不必更改。」

「怎麼可能……」安德烈公爵說，他早就在等機會，以表達自己的疑慮。

庫圖佐夫醒了，他低沉地咳嗽一聲，環視將軍們。

「諸位，明天的，甚至可以說今天的（因為已過了午夜十二點）部署，不可能更動了，」他說。「你們都聽到了作戰部署，我們都要恪盡職守。而在會戰之前，頭等重要的大事……（他停頓了一下）就是要好好地睡一覺。」

他做出欠身站起來的樣子。將軍們鞠躬告退，紛紛散去。已是後半夜了。安德烈公爵走了出來。

安德烈公爵未能如願地在軍事會議上發表看法，這次會議在他心中留下模糊不安的印象。到底是多爾戈魯科夫和魏羅特沒有錯，還是庫圖佐夫和朗熱隆以及其他反對進攻計畫的人才是正確的呢，他不知道。

「難道庫圖佐夫不能直接向皇上申述自己的看法？難道只能這樣了？難道可以由於近臣們和個別的見解而冒風險，不惜犧牲幾萬人和我的、我的生命？」他想。

「是呀，我明天很可能被打死。」他想。一想到死，在他的想像中驀地浮現一幕幕最遙遠、最隱私的回憶；他想起了與父親和妻子的最後一次道別；想起了自己與她初戀的時光；想起了她的身孕，他開始既憐惜她也憐惜自己，於是柔腸百轉、心情起伏，走出他和涅斯維茨基合住的農舍，在屋前來回踱步。

這是霧氣迷蒙的夜，月光神祕地在霧裡穿過。「是的，明天，明天！」他想。「明天，對我來說，也許一切都結束了，所有這些回憶都不再有，所有這些回憶對我不再有任何意義。也許明天，甚至可以肯定就在明天，我有預感，我終於可以大顯身手。」於是他想像著會戰和傷亡，戰爭集中於一個地點，所有長官都倉皇失措。於是，他夢寐以求的那個幸福時刻、那個土倫終於來到他的面前。他屆時將堅定而明確地把自己的意見告訴庫圖佐夫、告訴魏羅特、告訴兩位皇帝。人人都為他見解的正確而大為驚歎，但誰也不願將之付諸實現，於是他奉命指揮一個團、一個師，並且規定任何人不得干預他的號令，他率領自己的師前往決定勝負的地點，獨自戰勝敵人。死亡和苦難呢，你考慮過嗎？——另一道聲音說。但安德烈公爵對這個問題置之不理而屢建戰功。下一次會戰的部署是他一人決定的。他的身分是庫圖佐夫全軍的值勤官，然而由他統籌一切。他獨自打贏了下一次會戰。庫圖佐夫遭撤換，改任命他……那麼後來呢？——另一道聲音又說道，後來呢？假定在此之前你沒有十次負傷、沒有被打死或受騙的話；那麼後來又如何呢？「後來……」安德烈公爵自己回答道，「我不知道後來會如何，我不想知道也不可能知道；但是，既然我希望如此，希望獲得榮譽、希望成為知名人物、希望得到人們的厚愛，那麼就要知道，我有這樣的願望並沒有錯，我只有這個願望，僅僅為此而活。是的，僅僅為此而活！這一點我永遠不會告訴任何人，可是，天哪！我有什麼辦法呢，既然我什麼也不愛，除了榮譽和人們對我的愛。我不怕死亡、負傷，不怕失去家庭，我是無所畏懼的。有很多人是我非常親愛的人，父親、妹妹、妻子都是我最親愛的人，可是，不管有多麼可怕且反常，我願意立刻犧牲這些人，只為了片刻的榮譽和人們勝利的喜悅，為了我不認識、也永遠不會認識的人們對我的愛，就為了眼前這些人的愛。」他傾聽庫圖佐夫院子裡的說話聲想道。在庫圖佐夫的院子裡說話的是收拾行裝的勤務兵們：其中一人，大概是車夫，正在嘲弄庫圖佐夫的老廚師，安德烈公爵認識這個廚師，他叫季特，車夫說：「季特，啊，是季特嗎？」

「幹麼？」老頭子回答道。

「季特，去打穀[134]呀。」逗笑者說。

「呸，去你的鬼！」他的話聲淹沒在勤務兵和僕人們的哄笑聲中。

「畢竟我唯一的愛好和嚮往正是戰勝他們所有的人，我珍惜在我頭頂上的霧靄之間迴旋的神祕力量和榮譽！」

134 在俄文中，季特和打穀發音相近。

十三

這一夜，尼古拉和他的一個排在側翼防禦的散兵線上，位處於巴格拉季翁部隊的前面。他的騎兵成雙成對地散布在前線；他本人則騎馬在這條散兵線上往返馳騁，努力克制向他襲來的睡意。在他後方可以看見在廣闊空間的濃霧中朦朧閃耀的我軍營火；在他前面是大霧瀰漫的夜色。不論尼古拉如何仔細注視霧濛濛的遠方，始終一無所見：時而在應該有敵人之處彷彿閃爍著點點火光；時而他覺得，這不過是他的雙眼閃爍。他閉上眼，在他的想像中出現的時而是皇上，時而是傑尼索夫，時而是對莫斯科的回憶，於是他連忙睜開眼，看見了他的坐騎近在眼前的馬頭和耳朵，有時看見的是一些驃騎兵的黑色身影，這時他正朝他們馳去，相距僅六步，而遠處依然是大霧瀰漫的夜色。「為什麼不呢？很可能。」尼古拉想，「皇上遇到我，交付我一項任務，就像對任何一名軍官那樣說道：『你去了解一下那裡的情況。』時常聽人說，他完全偶然地認識某個軍官，便提拔到自己身邊。會如何呢？要是他把我提拔到身邊！啊，我會小心翼翼地保衛他，我會揭露他身邊的騙子們！」尼古拉為了更生動地想像他對皇上的熱愛和忠誠，便想像敵人或矇騙皇上的德國人，他不僅要打死他，還要當著皇上的面抽他的耳光。突然，遠處的吶喊聲驚醒了他。他渾身一震，睜開了眼睛。

「我人在哪裡啊！對，是在散兵線上；口令和暗號是車轅、奧洛穆茨。真氣人，明天我們的騎兵連是預備隊……」他想。「我要請求參戰。這也許是見到皇上的唯一機會。對，現在就要換崗了。我再巡視一次，回來後就去見將軍，並向他提出請求。」他在馬上整一整軍容，催動坐騎，準備再巡視一遍自己的驃騎兵。他覺得天色亮了一些。可以看到，左邊有一處明亮的斜坡，正前方是一座陡峭得像一面牆壁的山岡。山岡上有一處白色斑點，尼古拉怎麼也搞不清楚：那是樹林裡被月光照亮的空地，或是一片積雪或白色房舍？他甚至覺得，有什麼東西在那白色斑點上蠕動。「這白色斑點大概是積雪；斑點，une tache，」尼古拉想。「這可不是塔什[135]……」

「娜塔什卡，妹妹，黑眼睛。娜……塔莎……（如果我對她說，我見過皇上，她一定會大為震驚！）娜塔什卡……把塔什卡[136]拿去……」「靠右一點，閣下，那裡是灌木叢。」一名驃騎兵在說話，尼古拉正睡意朦朧地從他身旁經過。尼古拉猛地抬起頭來，他的頭已經垂到馬鬃上了，他勒馬停在驃騎兵身邊。年輕人孩子般的睡意無法遏止地向他襲來。「嗯，我在想什麼來著？可別忘了。怎麼和皇上談話？不，不是，這是明天的事。對，對了！朝塔什卡[137]，踏上去……愚弄我們，我們是誰？驃騎兵。驃騎兵和鬍子……這個長鬍子的驃騎兵騎馬在特維爾大街上走，我還曾想起他，那時我就在古里耶夫的住處對面……古里耶夫老頭……嘿，傑尼索夫是非常優秀的小夥子！是的，這都不值一提。重要的是，目前皇上在這裡。他那樣看著我，真想對他說些什麼，可惜他不敢……不，是我不敢。這不值一提，重要的是，不能忘記我想到的重要的事情，對。朝——塔什卡，踏——上去，對，對，對。這樣很好。」他的頭又垂到馬脖

135 「塔什」是法語斑點（tache）的譯音。尼古拉由塔什聯想到娜塔什卡。

136 Ташка（其發音是塔什卡）是騎兵扣在背帶上的皮囊。

137 尼古拉在睡意朦朧之際，把妹妹的名字分解為на ташку（朝皮囊），隨即又把наступить（踏上去）分解為тупить нас（愚弄我們）。

子上。突然，他覺得有人正向他射擊。「怎麼了？怎麼了？什麼……你砍哪？什麼……」尼古拉說，他清醒了。在他睜開眼的瞬間，尼古拉聽到前方、在敵軍所在的地方，傳來上千人一片悠長的吶喊聲。他和身旁驃騎兵的馬聽見吶喊聲便豎起耳朵。在響起吶喊聲的地方亮起一個光點又熄滅了，接著又是一個光點，於是山上法軍全線燃起了火光，吶喊聲愈來愈猛烈。尼古拉聽見法軍的說話聲，但聽不清在說什麼。只聽見無數的聲音響成一片：啊啊啊啊！噢噢噢噢！

「這是怎麼了？你是怎麼看的？」尼古拉問身旁的驃騎兵。「這是敵軍吧？」

驃騎兵一言不發。

「怎麼，你難道沒有聽見？」尼古拉等他的回答等了好久，又問。

「誰知道呢，閣下。」驃騎兵不悅回答道。

「從地點來看，想必是敵軍吧？」尼古拉又問了一遍。

「也許是敵軍，也許不是，」驃騎兵說，「夜裡太黑了。嘿！別鬧了！」他喝斥自己躁動的馬。

尼古拉的馬也躁動了起來，用馬蹄刨著冰凍的土地，傾聽著聲音，注視著火光。吶喊聲愈發猛烈起來，融成一片轟鳴，那只能是數千大軍所發出的聲音。火光更廣泛地蔓延開來，那想必是法軍前線陣地的火光。尼古拉已經毫無睡意。敵軍歡騰的吶喊聲刺激了他。「皇帝萬歲，皇帝萬歲！」現在尼古拉已經聽得很清楚了。

「不遠，大概就在小溪那邊。」他對身旁的驃騎兵說。

驃騎兵只嘆了口氣，什麼也沒說，悻悻地咳了一聲。

驃騎兵的散兵線上傳來奔馳的馬蹄聲，夜霧中突然出現驃騎兵士官大象般的身影。

「閣下，將軍們來了！」士官來到尼古拉面前說道。

尼古拉繼續回頭朝火光和吶喊聲的來處觀望，一邊和士官向沿著散兵線馳來的幾名騎者迎上去。一人騎著白馬。巴格拉季翁公爵和多爾戈魯科夫公爵帶著副官們出來觀察敵軍吶喊和燃起火光的離奇景象。尼古拉來到巴格拉季翁面前，向他做了報告，隨即加入副官們的行列，聆聽將軍們的談話。

「請您相信，」多爾戈魯科夫公爵對巴格拉季翁說，「這無非是詭計：他撤退了，命令後衛部隊點燃火光並發出喧嚷聲，以便迷惑我們。」

「未必，」巴格拉季翁說，「從傍晚起，我就看見他們在那個山岡上；如果撤退，那邊的人也就撤走了。軍官先生，」巴格拉季翁公爵對尼古拉說，「敵軍的側翼部隊還在那裡嗎？」

「傍晚時在。現在就不知道了，大人。請您下命令，讓我帶驃騎兵去看看。」

巴格拉季翁停了下來，他未作回答，在濃霧裡竭力想看清尼古拉的臉。

「也好，您去吧。」他沉吟了一下說道。

「是，大人。」

尼古拉催動坐騎，喊來士官費琴科和兩名驃騎兵，命令他們隨自己出發，便朝持續不斷的吶喊聲往山下疾馳而去。尼古拉懷著既恐懼又興奮的心情，帶著三名驃騎兵馳往那危險而神祕的大霧瀰漫的遠方，在他之前還沒有人到過那裡。巴格拉季翁從山上高聲叮囑他，不要越過小溪，但尼古拉假裝沒有聽見，他馬不停蹄，愈離愈遠且不斷錯看，把灌木叢當成樹木、把車轍當成埋伏的敵人。到了山腳下，他既看不見我方的火光，也看不見敵方的火光，但法軍的吶喊聲卻是更清楚了。在峽谷裡，他看見前方似乎有一條河，走向前才發現，原來是車馬通行的大路。走上大路，他勒馬猶豫了起來：是沿著大路走，還是穿過大路經過黑漆漆的田野往山坡上走。在霧裡閃著亮光的大路上走相對安全，因為能更快發現敵人。「跟我來。」他說，於是穿過大路，縱馬往山坡上奔去，傍晚時山上曾有步哨。

「閣下，看啊！」一名驃騎兵在後面說。

尼古拉還沒來得及看清突然在霧裡出現的黑影是什麼，只見火花一閃，槍響了，一發子彈彷彿在抱怨什麼，嗖地在霧裡高高飛過，瞬間就聽不見了。另一支火槍未打響，但藥池裡火花一閃。尼古拉調馬便往回奔馳。又間隔不等地響起了四聲槍響，幾顆子彈各自在大霧中的某處發出不同的呼嘯。尼古拉輕輕勒住像他一樣聽到槍聲而興奮起來的馬緩緩步行。「喂，再來呀，喂，再來呀！」他心裡一道愉悅的聲音說道。卻不再聽聞槍聲了。

快接近巴格拉季翁了，尼古拉又縱馬奔馳，手舉在帽檐邊來到他面前。

多爾戈魯科夫仍堅持己見，認為法軍撤退，只是為了迷惑我們才到處點火。

「這能說明什麼呢？」他說，此時尼古拉正好來到他們眼前。「他們很可能在撤退時留下了步哨。」

「顯然還沒有完全撤走，公爵，」巴格拉季翁說。「明天再說吧，等到明天一切都清楚了。」

「山上有步哨，大人，還在他們傍晚所在之處。」尼古拉報告道，他身子前傾，手舉在帽檐邊，忍不住微笑，引起這笑容的是這次偵察，主要是子彈的呼嘯。

「好，好，」巴格拉季翁說，「謝謝您，軍官先生。」

「大人，」尼古拉說，「請允許我向您提出請求。」

「什麼事？」

「明天我們的騎兵連擔任預備隊；我請求您把我派往第一騎兵連。」

「名字是？」

「尼古拉。」

「啊，好的。留下來當我的傳令官吧。」

「是伊利亞・羅斯托夫的兒子？」多爾戈魯科夫問。

但尼古拉沒有回答他。

「期待您的命令，大人。」

「我會下令的。」

「很可能明天就派我帶什麼命令去見皇上，」他想。「謝天謝地！」

敵軍中的吶喊和火光，是由於正在向部隊宣讀拿破崙命令，而皇帝正親自騎馬巡視各個營地。士兵們目睹皇帝，便點燃一束束乾草並高呼：「皇帝萬歲！」拿破崙的命令如下：

士兵們！俄國軍隊向你們進攻，以為烏爾姆城下的奧地利軍隊復仇。這就是在霍拉布倫被你們擊潰並一路追到這裡的那些部隊。我們的陣地堅不可摧，他們若從右翼向我包圍，其翼側就會暴露在我面前！士兵們！我將親自率領你們。若你們以向來勇猛的精神迫使敵軍陷於一片混亂、驚慌失措，那麼我將遠離火線；然而，若你們對勝利有片刻遲疑，你們便會看到，你們的皇帝將親上火線，面對敵軍的首次攻擊，因為對勝利不能有任何猶疑，尤其是在事關法國步兵的榮譽日子裡，而法國步兵的榮譽是我們國家的榮譽所不可或缺的。

不要藉口運送傷兵而擾亂部隊！每個人都要堅定信念：必須戰勝這些對我們的國家抱有深仇大恨的英國雇傭軍。這次勝利將結束我們的遠征，我們之後就可以回到冬季營地了，在法國組建的法國新軍將在那裡與我們會師。屆時，我所簽訂的和約將無愧於我的人民、無愧於你們和我。

拿破崙

十四

清晨五點，天色仍一片漆黑。中央部隊和預備隊以及巴格拉季翁的右翼仍靜止不動，但左翼的步兵、騎兵和砲兵縱隊已行動起來，準備自營地出發，他們應當先從高地上下去，以便進攻法軍右翼，並依作戰部署將法軍趕往波希米亞山區。人們把所有多餘的物品一一投進營火，冒起了刺眼的濃煙。天寒夜黑，軍官們匆促喝茶用餐，士兵們咀嚼著乾麵包，頻頻跺腳取暖，他們紛紛來到營火前，把棚子的殘料、椅子、桌子、車輪、小木桶和一切不能帶走的多餘物品扔進去當柴火。奧地利的縱隊嚮導官穿梭在俄軍部隊之間，他們是進攻的信使。只要奧地利軍官在團長的駐地出現，全團官兵便開始行動：士兵們離開營火跑步集合，菸斗插進靴筒、行囊放上大車，紛紛持槍列隊。軍官們扣上鈕扣，帶上佩劍和背包，不時吆喝著巡視部隊；輜重兵和勤務兵套馬、裝載行李，捆紮結實。副官和營長、團長上馬，畫著十字，為留下的輜重兵下達最後命令、訓斥及任務，隨後，響起了上千隻腳單調、沉重的腳步聲。各縱隊出發了，不知往何處去，由於周圍的人擋住視線、由於營火的濃煙、由於大霧漸濃，他們既看不清離開的地方，也看不清到達的地方。

行動中的士兵被自己的團隊所包圍、限制，無一被帶著走，如一名水兵被自己的軍艦帶著走一樣。不論他走多遠，來到多麼奇特、陌生而危險的地域，他的周圍——正如水兵的周圍淨是自己軍艦上那同樣的甲板、桅杆、纜索一樣——淨是那些戰友、那支部隊、那個連副伊萬・米特里奇、連裡的軍犬茹奇卡、那些長官。士兵不大想了解整個團隊所在的地域；然而在戰爭的日子裡，部隊的精神會不約而同地出現一種不知來自何方的森嚴聲響，意味著莊嚴的決定性時刻到來，並激起他們非比尋常的好奇。士兵們在戰爭的日子裡情緒激昂，竭力想超越對所處團隊的興趣，他們傾聽、注視、盡力打聽周圍。

大霧瀰漫，儘管天已破曉，仍看不清十步之遙的景象。灌木好像是大樹，平地好像是懸崖和斜坡。四面八方都可能和十步之外看不見的敵人迎頭相撞。但各縱隊在大霧中行走很久，下坡上坡，經過花園、菜園，在全新的陌生之地行進，哪裡也沒有碰到敵人。反之，士兵們發現，前前後後，四面八方，我們的俄軍縱隊皆朝同一個方向前進。每一個士兵都感到愉悅，因為他很清楚，雖然不知道要前往何處，但一路上有很多很多自己人。

「你看看，庫爾斯克團也過去了。」隊伍裡有人說。

「老兄，我們集結的部隊真多啊！昨晚我一看，到處是營火，一眼望不到盡頭。一句話，整個莫斯科！」

沒有一位縱隊司令曾親臨部隊，向士兵們喊話（正如我們在軍事會議上所看到的，縱隊司令們無不心情沮喪，對研擬的戰事不滿，他們只是執行命令，不在乎鼓舞士氣），儘管如此，士兵們士氣高昂，他們正投入戰爭，一如發動進攻。但是在濃霧中走了近一個小時之後，多數部隊不得不停下來，於是對出現混亂狀況的擔憂在部隊中迅速掠過，這種擔憂是如何蔓延的，很難說得清楚；然而無可置疑的是，擔憂正準確且迅速地蔓延開來，猶如峽谷中的流水那般難以覺察而又不可遏止地四處氾濫。如果俄軍是單獨行動、沒有盟軍，那麼對混亂的擔憂，或許還要過很長時間才會蔓延開來，可是現在，每個人都興災樂禍的將混亂歸咎於德國人，深信這危險的混亂局面是賣香腸的傢伙[138]造成的。

「怎麼停住了？路被堵住了嗎？該不是碰上法國人了吧？」

「不是，完全沒動靜。否則就開火了。」

「真是，催著要出發，出發了，又莫名其妙地停在野地裡，都是該死的德國人搞得亂七八糟。這些沒腦子的鬼東西！」

「要是我，就把他們放到前面去。他們恐怕還縮在後面呢。現在只好餓著肚子等了。」

「說什麼呢，等到什麼時候啊？聽說是騎兵擋在路上。」一名軍官說。

「唉，該死的德國人，對自己的地方也不熟悉！」另一個說。

「你們是哪個師的？」一個騎馬跑來的副官大聲問道。

「十八師的。」

「怎麼還在這裡？你們早該在前面了，現在到晚上也過不去了。看這愚蠢至極的命令；自己也不知道在做什麼。」軍官說完便離開了。

然後，一位將軍騎馬呼嘯而過，氣憤地叫嚷著什麼，他說的不是俄語。

「嘰哩呱啦，咕嚷著什麼呢，誰也聽不懂，」一個士兵不滿地模仿遠去的將軍說道。「我恨不得斃了他們，這些渾蛋！」

「命令要求八點多抵達目的地，我們走了還不到一半！這是什麼命令！」到處流傳這類話語。

部隊奔赴戰場時的高昂士氣變成了對糊塗命令和德國人的惱怒和憎恨。

138 賣香腸的傢伙是對德國人的蔑稱。

混亂的原因在於，奧地利騎兵在左翼行進時，最高指揮部認為，我軍中央離右翼太遠，便命令全部騎兵向右轉移。數千騎兵在步兵前面通過，於是步兵只能就地等待。

奧地利的縱隊嚮導和俄國將軍在前面發生了衝突。俄國將軍吵嚷著要求騎兵停下；奧地利人解釋說，這不能怪他，只能怪最高指揮部。這時部隊站在原處備感無聊，士氣低落。在一個小時的停滯之後，部隊終於向前出發，開始下山。山上的霧逐漸散去，而部隊即將前進的低地上，霧卻更濃了。前面的霧裡響起了一兩聲槍響，起初槍聲不連貫，時間的間隔不等，嗒啦嗒……嗒，接著愈來愈密集，隨即在戈爾德巴赫小河上開戰了。

俄軍沒有想到會在小河邊的低地上碰到敵人，意外地在大霧裡與敵軍遭遇，部隊聽不到長官的激勵，大多感到已貽誤時機，而且重要的是，在濃霧中深手不見五指，官兵們無力地和敵軍對峙，略微前進，又停了下來，因為不能及時得到長官和副官的指示，而長官們在陌生地區的大霧中徘徊，找不到自己所指揮的部隊。來到低地的第一、二、三縱隊就是這樣參戰的。庫圖佐夫本人所在的第四縱隊的駐紮在普拉岑高地。

在開戰的低地，仍然大霧瀰漫，天空早已放亮，卻看不清前面所發生的情況。敵人的兵力的確如我們所估計，在十里之外，或是就在這裡、就在這該死的霧裡——在早上九點之前，任誰也不知道。

早上九時。山下是一片茫茫霧海，但是在施拉帕尼茨村附近，拿破崙在眾元帥的簇擁下所站立的高地上，已經天色大亮。上方是明朗的藍天，一輪紅日如巨大的深紅色空心浮囊在米白色的霧海上飄動。不僅所有法軍，連拿破崙及其參謀部也都不在我軍企圖占領的溪流以及索科爾尼茨村和施拉帕尼茨村的低地那一邊；他們是在離我們部隊很近的這一邊，拿破崙甚至用肉眼就能分辨我軍部隊中的騎兵和步兵。拿破崙站在元帥們稍前之處，他騎乘矮小的灰色阿拉伯馬，身穿藍色軍大衣，義大利戰役期間，他便是穿著這一件。他默默注視彷彿從霧海中凸顯的丘陵，俄軍在遠處的丘陵上行進，同時他傾聽著山谷中的槍聲。當時他那仍削瘦的臉上紋絲不動；目光炯炯有神的凝視一個地方。他的盤算果然是正確的。俄軍一部分已進入山谷，抵達那些池塘和湖泊，一部分正離開普拉岑高地，他本來就打算進攻這片高地並視之為咽喉要地。他在霧中目睹在靠近普拉茨村的地方、在兩山之間所形成的低窪處，俄軍幾個縱隊刺刀閃閃發亮，直朝一個方向行進，相繼隱沒在山谷的霧海之中。根據他昨天傍晚所獲得的情資，根據昨天夜裡在前哨陣地上所聽到的車輪聲和腳步聲，根據俄軍縱隊混亂的隊形，根據所有的推測，他清楚地看出，俄奧聯軍認為他在該聯軍前面很遠的地方，在普拉岑附近行進的幾個縱隊構成俄軍核心，而這個核心已大為削弱，無法成功地向他發動進攻。但他仍然按兵不動。

今天是他值得慶祝的日子——加冕一週年。清晨前，他小睡了幾個小時，隨即騎馬來到戰場，他健康、愉快、抖擻，處於一種滿足的精神狀態，覺得一切都是可能的，一切都會成功。他凜然不動，望著從大霧中浮現的高地，於是他冷靜的臉上流露出對滿足的自信、當之無愧的異樣神采，那神采往往出現在墜入情網的幸福少年臉上。元帥們站在他後方，未敢驚擾他。他時而看向普拉岑高地，時而看向自霧靄中浮出的太陽。

當太陽完全從霧中躍出，燦爛的陽光普照田野和薄霧時（他似乎就等著這一刻開戰），他從白皙的手上摘下手套，隻手向元帥們筆了個手勢，發出開戰的命令。幾位元帥帶著眾副官朝不同方向疾馳而去，幾分鐘後法軍主力向普拉岑高地迅速推進，而俄軍正不斷地撤離高地，進入左面的山谷。

十五

八點鐘，庫圖佐夫騎馬前往普拉茨，他走在米洛拉多維奇的第四縱隊前面，這個縱隊應當進入普爾熱貝舍夫斯基縱隊和朗熱隆縱隊的陣地，他們已經下山了。他向走在部隊前頭的一個軍團的官兵問好，並發出行動命令，從而表明他將親自率領這個縱隊。他來到普拉茨村前勒馬停住了。安德烈公爵屬於總司令的侍從之列，正站在他後方。安德烈公爵情緒激動，精神振奮而又鎮靜安詳，一個人在久已期盼的時刻來臨時往往如此。他堅信，今天是他的土倫之日，或他的阿科萊橋[139]之日。事情的經過會如何，他不知道，但堅信必將發生。我們部隊的地形和態勢他是了解的，了解得不亞於我軍的任何人。他本人的戰略計畫如今顯然未有付諸實現的可能，業已被他置諸腦後。現在，安德烈公爵在深思魏羅特計畫的同時，周詳地思考可能發生的事態，並設想相應的行動，在這些行動中將需要他敏捷的思緒和決斷。

左下方的大霧裡，傳來看不見的部隊相互射擊的槍聲。安德烈公爵覺得，那裡是戰爭的焦點，在那裡會遇到阻力，「我會被派到那裡去，」他想，「率領一旅或一師，在那裡，我將高舉軍旗前進，摧毀阻擋我的一切。」

安德烈公爵不能看著過往隊伍的軍旗而無動於衷。眼望一面軍旗，他總是在想，也許，我將高舉這面軍旗而身先士卒。

清晨，高地上的大霧只留下白霜，白霜化為露水，而在山谷裡仍是一片白茫茫的霧海。左邊，在我們的部隊進入並傳來槍聲的山谷，什麼也看不見。高地上空是昏暗、晴朗的天色，右方是巨大、渾圓的太陽。前方，遠在霧海彼岸，顯露出林木蓊鬱的丘陵，丘陵上想必有敵軍，有些東西隱約可見。右邊，近衛軍正走進大霧裡，傳來腳步聲和車輪聲，偶爾閃耀刺刀的光芒；左邊，在村後，也有一批騎兵迎來，漸漸在霧海裡隱沒。前方和後方都有步兵在行進。總司令站在村莊出口處，讓部隊從自己身旁過去。庫圖佐夫這天早上似乎既疲憊又惱怒。經過他身旁的步兵沒有聽到命令就停了下來，他顯然被擋住去路。

「您告訴他們吧，以營為單位列成縱隊，繞著村子走。」庫圖佐夫悻悻地對一位騎馬趕來的將軍說道。「您怎麼不明白呢，大人，親愛的先生，我們在迎著敵人前進的時候，這樣沿著狹窄的村道拉長隊伍是不行的。」

「我原想在村外整頓隊伍。」將軍回答道。

庫圖佐夫尖刻地笑了起來。

「您真內行，在敵人的眼皮子底下展開隊形，真行哪！」

「敵人還遠著呢，大人。按照作戰部署……」

「作戰部署，」庫圖佐夫刻薄叫道，「這是誰對您說的？請執行命令。」

「是，大人！」

「親愛的朋友，」涅斯維茨基對安德烈公爵小聲說，「老頭情緒很不好呢。」

一位軍帽上有藍色羽飾、身穿白軍服的奧地利軍官騎馬來到庫圖佐夫前，詢問第四縱隊是否已投入進攻。

139 見〈第一章・第四節〉注釋。

庫圖佐夫掉頭不理，他的視線無意中落到站在他身邊的安德烈公爵身上，一看到安德烈，庫圖佐夫尖酸刻薄的目光變得柔和了，彷彿意識到，對目前的情況他的副官是沒有過錯的。於是他不理睬奧地利副官，對安德烈說：

「您去看看，第三師過了村子沒有。請該師停下來，等待我的命令。」

安德烈公爵適才離開，他又喚住他。

「還要問一下，射擊兵布置好了嗎，」他補充道。「他們在做什麼，做什麼啊！」他自言自語，還是未搭理奧地利人。

安德烈公爵急忙前往執行任務。

他趕過走在前面的幾個營，阻止了第三師，獲悉在我軍縱隊前確實未布置散兵線。走在全團前面的團長，得知總司令關於布置射擊手的命令很是震驚。團長完全相信，在他前面還有部隊，而在十俄里之內不可能有敵人。的確，除了一片向前傾斜、大霧瀰漫的荒地外，什麼也看不到。安德烈公爵代表總司令命令採取補救措施後，便往回趕。庫圖佐夫仍在原處，他那肥胖身軀老態龍鍾地壓在馬鞍上，他閉上眼陰沉地打著呵欠。部隊已經停止前進，槍枝都放在腳邊站著。

「好，好。」他對安德烈公爵說，又轉向一位將軍，將軍拿著表說，該是行動的時刻了，左翼的幾個縱隊都已經下山。

「別急，大人。」庫圖佐夫邊打呵欠邊說，「別急！」他又重複一遍。

這時在庫圖佐夫後方，遠遠響起各團的歡呼聲，這聲音沿著進攻的長長縱隊迅速地由遠而近，顯然，受到歡呼的那個人來得很快。當庫圖佐夫後方那個團的士兵開始歡呼之際，他略微閃到一旁，皺起眉頭回頭張望。看似有一個騎兵連從普拉岑的大路上疾馳而來，不過騎手們服裝的顏色是不同的。其中兩人在其他人面前並轡飛馳。一個身穿黑軍服，帶有白色帽纓，騎一匹英式短尾棗紅馬，一個穿白色軍服，騎一匹黑馬。這是兩位皇帝和他們的侍從。庫圖佐夫以身在前線的老軍人姿態，向站立的部隊發出「立正」口令，騎馬舉手敬禮，來到皇帝面前。他整個形象和態度頓時不變，裝出一副聽候指揮、不願爭辯的神氣。他騎馬前來並舉手敬禮時故作彬彬有禮，顯然使亞歷山大皇帝大為不快。

不愉快的印象猶如明朗天空一縷殘存的薄霧，在皇帝洋溢著青春和幸福的面龐上一掠而過。這一天，癒後的他比在奧洛穆茨閱兵時略瘦，那時安德烈第一次在國外見到他。但他那漂亮的灰眼裡莊嚴以及謙和的交融依然令人傾倒，薄唇依然流露出各種不同的表情，依然洋溢著善良且天真的青春氣息。

在奧洛穆茨閱兵式上，他更是莊嚴，在這裡，他則更愉快、有活力。經過三俄里的馳騁，他的面色微微泛紅，他勒馬後，輕鬆地嘆息一聲，回顧自己的侍從們像他一樣年輕、興奮的面容。恰爾托雷日斯基和諾沃西爾采夫、安德烈公爵和斯特羅加諾夫以及其他人淨是衣著華美、神采飛揚的年輕人，騎乘亮麗、光鮮、精力充沛、微微出汗的駿馬，談笑自若地停在皇上後方。弗蘭茨皇帝是面色紅潤，有著一張長臉的年輕人，直挺挺地騎在漂亮的黑色公馬上，關切而從容地環顧四周。他把自己一名身穿白色軍服的副官叫到身邊，問了什麼。「大概在問他，是幾點鐘出發的。」安德烈公爵暗想，他看著這位老相識，想起自己覲見的情景，不禁莞爾。兩位皇帝的侍從都是從近衛軍和普通陸軍中挑選出來的剽悍傳令官，都是俄國人和奧地利人。在他們之間，馴馬師們牽引著披上繡花馬被的備用御馬。

彷彿有一陣野外的清風從敞開的窗間驀地撲進悶熱的房間，這些疾馳而來的年輕人為庫圖佐夫的沉悶參謀部帶來青春氣息、活力和必勝的信心。

「您怎麼還不開戰，庫圖佐夫？」亞歷山大皇帝急忙問庫圖佐夫，同時不失禮地看了看弗蘭茨皇帝。

「我在等待，陛下。」庫圖佐夫彬彬有禮地躬身答道。

皇帝微皺眉，側耳傾聽，表示他沒有聽見。

「我在等待，陛下，」庫圖佐夫又說了一遍（安德烈公爵發覺，在庫圖佐夫說「等待」時，他的上唇不自然地抽搐了一下），「並不是所有的縱隊都已經集中。」

皇上聽清楚了，但他顯然不樂見這個答案；他聳了聳微拱的雙肩，望了望站在身旁的諾沃西爾采夫，這眼神彷彿在埋怨庫圖佐夫。

「我們並不是在女皇草場啊，庫圖佐夫，在那裡，部隊沒有全部到齊，就不能開始閱兵。」皇上說，又看看弗蘭茨皇帝，似乎在表示，即使不參與談話，也請聽一聽他在說什麼；只是弗蘭茨皇帝仍在左顧右盼，未多加注意。

「我之所以尚未開戰，皇上，」庫圖佐夫響亮說道，一副唯恐別人聽不見似的，他的臉上又抽搐了一下。「我之所以尚未開戰，皇上，正因為我們不是在閱兵，也不是在女皇草場上。」他明確、斬釘截鐵地說道。

皇上的侍從們立即面面相覷，人人臉上無不流露出不滿和責備。「不管他年紀多大，也不能，無論如何也不能這樣說話。」他們的表情如此表達。

皇上審視庫圖佐夫，看他是否還有話要說。可是庫圖佐夫恭敬地低著頭，似乎也在等他開口。沉默持續了大約一分鐘。

「不過，既然陛下有旨。」庫圖佐夫抬起頭說，他的語氣變了，一如往常，遲鈍、不願爭辯、唯命是從的將軍語氣。

他催動坐騎，喚來縱隊司令米洛拉多維奇，向他傳達了進攻的命令。

部隊又動了起來，諾夫哥羅德團的兩個營和阿普歇倫團的一個營從皇上身邊向前挺進。面色紅潤的米洛拉多維奇未穿軍大衣，他身穿佩戴勳章的軍服，飾有巨大帽纓的軍帽歪斜，在阿普歇倫團通過之際，他催馬快速前進，矯健地舉手敬禮，在皇上面前猛地勒馬。

「上帝保佑，將軍。」皇上對他說。

「陛下，我們將竭盡所能，陛下！」他快活回答道，不過他的一口蹩腳法語仍引起皇上侍從們的譏笑。

米洛拉多維奇猛地調馬，站到皇上的後面。阿普歇倫團的官兵們受到皇上親臨的鼓舞，邁開矯健剽悍的步伐，在兩位皇帝及其侍從前邁步通過。

「弟兄們！」響起了米洛拉多維奇高亢、自信而愉快的聲音，看來槍聲、渴望戰爭的心情、阿普歇倫團矯健的官兵以及自己在蘇沃洛夫時代的戰友們在兩位皇帝面前通過時的英姿令他太興奮了，以致全然忘記皇上在此。「弟兄們，你們不是第一次攻占一個鄉村！」他大聲吼道。

「甘願效力！」士兵們高呼。

這突如其來的吶喊驚動皇上的馬倏地一閃。在俄國已多次被皇上騎乘參加閱兵的這匹馬，在奧斯特利茨戰場馱著自己的騎手，忍受著他用左腳漫不經心地敲擊，也像在戰神廣場，聽見槍聲便豎起耳朵，不明白聽到的槍聲意味著什麼，也不明白為何要和弗蘭茨皇帝的黑色公馬為鄰，對騎乘的這個人在這一天的所言、所思、所感也毫不明白。

皇上微笑著轉向一名親信，指著阿普歇倫團雄赳赳的官兵對他說了什麼。

十六

庫圖佐夫和侍從們跟在槍手們後方緩緩行進。

在縱隊末尾走了大約半俄里，他在兩條路的岔口附近一座孤零零的廢棄房屋（大概原是一家小酒館）旁停了下來。兩條路都通往山下，也都有部隊正在通行。

大霧漸漸散去，大約相距兩俄里處，對面丘陵地帶的敵軍已隱約可見。左邊山下的槍聲更清晰了。庫圖佐夫正在此處和一位奧地利將軍交談。安德烈公爵站在稍後的地方注視他們，他想借用一名副官的望遠鏡，便向他轉過身來。

「您看，您看，」這名副官說，他並非望向遠處的軍隊，而是眼前的山下。「是法國人！」

兩位將軍和副官們彼此爭搶望遠鏡。大家臉色陡變，露出恐懼的神情。原以為法國人在兩俄里之外，卻意外地近在眼前。

「這是敵人？不是！……是的，您看，他們……一定是……這是怎麼搞的？」所有人議論紛紛。

安德烈公爵用肉眼便看到，法軍一密集縱隊正迎著阿普歇倫團的部隊上來了，離庫圖佐夫站立的地方不過五百步。

「決定性的時刻要到了！輪到我採取行動了！」他想，於是他催馬奔向庫圖佐夫。

「必須命令阿普歇倫團停止前進，」他大聲叫道，「大人！」

然而就在這時，四處硝煙瀰漫，近處響起了槍聲，在安德烈公爵兩步開外，傳來一道單純、驚恐的聲音大喊：「唉，弟兄們，完蛋啦！」這聲音彷彿就是口令。大夥一聽，拔腿就逃。

混亂不堪、不斷擴大的人群往回跑，逃往五分鐘之前部隊在兩國皇帝面前通過的地方。不僅難以制止這烏合之眾，自己也不可能不和大家一起往後移動。安德烈只是竭力不要離開庫圖佐夫，他四處觀望，對眼前發生的情況感到困惑、難以理解。涅斯維茨基滿臉通紅，形容大變，惡狠狠地對庫圖佐夫大吼，他此刻不走，一定會被敵人俘虜。庫圖佐夫站在原地沒有回答，拿出手絹。他的面頰在流血。安德烈公爵擠到他身邊。

「您受傷了？」他問，強忍住不停顫抖的下巴。

「傷口不在這裡，而是在那裡！」庫圖佐夫用手絹按著受傷的面頰，一面指著逃兵說道。

「馬上阻止他們！」他高聲喊道，同時他大概看出，要阻止他們是不可能的，便催馬向右方奔去。

又一波洶湧而至的逃難人群趕了上來，推擠著他往後走。

逃難的部隊如此擁擠，一旦落入人群當中，就很難自其中脫身。有人在叫嚷：「走呀，在磨蹭什麼？」有人立刻回頭，朝空中鳴槍；有人在鞭打庫圖佐夫本人所騎的馬。庫圖佐夫費盡力氣擺脫人流，帶著只剩下一小群的侍從向左朝近處發出砲擊聲的地方奔去。安德烈公爵自逃跑的人群中脫身，竭力緊跟庫圖佐夫，也目睹了仍在山坡的硝煙中射擊的俄軍砲兵連和正向他們逼近的法國人。俄軍步兵駐守在較高處，既不向前支援砲兵，也不隨逃兵後退。一位將軍騎馬離開步兵，來到庫圖佐夫跟前。庫圖佐夫的侍從僅剩四人。人人面色蒼白，面面相覷。

「趕快阻止這些渾蛋！」庫圖佐夫指著逃兵，喘息著對團長如此命令；但就在這時，好像這些話招來懲罰似的，子彈像一群小鳥，嘶嘶地向步兵團和庫圖佐夫的侍從飛來。

法軍正在攻擊砲兵連，一見庫圖佐夫，便向他射擊。這陣排槍過去，團長一把抓住自己的一條腿；幾名士兵倒下了，手持軍旗的下級准尉鬆開手；軍旗搖晃起來，蹭著鄰近士兵們的槍枝倒下了。士兵們不等命令便開始射擊。

「哎——呀！」庫圖佐夫神情絕望地嘆息一聲，回過頭來。「安德烈，」他由於意識到自己年老力衰而顫抖低語道。「安德烈，」他指指潰散的步兵營和敵人小聲說，「這是怎麼一回事了？」

就在他講完這句話之前，安德烈公爵深感屈辱和仇恨的淚水正湧向喉嚨，他已經縱身下馬，奔向那面軍旗。

「弟兄們，前進！」他孩童般尖聲叫道。

「這就對了！」安德烈公爵想，一把抓起軍旗，樂於聽到子彈的呼嘯，這些子彈顯然正是對準他發射的。幾名士兵倒下了。

「烏拉！」安德烈公爵高聲叫道，雙手費勁地緊抓住沉重的軍旗跑向前，他毫不遲疑，整個步兵營一定會跟上來。

確實，他獨自一人只跑了幾步。一兩個士兵也跟著動了，接著整個步兵營高喊「烏拉」奔向前去，並趕到他的前頭。步兵營的一名士官跑了上來，接過由於太重而在安德烈公爵手裡搖晃的軍旗，可惜他當即被擊斃。安德烈公爵再次抓起軍旗，拖著旗杆和全營向前狂奔。他看到前面的我軍砲兵，其中有些人正在搏鬥，有些人扔下大砲，向他迎面跑來；他也看到法軍步兵，他們抓住拉砲車的馬匹，正調整砲口。安德烈公爵和步兵營已經在離大砲的二十步之內。他聽到子彈在上方不停呼嘯，左右不斷有士兵呻吟倒下。但他未朝他們多看一眼，只留心觀察他前方砲兵陣地上的情況。他清楚地看到一個紅髮砲兵，高軍帽歪向一邊，自一頭拉著砲膛刷，同時一個法國兵抓住砲膛刷的另一頭朝向自己拉。安德烈公爵清楚看到那兩個人驚慌失措且惡狠狠的表情，他們顯然不明白自己在做什麼。

「他們在做什麼？」安德烈公爵望著他們心想。「紅髮砲兵手裡沒有槍，怎麼不逃走？法國人為什麼不殺他？在我還沒趕到之前，法國人就會想到要殺了他。」

果然，另一個法國兵端著槍向這兩名搏鬥的人跑來，紅髮砲兵得意地奪過砲膛刷，他仍不明白自己的危險，眼看他的命運就要決定了。可惜，安德烈公爵未能看到這結局。此時他感覺好像身旁有名士兵揮起棍棒猛地打在他頭上。不是很痛，他只是不高興，因為疼痛分散了他的注意力，使他看不到眼前事態的發展。

「這是怎麼了？我倒下去了？我兩腿發軟。」他正這麼想著，隨即仰面倒下。他睜開眼，希望看到法國人和砲兵爭鬥的結局，想知道紅髮砲兵是否被打死，幾門大砲是否被奪走或保住了。可惜他什麼也沒有看到。在他之上一無所有，只有天空——高高的天空並不晴朗，但畢竟高不可測，幾朵灰雲在空中悄無聲息地緩緩移動。「多麼靜謐、安寧且莊嚴，完全不像我那樣奔跑，」安德烈公爵心想，「不像我們那樣奔跑、吶喊、搏鬥；完全不像神情兇狠又驚恐的法國人和砲兵那樣爭奪砲膛刷——雲朵完全不是那麼浮動地在這高高的無垠天空。從前我怎麼沒有留心過這高高的天空呢？我是多麼幸福，終於注意到。是呀！一切都是空的，一切都是騙局，除了這無垠的天空。什麼、什麼也沒有，除了天空。不過，甚至連天空也沒有，什麼都沒有，除了靜謐和安寧。真好……」

十七

直到九點鐘，身處右翼的巴格拉季翁尚未開戰。巴格拉季翁公爵不願依多爾戈魯科夫的要求開戰，他仍想推卸責任，便建議派人去問總司令。巴格拉季翁知道，兩翼之間幾乎相距十俄里，假如派去的人不被打死（很可能被打死），又假如他勉為其難地找到總司令，那麼他在傍晚之前也趕不回來。

巴格拉季翁一雙毫無表情、睡意惺忪的大眼環顧侍從，尼古拉由於激動和渴望而不知不覺發呆的稚氣臉龐首先落入他的視線。他於是指派尼古拉去找總司令。

「要是我在找到總司令之前遇到陛下呢，大人？」尼古拉手舉在帽檐邊問道。

「您可以向陛下報告。」多爾戈魯科夫急忙搶先說。

尼古拉在散兵線上換崗下來以後，趕在天亮前睡了幾個鐘頭，他感到放鬆、勇敢堅定，他的行動如此矯健，對自己的幸運那麼有信心，覺得一切輕鬆愉快，一切都辦得到。

這天早晨他所有願望都實現了：他參加了會戰；不僅如此，他還是最英勇的將軍的傳令官；不僅如此，他還奉命去見庫圖佐夫，也許還能覲見皇上。這是晴朗的早晨，他的坐騎是匹好馬。他的心裡充滿愉悅和幸福。接受命令後，他沿著戰線縱馬疾馳。起初他沿著巴格拉季翁部隊的戰線前進，他的部隊尚未投入戰爭，留在原地；然後他進入烏瓦羅夫的騎兵所占據的地區，在這裡他已經注意到部隊的調動和準備參戰的跡象；過了烏瓦羅夫的騎兵，他清楚聽到前面的槍砲聲愈來愈激烈。

在早晨的新鮮空氣中，已不像剛才那般，間隔不等只聽聞兩聲、三聲槍響，接著是一聲、兩聲砲擊，而是在普拉岑前的山坡上響起一陣又一陣排槍聲，這槍聲又被大砲如此密集的轟擊聲所蓋過，有時幾聲砲擊簡直無法分辨，而是連成一片的隆隆轟鳴。

他看到，山坡上槍口冒出的縷縷輕煙彷彿在奔跑、相互追逐，大砲的一股股濃煙蕩漾開來並彼此交融。他看到，刺刀在硝煙中閃閃發亮，大批步兵在前進，帶著綠色彈藥箱的砲兵狹長隊伍也在前進。

尼古拉在山岡上勒馬片刻，想看清眼前的景象；但是不管他怎麼集中注意力，對這些情況也無法理解、無從判斷：有些人在那裡的硝煙中行進，他們的前後也都有一些部隊在行動；然而他們的目的是什麼？他們是什麼人？要去哪裡？他無法理解。這種景象和這些聲音不僅未引起他沮喪或膽怯的情緒，反而為他增添了動力和決心。

「喂，加油，加油！」他心裡正衝著那些聲音說，於是他又放馬沿戰線奔馳，並愈來愈深入到已投入戰爭的部隊中。

「那裡的情況會如何，我不知道，但一切都會很好！」尼古拉想。

尼古拉越過一批奧地利部隊，發覺此後的部分戰線（那是近衛軍）已參戰。

「這樣更好！到更近的地方去看看。」他想。

他幾乎是沿著前線奔馳。幾個人騎著馬迎面而來。這是我們的禁衛槍騎兵，他們隊形散漫地從進攻中撤退。尼古拉經過他們身邊，無意中發覺其中一人身上有血，他繼續趕路。

「這與我無關！」他想。不過只跑了幾百步，左方便出現一支龐大的騎兵部隊，漫山遍野地橫衝過來，他們全騎乘黑色駿馬、身穿白色耀眼的軍服，直衝著他洶湧而來。尼古拉向大路邊縱馬飛奔，希望避開那些騎兵。他本來可以避開的，要是他們保持原來速度的話，可是他們愈來愈快，其中幾匹馬已在全速飛奔。尼古拉愈來愈清楚聽到他們的馬蹄聲和武器的鏗鏘聲，愈來愈清晰地看到他們的馬匹、身形甚至他們的臉。這是我們的近衛重騎兵，他們正在對相向而來的法國騎兵發動攻擊。

近衛重騎兵速度很快，不過多少還能控制住馬匹。尼古拉已看見他們的臉，聽到一個讓他的純種馬全力飛奔的軍官喊出的口令：「衝啊，衝啊！」尼古拉擔心被踩死或被捲入對法國人的進攻，便沿著他們的正面縱馬竭盡全力狂奔，可惜仍未能避開他們。

靠邊的近衛重騎兵是一名麻臉的壯漢，他一看到尼古拉在自己前面，勢必撞在一起，便面露兇狠。這個近衛重騎兵一定會將尼古拉從貝都因身上撞下來（尼古拉覺得，與這些高大健碩的軍人和馬匹相比，他是那麼瘦小而孱弱），所幸他靈機一動，舉起馬鞭朝對方的馬眼上一揮。那匹身軀粗壯、身長二俄尺五俄寸[140]的黑馬驚得抿起耳朵一閃；但麻臉騎兵用巨大的馬刺猛踢馬的兩肋，於是那匹馬揚起尾巴，伸長脖子，跑得更快了。近衛重騎兵剛從尼古拉身旁經過，他就聽到他們的吶喊聲：「烏拉！」他回頭一看，只見先行部隊已經和敵軍混戰，那一定是戴紅肩章的法國騎兵。接著，他就什麼也看不見了，因為之後立刻響起大砲轟擊聲，一切隱沒在硝煙之中。

近衛重騎兵從他身旁過去並在硝煙中消失之際，尼古拉猶豫了起來，他要跟著他們去，或是前往他應該去的地方。這是近衛重騎兵一次漂亮的進攻，連法國人也感到震驚。後來尼古拉聽聞，從他身旁經過的那名健壯男子所組成的大軍，所有那些光彩照人、騎乘價值千金的駿馬的富家子弟、青少年、軍官和士官，在進攻之後僅剩十八個人。

「我何必羨慕呢，我不會沒有機會的，而且我也許馬上就能見到皇上！」尼古拉邊想邊繼續向前走。

來到近衛軍步兵所在之處，他注意到，砲彈在他們上方和身旁飛過，與其說是因為他聽到砲彈炸響的聲音，不如說是因為他在士兵的臉上看到恐懼，在軍官們的臉上看到不自然的英勇氣概。

他在近衛軍一個步兵團的防線後方走過時，聽見有人喊他。

「尼古拉！」

「怎麼？」他答應一聲，沒有認出那是鮑里斯。

「您到了第一線了！我們團打過仗了。」鮑里斯說，露出第一次上過戰場的年輕人幸福的微笑。

尼古拉停了下來。

「是嗎！」他說。「戰況如何？」

「把他們打退了！」鮑里斯激動說道，不覺饒舌了起來。「你能想像嗎？」

鮑里斯索性描述了起來。近衛軍在一個地方停下來，看到前方有部隊，以為那是奧地利人，根據這支部隊所發射的砲彈，突然發覺我們已在第一線，意外地不得不投入戰爭。尼古拉未聽完鮑里斯的話，便催動坐騎。

「你要去哪裡？」鮑里斯問。

「奉命去見陛下。」

「他就在這裡！」鮑里斯說，他把尼古拉所說的「陛下」聽成了「殿下」。

他指指百步開外的大公。大公頭戴近衛重騎兵的鋼盔，聳起雙肩，皺著眉頭，正對一名穿著白色軍

---

140 一俄尺等於十六俄寸，一俄寸等於四點四公釐。

服、面色蒼白的奧地利軍官大聲說著什麼。

「那是大公，我要見的是總司令或皇上。」尼古拉說，再次催馬上路。

「伯爵，伯爵！」貝格叫道，他也像鮑里斯那樣激動，從另一邊跑過來。「伯爵，我右手負傷，但絕不下火線。伯爵，我用左手握劍：我們馮．貝格家族，伯爵，從前都是騎士。」他邊說邊讓他看沾滿鮮血、裹著手巾的手。

貝格還說著什麼，不過尼古拉不想聽了，他已經動身離開。

馳過近衛軍和一片空地，尼古拉為了不再陷入第一線，像剛才那樣碰上近衛重騎兵的衝鋒，便沿著預備軍隊的防線前進，遠遠地繞過槍砲聲最激烈之處。突然，在自己前面和我軍後方，在他怎麼也料想不到會有敵人的地方，響起了近距離的槍聲。

「這怎麼可能呢？」尼古拉想。「敵人到了我軍後方？不可能。」尼古拉暗忖，為自己、也為整個會戰的結局擔心的恐懼赫然攫住他。「無論如何，」他想，「現在不必繞著走，我要在這裡找總司令，如果一切都結束了，那就讓我的未來也和大家一齊結束吧。」

尼古拉油然生起的不祥預感，隨著他深入到普拉茨村後被各色部隊所占領的開闊地而愈來愈得到證實。

「怎麼回事？怎麼回事？在向誰射擊？誰在射擊？」尼古拉趕上在他前面橫穿大路、亂成一團的俄奧逃兵打聽道。

「誰知道呢！都被擊潰了！完了！」逃跑的人群用俄語、德語、捷克語回答他，也都像他一樣，並不確切了解當前的情況。

「打死那些德國人！」有人在叫喊。

「他們真該死！這些叛徒。」

「讓這些俄國人見鬼去吧！[141]……」一個德國人低喃著。

有名傷患在大路上走。咒罵聲、叫嚷聲、呻吟聲混成一片。槍聲沉寂了，尼古拉之後才了解到，當時是俄軍士兵和奧地利士兵互相射擊。

「天哪！這是怎麼一回事啊？」尼古拉想。「而且是在這裡，皇上隨時都可能看到他們！……不，這或許不過幾個混蛋。會過去的，這是不該發生的，這不會再發生了，」他想，「但願快點、快點遠離他們！」

尼古拉的心裡不可能有失敗和逃跑的想法。雖然就在他奉命尋找總司令的普拉岑山上，他看到法軍的大砲和部隊，但他不能也不願相信這是真的。

141 原文為德文。

十八

尼古拉奉命在普拉茨村附近尋找庫圖佐夫和皇上。可是不但找不到他們，也找不到任何一位領導者，只有潰散部隊的混雜人群。他催動疲憊至極的馬，想趕緊穿過這些人群，可是他愈向前走，人群愈是混亂。他來到大路上，此處聚集了各種馬車、大車以及俄軍和奧軍各兵種的士兵，負傷和未負傷的都有。這一切在部署於普拉岑高地的法軍砲兵部隊的砲彈陰森呼嘯聲中喧鬧著，慌亂又折騰。

「皇上在哪裡？庫圖佐夫在哪裡？」尼古拉問所有他攔得住的人，可是他得不到任何回答。最後，他抓住一個士兵的衣領，強迫他回答自己的問題。

「唉，老弟！大家早就逃到前面去啦！」士兵對尼古拉說，一邊訕笑，掙扎著想脫身。

尼古拉放開那個顯然喝醉的士兵，他攔住一個重要人物的勤務兵或馴馬師的馬，開始問他。勤務兵對尼古拉說，一個小時前有一輛馬車載著皇上在這條大路上飛奔，皇上負傷，傷勢危急。

「不可能，」尼古拉說，「那一定是別人。」

「是我親眼看到的，」勤務兵面帶自信的冷笑說道。「我怎麼會不認得皇上呢。在彼得堡時，我就見過他好幾次。他坐在馬車上，面色慘白。四匹黑馬一動身，我的天哪，就從我們身邊隆隆馳過：皇家的御馬和伊利亞·伊萬內奇我也是認得的；除了皇上，馭手伊利亞是不會為他人駕車的。」

尼古拉鬆開馬韁，準備繼續趕路，一個從旁經過的負傷軍官朝他轉過身來。

「您要找誰？」軍官問道。「總司令？他被打死了，在我們團那裡被砲彈擊中胸部。」

「沒有死，只是受傷。」另一名軍官糾正道。

「誰？庫圖佐夫？」尼古拉問。

「不是庫圖佐夫，是誰來著——唉，反正一樣，活下來的人不多。您到那裡去吧，就是那個村子，長官都在那裡。」這個軍官指著霍斯蒂拉迪克村說，隨即離開。

尼古拉慢步前行，不知道他現在去村裡的目的是什麼。皇上負傷，會戰失敗。現在他不得不相信了。尼古拉朝向他所指的方向走，向那個方向望去，遠處有塔樓和教堂。他何必那麼忙呢？現在，他能對皇上或庫圖佐夫說什麼呢，即使他們還活著也沒有負傷？

「閣下，您走這條路吧，走那裡會被打死！」一個士兵朝他大聲叫道。「走那裡會被打死的！」

「啊！你說什麼呢！」另一個說。「他是去哪裡？走那裡近。」

尼古拉想了想，偏偏朝著據說會被打死的那個方向走。

「反正無所謂了！既然皇上也負傷，我有必要愛惜自己嗎？」他想。他來到從普拉岑逃離時，死傷最多的地區。法國人尚未占領這塊地方，而活著的和負傷的俄國人早已離開。田野上，彷彿豐收季節麥地上的麥垛似的，每俄畝都躺著十至十五個傷者和死者。傷患兩三個依附一起，發出令人厭惡的叫喊聲和呻吟聲，尼古拉有時覺得，那好像是裝出來的。尼古拉讓馬小跑起來，以免看到那些遭受痛苦的人們，他恐懼了起來。他不是為自己的生命感到恐懼，而是為他所珍惜的勇敢精神感到恐懼，他知道，目睹這些不幸的人會摧毀他的勇氣。

法軍不再射擊這塊死傷遍野的地方，因為這裡沒有任何有行動能力的人，看到一個騎馬的副官，便調整砲口，向他發射了幾枚砲彈。這種可怕的呼嘯聲和周圍的死者，在尼古拉心裡化為一種恐怖和自憐的感慨。他想起母親最近的來信。「要是現在她看到我在這裡，在這片土地上，而且處於對準我的砲口之下，她會有什麼感受？」

在霍斯蒂拉迪克村駐有從戰場上下來的俄軍部隊，雖然雜亂無章，但相對有秩序了。法國人的砲彈已打不到這裡，砲聲顯得很遙遠。這裡大家都親眼目睹打敗仗了，也都直言不諱。尼古拉不論問誰，沒有人能告訴他，皇上在哪裡，庫圖佐夫在哪裡。有些人說，皇上負傷的傳言是真的，有些人說，不對，並解釋說，這個謠言之所以流傳，是因為面色蒼白、驚恐萬分的宮廷事務總管大臣托爾斯泰伯爵確實曾經乘坐皇上的馬車從戰場上向後方飛馳，他是和皇上的其他侍從一起來到戰場的。一名軍官告訴尼古拉，他在村後左面看過最高指揮部的人，尼古拉便往那裡去，對找人已不抱希望，只是要做到問心無愧而已。走了大約三俄里，已不見俄軍部隊，尼古拉看到，周圍淨是溝渠的菜園旁，有兩人騎馬對著溝渠站著，一個帽子上有白色羽飾，不知怎麼尼古拉覺得有些熟悉；另一人尼古拉不認識，他騎乘一匹漂亮的棗紅馬（這匹馬尼古拉是認得的）朝溝渠跑去，用馬刺一夾馬腹，放鬆韁繩輕鬆地躍過菜園溝渠。只有溝沿上的土被馬的後蹄踩得散落下來。他猛地調轉馬頭，又從溝渠那邊跳回來，恭敬地面對戴有白色羽飾的騎手，看來是在建議他照做一遍。尼古拉覺得，身材有些熟悉的那名騎手，不知為什麼不由自主地吸引了他的注意，他用頭和手對躍過溝渠的建議做了個否定的動作，尼古拉根據這個動作立即認出，那正是他所哀悼和崇拜的皇上。

「可是這不可能是他，獨自在這荒野之中。」尼古拉想。這時亞歷山大回過頭來，尼古拉看到了如此生動地銘刻在他記憶中的可愛面容。皇上面色蒼白，雙頰下陷，眼睛深陷。尼古拉是幸福的，他證實了，皇上負傷的傳聞是錯誤的。他是幸福的，因為看見了他。他知道，他甚至應當直接去見皇上，將多爾戈魯科夫命令他轉達的話報告皇上。

可是，彷彿一個墜入情網的青年，當夢寐以求的時刻到來，他與她單獨相對的時刻，他一逕的戰慄、發愣，未敢把他夜夜想說的話說出來，而是驚慌四顧，尋求協助或拖延和逃離的可能。尼古拉現在正是如此，他在世上最嚮往的機遇到來時，不知該如何接近皇上，而是想起千百種理由，覺得這是不合適、不禮貌和不可取的。

「怎麼！我一副慶幸有機會利用他的孤單和沮喪的樣子。在他感到悲傷的此刻，一個陌生人的出現也許會令他厭煩和難受。何況我一見到他便激動得感到窒息，喉嚨燥熱，我現在能對他說什麼呢？他在心裡設想要對皇上說的無數話語，如今一句也想不起來。那些話大多是要在截然不同的情況下說的，多是在勝利和慶功的時刻，而且是在他負傷躺在瀕死的臥榻上說的，在皇上感謝他的英雄事蹟時，他要在彌留之際，對他說出自己已得到行動證明的愛。」

「再說，此刻是下午三點多，會戰失敗了，我還能要求皇上向右翼下什麼命令呢？不，我絕對不應該去見他，不應打斷他的思緒。我寧願死一千次，也不願遭他冷眼，讓他留下不好的印象。」尼古拉決定了，於是他懷著憂傷和絕望的心情走開了，頻頻回望仍站在原地猶豫不決的皇上。

就在尼古拉這般考慮並悲傷地離開皇上之際，馮・托爾上尉正好路過此地，他一見到皇上便直接走到皇上面前，主動要求效勞，並協助他步行跨過溝渠。皇上想休息一下，他覺得身體不適，便在一棵蘋果樹下坐了下來，托爾便站在他身旁。尼古拉遠遠地既羨慕又悔恨地看到，馮・托爾對皇上熱情地說了好久的話，看來皇上流淚了，他單手遮眼，握住托爾的手。

「我本來是可以處於他的位置的！」尼古拉暗自想，勉強忍住為皇上的遭遇傷感的淚水，絕望地黯然離開了，不知道要去哪裡、目的是什麼。

他絕望至極，因為他覺得，他陷入痛苦之中正是由於自身的軟弱。

他本來可以……不僅可以，而且應當去見皇上。這是向皇上表達忠心的唯一機會。他卻未善加利用……「我做了什麼啊？」他想。於是他調轉馬頭，馳往他遇見皇帝的地方；可是溝渠附近已空無一人。只見幾輛大車和馬車。他從一個帶篷大車的車夫口中得知，庫圖佐夫的參謀部就在車隊要去的不遠處村莊。尼古拉便跟隨車隊前行。

走在他前面的是庫圖佐夫的馴馬師，他牽著幾匹披著馬衣的馬。跟在馴馬師後的是一輛馬車，跟著馬車走的是一個老家奴，他頭戴便帽，身穿短皮襖，邁動一雙O型腿。

「季特，喂，季特！」馴馬師說。

「幹麼？」老頭子漫不經心地回答道。

「季特！快打穀去。」

「唉，傻瓜，呸！」老頭悻悻地啐了一口。默默走了一會兒，同樣的玩笑又重複了一遍。

傍晚四點多，各處都打了敗仗，一百多門大砲已落到法國人手裡。

普爾熱貝舍夫斯基率領軍團放下武器。其他縱隊傷亡近半，潰不成軍，鬧烘烘地退卻。

朗熱隆和多赫圖羅夫的殘部混合在一起，擠在奧格斯特村附近的池塘邊和堤壩上。

五點多鐘，只有在奧格斯特的堤壩那裡還能聽到法國人猛烈的砲擊聲，他們在普拉岑高地的斜坡上架設許多大砲，轟擊我們退卻中的部隊。

多赫圖羅夫和其他人集中後衛部隊幾個營的兵力，向追擊我軍的法國騎兵進行自衛反擊。天色漸暗。在奧格斯特的狹窄堤壩上，多少年來有一個頭戴尖頂帽的老磨房主安坐垂釣，同時他的孫子捲起襯衣袖子，在水坑裡捕撈活蹦亂跳的銀白色的魚；在這處堤壩上，多少年來那些摩拉維亞人戴著毛茸茸的皮帽，身穿藍上衣，趕著滿載小麥的雙駕大車安靜地駛過，又滿身麵粉、趕著白色大車駛回——在這狹窄的堤壩上，如今在載貨馬車和大砲之間、在馬匹身下和車輪之間擁擠著被死亡的恐懼嚇得面無人色的人群，他們彼此推擠，在臨死之際跨過將死之人互相殘殺，只是為了在走過幾步之後又被人同樣地殺死。

每過十秒鐘，便有一枚砲彈破空飛來，啪地落在這稠密的人群中，或者有一顆榴彈在人群中爆炸，死傷者的鮮血飛濺在附近人們的身上。手臂受傷的多洛霍夫在步行，帶領著本連的十名士兵（他已經是軍官了），以及他的騎著馬的團長，全團只剩下他們了。他們被捲進人群，擠進堤壩入口，由於四面擁擠而被迫停了下來，因為前面有一匹馬跌倒在大砲下，大夥正奮力將牠往外拖。一枚砲彈炸死他們後方的一些人，另一枚落在前面，鮮血濺到了多洛霍夫身上。人群拚命向前挪動，擠得水洩不通，移動幾步又停了下來。

「走過這一百步，想必就能得救，再停留兩分鐘，必死無疑。」每個人都這麼認為。

站在人群中的多洛霍夫猛地一衝，撞倒兩個士兵，他衝到堤壩邊上，又往下跑到池塘濕滑的冰面上。

「轉過來！」他大聲叫道，一邊在冰上跳著，冰在他的腳下嘎嚓作響，「轉過來！」他衝著大砲嚷嚷。「承受得住的！……」

冰面承受得住他，可是冰正在凹陷，嘎嚓作響，很明顯，不要說大砲或人群，就是他一人在上面，冰面也馬上就會破裂。人們看著他，湧向岸邊，還沒有下決心踏上冰面。團長騎馬站在入口處，他舉起單手，朝多洛霍夫張嘴。突然一枚砲彈飛得那麼低，在人群的頭頂上呼嘯而過，大家全彎下了腰。只聽啪的一聲，擊中了潮濕的物體，將軍從馬上倒在血泊裡。任誰也不朝將軍看一眼，更不會想到抬他起來。

「到冰上去！到冰上去！走呀！轉彎！沒聽見嗎！走呀！」在砲彈擊中將軍之後，突然響起了無數人的聲音，自己也不知道在叫嚷什麼，為什麼要叫嚷。

後面的砲群中有一門大砲到了堤壩上，轉彎朝著冰面。士兵們開始成群地從堤壩上湧向結冰的池塘。冰面在一個跑到前面的士兵腳下裂開了，一條腿陷進水裡；他想站穩，水已經齊腰深了。離得最近的士兵們猶豫起來，砲車的馭手勒住了馬，只是後面的人仍一個勁地叫喊：「到冰上去，怎麼站住了，走呀！走呀！」人群中響起了恐懼的叫聲。圍在大砲旁的士兵們揮手打著馬匹，要牠們轉彎朝前走。幾匹馬從岸邊動身了。擠滿了人的冰面崩塌了一大塊，於是冰上的四十來人，有的前撲，有的後仰，全掉了下去，彼此拉扯著沉入水裡。

砲彈仍然不急不徐地呼嘯著落在冰上，落進水裡，大多落在擠滿堤壩、池塘和岸上的人群裡。

十九

安德烈公爵躺在普拉岑山上，就在他手握軍旗的旗杆倒下的地方，流血過多，不知不覺發出低聲而淒切的孩子般呻吟。

直到傍晚，他停止呻吟，寂然無聲。他不知道，他昏迷了多久。驀地他又感覺自己活著，由於劇烈的撕裂般頭痛而痛苦不堪。

「在哪裡，那高高的天空在哪裡，以前不曾見過、今天才親眼目睹的天空？」這是他最初的想法。「這樣的痛苦我也不曾有過，」他想。「是的，以前我什麼、什麼也不知道。不過我這是在哪裡呢？」

他開始傾聽，他聽到了漸漸臨近的馬蹄聲和法語交談聲。他睜開眼睛。上方仍是那高高的天空和升得更高的漂浮雲彩，透過雲彩是無垠高遠的藍天。他沒有轉頭，看不見人，只聽見那馬蹄聲和談話聲，有人來到他身邊停了下來。

騎馬來的人是帶著兩名侍從的拿破崙。拿破崙巡視戰場，下了最後幾道命令，要求增援轟擊奧格斯特堤壩的砲兵連，並察看留在戰場上的死者和傷患。

「光榮的人民！」拿破崙望著一個戰死的俄軍擲彈兵說，他俯臥在地，臉埋在土裡，後腦勺發黑，一條已經僵硬的手臂遠遠地伸開。

「砲彈用罄了，陛下！」這時一名副官回報，他是從轟擊奧格斯特的砲兵連那裡來的。

「叫人從預備隊裡運來。」拿破崙說，他走開幾步，停在安德烈公爵身旁，他仰臥著，軍旗的旗杆扔在一旁（軍旗已被法國人做為戰利品繳獲）。

「死得漂亮。」拿破崙望著安德烈說。

安德烈公爵明白了，這是在說他，說話的人是拿破崙。他聽見有人對說話的人口稱陛下。不過他聽到這些話，彷彿聽到蒼蠅的嗡嗡聲。他不僅未感興趣，根本未多加留意，隨即就忘了。他的頭燒痛；他覺得，他的血就要流盡了，他仰望那高而遠的永恆天空。他知道這個人是拿破崙，他心目中的英雄，然而此刻，比起他的心靈與那高遠、無垠的天空和天上迅速飄動的雲彩之間所發生的感應，他覺得拿破崙是如此渺小、微不足道。此刻他完全無所謂了，不管誰站在他身邊，不管如何議論他；他感到慶幸的，只是人們停留在他身邊，希望這些人能幫助他，挽回他的生命，因為他對生命有了完全不同的感悟。他集中力氣，只想動一動，或者發出聲音。他的一隻腳輕微地動了動，嘴裡發出引起他自我憐憫的微弱、痛苦的呻吟。

「啊！他活著。」拿破崙說。「把這個年輕人Ce jeune homme[142]抬起來，送到醫務所去！」

拿破崙說了這句話，便迎著拉納元帥馳去，拉納摘下帽子，微笑著祝賀勝利，來到皇帝面前。

後來的情況安德烈公爵不記得了：他痛得失去知覺，他被移上擔架時的挪動、路上的顛簸、在醫務所的傷口處理，再再使他劇痛難忍。他直到天色向晚才甦醒過來，那時他已和其他受傷被俘的軍官一起，被抬往醫院。在這次轉移中他覺得好些了，足以四處觀看甚至開口。

他醒來聽到的第一句話是負責押送的法國軍官的話，他急急忙忙地說：

「要在這裡停下來：皇帝馬上就到；他看到這些被俘的先生們一定很高興。」

「今天俘虜這麼多，幾乎是全部俄軍，他大概也看膩了。」另一個軍官說。

「嘿，真是！據說，這是亞歷山大皇帝近衛軍的總指揮。」前一個軍官說，指著一個身穿近衛重騎兵白色軍服的負傷俄國軍官。

安德烈認得他是列普寧公爵，在彼得堡的社交界見過他。站在他身旁的另一名是十九歲的少年，也是負傷的近衛重騎兵軍官。

拿破崙疾馳而來，勒馬停下。

「誰是長官？」他見到俘虜後問道。

人們說出了團長的名字，列普寧公爵。

「您是亞歷山大皇帝近衛重騎兵團的團長？」拿破崙問。

「我指揮一個騎兵連。」列普寧回答道。

「您的團忠實地履行了職責。」拿破崙說。

「偉大統帥的讚揚是對士兵的最好獎賞。」列普寧說。

「我樂於將這獎賞給您，」拿破崙說。「您身旁的這個年輕人是誰？」

列普寧公爵說，他是蘇赫特倫中尉。

拿破崙看了他一眼，微笑道：

「和我們作戰，他太年輕了。」[142]

「年輕無礙於成為勇敢的軍人。」蘇赫特倫斷斷續續地說道。

142 法文：這個年輕人。

「回答得好極了，」拿破崙說，「年輕人，您前程遠大！」

為了充實俘虜的人數，安德烈公爵也被推到前面，推到皇帝面前，不可能不引起他的注意。看來拿破崙想起曾在戰場上見過他，並稱他為年輕人，安德烈第一次就是以這個稱呼反映在他的意識中。

「是您，年輕人？噢！是您，年輕人？」他轉頭對他說道。「您身體還好嗎，我的勇士？」

儘管五分鐘前，安德烈公爵能對抬著他的士兵們說幾句話，可是眼下，他直視拿破崙一言不發……這時他覺得，比起他所看到和理解的高遠、公正、慈祥的天空，拿破崙孜孜以求的一切是多麼可悲，他心目中的英雄本人以及他那渺小的虛榮心和勝利的喜悅是多麼無謂——他不屑回答他的話。

而且，同失血過多後的虛弱、痛苦和死亡的臨近在他心裡所引起的嚴肅、莊嚴的思緒相比，一切顯得那麼無益、無足輕重。直視拿破崙，安德烈公爵想到偉大是何等渺小，生命是何等渺小，誰也無法理解其意義，死亡就更渺小了，活著的人誰也無法理解和解釋其涵義。

皇帝未等到回答，調轉馬頭，臨行前對一個指揮官說：

「命人關照這些先生們，把他們送到我的駐地，請我的拉雷醫生為他們檢查傷勢。再見，列普寧公爵。」於是他催動坐騎，疾馳而去。

他的臉上煥發得意和幸福的光彩。

抬安德烈公爵的士兵們，本來已從他身上摘下偶然碰見的金質小聖像，那是瑪麗亞公爵小姐為哥哥掛上的，看到皇帝對俘虜們態度親切，便連忙把小聖像還給他。

安德烈公爵沒看見是誰又為他掛上，而是在他胸前的軍服上突然出現了細細的金鏈繫著的小聖像。

「這樣就好了。」安德烈公爵想，看了看妹妹那樣動情而崇敬地掛在他身上的小聖像，「這樣就好了，要是一切都像瑪麗亞公爵小姐所想像的那樣簡單明瞭就好了。那該多好啊，要是知道此生該前往何處尋求幫助，死後可以期待什麼！我會感到多麼幸福、平靜啊，要是我現在能說一聲：主啊，保佑我吧……可是我對誰說呢？或者它是一種力量——不可捉摸、不可理解的力量，我不僅不能向祂有所祈求，也不能用語言向祂表白，祂是偉大的或是虛無，」他對自己說，「或者就是瑪麗亞公爵小姐縫在這裡，縫在這護身香囊裡的神？沒有什麼是確定無疑的，除了我所能理解的一切渺小，以及某種我不能理解，然而至關重要的偉大！」

擔架動了。每一次顛簸，他又感到難以忍受的劇痛；熱病的症狀加劇了，他開始胡言亂語。關於父親、妻子、妹妹和即將出世的孩子的幻想，他在會戰前夜所感受到的溫情，渺小的矮個子拿破崙的身影，以及在這一切之上的高高天空——構成他熱病中的想像主軸。

在他的想像中出現了童山的安寧生活和平靜的家庭幸福。他已經在安享這般幸福，突然出現了矮小的拿破崙和他那冷漠、短視、因他人不幸而幸福的目光，於是懷疑和痛苦開始了，唯有天空能給人以安慰。黎明前所有的幻想都混在一起，融為昏厥和忘卻的一片混亂和黑暗，拿破崙的醫生拉雷本人認為，這種現象的結局最可能是死亡，而不是康復。

「這是個神經質愛發怒的人，」拉雷說，「他不可能痊癒了。」

安德烈公爵和其他康復無望的傷患一樣，被交給當地的居民照顧了。

經典文學

戰爭與和平　第一部

Войнá и миръ

作者　列夫・托爾斯泰（Leo Tolstoy）
譯者　婁自良
社長　陳蕙慧
總編輯　戴偉傑
特約編輯　曹子儀
責任編輯　鄭琬融
行銷企劃　陳雅雯
封面設計　莊謹銘
排版　極翔企業有限公司

讀書共和國集團社長　郭重興
發行人　曾大福
出版　木馬文化事業股份有限公司
發行　遠足文化事業股份有限公司
地址　231 新北市新店區民權路 108-3 號 8 樓
電話　(02) 2218-1417
傳真　(02) 2218-0727
E-mail　service@bookrep.com.tw
郵撥帳號　19588272 木馬文化事業股份有限公司
客服專線　0800-221-029
法律顧問　華陽國際專利商標事務所　蘇文生 律師
印刷　前進彩藝有限公司
二版四刷　2023 年 2 月
定價　新台幣 400 元一冊，四冊不分售。
ISBN　978-986-359-665-3

國家圖書館出版品預行編目

戰爭與和平 / 列夫．托爾斯泰（Leo Tolstoy）著 ; 婁自良譯. -- 初版. -- 新北市 : 木馬文化出版 : 遠足文化發行, 2020.01
面 ; 公分
譯自 : **Война и миръ**
ISBN 978-986-359-661-5(第一冊 : 平裝)
ISBN 978-986-359-662-2(第二冊 : 平裝)
ISBN 978-986-359-663-9(第三冊 : 平裝)
ISBN 978-986-359-664-6(第四冊 : 平裝);
ISBN 978-986-359-665-3(套書 : 平裝)
880.57　108004897